作者简介：

敬隐渔（1901—1932），四川遂宁人，活跃于二十世纪二三十年代中法文坛不同寻常的作家和翻译家，最先把罗曼·罗兰的《约翰·克利斯朵夫》部分章节翻译成中文，也最早把鲁迅的《阿Q正传》翻译介绍到法国。

内容提要：

本书由法国文学研究专家张英伦先生所编，收入敬隐渔所著的小说、诗歌、散文、评论，以及与罗曼·罗兰的通信和《阿Q正传》《孔乙己》《故乡》的法语译文，是国内第一部，也是唯一一部敬隐渔的作品总集。

敬隐渔文集

Textes choisis de Jing Yinyu

敬隐渔 著
张英伦 编

人民文学出版社

图书在版编目（CIP）数据

敬隐渔文集/张英伦编．—北京：人民文学出版社，2016
ISBN 978-7-02-011788-8

Ⅰ．①敬… Ⅱ．①张… Ⅲ．①敬隐渔（1901—1932）—文集 Ⅳ．① I216.2

中国版本图书馆 CIP 数据核字（2016）第 139296 号

责任编辑　仝保民　陈　黎
装帧设计　刘　静
责任印制　芃　屹

出版发行　人民文学出版社
社　　址　北京市朝内大街 166 号
邮政编码　100705
网　　址　http：//www.rw-cn.com

印　　刷　北京天正元印务有限公司
经　　销　全国新华书店等

字　　数　330 千字
开　　本　710 毫米 ×1000 毫米　1/16
印　　张　25
印　　数　1—3000
版　　次　2016 年 9 月北京第 1 版
印　　次　2016 年 9 月第 1 次印刷

书　　号　978-7-02-011788-8
定　　价　88.00 元

如有印装质量问题，请与本社图书销售中心调换。电话：010-65233595

敬隐渔像(1928)

目　录

编者序 …………………………………………………………… 1

作品选

1. 破晓 …………………………………………………………… 3
2. 罗曼罗朗 ……………………………………………………… 4
3. La Forteresse de Han Ko …………………………………… 11
   　附:函谷关 ………………………………………………… 16
4. 孤独 …………………………………………………………… 19
5. 译诗一首 ……………………………………………………… 22
6. 海上(EN MER) ……………………………………………… 23
7. 遗嘱(Le testament) ………………………………………… 28
8. 诗一首 ………………………………………………………… 33
9. 莫男这条猪 …………………………………………………… 34
10. 《小物件》译文的商榷 ……………………………………… 45
11. 苍茫的烦恼 ………………………………………………… 48
12. 玛丽 ………………………………………………………… 54
13. 李俐特的女儿(La fille de Lilith) ………………………… 65
14. 嬝娜 ………………………………………………………… 76
15. 养真 ………………………………………………………… 90
16. 宝宝 ………………………………………………………… 99

17. 皇太子 …… 106

18. 蕾芒湖畔 …… 112

19. Ma première visite à Romain Rolland …… 117

20. 若望·克利司朵夫向中国的兄弟们宣言 …… 125

21. 若望·克利司朵夫 …… 126

22. 《阿Q正传》译者前言 …… 162

23. La vie de Ah Qui …… 164

  附:《阿Q正传》…… 204

24. 读了《罗曼罗兰评鲁迅》以后 …… 228

25. 中国的文艺复兴与罗曼·罗兰的影响 …… 234

26. Mes impressions de séjour en France depuis mon arrivée …… 242

  附:抵法以来的印象 …… 244

27. 《中国现代短篇小说家作品选》引言 …… 246

28. Un divorce …… 248

  附:离婚 …… 261

29. Con-Y-Ki …… 270

  附:孔乙己 …… 278

30. Le pays natal …… 283

  附:故乡 …… 296

31. 诗一首 …… 305

32. 忆秦娥 …… 306

书信选

敬隐渔致罗曼·罗兰(1924年6月3日) …… 309

罗曼·罗兰致敬隐渔(1924年7月17日) …… 311

敬隐渔致罗曼·罗兰(1924年12月10日) …… 313

敬隐渔致罗曼·罗兰(1925年5月18日) …… 315

敬隐渔致罗曼·罗兰(1925年9月30日) …… 317

敬隐渔致罗曼·罗兰(1925 年 11 月 6 日) …………………… 318
敬隐渔致罗曼·罗兰(1925 年 11 月 26 日) ………………… 320
敬隐渔致罗曼·罗兰(1925 年 12 月 16 日) ………………… 322
敬隐渔致罗曼·罗兰(1925 年 12 月 31 日) ………………… 324
敬隐渔致罗曼·罗兰(1926 年 1 月 23 日) …………………… 326
敬隐渔致罗曼·罗兰(1926 年 1 月 24 日) …………………… 328
敬隐渔致鲁迅(1926 年 1 月 24 日) ………………………… 330
敬隐渔致罗曼·罗兰(1926 年 1 月 29 日) …………………… 332
巴萨尔耶特致敬隐渔(1926 年 2 月 7 日) …………………… 333
敬隐渔致罗曼·罗兰(1926 年 2 月 11 日) …………………… 334
敬隐渔致罗曼·罗兰(1926 年 3 月 11 日) …………………… 335
敬隐渔致罗曼·罗兰(1926 年 3 月 19 日) …………………… 336
敬隐渔致鲁迅(1926 年 3 月 29 日) ………………………… 338
敬隐渔致罗曼·罗兰(1926 年 5 月 6 日) …………………… 340
敬隐渔致罗曼·罗兰(1926 年 5 月 27 日) …………………… 342
敬隐渔致罗曼·罗兰(1926 年 6 月 11 日) …………………… 343
敬隐渔致罗曼·罗兰(1926 年 6 月 19 日) …………………… 344
敬隐渔致罗曼·罗兰(1926 年 7 月 5 日) …………………… 345
敬隐渔致罗曼·罗兰(1926 年 8 月 7 日) …………………… 346
敬隐渔致罗曼·罗兰(1926 年 8 月 21 日) …………………… 347
敬隐渔致罗曼·罗兰(1926 年 9 月 7 日) …………………… 348
敬隐渔致罗曼·罗兰(1926 年 9 月 21 日) …………………… 350
敬隐渔致罗曼·罗兰(1926 年 10 月 16 日) ………………… 352
敬隐渔致罗曼·罗兰(1926 年 12 月 6 日) …………………… 355
敬隐渔致罗曼·罗兰(1926 年 12 月 28 日) ………………… 357
敬隐渔致罗曼·罗兰(1927 年 2 月 5 日) …………………… 359
敬隐渔致罗曼·罗兰(1927 年 3 月 25 日) …………………… 360
敬隐渔致罗曼·罗兰(1927 年 12 月 31 日) ………………… 361

敬隐渔致罗曼·罗兰(1928年1月21日) ……………………… 362
敬隐渔致罗曼·罗兰(1928年5月27日) ……………………… 364
敬隐渔致罗曼·罗兰(1928年6月6日) ………………………… 365
敬隐渔致里昂中法大学校长(1928年9月10日) ……………… 366
敬隐渔致罗曼·罗兰(1928年11月8日) ……………………… 367
敬隐渔致罗曼·罗兰(1929年7月24日) ……………………… 368
敬隐渔致罗曼·罗兰(1929年8月8日) ………………………… 371
敬隐渔致罗曼·罗兰(1929年8月12日) ……………………… 373
敬隐渔致罗曼·罗兰(1929年9月13日) ……………………… 376
敬隐渔致罗曼·罗兰(1929年9月17日) ……………………… 378
敬隐渔致罗曼·罗兰(1929年11月2日) ……………………… 380

编者序

一份散放异彩的文学遗产

敬隐渔(1901—1932)是活跃于二十世纪二三十年代中法文坛的一位不同寻常的作家和翻译家,他有不同寻常的人生,也有不同寻常的文学业绩。

他与一般中国文人迥异,八岁被送进四川深山的法国天主教修院,在漫长的七年时间里,在一个人为的特殊环境里苦读西方语言和文化;他也与一般的中国修生不同,少小年龄居然在这西化的环境里自觉研修祖国的语言和文化;十五岁离开修院后,别人或赋闲或求职,他却甘于贫穷,又跟法国传教士进修三年法文,非达十年磨一剑之境界而不休。这异于常人的学历奠定了他异于常人的文化根基。

因此毫不意外,他二十一岁到上海,旋即在方兴未艾的新文学运动大潮中,相继在创造社和文学研究会两支文学生力军中,显露出异于常人的光彩,引得郭沫若、成仿吾一班文坛佼佼者齐称他为天才;他二十四岁到欧洲,又以翻译和写作的骄人成就让文学大师罗曼·罗兰欣赏有加,赞口连连。

从一九二三年七月刚满二十二岁发表处女作《破晓》,到一九三〇年十一月出版他的绝笔译作《光明》,敬隐渔的文学生命只有短短七载;到一九二六年九月离开里昂前他给罗曼·罗兰的信中惊呼"大难随时都会临头",神经症已见端倪,其文学活动的旺盛期更只有三年,就像他翻译过的短篇小说之王莫泊桑所说:"我像流星一样闪过。"但拭去时间的屏障,他在文学苍穹留下的痕迹今天依然光彩熠熠。

除了他翻译的莫泊桑短篇小说中的一篇、《中国现代短篇小说家作品选》中鲁迅以外的几位年轻作家的作品,以及巴比塞的长篇小说

《光明》,这部《敬隐渔文集》的"作品选"部分把已经发现的敬隐渔的译著都尽收其中了。翻开目录,首先引人瞩目的是他的多样的文学才华:中文诗歌创作、中文小说创作、中文评论写作、中法双语诗歌自创自译、法译中诗歌、法译中小说、法文小说创作、法文评论写作……种类可谓繁多。历览中国文学史,纵然俊才济济,风流无数,但像敬隐渔这样在如此短暂的时间里有如此全能的发挥者,寥若晨星。

敬隐渔的文学创作不但种类繁多,更重要的是,他在所涉猎的诸多文学门类中都有出类拔萃的作品,用创造社元老成仿吾对他的一句赞语,"出马便高人一等"。他的中文小说《玛丽》,作家的一段自传性爱恨交杂的人生,在兵荒马乱的蜀中、贫富两重天的重庆和半封建半殖民地的"粉白色的坟墓"上海的宏阔社会背景下声情并茂地展开,有着深广的社会意义和强烈的艺术感染力,足可跻身于新文学运动时期小说杰作之林。他在二十二岁血气方刚之年以过人的勇气开译的罗曼·罗兰巨作《约翰-克利斯朵夫》,融汇了他卓越的中法文修养和对作家风格的透彻领悟,不少精彩段落至今仍难以超越。他对李劼人《小物件》译文的批评表现出他明显胜过译者的学识,但鞭辟入里而又与人为善,堪为翻译批评的典范。他初访罗兰后写成的《蕾芒湖畔》,有对罗兰音容笑貌的真切刻画、对中国历史与现实的精辟剖析、个人内心历程的诚笃回顾,也有对阿尔卑斯山和蕾芒湖以及杭州西湖美景令人神往的描绘,是饱有思想内涵、又给人丰富艺术感受的散文杰作。他的法文小说《离婚》把他深山修院时期开始修炼的十年功夫发挥到极致:故事是典型中国式的,写的是由于社会变迁,他那一代精英中许多人为挣脱封建婚姻羁绊而连带造成的悲剧;然而却是以纯正的法文直接挥洒,能有如此高超功力者,少之又少。至于敬译《阿Q正传》,它不仅占了把鲁迅推向世界的头功,还是一部真正的翻译精品,法文之精粹、语言风格与极富色彩的鲁迅原作的切合,仿若自然天成,虽是首译,却一举达到罕有的高度。

敬隐渔过早地被病魔夺去了生命,文学生涯短暂,但由于他特具的天赋、特有的学养,给我们留下的这份文学遗产弥足珍贵。特别值得肯定的是他熟稔西方古今文化,受其潜移默化的影响,吸收其文学技巧,又善于融合中西,体现在其小说、诗歌、文学批评的写作中,有着独特的开创性,为当时的中国新文学注入了新鲜的空气和活力。

本书以敬隐渔的中文作品为主体,也收入了他的法文翻译和创作,在所见的作家文集中可谓别开生面。这完全是由于敬隐渔文学才能和成就的多姿多彩,非如此不能如实呈现其全貌。不过笔者已将其法文创作译为中文、法文译作作了中文复原,附于每篇之后,当可为有需要的读者减去鉴赏和品评时的外语障碍。敬隐渔时代外文专有名词的译法尚缺规范,本书保持了原貌,但遇有差异较大者,编者也做了必要的注释。

这部文集的"书信选"部分收集了四十四封有关敬隐渔的书信,以敬隐渔给罗曼·罗兰的书信为主,绝大多数为首次发表,是研究敬隐渔生平和创作的重要史料。它们是敬隐渔在困苦中成长并获得成功的见证、与病魔抗争直至被其残害的病历,尤其是敬隐渔和文学大师罗兰之间胜似父子的忘年友谊的实录。从这些书信中可以看到,罗兰关心他的健康、接济他的生活、指导他的学习、帮助他的工作,敬译《阿Q正传》也渗透着大师的心血。罗兰对敬隐渔无微不至、不离不弃的关爱,是出于他对苦难者的大爱,更是出于对敬隐渔才华的珍惜。罗兰坦言:"即使迷乱之时,他的作家才能也令我惊叹"。

这部《敬隐渔文集》将和本书编者所著《敬隐渔传》联袂出版。《敬隐渔传》以大量新发掘的文献资料再现了敬隐渔的人生经历和创作道路,这部《敬隐渔文集》则是其文学成就的一次直观的检阅,希望它有助于这份散放异彩的文学遗产的继承和发扬。

张英伦
二〇一六年三月二十九日

作品选

（按发表日期先后排序）

破　晓[1]

晓风吹得我战栗，
我的头发沾满了露珠，
我在崎岖的路上走乏了，
我向泉水照了我的容貌，
憔悴，大不似从前美好。
人们谁问我的心事？
山上采撷的花都已变成了苦茨，
我的爱，你快把门儿打开！

---

[1] 本文首次发表于一九二三年七月二十一日出版的《创造日》第一期，重载于一九二四年二月二十八日出版的《创造》季刊第二卷第二期。

罗曼罗朗①

罗曼罗朗的批评在欧洲差不多成了一种比欧战更厉害的争端,恍惚是几百年前的宗教问题一样,断不是我这一小篇说得尽的。

他的历史和思想有人述过了;我如今只从他的艺术方面讨论。

他最著名的作品是 Jean‑Christophe("若望克利司多夫"):小说体,新奇的小说体,共三部,分十大本。第一部 Jean‑Christophe 有四本:1. L'Aube("黎明"),2. Le Matin("清晨"),3. L'adolescent("青年"),4. La Révolte("激抗")。第二部 Jean‑Christophe à Paris("在巴黎的若望克利司多夫"),分三大本:1. La Foire sur la Place("都会"),2. Antoinette("安当蒂"),3. Dans la Maison("家居")。第三部 La fin du voyage("旅行的结局"),分三大本:1. Les Amies("女朋友"),2. Le Buisson ardent("烈茨"),3. La nouvelle journée("新时际")——从头至尾是写他理想中一个人(若望克利司多夫)的生命现象和精神——他另外著得有 Théâtre de la Révolution("革命史")②,Les Tragédie de la Loi("信德的惨剧"),Le théâtre du Peuple("平民的剧坛"),Musiciens d'autrefois("往时的音乐家"),Vies des Hommes illustres("名人传"),Handel("喊脱尔③"),Michelangelo("弥涉尔安其④")等书。

我评罗曼罗朗,只是凭我自己的经验,不偏,不党,不盲从别人,不

---

① 本文连载于一九二三年八月八日至八月十一日的《创造日》第十六至十九期。
② "革命史",即"大革命戏剧"。
③ 喊脱尔,今通译亨德尔(1685—1759),德国音乐家。
④ 弥涉尔安其,今通译米开朗琪罗(1475—1564),意大利文艺复兴时期画家、雕塑家、建筑师和诗人。

拾人牙慧。如今且从他的"黎明"入手。

若望克利司多夫 Jean‐Christophe 的体裁是很新奇的。Romain Rolland 不注重在事实,只注重描写。犹如"黎明"这一本的小说式的事实,三四篇就可以括完,偏偏成了二百几十页的一本书;这真是天大的本事。Dumas père(大仲马)派的小说,纯是故事,没有别的深味,只可以混时间,故不必论。从来注重描写的文豪也很多。最古,希腊的 Homerus①,拉丁的 Virgilus②,自然派的卢梭,Bernardin de Saint Pierre③、Romantiques④的 Hugo(嚣俄)⑤、Réalistes⑥派的 Flaubert⑦、Daudet⑧、Idéalistes⑨派的 Georges Sand⑩等等,都以描写著名;但大都写景致。我以为,"只为写景而写景便不是妙笔。"有多少小说家用写景来点缀他们的作品,甚至于用来补他们完满的镂空,就未免滥用画笔了。犹如 Maupassant⑪ 每每未叙事以前先写一段长篇的景致与事实毫不相干的,不过说在这个地方某人叙出了某段故事,这一类描写法岂不是填篇幅吗?况且这一类的小说是汗牛充栋的,读者不知选哪一个才好。一方面若是全无描写,老婆子谈话式的小说便更不足道了。——罗曼罗朗的小说全脱了这些俗气。他的描写笔最多,但是与众不同。他不学照相馆主人,随意处处摄影。他从来不无故描写。他不单顾描写。他不是写景,是写"动";但看他的文字却是句句写景。他不是写景,是传播他的主义和思想;但看他的文字却是句句写景。他不是传情,是分析人的性质,是批评艺术、社会……但看他的文字,却是句句

---

① 荷马(前9世纪—前8世纪),古希腊诗人。
② 维吉尔(前70—前19),古罗马诗人。
③ 贝纳尔丹·德·圣皮埃尔(1737—1814),法国作家。
④ 浪漫派。
⑤ 嚣俄,今通译雨果(1802—1885),法国作家。
⑥ 写实派。
⑦ 福楼拜(1821—1880),法国作家。
⑧ 都德(1840—1897),法国作家。
⑨ 理想派。
⑩ 乔治·桑(1804—1876),法国作家。
⑪ 莫泊桑(1850—1893),法国作家。

传情。总之，兼写景，传情，创造人性，创造文体，罗曼罗朗主义，最是富于音乐的精神。音乐的精神在这一本"黎明"里边都讲完了。

　　Romain Rolland 不是在叙事中间抽一个空出来把这一切插下去的，乃是在人物、事景中融化了的，成了具体的。你念一句，不知道是文字吗，哲学吗，艺术吗那一门最引起你的兴味，这种融化的本事就难得了。Balzac(巴尔莎克)①写景传情，创造，都算是第一流文豪；但是他每每在故事中间加一两句格言，他自己的批评，思想行文就呆板了。Voltaire②的小说是传播主义，甚至于专讥讽他的仇人的；但他的文里句句是主义，句句是讥讽，没有一句是小说。且看罗曼罗朗怎么样会把情节、性质、心理、景状的描写和自己的思想批评淘融在一句里：

　　"克利司多夫把颊儿衬在盘子上，好生享这一切幸福。"这是一幅小儿在餐桌上的心理和景况的写真。"幸福"这一个字里面含着多少不知是喜是悲的哲学思想，外表面却是极力写情景；这一个字岂止横扫五千人的笔力？

　　他写景兼能写动、写情，并且能把死物如声色、阳光、钟铃等化成在人面前栩栩欲活的样子。若望克利司多夫同祖父坐在马车上；祖父和一个乡人谈话，克利司多夫独自看风景，看到树影横斜在路上……罗曼罗朗写道：

　　"它(树影)成为一个栅子横拦着路。它好像些古怪的凄惨的妖物，说道'别走远了！'喇喇格格响着的车轴和马蹄重说道'不走远了！'……"

　　这种笔法平常是很蹊跷的，这里叙小孩子的印象却忽然变成很自然的了。

　　"书中人各有各的分明不紊的性质"，这是小说家用笔的要素。Romain Rolland 写的人物可以和 Molière(莫里也)③、La Bruyère(拉普

---

① 巴尔莎克，今通译巴尔扎克(1799—1850)，法国作家。
② 伏尔泰(1694—1778)，法国作家。
③ 莫里也，今通译莫里哀(1622—1673)，法国戏剧家。

雷爱尔)①比美。Jean – Christophe 是怎样高傲,天真烂漫,富于情感,生气勃勃的! Jean – Michel(若望弥涉尔)②老人是怎样忠厚、浮华,想成一个大艺术家,终不能达到目的,是怎样一个'老古董'! Melchior(梅尔曲,弥涉尔之子,克利司多夫之父)是怎样一个事不经心、为穿吃而生的人! Gottfried(哥特飞德)③大音乐家的心地,他却平生常受人欺笑! Romain Rolland 在写情的句子里兼能批评社会道德、艺术,又不近于泛滥或抽象;这笔法古往今来却未见几个人能够的。祖父 Jean – Michel(弥涉尔)和孙子克利司多夫叙故事……

"祖父不怕他年青听者的批评,恣意滥用他平常的浮华……当他在说话中间失了头绪,他把脑里所经过的一切都说出来,塞满他思想的漏缝。他要壮他的语气,用意义完全相反的手势点缀他的说话。小孩子恭恭敬敬地听着;他想祖父是很有辩才的。但是有点讨人厌烦……"

读这一段不知应称赞他的描写呢,或是艺术的批评呢。

我素来不注意音乐。我也学过琴,我也学过唱,都引不起我的兴味。如今译"黎明"这本小说,不觉音乐的爱如瀑布一般,不知从哪一个源洞,忽然涌出来了! 我这里不能举例,差不多每段都有音乐的精神,让读者自己去理会罢了。

他的人生观是"动",是勉励;极力抨击堕落的人;梅尔曲是这样人的模范。

读这本小说真足以使懦夫立,懒者勤……

书中的主人翁不是克利司多夫,乃是生命;Romain Rolland 写生命直像活泼地一个人在纸上跳跃一样,我到如今不知什么是生命。或者如此的不止我一个人。往事恍恍惚惚地过了,不甚看得清白,有多少甚至于不十分记得清白了。人情世故又好像是真的,又好像是假的。

---

① 拉普雷爱尔,今通译拉布吕埃尔(1645—1697),法国作家。
② 若望弥涉尔,若望克利司多夫的祖父。
③ 哥特飞德,即约翰 – 戈特弗里德·瓦尔特(1684—1748),德国音乐家。

如今看若望克利司多夫小孩子时代的生活倒比我自己经过的事情看得明白多了,更觉得有意思;方才知道了一点人与生命的观念。这更不是举一两个例可以说明的了。

"他(克利司多夫)的身体和精神常是运动的,好像牵入了一团转旋得绝气的跳舞之中一般。好像一条小壁虎,他昼夜在火焰里踊跃着。万般不倦的高兴,事事都可以作它的养料。一片呓呓的梦,一股涌澎的泉,一个无穷的希望的宝库,一回笑,一曲歌,一次永远的醉。生命还没有捉着他;他时时从其间逃脱了;他在无限中浮荡。他好有福呀!他怎样是生成享福的!他身上没有一点不信仰幸福,没有一点不尽他猛热的小力攒到幸福里去!……

"生命快要把他催到智识境了。……"

读者看这一段是诗吗?其实这一本都是诗。读者可取出嚣俄的 L'art d'être grand-père(《当祖父的法子》),写儿童的天真玩笑……等的诗集并看,然后判二人的优劣。或者克利司多夫要有趣味些,要深厚些吧。我尝恨为 Henriade①,这一种三国志的体裁,Voltaire 等为什么要处心积虑去做万言的诗;我却又希望克利司多夫这十大本完全译成诗……

读者又可以对照卢梭的 Emile 爱米尔并看。他们都论的儿童的自然化教育(不过,Rousseau 专论教育,Romain Rolland 并未谈及教育一事,却使读者与读 Emile 时受一样的影响)。

总之,Jean-Christophe 好比是採世人卫生的各种补品、药剂和着各种美味。一齐烹调,融成了一块儿;人们只寻它的滋味,不知不觉尽得了它的益处。

罗曼罗朗的造句,虽然不好译,却是很简短很自然的。人人赞他的原文,好像都懂得,其实只懂得皮面。他的意思好像都说得出来,其实若是没有看见他的,无论如何也表现不出来。看他行文恁简短,好

---

① 《亨利亚特》,伏尔泰的史诗。

像他只注意大纲节目,把不重要的话尽力避开一样;其实别人说不出、想不到的精细事情他都淋漓尽致地写完了。

(附注:——这种短切笔法是生成的,不可学。不然,难免涩滞,聱牙难解的毛病。我记得小的时候学 Seneca①,学来学去,上课室作文,三四天不能缴卷;因为觉得这句话也无味,那句话也不重要,毕竟寻不出一句话说了……)

拉丁 Ciceron②,法国 Bossuet③、Fénelon④ 这一类长而有韵的文章固然精美,但总觉得行文中间有些多余的话。他们的思想和我们的精神之间隔了"文"这一层薄膜……Romain Rolland 把这一层薄膜扯开了。……

我的评论太冗长了。如今且把我所译的抄一两段来引证吧。

若望克利司多夫虽有十大本,但是不惹人厌,不但不惹人生厌,并且使读者不必牺牲多少时间和金钱,每部可以分成一本一本的看,每本可以分成一篇一篇的短篇小说看,每篇可以分成一段一段的散文诗看。试读他若望克利司多夫早起这一篇:

"清晨……他(克利司多夫)的父母睡着。他仰卧在他的小床上。他闲看天花板上跳舞着的光带。这是一宗不终了的玩意儿。有时他放声大笑,这种天真的笑使闻者开心哩。他的妈歪到他身边说:'小憨儿,有什么?'他那时更笑得不止,或者他勉强笑,因为有人看见他。妈妈沉下脸色,伸一根指头抿着他的嘴儿,免得惊醒了父亲;但是他的倦眼不受她抑制,仍含着笑。他们俩唧唧哝哝,猛然爹爹叱咤一声,他们俩都打了个抖。妈妈急忙转过背去,好像犯了过错的小女儿一样,假装睡着。克利司多夫钻进他床里,屏绝了呼吸,如死一般的寂静。

"过一会儿那藏在被盖里的小脸儿又露出来了。屋顶上的指风针

---

① 塞内加(前4—65),古罗马哲学家和戏剧家。
② 西塞罗(前106—前43),古罗马政治家和哲学家。
③ 博须埃(1627—1704),法国作家。
④ 费纳龙(1651—1715),法国作家。

磔磔地响。屋檐水滴着。三钟经的铃子噹噹敲着。东风吹过,河那边经堂的钟声遥遥相应。麻雀团集在穿起爬壁松的墙上,嘈杂刮耳,这中间,犹如群儿游戏!总有三四个别的更唠叨,它们的声气格外分明。一只鸽子站在烟窗顶上咕咕的呻唤。那小孩子玩赏了一阵这一片声音。他低声吟哦着,然后吟声渐渐高了,然后他高声唱着,然后他放出顶高的声气唱着,直待父亲又厉声吼道:'这个驴子再不住口么?你等会儿我扯你的耳朵。'于是他又钻进被盖里去不知笑的好,哭的好。他骇着了,气馁了;他想起人家比他成驴子,他又笑了。他就裹在被里学驴子叫。这一下他却挨了一顿打。他激出浑身的眼泪哭了。他犯了什么事?他的天性那么想笑,想舒展。人家却动也不准他动。他们永久睡着么?几时才起来呢?

"有一天他禁不住了。他听见街上有一个猫一条狗,一只什么希奇的东西。他爬出床来,赤足儿哺哺地敲着砖板;他要下楼去看;但门是闭了的。他爬上一把椅子去开门;连人连椅儿一齐塌下来了,他跌痛了,他尖声骤气哭起来,更不幸又挨了一顿打,他常常都挨打!……"

附注:文学书中常有 enthousiasme 这一个字,大致可以译成"高兴";但是照希腊原文的意义的雄厚,没有那一国的语言译得恰当。希腊文是"enthepos"(内中的神)……由此可见译书的艰难。遇不得已时,我主张新造此种名词,仿欧洲各国,字汇后面增刊若干希腊拉丁及各国精粹的成语或单字…… 隐渔附识。

一九二三,七,二五

La Forteresse de Han Ko[①]

Le soleil tropical d'été dardait ses rayons sur la magnifique forteresse de Han Ko; les poissons mythologiques du toit, les deux phénix de la lucarne, la tête tourné vers l'orient, paraissaient haleter de chaleur.

Au dehors, quelques peupliers agitaient leurs feuilles épaisses et grasses sur lesquelles ondulaient et se brisaient des flots lumineux. D'innombrables cigales chantaient à perdre haleine, d'une voix aiguë, grinçante.

Sur la terre enflammée, seuls les peupliers ombrageaient de bornes espaces.

Dans l'ombre se reposait un vieillard nu, étendu de tout son long sur la terre, les mains, maigres comme des sarments, croisées sur sa poitrine, les cheveux et la barbe pêle-mêle épars. On l'aurait cru mort, si quelques mouches qui voltigeaient au ras de son visage ne lui faisaient lever et agiter, de temps à l'autre, la main droite.

Soudain, un bruit lointain lui fit lever la tête qui reposait sur un oreiller fait d'un tas de livres en bambou.

---

① 本文是敬隐渔翻译的郭沫若小说《函谷关》的法文原文,首次发表于一九二四年二月二十八日出版的《创造》季刊第二卷第二期。

— Oh! homme détestable! il n'y a qu'eux, les adorateurs du veau d'or et du pouvoir, qui aient la folie de marcher là-bas dans l'atmosphère brûlante, tandis que les bêtes savent se tenir à l'abri.

Ceci dit, il fut debout, dégourdit ses membres d'un geste nonchalant; et on vit ses yeux saillants, une enflure en forme de fer à cheval sur son cou, ses dix doigts tenus tremblants dans l'espace comme les feuilles des peupliers.

— Lao tan, oh! Lao tan!

— Ah! C'est vous, le préfet!

Deux cris de surprise se firent entendre à la fois.

Les deux vieillards légendaires s'avancèrent et s'embrassèrent comme deux tiges de sarment qui s'entrecroisent.

L'embrassement dura longtemps. Les yeux caves du nouveau venu se remplirent de larmes.

Le dernier était le célèbre Lao-tse. Les sourcils étaient plus blancs que ceux du préfet, sa mine plus sombre. Son front ridé témoignait que le long chemin de la vie il avait rencontré plus d'épine que de roses. Sur son visage brûlé par le soleil se réflétait l'ombre de la lassitude. Son habit rapiécé, sa coiffure usée étaient tout couverts de poussière. Et, chose étrange! il portait de sa main droite une queue de bœuf.

Les deux vieillards s'assirent à l'ombre.

—Lao-tan, vous venez de sortir de cette porte d'une manière si décidée : qu'est-ce qui vous fait retourner sur vos pas? demanda le préfet.

Lao-tse lui répondit d'un ton languissant :

— L'histoire en est longue, préfet, donnez-moi d'abord à manger et à boire, car j'ai faim et soif depuis ce matin.

A ce mot, vite, le préfet alla procurer une bouteille d'eau et deux pains.

Alors, prenant les livres de bambou :

— Oh! quelle honte! s'écria Lao-tse, ce livre de la Vertu que j'ai composé à tort et à travers n'est bon qu'à être brûlé.

— Oh! jamais! Oh! jamais! reprit le préfet en lui donnant les pains et l'eau, depuis la première fois que vous m'avez dédié ce livre, je l'ai toujours regardé comme un trésor plus cher que ma vie. Toutes les fois que je l'ouvre, le monde brûlant, le siècle dépravé disparaissent de mes yeux, un doux zéphir s'élève de mon cerveau et berce toutes mes veines, mon âme en extase est prête à quitter mon corps et à entrer dans la porte du mystère des mystères. Toutes les fois que je le lis, votre cher livre, le monde immense me paraît être comme un nénuphar épanoui, dont le parfum délicieux, les couleurs ondulantes remplissent le ciel et la terre du beau, de l'amour et de la vie.

— Mais quand je pense aux hommes je suis pris d'un ennui irrésistible. Ils sont comme innombrables vers rongeurs nés dans le nénuphar qui en souffre et qui risque d'en mourir. Quelle envie n'ai-je pas de détruire alors tout le genre humain; je voudrais porter des cornes à la tête comme un bœuf et renverser en courant autant de gens que je le pourrais. — A propos de bœuf, je me rappelle le vôtre à cornes vertes, où est-il donc?

Peu attentif aux compliments de son vieil ami, Lao‑tse mangeait et buvait tout son soûl. Peu à peu remis de la lassitude, il reprit d'un ton faible:

— J'ai à vous remercier, mon ami, de votre nourriture, et j'ai à plaindre mon bœuf, bœuf à cornes vertes; il a été ma victime... Hélas! il ne m'a légué que cette queue! ajouta‑t‑il en lui montrant une queue de bœuf.

— Ah! quel désastre! Des brigands vous ont pris?

Lao‑tse, après un moment de silence, continua d'une voix traînante, non plus en philosophe emphalique, inventeur de paradoxes, mais en pénitent faisant sa confession:

— Partant d'ici je m'étais proposé d'aller habiter un désert où il n'y aurait aucune trace humaine. Baigné par le soleil le long de la route et peigné par les vents, j'étais enfin arrivé à un désert où il n'y avait ni un brin d'herbe, ni une goutte d'eau, où il n'y avait rien, rien. Mais les souffrances et les fatigues ont fini par abîmer mon bœuf à cornes vertes: il fut atterré. Durant trois jours je fus témoin attendri du martyre, impuissant à le sauver. La troisième nuit, il mourut victime de ma folie. Je serais resté là à cultiver la vertu, si le sort de mon malheureux compagnon ne me menaçait. Tant de malheurs m'ont appris que la vertu n'est ni dans la faim ni dans la solitude. C'est plutôt cesser d'exister que de renoncer à tout. Lorsque je proclamais que les cinq couleurs aveuglent la vue, que les cinq sons assourdirent l'ouïe, que les cinq saveurs détériorent le goût... sûrement je mentais. En effet, ce pain et cette eau que vous venez de m'apporter, cette forteresse brune, ces bois verts, ce ciel bleu, ces nuages diaphanes et dorés... me font oublier les souffrances de désert. Non, non, je ne m'ensevelirais jamais dans la tombe d'insensibilité, d'engourdissement absolus; non, aujourd'hui et demain je vivrai, et j'aimerai la vie. C'est à cause de l'amour de la vie que j'ai craint scrupuleusement l'aveuglement et l'assourdissement imaginaires. Je renoncerai à jamais à la paresse et à l'égoïsme, ces deux axiomes de ma philosophie...

Il voulait prolonger son discours; mais la suite ne lui vint pas; et l'air vexé du préfet lui fit improviser un épilogue:

— Mon livre n'est bon qu'à être brûlé par moi-même... Je vais rentrer chez moi et retrouver ma femme qui habite, vous le savez, Touan-Gan, au royaume de Wi. Mais toutes les histoires que je sais mieux que personne ne peuvent pas me faire vivre. Je tâcherai de balayer les pavées et de laver les habits pour gagner ma vie. Et une fois pour toutes, mon orgueil paradoxal aura disparu... Adieu, préfet, donnez-moi mon livre...

Et il partit sans retourner la tête vers son ami stupéfait, tandis que les cigales continuaient sur les branches et la lumière à danser sur le feuillage...

敬隐渔上海一九二三,一二,一

附：

函谷关

　　盛夏的太阳照在沉雄的函谷关头，屋脊上的鳌鱼和关门洞口上的朝阳双凤都好像在热得喘息着的一样。

　　关外有几株白杨，肥厚的大叶在空中翻作白灼的光辉。无数的鸣蝉正在力竭声嘶地苦叫。

　　遍体如焚的大地之上，只这些白杨树下残留着一段段阴影了。

　　在一株树荫中仰卧着一个老人。他的上身赤裸，两只瘦削如柴的手叉在胸上。头发和胡须蓬乱。假使没有两三苍蝇，时时飞去搅扰他的颜面，使他放在胸上的右手也时时举去招展时，人会疑心是中了暑毒而死的游方乞丐。

　　他与地面贴近的两耳，好像听见了什么声音从地底传来；他突然抬起了他的半身。他的枕头是一部竹片订成的书籍。

　　"啊！这些讨厌的人！在这么炎热的天气，连走兽也不敢出巢，只有这惯会趋炎附势的人们才能在街上窜跑。"

　　他这么叫了两声，随着便站立了起来伸了一个懒腰。他的两只眼睛突露，颈部的下段现出一块马蹄形的浮肿，伸张着的十个指头就好像白杨树叶一般在空中战栗。

　　"老聃！哦，老聃！"

　　"啊！关令尹呀！"

　　两种惊愕的声音同时叫出。

　　两个奇怪的老人趋前紧相拥抱，就好像两支枯藤互相纠缭着的光景。

　　缠绵了好一会儿，两人才分开了。后来者凹陷着的眼眶中蕴含着两眶眼泪。

　　这位后来的老人，便是老聃了。他的须眉比关令尹更白，他的气色也比关令尹更憔悴,他眉间竖立的许多皱纹表示他在人生路上遇到的刺比花多。他那被太阳的光辉晒成紫黑色的面孔反映出倦怠的阴影。他身上穿的一件千破万补的蓝衣,和头上戴的一顶破帽,布满着尘垢。最足以惊人的是他右手中拿着的一只牛尾!

两个老人相携在树荫下坐定。

"老聃,你不久才那样决心地出了关去,你怎么又回来了?"关尹开首向老聃问了一声。

只听老聃有气无力地向关尹回答道:

"关尹,你容我慢慢地向你倾谈,我今天水粒都还不曾粘唇,请你把点现成的饮食给我。"

关尹听了,忙去取了一瓶水和两张麦饼来。

在那时候老聃把树荫下的竹简翻来在读。

"啊!我真惭愧,你把我这部道德经倒不如烧了的好。"

"啊,那怎么使得呀!"关尹一面把饮食放在老聃面前,一面说,"自从你写了这部书给我,我是把它看得比性命还要珍贵。我是寸刻不曾离它。我一展开它来读时,这炎热的世界,恶浊的世界,立地从我眼前消去,我的脑袋中徐徐起了一阵清风,吹爽我全身的脉络。我的灵魂就飘然脱了躯壳,入了那玄之又玄的玄牝之门。我读着你这部书的时候,我总觉得这无涯的宇宙好像是从一粒种子里开放出的一朵莲花,它芳香沁人,它色彩绚烂,上天下地都充满着美,充满着爱情,充满着生命——但是我如一想到人类来时,我的兴致立地便要破坏了,我觉得莲花的心中好像生出了一群蠹虫,整个的美满看看就要被它们蠹噬罄尽。我恨不能把世上的人类和盘扫荡;恨不得头上生出两只角来,跑到人丛中去乱抵乱触如像一条野牛。啊,一说起牛来,老聃,你从前骑着的那条青牛往哪儿去了呢?"

老聃尽他的老朋友在一旁赞美。他只把那水和麦饼尽量地吃喝。他的元气,渐渐恢复了几分,他才又低声地说道:

"啊啊,可感谢的还是饮和食,可怜为我作了牺牲的是我的青牛了……唉,可怜我的青牛只剩了这条尾巴了。"

"啊,多么惨啊!你是遇着强人打劫了吗?"

老聃沉默了片刻又继续慢慢地说,不再像一个夸大其词的哲人,反调悖论的发明者,而更像是一个在悔悟的苦修者:

"我自从出了函谷关后,我一心一意想往沙漠里奔去,住在寥无人烟的沙漠。我在炎风烈日之中奔赶,终于来到一片茫茫沙漠,草没有一株,水没有一滴。但痛苦和疲劳累坏了我的青牛,它横倒在地上。我守了它三天,眼看着它受苦,但无法疗治它。第三天夜里,它终究死了,成了我的疯狂之举的牺牲品。如果不是我不幸的伙伴的下场让我感受到威胁,我还会留在那里修身养性。可是那么多的苦难让我懂得,美德既不在饥饿中,也不在寂寞中。美德与其说是放弃一切,不如说是停止存在。我从前说什么五色令人目盲,五声令人耳聋,五味令人口爽,啊,我真是瞎说!事实上,你刚才递给我的麦饼和水,这褐赭的关门,这青翠的树木,那深蓝的晴空,那皎白的云头……才让我忘记了沙漠里的苦难。不,不,我绝不朝那目不视色,耳不听声,口不味味的坟墓里去;不,不管是今天和明天,我都要活着,都会热爱生活。我以往提心吊胆地恐惧想象中的目盲和耳聋,我是为爱惜身体才怕盲目和耳聋。我将永远摈弃慵懒和利己,我的哲学的这两个基准……"

老聃说了一长串的独白,想说的话大约也说完了。到这时他才觉得关尹脸上堆着的一脸暗云只自言自语地说:"我这部书,只好我自己拿去烧毁……我要回到人间去,去找我的妻,你是知道的,她就住在魏国的段干。可怜我并没有什么本事,我只有一肚皮的历史,我先要养活我自己。我回到他们那里去扫地洗衣都可以。我再不敢傲视一切……再见了,关尹,把书还给我吧……"

他悠悠然走去,也不回头看一眼他目瞪口呆的朋友。蝉子的声音仍然在白枝头苦叫,太阳的光辉在树叶上翻舞……

(张英伦由敬译复原中文)

孤 独[①]

(法国)拉马丁作

往往在山冈,老橡的荫里,
斜阳沉坠时,我岑寂地坐起:
我飘然目游平原,
变幻的画图展布在我的足底。

这边河声吼,涌起滔滔的波浪,
蜿蜒地流入幽杳的远方:
那边,平静的湖淌着入眠的水,
在晚星高照的穹苍。

在绕着黑林的这山顶,
黄昏还撒洒最后的光明:
氤氲的车辇载起夜之后,
高昇直上,照彻了银白的水平。

从古式的钟亭之顶,叮咚,
一片虔音遥起空中:
旅人停宁,乡间的钟声

[①] 本文首次发表于一九二三年八月二十三日的《创造日》第三十期。作者拉马丁(1790—1869)是法国浪漫派诗人。《孤独》(*L' isolement*)是他的著名诗集《沉思集》(*Méditations poétiques*)中的一首。

和日暮的喧哄与圣歌相紊。

但是我的魂儿不觉此美景，
不感快乐与欢悦；
我瞰此地球如偶游之灵：
生者的阳光死人不受其热。

由此峰至彼峰我枉劳目送，
自南至北，自西至东，
我阅遍了无穷的宇宙，
我说："无处幸福肯与我相从……"

出此球形的界线，
或许有真的太阳照耀别的一洞天，
我若能委躯壳于尘世
或者我默想之境可显现于眼前。

那里我将醉饮渴慕的泉水，
那里我能寻着希望与爱情，
和理想的美，人所称羡，
她于此世尚无名称。

奈何我不能跨上曙光之车，
飞到，我愿中的对象啊，你的面前！
在此流放之区我何尝延住？
世界和我无处相连。

每逢林叶在草坪干落，

秋风突起,掠它出谷中;
我呢! 好似凋枯的残叶,
和着残叶掠我去呀,你暴烈的狂风!

译诗一首①

(唐人金昌绪诗《春怨》)

打起黄莺儿,
莫教枝上啼,
啼时惊妾梦,
不得到辽西。

Qu'on me chasse le rossignol d'ici,
Je ne veux pas que sur l'arbre il chantonne:
En chantonnant dans mon sommeil il m'étonne,
Et m'empêche d'arriver au Liao‑si.

---

① 本文首次发表于一九二三年八月二十六日出版的《创造周报》第十六号。唐代诗人金昌绪,生卒年不详,余杭人,仅有这一首《春怨》传世。

海　上（EN MER）[①]

(法国)莫泊桑作

最近报载：从布洛涅[②]，一月二十二日来信：

忽来一件惨祸使我们已两年遭困难的航业人民惊惶失措。日维尔主人驾的渔船进口时，被波涛打在西面去，回转在码头上撞破了。

虽然救船尽力相援，又从舱里发出些缆绳去，四个人，一个小水手仍然丧了命。天气仍旧坏，恐怕还有第二次大灾。

谁是日维尔主人呢？就是那独手人的哥儿么？

设使那被浪卷去的，或者已死在破碎船下的不幸人就是我心上所想的，他却在十八年前，遇了另一场惨剧，这是波涛中常有的。

年长的日维尔那时是一架网船的主人。这船是一种最好的渔船：坚固又不怕天气的险恶，底子是圆的，浪把它木塞似的卷去卷来：时时浮上海面，时时被芒什海的狂风击着，仍不疲倦的破海翻浪，帆布涨鼓着，在腰间拖着一张大网，直刮到海底，时而放出，时而摘取些岩石边睡着的动物，粘在沙面的平形鱼咧，钓足的，笨重的螃蟹咧，尖须的大虾咧！

北风清凉，波浪浅平的时候，船即开始打鱼。它的网钉在一条夹铁木椿上，用一根铁绳轮垂转下去，可以滑到船头船尾。船顺着风和

[①] 本文连载于一九二三年八月二十六日至九月一日的《创造日》第三十三至三十九期。莫泊桑(1850—1893)原作首次发表于一八八三年二月十二日的《吉尔·布拉斯报》；同年收入短篇小说集《山鹬的故事》。

[②] 布洛涅，法国北部加来省一港城，濒临英法之间的芒什海峡。

水移动，拖着这扰剿海底的器械。

日维尔船上有他的弟弟、四个人和一个学徒。一时天气清爽，他由布洛涅出发去下网。

不多时风起，一股狂飙突来，逼迫着拖船奔逃。它到英国的海边；但是海潮打岸，冲上陆地使它不能进口。这小船再驶入海中间，又回到法国海边。狂风仍阻止它靠近码头，一切避险处都是被泡沫、浪声和危险包围着的。

拖网船仍旧出发，从波浪背上跑过，飘摇着，溅着水点点滴滴，被水块撞击着，但还是欢欢喜喜的，因为习惯了此种天气，有时在海上飘流五六天，在两国之间，两岸都不能靠近码头。

最后狂风平息时，船已在海中心，虽然浪还大，船主却命下网。

所以他们把这渔船撑在边上，船头两个人，船尾两个人开始从轮盘上放下束紧它的缆绳。渔网突然到了底；但是一层大浪倾斜了船身，日维尔的弟弟在船头经管下网，一时支持不住，他的胳膊挟在抖松的绳子和系绳的木头中间了。他尽力用另一只手掌起绳子，但是渔网已拖着进行，伸直的绳子不肯退让。

他疼痛得抽筋，叫唤了。人人都应声跑来了。他的哥哥离了舵梗，一齐揽着绳子，用力解放被绳子磨搓的胳膊。无奈办不到。一个水手说："务必割断。"他从衣袋里取出了一把大刀，能够两下就救了小日维尔的胳膊。

但是割断了，就要丧失网机，这网机却又值钱，很值些钱，值一千五百佛郎，这是日维尔哥哥的，他总求保全他的财产。他心碎了，喊道："不，不要割，等我向船舵那边去。"他跑到船舵，把舵梗向下按，船不受指挥，被网机逼着，不能活动，况且还有风力和冲流拖着。

日维尔弟弟双膝跪下去了，牙齿错紧，眼色昏暗。他不作声。他的哥哥转来还是怕水手用刀："等一等，不要割，务必下锚。"

锚下了，链条完全流下，然后转绞车，使网机的缆绳回松，缆结果松了，取出了死胳膊，他的衣袖浸满了鲜血。

日维尔弟弟呆了。人替他脱下衣服,就看见一件吓人的事儿,一堆肉泥,鲜血滔滔从中射出,如被抽水机吸着似的。当下这个人看着他的胳膊,呻吟了一声:"坏了!"过后那甲板上流了一摊血,一个水手喊道:"他快要把血流尽,务必把脉管拴紧啊。"

　　他们就拿了一条麻绳,一条棕色的柏油漆的粗麻绳,抱着伤口的上部,用劲捆紧,血渐渐不流了,末后完全停止了。

　　日维尔弟弟,站起来,胳膊吊在身边。他用另一只手,把它抬起,辗转,摇了几摇。却是完全断了,骨头碎裂了,只有筋吊着这一部分肢体。他冷眼看着,思想。过后他坐在一匹卷好的帆布上,他的伙伴劝他用水淋伤,免得腐败。

　　他们摆了一桶水在他身边,他每分钟用一个杯子舀些水,浇灌这吓人的伤口,一线清水从上面滴流下来。

　　"你在下面更好些。"他的哥哥向他说。

　　他下去了,但是过了一点钟,又上来,他一个人觉得寂寞呢。他又爱流动的空气。他又坐在帆布上,又用水灌他的胳膊。

　　打鱼却顺利。跋命的白肚子大鱼,摆在他身边,他看看这些鱼,一面灌他那压碎了的肉。

　　天黑了。一直到天明,却是风雨。太阳东升时,又望见英国海岸,但是因为天气稍好,也就逆风而行,回向法国方面来。

　　傍晚间,日维尔兄弟叫他的伙伴来看他那些黑痕,一片腐溃满了那一节支离的肢体。

　　水手看了,各出意见。

　　"这就是溃败了。"一个说。"应该用咸水淋。"另一个人说。

　　所以他们就担咸水来淋伤痕处,受伤人面色惨沮,错着牙齿,扭了扭身子,但是他不呻唤。

　　后来痛过了,"把你的刀子给我。"他向着他的哥说。

　　他的哥哥给了他一把刀子。

　　"你提着我的胳膊向上,伸直拖着。"

他们依他的话。

他就自己剔割。慢慢的割,思索着,用这剃头刀似的尖锋断最后的筋丝,不多时只剩一个椿椿,他大叹一口气说:"早就该这样办。我先痛慌了。"

他觉得少了一个负担,用力呼吸了一阵,他再用水灌那剩下的一节肢体。

那夜仍旧有风雨,不能登陆。

天亮的时候,日维尔弟弟取他那脱了的胳膊,视察了多久。已开始腐败了。伙伴们也来察视,一个传递一个,探摩着,辗转着,嗅着。

他哥哥说:"把他掷在海里罢。"

但是日维尔兄弟发怒:"哈!不!哈!不!我不肯,这是我的,不真么?既是我的胳膊……"

他拿转来,并且挟在两腿中间。

"它还是不免腐烂。"哥哥说。于是有为受伤人出主意的。在海面上保存鱼都是装在盐桶里。他问:"我们不能够把它放在盐桶么?"

他们就把一只已装满鱼的桶搬空,在桶底摆好了这胳膊,然后再一个一个的装鱼进内。

一个水手说了一句笑话:"只要不张声卖……"

一齐听着都发笑,两个日维尔除外。

风仍旧吹着。船依旧逆风而行,直达清晨,始向布洛涅去。受伤人不住的灌水在伤处。

有时他站起来,从船这头直到那头踱来踱去。

他的哥哥掌着舵,眼见这种景况,把头摆摆。

后来回到了码头。

医生来验伤,说明伤口无碍。他捆束好,叫他静养,但是日维尔不拿了他的胳膊,不肯去睡,立刻就回到码头去找那打着十字记号的桶儿。

他们当他的面前开了桶,他捉着他的胳膊,新鲜的、起了皱纹的、好好存在盐酱里的胳膊。

他特带来了一张饭单把这东西包好,回他的家里去了。

他的妇人和儿女把这父亲的废物察视多时,用手指探试,拈下在指甲下面的盐。后来请了一个木匠,来做一个小棺材。

第二天,渔船全体的人员,来送这断胳膊的丧。两弟兄并行,在当头引丧;教堂的司事挟着这尸首在腰间。

日维尔弟弟丢了航业。他在码头上得了一个小位置,后来讲道他胳膊的惨剧,他低声告诉听讲人:"设使我的哥哥肯割断网绳,我一定还有我的胳膊呢,但是他只顾他的财产啊。"

遗　嘱（Le testament）[①]

（法国）莫泊桑作

　　我认识那少年名勒内·德·补尔能挖。他与人交际时，豁达可爱，但是性质有些消极，仿佛事事都看透了的，是一个很怀疑的人，具一种绝对的、严酷的怀疑观，最会一两句话点破世人的虚情假意。他常常说："没有正经人！所谓正经人，也不过从比较坏人而言。"

　　他有两个兄弟名叫古耳西，却不相往来。在看他们姓名不同，我当做是他母亲再嫁时生的。我虽然常常听说这家人有奇特的历史，但是总不知道其中的详细。

　　这个人很合我的意，不久我们就成了朋友。一天晚间，我单同他对着用晚餐，我偶然问起他："你母亲生你时是头一嫁，还是再嫁的？"我见他脸上白一阵，红一阵，明明是得难，一时开不了口，后来他发出特别一种凄惨温和的微笑，说道："我的好朋友！你若是不怕烦恼，我就详细把我那古怪的来历对你谈谈。我知道你是个聪明人，所以我就不怕我们的交情受影响。如其不然，从此以后，我就不能把你当作朋友呢！……"

　　古耳西夫人——我的娘——是一个可怜的胆小的妇人，她的男人图她的财产娶了她的，她一生受着冤屈；她的性情本是多爱的，胆小的，幽静的，却被那该当是我的父亲的人——人称乡霸老绅士一派——不歇的蹂躏。结婚刚才一月，他就偕一个婢女过活。他另外又

[①] 本文连载于一九二三年九月十九日至九月二十三日的《创造日》第五十七至六十期。莫泊桑原作首次发表于一八八二年十一月七日的《吉尔·布拉斯报》；一八八三年收入短篇小说集《山鹬的故事》。

把佃户的妻女当作他的妻子;虽然如此,他倒也同他的妇人生了两个儿子;要是把我算在内,那就是三个了。我的娘不甚说话;她在这个闹哄哄的家庭里,就像小鼠,专向木器底下藏躲。平常若有若无,战战兢兢的,看人时,眼光是清亮不安,流动不定的——一双恐怖不离眉尖那种惊惶动物的眼睛。她却又美丽,很美丽,纯是绛色——一种胆小的绛色,仿佛是她的头发被恐怖退了色一般。

古耳西先生的朋友之中,常到私第来的,有一位退位的马队军官,是个鳏夫,为人赫赫可畏,性情温和中带刚强,遇事能够下最坚的决心,名叫补尔能挖先生,就是我承继的这个名字。这是一个干瘦活泼的大汉,有一付又多又黑的胡子。我很像他。这人看了多少书,思想也与那些同阶级的人大异。他的曾祖母是卢梭的朋友,并且可以说他也受了先人的这点遗传性。他熟记得《民约论》《新爱洛依丝》,以及这一派哲学书,为改革我们的旧习惯和我们的迷信,改革我们腐败的法律和我们愚暗的道德之先导者。

他恋爱我母亲,——大致是——并且被我母亲爱。这点关系的秘密,还没有人猜疑呢。可怜的妇人,忧郁孤立,该是全心皈依他,并且和他周旋之间,从他那一派思想吸收自由思想的论调和自由恋爱的胆量;但是照她那样胆小,连话也不敢高声点儿说一句,那些真理都包藏着,压制着,在她那永不开展的心里。

我两个兄弟对她很无情,亦如他们的父亲不亲近她,并且惯把她当作家里一件若有若无的物品,待她如一个笨拙老婆子。

儿子中独有我爱她,又被她爱。

她死了,我刚有十八岁。要使你明白下文,我应该申明她的丈夫承了一个推士的产①,曾宣布他俩的分产制,所以我的母亲得法律和一位忠心书记②的暗助,还存着得自由写遗嘱的权利呢。

---

① 此处应译为"她的丈夫受到指定监护人的监护",指失去行动能力的人依照法律受到指定监护人的监护。
② 书记,即公证人。

于是有人通告了我们说有一张遗嘱在这书记家里,并且请了我们去听宣读。

我记起这回事恰如昨天一般。这是一幕宏大的、凄惨的、滑稽的、惊人的短剧;这一幕剧的主动者乃是这亡人死后的反抗,是这要求自由的声音,这一生被我们习惯所压制的人从坟墓底下的喊冤,是从严盖着的棺材里向独立之路发出来的呼吁。

这时自以为我父亲那人——一个胖子,脸带血色,很像一个屠户——我两个弟兄:一个有二十岁,一个小两岁的强健少年;安安静静的坐在他们椅子上等着。补尔能挖先生被请来出庭,因他进来了,正坐在我后面。他的礼服紧紧的束着,面色惨白,不时咬着他那胡子——却已成灰色了—— 他定是预料到这一回事的。

书记把门下了重锁,当时打开一件红色火漆胶着的信封,其内容他也不知道,他开始宣读……

忽然我的朋友住了口,立起身,继后从柜子里取出张旧纸来,展开了,用嘴亲了又亲。"这就是我那可爱的母亲的遗嘱。"

于是他接读下去。

  我,署名人,瓜刘克斯氏,古耳西的正式夫人,精神和身体俱健全,在此表示最后的志愿。

  我先请上帝,再请勒内,我的儿子,恕我以下的嘱托。我想我儿子有心肝能了解我,宽恕我。我一生受了苦楚。我是被丈夫暗算娶过门的,后来我被他轻视、侮辱、压制、欺骗,日无间断。

  我宽恕他,但是我不欠他丝毫。

  我两个长子并未爱惜我,未曾孝顺我,差不多不把我当作母亲看待。

  一生我对于他们尽了应分的义务。死后对于他们的责任已了了。血脉的关系没有平日恒久的神圣的爱情不能成立。一个不肖的儿子还不及一个外人,这就是一个罪人,因为他有不能不顾他的母亲的天职。

在人面前,对于他们无人道的习惯、不平等的法律、无耻的妄断,我常是心惊胆寒。如今在上帝面前,我不怕了! 死后我从身上脱下那可羞的面具,我敢申诉我的思想,供出我脑中的秘密。

　　所以我存着我分内的,我可以依法律支配的财产,遗传给我亲爱的补尔能挖,将来再传到我们可爱的儿子勒内。(这志愿另外立了一个正式的、更清切的约据。)

　　当着俯听我的至尊审司面前,我声明设使我没有遇着我这情人的深远、忠诚、不变的爱情,设使我没有在他怀内了解了天生人是为相怜、相爱、相劝、相助,在痛苦时互相流涕,我一定要咒骂上天与人生呢。

　　我两个长子的父亲是古耳西,只有勒内一人是从补尔能挖所出。我请人生,命运之主,把父子的关系解放出社会习惯的范围,使彼此终身相爱,并且使我在棺材内仍享受他们的敬爱。

马定·德·瓜刘克斯

　　古耳西先生站起来了,吼道:"这是一个疯人的遗嘱!"那时补尔能挖前进一步,以洪亮简切的声音申明:"我补尔能挖申明这纸记载的尽属事实,我可以拿所有的信件证明!"

　　当时古耳西向他扑来。我看他们的用武,两个都是高大,一个瘦,一个胖;都是怒气勃勃的。母亲的丈夫喃喃着:"你是一个造孽徒!"补尔能挖一样沉重干涩的声气答道:"先生! 我们别处再会罢。若不是我要保存你蹂躏的那可怜妇人的安宁,我早打了你耳巴,早和你决斗了。"

　　当后他转身向我说道:"你是我的儿子,你愿意跟随我么? 我虽没有认领你的权限,但只要你肯随我来,我仍有执行此种权的义务哩。"

　　我握着他的手。无言对答。我们一齐出去了。那时间我当然有几分疯意。

　　两天以后,决斗的补尔能挖先生杀死了古耳西先生。我的两个弟兄怕闹出笑话,也就不敢声张。我把母亲遗下的财产的半数分给了他们，他们收下了。在法律上取来的名字，不是我的，我不用，我从我真正父亲的姓名。

　　补尔能挖先生死了五年了：我现在还有些伤心。

　　他站起来，走了几步，立在我面前："我说我母亲的遗嘱事件，一个妇人能办到的最公正、最伟大、最好的事情，你表同情么？"
　　我伸两手握着他："是的，确实的，我的朋友。"

诗一首①

(自译)

Quand tout enfant j'ai pu t'apercevoir,
Oh! pur amour! dans la chère prunelle
　　　Maternelle.
Partout ailleurs, en ce bas monde noir,
Ne pourrai - je donc jamais te revoir?
As - tu sombré dans la tombe éternelle
Avec elle?

自从孩时，我看见了你，
啊！纯洁的爱啊！在母亲慈祥的眼底，
此外，这龌龊的世上，
不再见你的足迹！
未必你沉入了坟墓，
永远陪伴着伊？

---

① 本文首次发表于一九二三年九月二十三日出版的《创造周报》第二十号。

莫男这条猪①

（法国）莫泊桑作

（一）

我对辣八尔伯说道："你又提起'莫男②这猪仔'五字为什么，怪事！我每逢听说莫男的时候，莫不叫他猪仔呢？"

辣八尔伯——现在是议员——大睁一只鸱鸮眼睛望着我。"怎么？你是辣六奢③人，你不知道莫男的历史？"

我承认了不知道莫男的历史。

当下辣八尔伯搓搓手，开始摆他这故事：

"你认识莫男，是不是？他的大杂货店开在辣六奢岸上，你记得吗？"

"是的，委实的。"

唉！你须知一八六二，或一八六三年，莫男曾到巴黎去过了半月，为的是玩赏，或是行乐，但是他托故是去办货的。你知道巴黎的十五天对于一个外州县的买卖人，生何等感想。可使人周身血勃勃热呢。每晚上游戏场哪，同妇人们挤擦哪，精神无时不奋作，使人欲疯。只看见穿裙的跳舞的女子，和露开膀儿的女优，圆溜溜的腿儿，肥泽的膀

---

① 本文连载于一九二三年九月二十七日至十月三日的《创造日》第六十五至七十期。莫泊桑原作首次发表于一八八二年十一月二十一日的《吉尔·布拉斯报》；一八八三年收入短篇小说集《山鹬的故事》。
② 莫男实应译作莫兰，敬隐渔四川口音重，故译作莫男。
③ 辣六奢，今通译拉罗谢尔，法国西部城市，滨海夏朗德省省会。

儿,都是差不多顺手的,但是没人敢动手。下等茉味,少有人尝过一两回。一个人起身的时候,还是魂飘魄荡,嘴唇上发着一种接吻的酥痒。

莫男临到买了八点四十分钟回辣六奢的晚车票,正是在这个景象里,正在候车室里心悬意乱的踱着,忽然突突的伫立在一个老妇人握抱的少妇对面。她揭起了盖头帕儿,莫男出神嘘道:"呀!好美的人儿!"

她同老年妇人告了别,进了候车室,莫男跟着她;她上了月台,莫男也跟着她;她进了一辆空车,莫男仍旧跟着她。车里的旅客很少。火车头吹了汽笛,车开了。车中只有他们两人。

莫男把她看了个饱。她仿佛有十九二十岁,脸儿淡红,身材高大,磊磊大方。她把旅行毡子裹庇着腿,靠在凳儿上,准备着打盹。莫男自问:"这是谁?"那时悬疑百种,千思万绪在他脑海里徘徊。他自忖道:"听说铁道上有多少奇缘;或许是我今天就遇着了一回呢!谁知呢?我恁快当就得了佳遇哟!大概只需我胆大点儿就好了。党冬①不是说过吗:'大胆!还是大胆!永远大胆!'设使这不是党冬说的,就是米拉博②;总之,不管是谁。然而我缺少胆量,这就是我的障碍啊——设使能够知道,设使能够看透人心!我敢打赌,一个人每天无意中要错过许多好机会。其实她只需一个手势表明她是不是想……"

于是他假设各种条理,都引他入盛境。他悬想着同她一番阔绰的遇旋,向她尽些小殷勤,一席多情尽致的谈话,收尾是一个宣誓结果是……你猜。

那时夜已深了,美人儿依旧睡着,莫男却在一边看她失足的情态。天亮了,继后太阳射出第一道光线,长而明亮的光,从空际直射在她的脸儿上。她醒了,坐起来,看看乡景,瞧瞧莫男,微笑了一笑,她那神气是快活的,娇乖的,有幸福的妇人微笑。莫男打了个软颤,想决无疑义,这微笑是为他发的,这定是个潜示的招请,他所盼望的一个巧想出

---

① 党冬(1757—1794),今通译丹东,法国大革命时期活动家。
② 米拉博(1747—1791),法国演说家、政治活动家。

的暗号。这微笑的寓意必是:"你真是个憨哥,是个傻子,是个呆儿,木椿似的从昨夜坐到现在,不离你的位子呢?看看我是不是艳丽的呢?你通夜同一个妇人挨身住着,一点不敢动作,好呆哟!"

她继续看着他微笑;并且开始大笑;他就摸不着头脑,要找一句投机的话,一句赞辞,随便一句什么话。但是他找着出一句来,找不出。当时他就放开懦人的胆量,想道:"也罢!我冒个险。"他就不打个招呼,突然进步,双手伸着努起饿嘴,把她抱个满怀。

她一跳站起来喊着:"救命哟!救命哟!"吓的嘶喊,并且开了窗门,她的胳膊伸在窗外乱舞,骇疯了,想跳出去。那莫男也惊恐了,怕她摔倒在马路上,抓着她的裙儿,呐呐道:"夫人!……啊!……夫人。"

火车缓了,停住了。两个铁路员拼命跑来,那年轻妇人,倒在他们怀里唧唧哝哝道:"这个人他要……要……把我……把我……"她晕倒了。他们到了莫色车站,那受虐的牺牲一醒转来,就宣布了事实。当场的宪兵挡住了莫男。本地当局鞫问了。可怜的杂货商人定了有伤风化的罪名,受了一番痛挞,到黄昏才得回家。

(二)

那时我是沙朗弟①海灯报的主笔,每天晚上我在商业咖啡馆里会见莫男。出了事的第二天,他没主意来找我,我把我的意见不瞒他,对他说:"你简直是头猪,人不会这样做。"

他哭诉他的妇人打过他,他眼见他的生意堕落,他的名誉涂地,他的朋友们怀恨,不恭维他了。结果,他引起我的怜悯心,我请我的一个同事黎外——一个好嘲笑而多谋的矮人——商议办法。他劝我去见审判官,这也是一个朋友。我叫莫男回去,我就到审判官家里去。我

---

① 沙朗弟,即夏朗德省。

才知道这遭殃的女人,是一位幼女,她无父母,来外叔家里过假期的——她们是莫色的忠厚平民。

她的外叔已经控告了,这就使莫男处于沉重的地位。只要她叔叔收回了状纸,检察官就应允搁下这件案子,应该办到的就在这一点。

我折回莫男家里,他在床上,因为伤感,焦愁病了。他的妇人,一个拓骨朗筋,仿佛有胡子的,高大活泼的女人——不歇的侮辱他。她引我进房间,当面叫着:"你来看莫男这猪仔么?这就是他,这傻仔!"

她挺立在床前,捻着两个拳头,撑在腰间。我讲明现在的情形。他哀求我去会那一家人。这差使是很棘手的,但是我也允许了。那可怜鬼不息的说:"我给你赌咒,我连抱也没有抱她,没有……"

我回答他:"总之,你是一头猪!"并且我拿了他给我自由处置的一千佛郎,去办理他这件事。

但是我不愿意只身冒昧到那人家,我请黎外同去,他应许了,但是提出立刻动身的条件,因为他明天午后在辣六奢有一件要紧事。

过了两点钟的工夫,我们在一家美丽的乡下房子的门口按铃;一个妙龄的女郎来打开了。这一定是她了!我低声告黎外说:"我渐渐的懂得莫男了。"

他的外叔叫董勒莱,恰好是订阅海灯报的,是个热心政治的人;他极欢迎我们,祝贺我们,同我们握手,接到两个他所爱看的报的主笔在他家里,他也高兴。黎外向我附耳说道:"我预料莫男这猪仔的事情,可以排解呢。"

他的侄女已离开了;我开始破那为难的题目。我描写那闹出丑名的反响,我竭力的说明那风声使幼女儿在名誉上所损失的价值;因为别人不肯信只是亲了嘴。

那老头仿佛犹豫,但是没有他的妇人在场,他不能决断;妇人又要晚间很晏才得回来。突然他得意扬扬的叫道:"呵!我有一个好主意,我留你们两位都在这里午餐,然后就在这里歇。并且我的妇人回来的时候,我希望我们能够互相了解。"

黎外反对，但是因为要排解莫男这猪仔的事情，他也让步，我们就应了请意。董勒莱喜极，站起叫他的侄女来，邀我们在他园子里散步，宣布："今晚解决重要事呢！"

黎外同他闲谈政治，至于我，不多时就退后几步，恰和年幼的女郎，并着肩儿。她真是雅致啊！雅致啊！我用着无穷的谨慎说起她的事来，图她成我的一个女朋友。

但是她私毫不觉害羞，听我说时，仿佛是很有趣的样儿。

我告诉她："女士，你想想你将受的烦恼，你须到公堂，受些怪眼色当众人重提这车中的惨剧。现在是我们自己谈谈，当初设使你不作声，劝这贱人归还本位，不叫喊铁路员，直接换一辆车儿，岂不是好多了吗？"

她笑："你说的真话，但是又奈何？我吓倒了；人一吓倒，就不能理想。我明白我的景况时已后悔不该叫唤；但是已经迟了。你想想这蠢物一言不发，就扑在我身上，脸色疯狂，我还不曾知道他意欲何为呢！"

她正面看着我，没有惊诧骇怕的样子，我自想道："这是一个过余活泼的女儿。我了解莫男这猪仔总是误会了。"我微微带谑接着说："女士你该承认他是个可原谅的，因为像你这样的美好，绝不能使别人见了不正式起搂抱一下的心肠呢！"

她笑得更厉害了，牙齿露出了："先生，在愿意与实行之间，还须留礼节的余地呢！"

那话儿虽欠明了，却有巧趣。我忽然问她："设使我现在搂抱你，你又怎样？"

她端端站住把我从上至下看了一遍，继后安闲说道："啊！你！这不是一样的了。"

哎，我已早知道不是一样，别人称我叫："标致的辣八尔伯。"那时候我有三十岁。但是我问："为什么？"

她耸耸肩儿答道："因为你不像他那样笨，"后又目光下注添了一句，"也不像他那样儿丑。"

不等她能够走避我,我已经在她的颊上踏实的亲了一下。她向旁边跳去,但是已来不及了。

过后她说:"你也并不拘束,你呀!但是不要再开这个玩笑啊。"

我以谦卑的口气低声说:"啊!女士,至于我设使有点希望,这就是学莫男为了一样的事上法庭。"

她却又问:"这是为什么?"

我端端的注着她的瞳儿。"因为你是世界最美中之一;因为欺侮了你是我的一回光荣,一个头衔。因为别人若见了你,可以说,'辣八尔伯没有顺手扒窃,但是他还算是有福气的啊。'"

她又格格笑起来。

"你真是怪!"她还没有说完一个"怪"字,我已把她抱在满怀,只要有一个空处,我就饿馁的亲,不管是头发,是额,是颊,有时正在嘴上,全脑壳上,她只能遮盖一处,总要露出一处。

后来弄的她脸上通红,她戛气就推脱了。"先生,你是一个粗鲁人,并且你使我悔不该听你的话。"

我握着她的手,有些羞愧,吞吐着:"宽恕我,宽恕我,女士!我伤了你,我是野蠢的,不要记仇,设使你早知道……"我找不到一句推口话。

隔一会儿说:"先生!我不必知道什么。"

但是我找出了,我叹道:"女士,我爱你已有一年了!"

她纳罕,举起了眼光向我。

我接着说:"是的,女士!你听我说。我不认识莫男,并且我鄙俗他,他就是进监狱,上法庭,都不与我相干。去年在此地我看见过你,你在那铁栏杆边。我一见就心旌动摇,你的影相从此不离我,你信不信都无妨。我觉得你是可羡慕的,这纪念把我浑身盘踞了呢。我想再会你一面,我特趁着这件蠢莫男的事儿,如今到这里来了。这好机缘使我有些过分,宽恕我!我哀求你宽恕我!"

她从我眼中窥探真假,势将再笑起来;她吐露着:"撒谎儿!"

我举起手,并且以诚实的——我想那时我是诚实的——口气说:"我赌咒我没有说谎。"

她简简单单的说:"罢了!"

那时我俩是孤单单的,完全孤单单的,黎外同她叔父在路湾间隐没了。我就向她发了温柔的专篇宣言。同时抱着她,亲着她的拇指。她听那些话,只觉得新鲜有味,不知可信不可信呢?

结果,我觉得昏迷了,竟想着我说的话了,我脸色发白,气促了,打战儿了,我就轻轻的抱她在怀。

我很低声的在她耳上卷摺的头发边细谈。她飘飘欲死,她这般不动的玄想着!

后来她的手遇了我的手,她握着了:我把她抱着。手儿发颤,慢慢的渐抱渐紧。她完全不动,我的嘴触了她的颊,突然不期而遇,我的嘴唇接着她的嘴唇,这就成了一回很长很长的接吻。并且要是我没有听见我背后几步远远"哼!哼!"的声气,那还可以延长。她逃躲在一个树丛里去了。我回头看见黎外迎面而来。

他在路中间站着,敛着笑容,说道:"就是照这样你调停了莫男这猪仔的事么?"

我全不顾忌答道:"朋友,各尽所能罢了,还有叔父咧,你得了什么结果?我就担保幼女!"

黎外宣布说:"我同叔父,没有这样的幸福啊。"

我和他携着手走回去。

(三)

晚饭时我完全心荡了。我同她挨着坐,在桌布下,我的手时时的遇着她的手,我的足时时压着她的足;我们的视线相连相混。

继后在月光之下,我们转了个圈子,我把我心中尽有的甜蜜话,唧唧哝哝,传达到她那灵魂儿里。我紧紧揽着她,时时扑抱着她,我的嘴唇浸在她的嘴里。叔父同黎外在我们前面辩论。

我们浓浓的影子在沙路上跟着他们。

随后我们同转回屋。不多时,电报员送电报来,是她婶母打来的,说她明朝七点钟乘头一次火车回来。

外叔说:"亨利也蒂,去领两位先生,看他们的房间。"我们同老人握了手就上楼。她先领我们到黎外房间里去,所以黎外附着我耳说:"先领我们到你的房间里去无妨呢!"她才引我到床边。到了只有我俩在一块儿的时候,我又把她搂抱在怀中,情意扰乱她的理性,软化她的拒抗。

但是快要销魂的时候,她逃遁了。

我钻进被窝里,很怅惘,很不安,很狼狈,知道是合不了眼,我思索我几乎做出了一件笨事,那时我听着有人轻轻敲我的门。

我问:"那是谁?"

一个清细的声音答道:"我。"

我赶快穿了衣服,开了门,她进来了,"我忘记了,——她说——问你早饭吃什么?"

我猛猛挟她在怀,恨不得吞了她,呐呐说道:"我吃……我吃……我吃……"但是她从我怀里滑脱,吹熄了灯,不见了。

我一人愤愤的在黑暗里,找自来火也找不出。随后找出了,去到走廊里半疯半呆的,手擎着蜡台。

我去做什么咧?我不计较了,我要寻她,我要她。我无思索的走了几步。后来忽然想起:"但是如果我进了她叔父的房间,我怎样说咧?"一时我站着不动,脑汁空了,心头噛噛的跳。过一会儿想出了答话:"我就说找黎外的房间,要同他商量一件要事。"

我挨一挨二的寻见她的门,但是全没把握。我偶然拿出一把钥匙。扭了一下,门开了,我进去……亨利也蒂正在床上,惊诧呆呆的望着我。

于是我轻轻关了她的门,踮着脚儿走近她的身旁,我给她说:"我忘了问你,女士,要一本书念。"她捺抗着,但是不多时我已翻着我要念的书,我不提这书名,这是一本顶奇异的小说——一部最神秘的诗。

头一篇翻开了,她让我悦意念下去,我就尽力的翻阅了许多章,直到我们的蜡烛都燃完了呢。

我道谢了她,踮着足儿回我的房;那时一只粗暴的手当着我,一片声音——是黎外的声音——向着我的鼻子悄悄道:"你还没有调停好莫男这猪仔的事么?"

早晨七点钟,她自己端了一杯苏格拿茶①;这美味是我从没有尝过的……这杯茶香气扑扑,温和如绒毛,醉人欲死。我的嘴不忍离这温存的杯边。

刚刚女子出去,黎外就进来,精神疲倦,昏沉沉似夜来失眠的样子;他忿声向我说道:"设使你接续做下去,结果你要弄坏莫男这猪仔的事情。"

八点钟,婶母回来了。讨论不久,这些忠厚人已允收回他们的诉状。我就便留下五百佛郎给乡间的贫民。

他们想留我们再住一天,并且商议要约我们去游览那些颓败的城郭。亨利也蒂在她叔父婶母背后,用头作势:"是!住下罢。"我允可,但是黎外坚持要去。我拖他在一边,我请他恳求他,告诉他:"小黎外!看我面上住下罢。"

但是他动气了,再三说道:"莫男这猪仔的事,我办够了,你听着没有?"

我只得同他动身。这是我平生第一难过的日子。若能生平调停这件事,我也愿意。

在火车中暗悄悄,情急急的和她握别了,我同黎外说:"你是粗鲁人。"他答我:"小朋友,你已经使我怪厌恶你了!"

到海灯报馆时,我见一群人在那里等我们……他们一见了我们就

---

① 苏格拿茶,实为巧克力。

喊道:"你们调停好莫男这猪的事么?"辣六奢全城被这件事情轰动了。黎外不愉之色,在路上已经散去,费多大的气力,敛着笑,宣告众人道:"是的!做好了,全靠辣八尔伯。"

我们到莫男家里去。

他在一张睡椅上躺着,头上包着冷水浸的布,腿上敷着芥末子药,焦愁得迷离恍惚;并且不歇的咳嗽,似临死的人的咳嗽,不知道症从何而来。他的妇人睁起一对母老虎的眼睛,跃跃欲吞他的样儿看着他。

他一看见了我们,四肢都战栗起来。我说:"调停好了,但是别再闯祸。"

他站起来,气喘吁吁的,恭恭敬敬携着我的手亲了,感激流涕,差不多要昏过去,抱了抱黎外,并且抱了他的夫人,却被她一掌推回原位。

他太受了惊,以后不能恢复原状。

全城人都称他:"莫男这猪仔"的绰号,每逢他听到一回,便如剑刺透他的心肝一般。

每回一个无赖子在街上叫声:"猪儿",他必自然的回头看。他的朋友一吃火腿,就奚落他,问道:"这是你的腿么?"

两年后,他就死了。

至于我一八七五年时,投身选举,我去拜访都色尔的新书记伯龙格尔先生。一个肥而美的妇人接待我,

"你不认识我么?"

"但是……否……夫人。"

"我是亨利也蒂·波南耳。"

"哈!?"

我当时面色淡白。她仿佛十分安闲,并且看着我微笑。

她避开,只有她的丈夫同我一块儿的时候,他握着我的手,紧箍着欲成粉碎:"好久我就想拜望你,先生。我的夫人常提及你。我知

道……是的,我知道为什么情节,你认识了她的,我也知道你为这件事情,你是何等的忠心,精细,巧妙……"他犹豫片刻,然后低声仿佛是一句粗鲁话,不堪出口,说了"为莫男这猪仔的事"。

《小物件》译文的商榷[1]

昨夜自友人处携带的 Le Petit Chose[2] 的李译本今天东一篇西一篇大略看了一阵。未加批评以前我先当求译者劼人君原谅。劼人君我本不认识；但他的两位兄弟却与我相识很久。希望他不要怪我不去批评别人，偏只批评他译的书；须知道在我所见的法文文学译本中，此书译笔算是很有希望的……但并不是说别的译本都无批评的价值，只因我没时间，有多少新译书未见到……

《小物件》这本书的原文我看了两遍，每次都供给了我凄凉的喜兴和有力的调教。可怜而可敬的 Jacques！情狂耿直而可爱的"小东西"！不惹尘埃的 Germane 院长！至于艺术，用笔方面，每篇每段都有令读者忍不住忘形叫"好！"的地方，请读者自己去赏识罢。

李君劼人的译文也是很流畅，很有经验的，但我今天把译文和原文对了对，看见李君丢了许多，有些固然是对于中国人没好大关系的，但也有很美的地方被李君忽略了。依我想来，译者可以多淘点神，把这个美人的全面示与读译文者吧。

我还觉得李君有时大意了，在忠实而流畅的译笔之中，留下了一点小错。

我为介绍这本书起见，且放大胆儿，把我今天所见的错处举出来，其余的，以后有空，再看下去。

我首先读的译文就是《牧歌的喜剧》。我恍惚把原文对了一下，差不多这一段完全没错，除了一个：一个蜻蜓类的飞虫 Demoiselle，李君

---

[1] 本文首次发表于一九二四年三月九日出版的《创作周报》第四十三期。
[2] 法国作家阿尔封斯·都德(1840—1897)的长篇小说《小物件》，又译《小东西》。

误解作"姑娘"了。Demoiselle 原有两种解法。这里却是"飞虫"才合原文的意思。

> Je suis très fort des reins, moi, je n'ai pas des ailes
> En pelure d'oignon comme les demoiselles,……
> "我的腰肢很强健,我啊! 没有蜻蜓们葱皮似的翅子"

李君译的是:(二四五页)

"我的腰肢很强健,我啊! 虽没有那样的翅子葱皮似的懒得像那般姑娘"……

（一）原文中没有"懒"字；（二）"葱皮似的"与"姑娘"没有关系。照原文的意思,蝴蝶请斑蝥上它的背上,夸它的翅子有力,不像蜻蜓的翅子如葱皮一般薄弱……(demoiselle 比蜻蜓更细,常处水边)

又《小物件》二七七页。黑眼睛请小东西作诗,小东西推故说:"请恕我……我不会将我的七弦琴带来。"Pierrotte 把这个抽象的名词误认成一个具体的物件,叫小东西"下次不要忘记带来",因此引为笑谈……李君注:"七弦琴是指诗篇而言",也是把 Lyre 误认为具体的名词了。Pierrotte 以为小东西没琴不能作诗,李君以为他没书,不能作诗,殊不知小东西之 Lyre 是一种不可携带于衣袋中的东西,无论何人,倘若请"他下次来",未免都要见笑于小东西吧。

Je n'ai pas apporté ma lyre 是说:"我如今没诗兴。"这话的来历很远哩。我记得从前读过一本希腊拉丁文学史——我记不起谁作的,是十年前的事了——最初的诗人如 Homerus 作 Iliad 和 Odyssée,都是奏着 Lyre 琴讴唱的。后来 Lyre 这个东西与诗人分别了,但这个名词仍存于诗中。比方 Lamartine 的 Méditations poétiques 称为 genre lyrique（抒情类）的诗,并不是奏 lyre 琴作的……其他如 genre dramatique（戏剧类）的诗,虽注重音乐,却不称为 genre lyrique。有多少批评家大概把诗分为这几类:抒情类,戏剧类,还有 genre didactique（调教类）等等……所以我国人如读西洋诗,每见诗人和 lyre 的名词并立,切不要联想到一个诗人必定有一把弦琴才好。

《小物件》第一九六页"什么声音都没有了；麻雀，午祷钟声"，那时已是八九点钟，为什么还有午祷钟声呢？原文不是午祷乃是一段拉丁经：Angelus Domini nunciavit Mariae（主之天使报告了马利亚）这一句是一个人念，随着铛铛的铃声，每天要念三次，早上六七钟，十二钟，晚间七八钟……宗教家称为"三钟经"或"三中经"，我许久未念这一段经也忘记了，又简称为"三祷经"。

　　又译本二七三页"他把加密丽三个音念得很短……"原文 Il disait Camille tout court 乃是"简短叫她 Camille"不加 Mademoiselle，小姐，姑娘等名称，才显得出他的亲爱。比方 Balzac 所著 Eugénie Grandet……这女子读她情人的信称呼她"小姐"，她便扑哧地哭出来，信也不看下去了，因加"小姐"等名称便显得客气了……

　　又二三七页 Un homme de goût 不是"一个有趣的人"，goût 从拉丁 gustus（胃口），Un homme de goût 是一个好鉴赏家，犹如一个人胃口好，辨得出味之美恶……

　　又二〇九页"大家已经把门关上了……在那半开门前……"，门既已关上，又在半开门前是不近情理。On allait fermer la porte（将要关门了），allait 虽在过去时，仍指过去的将来，李君把它误认为 On venait de……去了。

　　又二八八页 femme étrange（奇怪的妇人）李君译作（外国妇人），把 étrange 误作 étrangère，未免太大意了……

　　我希望中华书局把这译本重校对一下，再版时，加以更正，此书还可以成为法文文学译本中一本很看得的书……

苍茫的烦恼[①]

我倦卧了半天,才撑起来,伸一个懒腰,揉揉眼睛。已是落日满山,岗峦蒙上一层紫罗了。我的影子倒在坡下怪伟大的;和我的身子比较,显出我小得可笑又可怜。将歇的蝉声越噪得刮耳。我受了这种暗示,陡觉渴得利害;因渴又感到饿乏。急忙跑下山径,身轻绝不似在走,似在清气中飞腾。

转过杉树峰,听见水声滂濞。悬崖上吊着雪白的瀑布,从峻峭的青苔石上蜿蜒滚下去,打在几十丈下的一个碧潭中,溅起一片片白的水花恰像天鹅在沐羽。崖上的枝叶葱茏,遮了斜阳,只有一缕缕的金线从缝中射过来。我到此时此地再也不想走了,却又不能达到那渴慕的泉流:青石又陡又滑,向下一眺令人寒栗。我呆坐在一块青石上,凝视那天鹅沐羽的壮观,静听着噌吰悠扬的水声。转瞬之间,我被伟大的大自然融化去了。我暂且忘记了世间的一切。我与一切合而为一了。忽而吹起了一阵凉风,紫罗兰香沁入我的鼻孔。我觉得恍惚有一只纤嫩的手抚着我的头发,渐次抚到我的肩膀便抱着我的颈项,她的发尖拂着我的右颊。我看她的侧面好像是我的真如,我喜出望外,拉着她的手,惊问她如何到这里来的。她只向我呆呆地微笑。我见了她嘴角边浅红色的笑涡儿,情不自禁;搂着她接了一个吻。她避我不及,使力一推;我顿时失足,箭一般的向万丈的深渊坠落下去了。

我心头一跳,忽然惊醒转来。紫罗兰香还继续地在逐凉风送到我身边。我狂饮着花的清香,好像还是在吻着少女的芳颊。

[①] 本文首次发表于一九二四年五月四日出版的《创造周报》第五十一号。

真如是我家一门远亲的女子。去年我到山中来养病的时候,我俩才初次见面。她那时只有十五岁。她虽然不是十分美丽,但是她那细袅的身材的曲线,泛常似忧似喜的容貌,温柔的声音与幽静的态度,若有情若无情地,令人要跪地倒拜,亲她的脚背,求她一盼。我觉得她是冰心玉骨,没有感情的;我觉得她不像是一个人。我叹惜造物者造了这样美的物质,为何不赋予她一个更灵感的心儿。——她方才在乡间的女子高小学校卒了业,她一天到晚只一个人关在小书房里温习功课。那小书房的一垛下临草坪的绿窗不知吸蓄了我多少怅惘的顾盼啊! 我每晨起来,在那草坪中踱来踱去,望见那闭着的窗子,心头便感到一种形容不出的焦急。等到她的窗子开了,看见她桌上的水仙花,听见她吟哦的娇嫩的声音,我便身不自主地被吸引到她的书房里去了。然而见了她却又没有话说。陪她静坐一两点钟,又惆怅地走出来,不辨方向,只在荒郊里乱窜,直迨饿乏了,才走回寓所。

　　有一次,我遇到她一个人在草坪中游玩,我急忙跑到她身边,很亲热的称呼她(我自己也觉得我的声气变成女性的了)。她却只从鼻子里放出蜜蜂的声音答应我。我对她说:

"你为什么不理我呢?"

"本得要理你,又怕你疯疯颠颠地说些无益的话,难得应酬。"

"总该怪你的美丽惹得人不能不疯颠哩。"

她忙把脸儿转了过去,似乎要藏她的怒容,只说道:"我们回去了罢!"

　　第二天,我在家中不曾理她,她却也不和我赌气,如没有事一样。到了第三天上,我的忿怒的勇气衰了,又感到寂寞的时间太长,一种不可违抗的魔力又把我捉到她的书房里去了。她正凭着桌边在注视一个玻璃瓶子。瓶内有一只蜘蛛。她瞧了我一下,好像没有看见,依旧注视她的瓶子。我很想说她像一个小孩子,但又不敢说出口。我们俩如此静对着不知过了多久。后来毕竟是我搭讪着给她认了错。她说我没有什么错处,但是她不喜欢多说话,更不喜欢说抽象的话……

她经我一次赌气,才宽放了一点。有一天她竟至允许了我和她同上山去游逛。我俩肩并肩地走到瀑布谷;她疲乏极了,我扶她坐在一块青石上。遍谷的紫罗兰在发香。我轻轻把一只手腕放在她的肩儿上,她也不甚推却。我顺手撷了一朵紫罗兰,插在她的头发上。她皱起眉儿低下头儿的样子,实在令我难受。我不善观气色,又说道:

"你看,香而不艳的紫罗兰,恰似你幽静的美!"

她立刻把我放在她肩儿上的手,轻轻取了下来,转身向那边去了。我的手上滴下了一颗眼泪。我弯了身,假装又要撷一朵紫花,免得她笑我的懦弱。她却佯为不知,走了几步又回转身来唤我道:"回去了罢!"

此后不多久她就到成都进女学校去了。她也很愿意和我通信,可是都不过是些普通印版式的明信片!……

我这没志气的男子!为什么被一位并不美貌又不爱我的女子征服到这样光景?我想到这里,只觉得悬崖下的碧潭正在勾引我,同时下意识作用,却使我退走了几步。落日已挂在杉树峰的树丛边上,好像一个红玉的圆盘,灰色的幕纱渐渐织下悬崖来;回头一瞰,不胜悚骇。

饥渴的火焰复在烧着我的身体。这种渺茫的回忆是不济事的……走了一会儿,天上的垂云好像小学生染污了的课本;笼罩满山的灰暗而有韧性的暮霭被一颗闪闪的灯光点破。那灯光之下有一座很整齐的日字形的瓦房,已看不清楚,只听见狗吠。我探到柴门边,叩了两下。一个白净的小女儿给我打开,请我进去。当中是礼堂代作餐室,桌上杯筷都摆齐了,中壁上挂着"天地君亲师"的金字牌,侧边有两副对子。此外是粉白的石灰壁上点缀了些大大小小、异样奇色的死蝶。小女儿把我引到尊位上坐着,说道:"先生,你坐一会儿,等我去请爹爹出来。"她的长毛褡仿佛金鱼鼓浪一般在她背上跳荡了一下;她早已跑进去了。

我注视着死蝴蝶,我想这定是一种奇怪的迷信。于是我心头陡然不安起来……小女儿递了一杯热茶给我。我嗑了一口茶,却把刚才的印象都忘记了。随后出来了一位五十岁来往的很矮的老人。我见了他的女儿的白净,万不料他的头那么长,脸那么黑。我站起来同他行了一礼,他很谦恭地请我坐下,同他们消夜。他说话的声音非常和蔼,但是他那又厚又大的嘴唇翻动起来似不便利。听他的腔音知道他是云南人(川人所称为滇娃)。我有多少话想问他,但见他嘴唇艰难,我也住了口。我逆料他总是罗佩金带入川的军人,怕川人捉拿他,才避到这深山里来消受清贫的。果然,他也向我缕述四川兵灾匪祸,欷歔连声。他说这山中虽然清苦,总可免心惊胆战。

一位大脚黄面的妇人把酒菜捧上桌来。老丈把我和一位四十来往岁的病弱的文人,王先生,介绍了,请我坐了上位。王先生是老丈的两个儿子和一个女儿的老师。他说的话是成都的轻浮的腔调;但是他的精神委靡,几乎没有气力和我周旋。一会儿老丈起身说道:"失陪,我进去喂蚕子去,王先生也是读书人,你可以同他讲话。"

老丈去后,王先生对我说:老丈有新种养蚕的瘾癖,每年他要放弃三分之二的茧子,让蚕蛹攒出来变成蝴蝶。他发明了多少新法,养出了一些动物学标本中所未见的异类。他每日耕种回来,只是呆看他的蝴蝶,好像他没有儿子,没有女人,什么都没有一样。

我问他那老人是研究动物学的么。

"动物学!"王先生惊叹了一声,似乎连他也不十分明白什么是动物学……

天上飞了一阵细雨。那黄脸妇人把伏在桌上打盹的女儿打发去睡了,王先生约我和他连榻。他的房间里面,四壁秃然,照着惨淡的青油灯,恰似一所西式的牢狱。他吸着水烟,慢慢对我叙他的身世:

"我生长在成都,从前在某街有一所公馆……城内打仗……母亲死了……未婚妻……流落到深山里来……火烧……打仗……火烧……"

霎时间红的火焰,黑的蝴蝶在我眼前翻飞,我饱了的肚子,乏了的肢体渐次失去了知觉。

第二天,山鸟的噪声把我唤醒了。枕头上清澄的脑筋忽又想起了昨天的烦闷——我自今年暑假再来山中养病,一个人非常苦寂:真如长住在成都女校。她家中只有几位老人。我的同学自然没一个和我通信。我的书只带来了一本 Descartes①。Descartes 的数学式的哲学精密有力,能强服我,但不能使我悦服。他把人身看成了一个机械,我的直觉总不肯相信的。真如的信札上虽然没有 Descartes 的定理,但是神髓却毕肖他的人生观。她的信上都是很简短的几句话,说她身体平安,学期试验的分数有多少(我查得她的数学分数最多)……因为我要求她写一封长信,昨天果然得到了她一封很长的信:她很耐烦地给我抄了一张功课表,她的同学、同居的名字,详述了学校的历史……她竟忘记了她有一个灵魂,她忘记了她是有忧喜憎爱的本能的!……

我看了信,先笑了,继着又哭了……我疑她受了 Descartes 的影响,立刻把这本书扯得粉碎。扯了过后,我又失悔,因为我记得她从不爱看什么哲学书的。

我好像一个失望的婴儿,乘早饭以前的空时间,把我和她的历史都和盘告诉了王先生。王先生喜欢和我谈天,他饱经了忧患,好像世事都看穿了。他的说话都是由他的经验和感情中发出来的,最能感动我。他说:

"要享世俗的幸福,必须割绝心的一部分,"他一时高兴,竟把他的议论发挥到题外了。他继续说道,

"雪江,你不知稼穑艰难,谋生不易,你在人间终是一个爱狂的小孩子。人间的痛苦和罪恶,都是由无节制的爱发生的……如今的军阀岂不是爱金钱势力过甚,才惹出连年兵祸吗?……不要责备他人,我也是一过犯,如今正在受罚啊!名誉,金钱,美人,以及艺术,我何尝不爱呢?但在这中年时代我的精力早已衰了,爱泉早已干了,我是生存

---

① 笛卡尔(1596—1650),法国数学家、物理学家和哲学家。

竞争的战败者啊!"

他说他自小多病,他的父母迷信耶教,因为爱他过甚,在教堂中许了一个愿:倘若儿子的病好了,愿把他献与教会。到十四岁,他的病果然好了。他的父母便把他关到一个乡下的教堂里面,使他隔绝了红尘,终年看不见一个十岁以上的女子。他的衣食住都甚优美,但因为饱暖空闲,更觉得时间又长又重。经书的艺术虽可以缩短他的时间,却不能满足他的爱欲。他此时见了伶俐的儿童,也要加以对于女性的爱。他想起他公馆对面的一个女子,曾经无数回贪了非法的不卫生的快乐。几年之后,他枯瘦得不堪。终于害了弱症。教士察觉了这件事情,立刻就把他逐出来了。那时他的父亲早死了,他还不曾知道。他的母亲把对门的女子给他订了婚,他在教堂中看见了他的未婚妻的活泼的天性,她身上丰富的曲线美,他反自己惭愧起来;因为他家中有钱,她的父母和媒人都催他早日结婚。但那年的战争以后,他的未婚妻便失了音信。他的房子被大炮毁坏了,他的蓄银被军人抢去了;他的母亲悲伤致疾,不久也死了,剩下他赤条条一个人。可怜他在潦倒的时候,还未改掉那非法的不卫生的恶习……到如今百无一能,什么他都没有能力爱了,只觉得时间无穷的重量压在他的头上!

我无端听了他这一番话,不觉心中更起了一种不可遏的伤感;我怜惜他这活着的尸体,倒觉得我的爱情的烦恼是富于生趣的。

吃了早饭,王先生把我送出柴门,嘱我珍重。老丈的女儿随后跑出来拉着我的手,脸上笑出两个涡儿来说道:先生,请天天到我家里来玩罢!她把我送到三岔路口,指示了下山的路,方才跳着跑了回去。

朝阳还未东升;但是玫瑰色的光芒已浸遍了高山。无人采撷的粗大的野花,顶着五彩璀璨的露珠,有一种可怜而可敬的美。清凉的晨风把七里香的香气送到我身边来;回望瀑布谷的绝崖,还披着顽长浓厚的影子。

一九二四.四.二七

玛　丽[①]

我最亲爱的玛丽：

　　我曾经多回想给你写信，然而我不曾有这番勇气。今天是阴历的年终，或许也是我可怜的生命最后的一日，我不能不写信给你祝一个美满的新年，同时又作为我俩永别的纪念。或者我这一封信不能达到你的面前；但唯愿上帝见怜我的悲哀，打发他的 Gabriel[②] 天神为我的信使！呀！玛丽，若是你知道我的惨况，我从前对待你种种薄幸，你都要宽恕了，你会要替我恸哭！

　　你试想在繁华的上海的闸北荒弃的一隅，一个厕所似的陋巷中一间四面通风的过街楼，龌龊凹凸的楼板上拖着的两条黑而臭的破被，已给邻妇洗衣的浊水，从土墙的裂洞溅进来打湿几大团了；一位颓丧的少年蹲在地下，把一双枯手伸到一张歪斜的竹凳上，对着右邻的皮匠敬神的摇曳的烛光，用铅笔蘸着眼泪在给你写信啊！今夜我的左右邻居，和我同住的一位平常死尸一般倒在地下吸鸦片烟的褴褛的老者，他们都出去烧香去了。这荒墓似的破楼之中，只剩下我一个恨人对着满夜的岑寂。我好像是从坟墓中遥遥地和你对谈。哟！玛丽，我俩从前偎傍谈心的时候，如今相隔天渊了啊！……你不要诧异我的字迹拙劣如蚯蚓一样：我的手冷得成冰了哩！悲号的雪风从窗缝里和土墙的破洞中灌进来，吹得我浑身打战。我那温热的竹炉只能烤着湿了

[①]　本文首次发表于一九二四年五月十九日出版的《创造周报》第五十二号；一九二五年十二月收入商务印书馆出版的"文学研究会丛书"之一小说集《玛丽》，作者只在个别地方作了小的修改。这里采用的是小说集《玛丽》的文本。

[②]　加百利，《圣经》中的天使，主要职能为传信。

的被盖……我又渴又冷啊！我今天自早至晚，口中不曾粘一粒饭。我到上海跑了一天，未能够寻出一个钱，未遇着一位相识；他们都逛游戏场，或是进餐馆去了。

我刚才走虹庙经过，只见香烟如缕，围绕着辉煌的电光，流水般的汽车塞满了街头，云裳花容的妇女们拂过我身边，Violette①的芬芳！温柔的接触！……可怜的沦落者！……躲不开的烦恼！按不住的妒嫉！……

我避到跑马厅侧边去，向在黑暗的空中栩栩欲动的鬼物哭诉我的悲哀……忽然一股鸡肉的香味吹入了我的鼻孔，继着有烧牛肉的香，炒蛋……白兰地……我打着哈欠，伸着懒腰，颓然倒在地下，只呆呆地望着对面热气氤氲的一品香菜馆……那些可怜的阔人又在搳拳啊！又在碰杯啊！……嗳！何苦来！何苦来！……我忍不住痛苦，才亡命地奔回我的荒坟，在路上险些儿被汽车轧死……

这陋巷里也有许多爆竹声呢……上海的爆竹声虽然不比得四川令人惊恐的枪声，但是我情愿处身在四川激烈的战场中间：那里受苦的人多着哩，至于此地我一个人潦倒在琉璃世界之中，这是太难堪了！……去年今夜，我正在家乡。我的朋友们在县署里给我饯行，我和知事坐在上位；一个美好年轻的戏子给我斟酒；我面红耳热，多么高兴呵！忽然勤务兵递给我一封信；我认识是你的娟秀柔弱的字迹，忙推故离席，一个人偷到知事文案上去拆看。你信上说我不辞而别的缘故虽不曾告诉你，你自己也猜着了几分……你说童姑有点气忿我……你说你依旧爱我……你祝我将来娶一个比你美丽千倍的妇人……起初我还流了一腔热泪，但是不久我的乘长风破万里浪的野心就胜过了我的情感……我总怪童姑：因为她赌气，我才把法文专门学校的教职辞了的。几位政界的朋友见我十八岁就任了专门学校的教授，都称赞我少年英俊，都鼓励我到法国去学机械，他们供给我的学

---

① 法文，紫罗兰色。

费,又许我回国来当兵工厂的厂长……你知道我那时是极好名誉的……我想振兴全川的工业,我还想在我俩从前携手同游的公园坝中,给我建立一座伟大的铜像……我将来的妇人,总不少一个督军省长的女儿……玛丽呀,于是我就把你忘记了!……况且你并不是贪我的富贵,你只是可怜我!……

第二天他们在戏园里请我点戏;第三天他们和我照相……过了新年,便有一个护兵陪我坐一叶扁舟,流下重庆。

在重庆也有朋友接风;我和一位阔朋友同住在一个大旅馆中间,我天天到某军部里去叉麻雀;来往的都是显贵。而这种生活不久就使我怪厌烦了……

玛丽,你知道我有一个春哥,他自从母亲死后,便搬到重庆来行儒医。他住在下半城的一个贫民窟中,比我现在住的破屋好不得多少。他那里有些瞎子、癞子、跛子、呻唤不断的褴褛的穷人,好像是下流社会秽淬汇集的渊渚。我虽然见了要发呕;但只为爱我的哥,我天天还是微服去看他。我要微服走去,免得认识我的阔人瞧见,又免得春哥处的贫民惊诧。我在街上看见高轿或肥马,都要转身躲避。自然和血统联合了人们社会的阶级却把他们隔开了!我天天如此趑趄地由上半城跑到下半城,非常吃苦;渐渐我察觉了我的路上有一条万丈的深坑:那边是军人、政客、学阀、奸商……一天到晚吃大菜、拥妓女、吸鸦片、贩鸦片、赌博、欺诈、苛索,或是派护兵到僻街上去抢劫,无恶不作的他们是英雄、伟人、幸福的、高尚的社会;这边是飘零无靠的寡妇孤人,常与饥寒为友,以牢狱为家,与蛆鼠同朽的无辜的牺牲,不敢违法,谨守天主十诫的好人们,这些是卑贱的下等的社会……玛丽呀!你试想我发现了这个深坑以后的日子!……我是好人的后裔,为什么要费尽九牛二虎之力跳过坑那边去为恶人的走狗?我为这无知的虚荣蒙蔽,竟把爱我的你抛弃了,糊涂的我啊!……从此与我往来的阔人,我都轻视了。我把我交际应酬的功夫都消灭了。我清晨早起,枉自对镜学习着启唇展眉,把颊儿做出两个笑涡,显出一番和蔼的神色,一见了他们,不觉得,我的脸色早黯了,眉儿早皱了,嘴唇早闭得清楂严缝……我每天只避到僻静的地方,回忆我俩从前同享的幸福,不知流了多少眼泪! ……于是他们也和我疏远了。

扬子江泛涨春水的时候,只有我同住的朋友和我的春哥把我送上轮船。他们俩因为阶级悬殊,只是面面相觑;我却专想到你,也是伤心不语。我们三人静默地相对了不知多久,后来他们走了,船开以后,我还呆呆地坐在船头。风长,雨细,浪的哨声都助我的凄凉……我只想对舟子喝道:快把船头,搏回上流,泝上成都,去见我的爱友! ……

黄昏时分,船到了巫峡。斜阳挂在秃壁一般崚嶒矗立的巫山顶上,船头翻开红浪,渐渐插入山影。山眉间的栈道小得和山石参差的曲线相萦……左峰巅上吐出一弯新月还没有光辉……我愿变成那高峰上迅过的燕子飞回你身边……呀! 玛丽! 除了你以外,世间是多少空虚啊! 我悔不该背了你,追逐这虚誉的浪影! ……什么是名誉? 岂不是恶人的同情吗? ……我亲爱的玛丽,或者你到现在还不知道我不辞而别的缘故。你记得我俩在草堂寺最后一次见面的光景么? 我坐在一个僻静处的栏杆上,你凭在我身边,轻言细语地筹算我俩的将来……你叫我不要多虑……一天自有一天的痛苦……夕阳照着檐下藤上的月月红,映着你那花缎的夹衫,浅黑的短毛褡,圆小的颈项,尖尖的下巴,高高的鼻子,长竖的睫毛……你忽然停了说话,叫我不要看得那么痴。……我问到你的往事,你却仍是低头不语……我俩携手回去的时候,地下已隐约速写着新月的影子……分手以后,我进了城,就遇着你的一位同乡,黑娃。我拉他上茶楼去嗑茶。我问起童姑,他竟说她是个妖精——妖精! ……——究竟啊,童姑的干涩的面容,悭吝的习惯,不会使人家满意……但是我自己却经验得在她这冷静外表之中,藏着一颗慈爱的心。她曾借了些爱情小说与我看……有几回,她把我扶坐在她床上,温柔地对我说过:"雪江,你要爱我啊。我把玛丽……"……她岂不是曾效法耶稣,亲过我的脚背? …… —— 但是那可怜的黑娃还唠叨不休。童姑的容貌虽然老皱了,但详察她的曲线,可猜出她的青春是美丽的；细观她那紧闭着富于表现力的嘴唇，可想见她在生命的路上遇了的是刺多花少……我又请了黑娃嗑酒。他醉了，我把他扶到我的床上睡下。他半醒半眠还继续在呐呐的和我对谈……他说……童姑青年时代是很美貌的，又是很冷静的；她把热烈地崇拜她的少年们都委婉拒绝了。她抱独身主义到三十余岁，被情欲战败，竟爱了一个乡愚。后来乡愚怕惹出是非，便各自逃走了，只留下一个女儿……他说童姑就是你的母亲！……我耐不过了，把他打了一掌。殊不知那个贱类打也打不醒了，仍继续说下去。他说你小的时候也爱了一个乡下儿童！……——太不堪了！我急踉跄逃出，踏着月影，跑上城墙；险些儿跳下城去……——那城濠中的一弯新月恰似又在巫峡的江心跳荡，引出万条金蛇。巫山的奇形的曲线恰像 Raphael①画中的 Satan(魔鬼)伸开了他们的劲健的赤膊，似要攫着我，抛下江去……玛丽，倘使我当时顺了这点暗示，跳下江去，倒也干净！谁知，懦弱的少年，流尽了泪泉中所有的眼泪，竟致昏沉地睡了，直睡到第二天下午船到了宜昌，才惺松地苏醒转来……

我不给你赘述。我在宜昌换了三等舱，我的床在最高一层，下面睡着两三个平民在吸鸦片，说些我不懂得的方言……我怕见得江面，沿途的风景一点也不曾玩览，只死尸般躺在铁架上，直到有一天下午舟子嘈道：黄浦……上海到了……我在绵雨凄风中望见江边隐约耸立的建筑物的黑影，犹恍惚是在巫峡。

我初见的上海在绵雨凄风之中好像是野兽的崖窟。野兽崖窟的上海呀！我当时就应该回避你啊！——黄浦岸上几部汽车、电车如虎狼般凶猛，猿猴般哀鸣，驱逐着在泥浆中蠕动的无数的苦力车夫……我住在惠中旅馆，我也到戏团、游戏场等处玩了几天。起初还觉得有兴，渐渐看惯了，也怪讨厌了。呀！我梦中的物质文明却不过是粉白的坟墓，在它的炫华灿烂的外表之中埋藏着多少吓人的罪恶、平民的

---

① 拉斐尔(1483—1520)，意大利文艺复兴时期画家。

血泪和阔人的烦闷！引人妒嫉的奢侈的洋货店遮尽了大自然的美……我闷到极点时，就在法租界一条偏僻的街上租了一间三层楼上的亭子间，关了门，不分昼夜，昏沉沉地睡了一个多月；直睡得腰肢胀痛，旅费也用尽了，才问出路径，一个人穿着褶皱不堪的西装，走到法国公园里去，坐在池边一株柳树底下，避开了喇叭的吼声和人的喧哗，暂觉得减了些烦闷。从此我天天带一两个面包，一早就到那里面去，呆坐到半夜……

　　我的邻居的皮匠烧香回来了。玛丽呀！他们这些穷鬼都是很快活的。什么使我这样烦恼呢？为贵族专有品的学问不该被我这平民攫得！义务教育和我自己的用功都害了我啊！我恨这些出风头的校长，我们把他们崇为神圣，究竟他们有什么功绩，不过多造了些游民的青年罢了！设使我把这十几年读书的工夫用来作恶，如今也不致如此颓丧啊！……我的旅费用完了，正在进退狼狈的时候，有一位文先生请我到平民女学校去教法文。这些好奇的穿红着绿的女子不像是平民，我还不甚愿意受聘；过几天，她们倒嫌我的声望不够；我的衣食于是无着，我又非常怅惘……文先生却是很慈悲的；他把我看为他的被保护者，叫我到他家中去。他知道 Plato[①]、Cicero，及四川的风景，我的母亲的家谱……都比我更清楚。他把他的创作和翻译的小说都指给我看。他说因为他曾到美国留学，又是某学会的会员，他写的每千字要值十元……我想这种不通的创作和自哄哄人的翻译，我一天可以写好几万字；倘若我努力一个月，就可以回成都，我俩一生的衣食住都够了……我回去译了一段小说；满怀希望走去送到他手上，他吸燃了香烟，却顺便把我的稿子烧了……有一天他正在给我吟他的新诗，忽然进来一位阔人。文先生很谦恭地接了他的手杖，转身向我介绍道；这是你的同乡，王君 X 军长的代表，你认识么？……——我认识么！……那年放寒假，我回家去祭坟在 D 城被匪徒拉去的时

[①] 柏拉图（约前427—前347），古希腊哲学家。

候,在城外枪林弹雨之中,微白的曙光照着,点绑票的名数的苍茫的王大爷……我认识么？他那苍茫的容颜如今盖上了一层最讨厌的官场的假面具了！……我的头昏了……我当时告辞出去,从此怕见得人。Quoties inter homines fui, toties minor homo redii!（我每次走人群中回来,总觉得我的人格愈低降了!）

  我又关门沉睡；腰睡痛了,又到法国公园。呆坐在池边,看那皓月朗星,等到天明……我生恨上海,我更不愿到巴黎,我只想脱离这万恶的世界……倘若我要学医,我将要发明一种猛性的毒药,掷到海水中,毒尽一切众生……倒不如仍学机械,造一颗绝大的炸弹,把地球一下炸毁……只存着你啊,玛丽,世上只有你是纯洁的……但是未死以前,我应回来看你,我应回四川来,拜倒在你脚下,求你饶恕我！……现在我却要归,也归不得哟！谁赐给我的旅费！……

  渐渐秋满了公园,碧绿的草坪铺上了金毯；我的黑西装也变成了污黄色。凋叶逐悲号的秋风飘荡；我的枯瘦的影儿也在秋水里战栗。红鱼儿一对对游泳到我影边,吹碎着日光,在笑我的孤独。

  呀！孤独！母亲已死！……隔绝了爱人！茫茫世界,谁是我的知己？玛丽,你曾祝我将来娶一个比你好千倍的妇人！……噫！纵然使我有了作恶的勇敢,成就了伟人,也不过可以配得一个只是容貌如你的,而不爱我,只爱我的金钱势力的女子；倘若我忠守我的志愿,至死当一个平民,定没有一个女佣肯顾盼我的……恍惚是我俩在 T 园①初遇的时候。你的乳母常把你引到那荷花池畔游玩。我因为怕上街去见了陌生人,脸要发红,每星期或放假日,做完了功课,便独自挟一本古代文学史到 T 园的见山亭上,坐着石凳,明声朗诵。有一天你的乳母走了,你爬上假山来撷花,突然遇着了我。衣服朴素的我,见上你,很惭愧。你却笑脸相迎,你说你常常听见我的名字,你肯和我坐在一块儿,品评了一阵古文。你称赞我很有文学的天才。渐渐你问到我的

---

① T 园,小说中提到草堂寺、荷花池、见山亭,笔者据此判断敬隐渔笔下的 T 园即成都杜甫草堂。草堂寺、荷花池今日犹在。"一览众山小",今之一览亭就是见山亭。

历史,我便详细对你述了一遍。我自三岁死了父亲,自八岁出外读书,隔绝了十年母亲的爱……那年暑假回家,满街的景物大变;我正在问燕子的旧巢,寻我的故居,忽然在一间小药铺面前,一位 mater dolorosa(痛苦的圣母)的活像吸住了我的眼光。我被一种不可思议的能力吸到她身边,问她可认识 K 老先生娘么,她停了针线,取下阔边眼镜,眼角边现出两条泪痕:"你问她!你是谁?……呀!我的儿!……"我们俩抱头痛哭。……梁上的燕子也在呢呢喃喃地嗟呀……母亲流尽了眼泪,才歇歇着给我背了一遍凶耗:自反正以后,家务败了,大哥也死了,二哥也死了,什么都死了!……一家人的养粮都只靠春哥的医运!我不得已,又离了衰迈可怜的她,才受了成都法文专门学校的聘……她把我送出城门,皱唇边泪流成沟,更显出是痛苦的圣母!……可怜我从此便不能再见她了。……在一天我正坐在讲堂的教台上,闷对着几十个比我年长得多而欺负我的学生,忽接到春哥一封信:家乡城里打仗,母亲睡在床上,中了一颗流弹……

    Illa meos prima qui sibi amores abtulit,
    Illa habeat secum servetque sepulcro! ……
    (首先获了我的爱情的她,唯愿她留在心窝,而且
    保存在坟墓!!!!! ……)

  呀!信笺浸湿了,我的眼睛昏了……邻居的烛光不知几时灭了!天还未亮,欲雪的寒空凝着惨淡的白光……我忘记了写到了什么地方…… ——我刚才在对你说到我的母亲!……嗳!往事不堪回首了!……幸福逐了东流去,永不复返了! …… ——自从法国公园的巡捕见我的西装破碎,不准我进去的那一天,我就不辨路径,只寻流水边彳亍,追逐着永沉了的幸福。Stoiciens① 派哲学枉自博论痛苦是虚假,他们却不敢承认在 Phalaris② 的铜牛腹内有幸福存在。何况我的

---

① 斯多葛派,古希腊哲学学派,乐天知命是其主张之一。
② 法拉利斯,希腊南部阿克拉伽斯的暴君。

痛苦远胜过 intra Phalaridis thaurum①？……几何派的哲学家枉然对我说：你认识真理，即有幸福。我如今认识了万恶的社会把我俩隔绝，认识了残暴的流弹杀了我的母亲，比"二直线只相交于一点"，比 cogito ergo sum（我思，故我在）的定理还真了又真，然而我的幸福在哪里？……耶教枉自对我说：你在世间受苦，你死后在天堂上享福。我却只见下地狱的尽是受苦的平民。这热闹的黄浦也淹没了多少自杀的平民呢！……我身不自主，走近了黄浦江边……但是谨防啊！地狱！……

怒号的北风送来了冬寒：黄浦江边也不容我遨游了。我的斗屋里面也不容我长眠了：行李都当尽了，欠了几月的房租和饭费时来催命……有一天房主人恐吓我要拉到巡捕房里去，我不敢回屋，只遍街乱走。白云垂至房顶。马路上的雪风卷起黄尘。我避到春暖的先施商场里面去，假装买东西。围狐氅、穿红缎大衣的妇女们的眼光，玛丽呀，好像都聚集在我的身上。我埋头走过去了，还觉得她们的诧异的眼光在我的背上燃烧……挨到六七点钟，我受不过这种奇刑，就率性跑出来，不辨方向，好像是赤裸裸地在风浪雪花中飘荡。行人稀了，雪色满了街头。我走一间小茶馆门口经过，看见许多平民战栗栗地堆集在里面，准备在那里度夜。我犹豫了几次，想推门进去，但终于没有这番勇气……刚才熙熙攘攘的上海此时都沉睡在寂静中了；只听见北风悲鸣，雪点飒飒，和踽踽的我踏破积雪的干碎的响声。我走到一洞桥上，忽然一股大风刺透了我的骨髓，搅昏了我的脑筋，我歪到栏杆边，不见水流，只见雪花在水面唼喋。忽听得一声"下去"，我陡觉腰软身轻，顿时失去了知觉…… ——第二天下午，我睁开眼睛，就看见我躺在如今这一间破屋的龌龊的楼板上，对面睡着一个恹恹待毙的吸鸦片的老叟。他说我昨夜跌在垃圾桥下的水中，被巡捕救起来，今天早晨，有一位相识把我送到这里来，给我租了一床被盖，又留下四角洋

---

① 拉丁文，意为在铜牛腹中。暴君法拉利斯让人制作空心的铜牛，将他要除掉的对手置于其中，以烈火烧烤，任其痛苦嘶嚎，可谓酷刑之最。

钱……他的话还未说完,他就入催眠状态了……我才觉得我的头似火炙般发烧,我的声音嘶了,我的四肢无力弹动,只呆呆地望着在尘垢中发亮的四角银洋……我记得在 T 园中读书,受了湿气。学生都回去了,你私自走到学堂里来,看见我昏倒在花园门边,你把我扶到椅子上,你回去,许久——我料你不来了——你却用饼儿包了一指 Quinine①,又煮了一碗醪糟给我送来!……有一次你来敲门,我却无力起来给你打开……呀!玛丽,我悔我那时对你太拘束了!……如今倘若你来在这间我病卧的破屋中!……

天要亮了。惨白的曙光爬进了土墙的破洞,寒气侵到了我的腮边!……我恍惚还是被匪拉去,在鳌口坨崎岖的山寨上,绑着手躺在一个破庙中的颓废的古佛殿前,被晓风吹得战栗。几十个受苦的同伴都坐靠着壁头昏沉地睡了。一个赤脚的褴褛的少年匪徒,擎着一支枪,也睡昏昏地把守着门口。殿外的灰白的曙光还把一线希望射进我的愁怀……如今啊,日光比黑暗更使人愁!……我在山寨上只过了几天,就有春哥把我救出来,有你写信来安慰我,你劝我:Spe gaudentes, in tribu atione patientes(抱希望的乐观,在难中忍耐……)我回成都,你在东门外接我。我因为受了辛苦,才知道了爱情的滋味,才改了我从前的拘束。我俩走到童姑,你的母亲的园中去。我生怕你的母亲在家,因为她素来是专制的。你说你自有主意……你把我拉到柳荫底下。你摸遍了我一身,你问我受了伤么……你见我感激得不能成声,你只说:Haud ignora mali, miseris succurrere disco(并非不识患难的我,用心扶助患难的人)。你抱着我的颈项,你倒在我的肩儿上流泪。风细,花香,月影儿正浓……你紧紧地搂着我,你的温热的颊儿贴着我的颊……天地万物都融化在了我俩的接吻……

噫!我的竹炉倒了,我的破被烧了一个洞,臭烟满了破屋,萧条的北风吹不开愁去,却吹散了我的希望……月下,花中,最甜蜜的一

---

① 法文,奎宁,即金鸡纳霜。

吻！……最甜蜜的一吻！……呀,我好冷啊！……我好饿啊！……还有这无法可度的初一的今天！……凄凉的今天是我这可怜的生命的末日！……玛丽,你现在多管是手枕着头孤眠;或许你的梦魂也飞到了我身边……玛丽,你不要眷恋着薄幸的苦命的我！……我去之后！……鸡鸣了！……我的手麻了,我的头昏了！……Adieu[①]？……美满的新年！……玛丽,玛丽！……

[①] 法文,再见、永别。

李俐特的女儿（La fille de Lilith）①

（法国）法朗士作

前夜晚间我离了巴黎，在火车厢的一隅过了一个长而且静的雪夜。我在X……等了六点钟烦闷的时间，午后才寻出一架乡下小车，坐到阿尔蒂格（Artigues）②。沿路两旁展开着一凸一凹的皱纹形的平坝，我从前看见是在炎日之下融笑似的，如今却盖上了一层厚的雪巾，上面参差糊涂着葡萄林的黝黑的脚根。我的车夫轻轻催着他的老马，我往前行去，四面围着的无限寂静只间或被一鸟悲鸣的声音惊破。我凄凉得临死似的，心中默念了这一段祈祷："我的上帝，慈悲的上帝，请免我于绝望。我既犯了许多罪过以后，不要使我再犯这一个你不肯宽恕的罪。"那时我瞥见红而无辉的太阳，好像一张流血的圣饼，坠下地面，我便记起加尔瓦（Calvaire）③山的神祭，觉得希望忽入了我的灵魂。车轮还继续格格地破裂积雪前进了几时。后来车夫用马鞭尖头给我指出了在那浅红色的茫雾中如一条影子一般矗立的阿尔蒂格钟亭。

"咳！"这个人对我说，"你到教堂下车么？你认得神父先生？"

"我自小就认识他。我当小学生的时候，他曾任我的教授。"

"他是个博览书籍的人呢？"

"我的朋友，萨弗拉克（Safrac）神父的学问正比得上他的德行。"

"人都这样说。也有人说别的话。"

---

① 本文首次发表于一九二五年一月十日出版的《小说月报》第十六卷第一号。法朗士（1844—1924）原作首次发表于一八八七年十二月二十五日出版的《时报》的"文学生活"栏。
② 阿尔蒂格，波尔多附近一市镇。
③ 加尔瓦，即《圣经》中耶稣受难的地方髑髅地。

"人家怎么说,我的朋友?"

"人家说只管说,我却只听他们说罢。"

"还有什么事哩?"

"有人揣疑神父先生是巫师,会念咒呢。"

"这才荒谬!"

"我啊,先生,我却不曾说什么。但若是萨弗拉克先生不是一个念咒的巫师,他却为什么要念书哪!"

车停在经堂当面了。

我丢下了这个匹夫,我随着神父的女佣,她把我引到她的主人面前,在那刚才餐罢的餐间里。我自三年不曾见面以后的萨弗拉克先生,如今我看见他很变了。他那魁伟的身躯伛偻了。他更瘦得不堪了。一双射人的眼睛在他那枯索的脸上发光。他的鼻端好像扩大了些,垂在他的菲薄的嘴上。我倒在他的怀抱之中,号啕地叫道:"我的神父,我的神父!因为我犯了罪,我特来求救于你。我的神父,我的老师呀,你的深邃神秘的学问从前虽然令我惊恐,显示你慈母式的心肠,却能够安慰我的灵魂,如今求你从深渊之岸救回你的孩儿。我唯一的朋友呀,你救我啊;你光照我啊,我心中唯一的光亮呀!"

他抱吻了我,向我微笑了笑,显出他从前当我在青年时代对待我那样的慈祥。他又退了一步,把我仔细看一看:

"咳!请了。"他对我说道,依他本地的风俗给我行了个礼,因为萨弗拉克先生是生长在加隆河①边的,出名酒的地方,这些名酒好像是他的慷慨而芬芳的灵魂的比喻。

他自从在波尔多②、在普瓦蒂埃③、在巴黎很荣耀地教授了哲学以后,只要求了在他所生长的地方管一个穷经堂,情愿在那等到老死。六年之间,他任阿尔蒂格的本堂神父,他在那偏僻的乡镇里修着极谦

---

① 加隆河,主要流经法国的一条河。
② 波尔多,法国西南部重镇,吉隆德省省会,阿基坦大区首府。
③ 普瓦蒂埃,法国维埃纳省省会。

卑的虏行,治着极高奥的学问。

"唉!请了!我的小孩子,"他重说道,"你报告你到来给我写的一封信很感动了我。是真的吗,你不曾忘记你的老先生?"

我只想跪倒在他脚下,口头还呐呐道:"请你救我!请你救我!"他却用一种又尊严又温柔的手势把我止住了。

"阿利,"他对我说道,"你要对我说的话,明天再说吧。如今,你且烤火。然后我们晚餐,因为你应是很冷又很饿哩!"

女佣把食器捧上桌来:一股馨香的蒸气氤氲直上。这是一个老女人,她的头发藏在一条黑头巾中间,她的皱脸上,很奇怪地,骨骼的美和颓老的丑相紊。我很撼动;可是那圣宅的和平,那干柴火,白桌帏,倾出的酒,冒烟的盘子的喜兴渐渐入了我的灵魂。吃的时候,我几乎忘记了我是为把我的内疚的枯燥变为改悔的湛露而到神父家中来的。萨弗拉克先生提起从前在他授哲学的书院中我们相聚的那很远的时候。

"阿利,"他对我说道,"你那时是我的一个很好的学生。你的灵敏的悟性往往超过先生的思想。所以我当时就缔交你了。对于一位基督教人我甚爱勇敢。当恶徒逞着无遏的大胆之际,信徒不应当是懦怯的。教会今日有的只是羊羔:它缺乏着猛狮。谁能还给我们那些目空群学的先圣学士?真理是如太阳一般;真理要鹰的眼睛去瞻望它。"

"啊!萨弗拉克先生,你呀,你对于各种问题才有这不能昏眩而勇敢的眼睛哩。我记得你的见解有时把很崇拜你行为的圣德的那些同僚都骇诧了。你不避新奇。比方你曾偏向于承认有多数载生物的世界,便是此例。"

他的眼睛发光了。

"懦怯人将来读我的书又当讲些什么呢?阿利,在这美丽的天空之下,在上帝格外宠爱造就的这个地方,我运用了我的思想,我做了我的工作。你晓得我很谙悉犹太文、阿拉伯文、波斯文和印度的许多方言。你也晓得我曾把一架广藏古时抄本的书柜搬到这里来,我娴于外国语又深知原始的东方的传闻。这个大工作,靠上帝帮助,不会是没结果的。我刚才写完我的《原种论》，这本书补救而扶持着——外教学问以为这是岌岌待废的——圣经的注解。阿利，上帝仁慈，他要信德和学问毕竟投合。为此撮合的工作，我如此着想：圣神默启的圣经所言无非是真，但并不尽言所有一切的真。它怎能言尽呢？既然它唯一的目的只在教我们以获永救的必需之道而已？除此巨谋以外，其余的事于它都是乌有。它的计划是一样的简单，一样的伟大。它包括人的堕落与救赎。这是人的神史，它是完全的而有限的。其中没一点可以满足外教人的好奇心。然而，邪教的学问不可因上帝的静默而再奏凯了。时候已到，可以说了：'否，《圣经》不曾说谎，因为它未曾完全显示。'我所提倡的就是这个真理。我利用地质学、史前的考古学、东方的开辟论说、赫梯人①和苏美尔人②的古迹、迦勒底③和巴比伦的传说、犹太稗史中所存的古典，我认定了亚当以前之人类的存在，写《圣经》的神示的作者所不及道的，因为他们的存在无关于亚当后裔的永远获救。更有甚者，我细考'创世论'的头几章，证实了两次继续的创造隔着很久的年代，那第二次创造，如此说来，不过是在地上的一镇安插下亚当和他的后代子孙罢了。"

他停了一分钟，又带着宗教式的郑重，低声说道：

"我，马尔洗亚尔·萨弗拉克，不堪任的神父，神道学博士，如孩子一般遵从母亲圣教的威权的我，承认，一定不移地——只待圣父教宗和大权的判断——我承认系上帝的肖像造成的亚当，曾有两个女人，夏娃是第二的一个。"

这番奇怪的话渐渐使我忘形，我就怪注意着。于是我觉得有点扫兴，当其萨弗拉克先生，把两肘垂到桌上，对我说道：

"这一件事已说够了。或者有一天你念我的书，对于此点你可以得些指教。为遵守我的本分，我应当把这本书献给主教，求他的赞许。

---

① 赫梯人，小亚细亚东部和叙利亚被捕的古代民族。
② 苏美尔人，两河流域的古代居民。
③ 迦勒底，两河流域下游地区。

抄本如今是在主教堂中,我时时等着回信,我料必是如意的。我亲爱的小孩子,你试尝这些我们林中的菌子、我们土产的酒,你说这个地方是不是第二个许赐之地,第一个许赐之地无非是小影和预言。"

自此时起,我们的谈话,更亲密,转到我们普通的回忆了。

"是的,我的小孩子,"萨弗拉克先生说道,"你是我偏爱的学生。上帝允许偏爱,若是根据于公平的审断而生的。先是我当时审断了在你身上有人的和基督教徒的经纬。并不是你未曾露出很大的过失。你是不平的、不定的、速于昏迷的。秘密的热火在你的灵魂中烬眠着。我爱你,因为你的躁性,犹我爱别一个学生却因为他与你相反的特能。我爱保尔·厄尔伟因为他心智的坚稳。"

听到这个名字,我脸红而转白了,我几乎禁不住一声喊叫,等我要回答的时候,却说不出话来。萨弗拉克先生显乎不觉得我的扰乱。

"若是我的记忆不差,他是你顶好的同学,"他续道,"你现在还和他亲切缔交,不是真的么?我知道他入了外交界,人家预料他有个美好的前程。我祝他遇着好时被唤到圣座(教宗)左右,他是你一个忠信而热心的朋友。"

"我的神父,"我勉强答道,"明天我对你谈到保尔·厄尔伟和另外一个人吧。"

萨弗拉克先生和我握了手。我们分别了,我退入他给我预备的房间里。在我的芸香芬芳的床上,我梦见我还小,我跪在校中的小经堂中羡慕满堂的那些白而亮的女人,忽然云中落下一个声音,在我的头上说道:"阿利,你以为,为上帝而爱她们,其实你为她们而爱上帝。"

清晨,醒转来,我见萨弗拉克先生站在我的床头。

"阿利,"他说,"你来听弥撒罢,我特别为你做的。圣祭以后,我准备来听你要说的话。"

阿尔蒂格的经堂是一个十二世纪在阿坤廷①还流行的罗马式的祭

---

① 阿坤廷,今通译阿基坦,法国西南部的一个地区。

堂。二十年前补修时,加了一个原样中所不曾预测的钟亭。它本来很穷,却好生保守着它的穷秃。我依我神经所能及,尽心在融和于祭者的祈祷,然后我和他回到神父院中。我们在那里略微吃了点面包和奶,过后我们进了萨弗拉克先生的房间。

他把一张椅子辗近壁炉边,上面挂着一个十字架,他请我坐下,他自己又坐在我身边,递点儿①叫我说吧。外面,雪在落。我如是从头说道:

"我的神父,十年于今我出了你手,入于世俗。我保守着我的信仰;哎呀!却未守着我的清洁。我也不必给你回述我的境况;你很知道的,你是我神灵的引导,我良心的唯一的监督。并且,我赶忙要讲到扰乱我生命的那一件事情。去年,我的家庭决定要我娶妻,我自己也很喜欢地允许了。许给我的那位幼女,凡父母所选求的好处,她都齐备了。并且她是美貌的;她悦了我的意,以致于一个礼仪式的婚姻,转成了羡慕的婚姻。我们订了婚。我生命的幸福和安宁几乎稳定了,那时接到了保尔·厄尔伟的一封信,他自君士坦丁城②回来,告诉我他到了巴黎,他又很想见我。我跑到他那里去,我把我的婚姻告诉了他。他诚心恭贺了我。

"'我的老弟,'他对我说道,'你的幸福使我欢愉啊!'

"我说我想请他当证婚人,他情愿允许了。我的结婚期是定在五月十五的,他又要在六月初旬才回他的职任。

"'如此好吧,'我对他说道,'你呢?……'

"'噫!我,'他答应时有一丝微笑,一同露出喜和忧,'我啊,好大的变更!……我狂了……一个女人……阿利,我是幸福或是很苦恼的!以恶行买得的幸福叫做什么?我负了,我苦了一位好朋友……那里,在君士坦丁城,我夺来了这……'"

萨弗拉克先生岔断我的说话:

---

① 递点儿,示意。
② 君士坦丁城,即君士坦丁堡,土耳其城市,曾为东罗马帝国首都。

"我的儿子,你且别道别人的错处,你别指出名来。"

我应声遵命,又如是继续说道:

"保尔的话还未完成,就有一位女人走进房间来。这显乎是她,她穿着一件蓝色长披衣,她好像是在她的家里一样。我用一句话把她给我可怕的印象描写出来。她显乎不是'自然'的。我觉得这句话是暧昧的,不能表现我的思想。然而我直讲下去,或者要不难懂得一点。的确,在她那光芒射人的金色眼睛的含意,在她那奥妙的嘴唇的曲线,在她那棕色而透亮的肌肉的细胞,在她身上那紧密而清韵的纹路,在她那行动如飞的轻巧,甚至于在她那似乎生着无形翅翮的袒着的膀儿;总之,在她那流荡而活泼的浑身上,我觉得不知有什么出乎人性的,与上帝所造为我们在此流亡之地的侣伴的女人相比较,不知有什么过而不及的地方。我一见了她,我的灵魂中就升上了、充满了这一个情绪:我觉得无限厌恶对于除了这个女人以外的一切。

"保尔见她走进来,微皱了皱眉毛;然而,忽而转过念头,他微笑了笑。

"'莱拉,我给你介绍我最好的朋友。'

"莱拉答道:

"'我认识阿利先生。'

"这句话应显然是很奇怪的,既然我和她以前总未曾相见过;但是她说话的声音更是奇异,若是水晶能思想,它说话必是如此。

"'我的朋友阿利,'保尔续道,'六星期后将要结婚。'

"听到这几句话,莱拉瞧了我,明明看见她金色的眼睛表示'不!'

"我很忐忑地走出来,我的朋友一点也不显出留我的意思。那一天至晚,我在街上茫然奔窜,心中空乏而凄凉;然后晚间,我偶然走到城边夹树道①上,一间花卉铺前,我记起了我的未婚妻,我进铺子里去为她买一枝连翘花。我刚才擎花在手,忽有一只小手给我夺去,于是

---

① 夹树道,林荫大道。

我见莱拉笑嘻嘻地去了。她穿着一件灰色的短衫,一件外衣也是灰色的,戴着一顶小圆帽子。这种巴黎的游行妇人①的装束,我可说是最不配那尤物的仙姿,好像她在着微服一样。可是我见了如此的她,更生了不可遏止的爱情。我要去赶上她,然而她在行人和车马之中脱去了。

"自此时起,我的生命止了。我又到保尔家里去了几回,总不见莱拉。他很尽友谊地招待我,然而他总不讲到她。我和他没有话说,我闷闷地和他分手。毕竟有一天,用人向我说道:'先生出去了。'他又加一句:'先生要和夫人谈话么?'我答道:'是呀!?'我的神父,这一个字,这小小的一个字,什么血泪可以补赎得来?我进去了。我见她在堂屋中,半身躺在沙发上,穿着一件金黄色的衫儿,盖着她一双脚。我见她……否,我已不见她了。我的喉管猛然干了,我说不出话来。由她身上发出来的一股乳香和各种香料的芬芳,沉醉得我疏懒而心歉,好像神秘的东方的众香都入了我战动的鼻孔。否,这定不是一个自然的女人,她表面没一点人的气象;她的颜间不显出一点或善或恶的情感,除非是一番肉体的而兼天上的快乐。她必定也瞧见了我的纷扰,因为她以她那比林中流水更清韵的声音问道:

"'你有什么事?'

"我倒拜在她脚下,我流涕哀告道:

"'我如狂地爱你呀!……'

"那时她伸开了两臂;然后她以她快乐而天真的眼光向我。

"'你为什么不早说呢,我的朋友?'

"无名的时刻!我紧搂着倒在我胳膊中的莱拉。那时好像是我俩一齐腾空,把天际都充满了。我觉得我与上帝平等,我以为在我的怀中全得了世界的美,自然的音韵,星辰和花卉,清唱的树林,大江和深海。我把'无限'都放在了一吻之中。……"

---

① 游行妇人,此处意为上街买东西的妇女。

听到这几句话,那已听得不耐的萨弗拉克先生站起来了,立凭在壁炉边,把他的神父衣撷齐膝盖,烤他的腿干,以一种庄重的几近于轻蔑的态度说道:

"你是一个可怜的诽谤者,你不但不悔恶你的罪恶,你反以此夸张而骄矜。我不听你的话了。"

我听到这几句话,便涌出泪来,我求他宽宥。他见我的谦卑是真的,准我再续说下去,但要我痛悔。

我尽力缩短,如是续说道:

"我的神父,我满心悔恨如破地别了莱拉。但是第二天她来到了我家里,从此便起始了一种亦乐亦苦把我揉碎了的生活。我嫉妒我欺负了的保尔,我怪难忍受。我不信有一种毛病比嫉妒更轻贱,更使人心灵烦恼的。莱拉不肯说谎来减轻我的痛苦。并且她的行为是不可臆测的。我不忘记我在对谁说话,我不敢逆最可敬的神父之耳。我只说莱拉对于在我心中所燃烧的爱她全是格格不相入。但是她在我身上遍播了淫乐一切的毒种。我离不得她,我很怕把她失掉。莱拉完全没有我们所谓道德的观念。然而也不可因此就猜她是恶或虐的人。她反而是温柔、善悯的。她也不是无知识的,但是她的知识和我们的不同。她说话少,无论问她已往的什么事,她概不回答。凡我们所知的一切,她一点也不知道。反是,多少我们不知的事她却知道。在东方生长的她,凡印度、波斯的种种传说她都晓得,她以单调的声音叙述出来却有无限兴趣。每听她讲到世界的巧妙的开辟史,必要猜她与万物的青春是同时代的。有一天我如是告诉了她。她微笑着答道:'我老了,是真的。'"

常立凭着壁炉的萨弗拉克先生早已倾身向我,显出很注意的样子。

"继续说吧。"他对我说道。

"有多回,我的神父,我问过莱拉的宗教。她答道她没有也不必有;她的母亲和她的姊妹都是上帝的女儿,但是她们和她没有一种奉教的联络。她的颈项上却戴着一个嵌了一点红土的徽章,她说是为爱她母亲的纪念,诚心保存着的。"

我的话还未了,萨弗拉克先生便面白而身颤,跳起来,抱着我,向我耳边吼道:

"她说的是真的!我知道了,我如今知道了她是怎么样一种造物。阿利,你的直觉未曾误你。这不是一个女人。你说完吧,说完吧,我恳你!"

"我的神父,我差不多说完了。哎呀!我为爱莱拉,竟毁了婚约,我欺负了我顶好的朋友。我冒犯了上帝。保尔知道了莱拉的淫行,痛苦得成狂。他恫吓要杀她,但是她轻言细语地答道:

"'你试试吧,我的朋友;我很想死。我却不能够哩。'

"她托身于我有六个月;后来,一个早晨她来报告她要回波斯去,她再不得见我了。我哭,我又呻唤,我又喊道:

"'你总不曾爱我呀!'她却温存地答道:

"'否,我的朋友。然而世间有多少女人们还不如我爱你,连我所给你的好处她们也不肯给你的!你还当感激我哩。请了。'

"两个整日我都徘徊于狂怒凝痴之间。然后想到我灵魂的救赎,我就投奔到你这里来了,我的神父。于是我在这里;请你洗洁、培养、壮勇我的心吧!我还爱她哩!"

我停了说话。萨弗拉克先生手撑着额颅,正在沉思。他首先破了寂静:

"我的孩子,这就可以证明我的大发明。这就可以攻击如今怀疑派的骄傲。你听我吧。我们今日活在离奇之中,犹如太初的人们一样。你听,你听!我对你说的,亚当娶了第一个女人,《圣经》所不载的,但是犹太古传曾晓示我们,她名叫李俐特。她不是由他的一条肋骨造成的,但是和他一样由红土凝成的,她不是他的骨肉。她自愿和他离了婚。他还未犯罪,当她别了他去到那比人类更灵敏、更美貌的亚当之先辈所住的地方,即是许久以后波斯人的国土。所以她不曾沾染原祖的过失,不曾被原罪所玷。于是她逃脱了夏娃和她的后裔所受的罪罚。她不受苦,又不死;没有灵魂可救,她不会立功也不会犯过。无论她怎样行为,都是非善非恶。她从一次神秘的婚姻所生的女儿们都犹如她是不死的,犹如她,她们的行为和思想是自由的,因为她们在上帝面前都没有损益。于是,我确实知道,那牵你堕落的造物是一个李俐特的女儿。你祈祷,我明天给你听告解①。"

他凝想了一时,然后从衣袋里掏出一张纸,他又道:

"昨夜,我给你请了晚安以后,接到在雪中耽延了的邮差送来一封难堪的信。管理神父信上对我说我的书很愁煞了主教,先消灭了他心中加尔默罗会②的欣兴哩。他又说,这篇论文是满了冒昧的又被先贤排斥过的意见。主教大人不会赞成这惩腐败的草稿,这就是他写给我的。但是我要把你的奇遇告诉主教,可以证明李俐特是有的,我并不是在做梦。"

我求萨弗拉克先生再听我一刻说话:

"我的神父,莱拉别我临去的时候,给我留下了一张柏叶,上面有些我认不得的字是钢笔尖雕就的。你看就是这一类的符咒。……"

萨弗拉克先生拈着我递给他的一张轻叶,他仔细查勘了一阵,然后:

"这是,"他道,"盛时代的波斯语言,不难如此翻译出来:

"'莱拉,李俐特的女儿的祷告。'

"'我的上帝,你许我将死,俾我可以享生。上帝,你赐我以悔,俾我能够寻乐。上帝,你令我与夏娃的女儿们平等!'"

---

① 神父听教友告罪而赦免曰听告解。
② 加尔默罗会,产生于十二世纪的修会。

嫏　娜[①]

L'âme de Christophe était comme l'alouette. Elle savait qu'elle retomberait tout à l'heure, et bien des fois encore. Mais elle savait aussi qu'infatigablement elle remonterait dans le feu, chantant son tireli, qui parle à ceux qui sont en bas de la lumière des cieux. —— R. R.

克利司多夫的灵魂似乎百灵鸟。她虽然自知不久必要堕落，而且堕落不止一次；然而她也知道她必能不畏劳苦地重升光明之域，唱着她的高歌，俯向天光以下的众生而述说。[②] ——罗曼罗朗

凄凉的离别！一年蓄积的印象怎能一时消灭？自今晨以来，清凉旷阔的湖光似乎涤尽了上海的烦闷；轻艇来往如织，载着浓妆淡抹的妇女无数，我也不欲盼顾，好像偶临湖山，即可以，明心见性哩。今夜宿在一个颓废的空庄里，对着碧荧荧的孤灯，冷清清的岑寂，却又禁不住旧恨新愁，凄凉情绪一阵阵涌上心头。可怜的飘萍，将止于何处？我虽然不十分地相信命运，却也觉得今日游白云庵得来的签文"落霞

---

① 本文首次发表于一九二五年七月十日出版的《小说月报》十六卷第七号，文末注明一九二五年四月十二日完成于西湖滨。一九二五年十二月收入商务印书馆出版的"文学研究会丛书"之一小说集《玛丽》；一九三五年被选入茅盾主编的《新文学大系·小说一集》。这里采用的是小说集《玛丽》的文本。

② 这段话取自《约翰-克利斯朵夫》第九卷的结尾。

与孤鹜齐飞,秋水共长天一色"真奇巧而堪叹！孤苦长成的我。一年以来和你们同居,几乎享受了家庭式的同情,这是我应当感激你们的。但恨我和你们之间,还有深沟隔着,以至于别离。恍惚是临别时,我还看见你那如涕如憎的眼睛,还听着你那似骂非骂的声音:"你早不说你要去哩……我明天把你的东西都退还你罢,免得说我哄了你……恨只恨我们人穷,穷虽是穷,我们几姊妹都是有志气的……我们把你待得不好,不要记恨呀……"不！你们并未哄我,我也不曾哄你们。只怕有些难免的误会,若是你们眼明心细或许也觉察了我是安于清贫的,并且我不以银币的重量来称我的朋友。反而贫困和柔弱的相怜成就了我们交情的媒介。我相信你们是正直而多情的。对不着你们的优待；希望你们不要后悔。你们于我果真是欲留欲去,我不知道,也不必知道。然而依我的主观,却不能不去。我若是不去,久而久之,恐妨你们的大事。我若是不去,久而久之,或许失掉我的自由精神,将成物质的奴隶,情障的罪人。况且……你还记得么？有一晚间,你的头痛发作了,你裹着红呢毯,歪在床上,一只足还在毯外,我替你盖好了足,坐在床边,不知你是真眠假寐；你哪料到我当时心内的战争！可怜的是你的身材的娇小,容貌的清秀,气息的微弱！我摸着你的额颡发烧,我再移近贪看你那淡细的眉毛,看你那虽闭而有神的眼睛的两条朦胧的黑线,疑是如来发愿时！看到你那宜笑宜怒,似动非动的唇儿……噫！万福的男子,若是……——你微微睁开眼睛,突然瞪了我一眼,转过脸去,又忍不住微笑了笑……《圣经》云:"冒险者终必罹险而死"；岂不可畏,岂不可畏！……如今,离险境已远,我敢明明告诉你:自从我第一次见了你们以后,便减了理性和意志以至于今日……今日,我的行文还是颠倒无序的哩！……

且等我凝神片刻,再慢慢地从头写起。时间还早哩。金色的月轮才自孤山涌出,西泠畔孤塔的倒影长得可怕；湖中波纹忽晦忽明,变幻不已；葛仙、栖霞若有若无。我在这里,不知是实际、是梦中。究竟,人生不过是一梦；而今,你我她们只成了一篇小说！……

不能忘记的是我们第一次的际遇：最初的印象大半是深刻的。先是我要发奋工作,只想寻一间清静幽僻的、小小的房子,似乎孤僧避人迹以入定。不知什么命运却把我引到了你们的门前。我敲着那尘垢连年的惨淡的门儿,心中好生忐忑,如临荒山古寺一般。一位青年女子给我开了半扇门,她那白嫩的脸儿和她一身腌臜不堪的衣服恰成一个诧异的反比例。

"你们有……有房子出租么?"

"是有呀!"她站着不动,腼腆地答应。

"佩兰,你引他上楼去看罢。"客堂里一位正在梳妆的女子好奇地瞧着我说道。

她的容貌齐整,颊儿丰满,头发黑而长,但是脸上方才涂了几团粗糙的铅粉,看不出一点态度的美。……旧式的镜子,腌臜的妆奁,夹杂在尘积的香炉蜡台之间。小小的客堂堆满了器具……佩兰女士在前面引路。她背后依稀短发垂下一个小小的髻儿,簪着一根红簪。上了一条黟黑闷沉的楼梯,穿进一间宽大的空房;陪嫁式的器具零乱置着;四壁整洁,漆得精致。但是空无字画,只悬着寂寥。中间一架大铜床,空旷旷的。只有几条小被,盖着一位日高犹在酣睡的短发蓬松的中年女人……新寡?……病妇? 你微微睁开惺忪的眼睛,许久,你才懒懒地抬起半身来,揉了揉你那细腻的眉目,清瘦的庞儿,好似晚秋退色的海棠;你恍惚瞧着我,吐出妩媚的声音,问对了一阵。我只记得你问了我有什么职业。流浪成性的我,只答道是……读书的。我只诺诺连声,忘记了租费太大,将为物质文明束缚我的自由……夜晚,我搬进来的时候,那两位女郎和一位褴褛的老妪都在仔细定睛觑伺我的行动和我那极简单的行李。梯边,窄小的夹楼中,一位老人把一盏凄惨的烟灯急忙吹熄了。你出来凭在亭子间门口,问我为什么等夜晚才搬来呀;你也把我的态度和我的东西打量一番。……我独在屋中还卷着的被盖上,起头思索我的新居停主人的景况。后面烟灯明亮的、小小的、整洁的亭子间应是主妇和那嘈刮的小孩子,和那不可见的、流落的丈夫的隐逸之所。楼下棺材般的夹楼,什物狼藉,应是主妇的双亲的鹡鸰之巢。夹楼下黑屋都是那幼年兄弟的寝室,但是那两位妙龄女郎又哪有余地栖身呢?……人的身躯真是灵魂的障碍!……茫茫世界,充满了不平!……于是我一个人占了全屋三分之一有余,夺了一家的精粹,逐去老人弱女无处安身立命呀!……我很想登时把房子退还你们,或者……我既搬来了一架床,不如把大的让给两位可怜的女郎。但是,这好比托尔斯太的志愿,终于没有勇气实行。外边风雨凄凄,围着满屋不幸的长梦惶惶的旅客。……老妪和佩兰女士都早起从容耐烦地操作娘姨的职务。那黑发女郎蜷在龌龊褊窄的厨房里,愁容可掬,好似 Sta Magdalena poenitens(悔罪的马达肋纳圣女)①。好久都不见女主人。午前我高声读诗的时候,你还懒睡未起。晚间,我自公园回来的时候,你却出去了。想必你们也要诧异:"好一个行踪奇怪的小流浪者!"…… —— 一个晚间,我在霞飞路寻一位朋友,忽然爱美的本性使我转头,瞥见黄包车上有几位丽人翩翩而过。第一位时髦绝伦,风流多致……你好像瞧见了我,却假装不见,但也显乎很高兴,因为我遇见了你的风头。继后是黑发女郎,端庄傲岸,似乎一位女学士,却怅惘地睃着你的繁华,因为她的装束比较次些。最末是佩兰女士,常是谦卑,不引人注意的。——我怪上海多少女人,俭饮食住以修装饰,只图在许多不认识的人前张扬她们不自然的美。你们既无军阀的势力,又无不平的资本,却为何甘心自加物质文明的压迫?至于我,最幸福的,是我自由遐想,脱离物质的拘束,放浪于形骸之外的时候。但可叹人性的懦弱,进益难,退化易!我也渐渐受了环境的影响。后来邀了一位暂时留沪的朋友,阔绰的老政客来同住。他的宾朋来往络绎,不是名流,即是贵胄。于是,去矣,我的自由!罢了,我的工作!但是在你们家庭的意见中,我的偶像却渐渐镀金了;因为我们虽然形式还隔阂,我们互相的观察却常常接触。我们都等着接近的机会。缴租那一

---

① 马达肋纳圣女,《圣经》中耶稣的信徒,最早看到耶稣复活的圣女,传说其淫荡,故成为悔罪女人的象征。

天我进了亭子间。热烈的欢迎。你和你的母亲都在那里。我才问讯知道你们是三姊妹，和你们的名字：第一嬢娜是你；第二，晚霞是那黑发女郎；第三是佩兰。说话时，佩兰女士也打打扮扮的进来了。忍耐、谦恭而幽静的她好像是草中的紫罗兰，虽不夺目，却也有她的香味。名儿恰当！佩兰！晚霞！嬢娜！你们两姊妹携着手儿也坐在床边。"千般嬢娜，万般旖旎，是垂柳在晚风前"，真把你形容得尽致。我急忙问了你们一番，便追寻到从前在你们更大的房子里，有一位老秀才教三姊妹读书，给你们取名字的时候……那时杜先生也住在你们家里，他是你们的死了的哥哥、独能撑住家务的聪明的哥哥的同学……，久而久之，（你的母亲说，）她见他老实，才把你给了他。这可羡慕的杜先生，我早料他是一位从前热盛、新近中落的宦游者，不知他才是一个轮船上的舵手，十日九在外，和我一样地飘流。我久想见这有缘的杜先生——有一晚间，我正在房间里独自闷坐，忽然悄悄地进来了一位黄肿大脸、魁伟的老瘾客，着一身学生服。看他那无拘束的样子，知道他是房主人了。他大睁开一双很小的眼睛，张着阔口，放出很细的声音，问我有多大岁数，结了婚，订了婚没有……他说小说家的生活名誉尚好，然而多半是清贫的……他忽然耸了耸肩，摇了摇头，不用起承转合，便叹道："人生太无意思：娶女人，养小孩子，为穿吃忙！……"我静等着他详论他的偶觉的经验。毕究，他就如是住了口，静坐了一会儿，便出去了。娇小玲珑的你怎爱了一个笨重无趣的他，这是不可解的。有一次，他宴会朋友，请了我去。他们好像都是半开化的土人。以后我便没有兴趣和他们闲谈，虽然你很怪我。但是，以性质而论，他也有过人之处：不管闲事，不发雷霆。你们母女对于那没有学识、不能谋生的小兄弟，叱咤责骂的尖声，往往透过楼壁；却是从未听见杜先生的一言半语。——也怪不得那养而不教的少年。只因社会制度的不良，他没有受优等教育的机会。或且，父母晚年所生，爱情已衰，以致结果不熟。……也叫唯物派的上海人知道爱情的具体的利益！多少老弱夫妇，竟成了路人！女称男为老头子；男于女不屑称呼。穷老的父母几乎没有爱自家子女的权利,成了他们的赘疣。何用家庭?业障而已!你们那苦命的,若有若无的,常常埋怨,在生命之侧生活的母亲,对于能干有望的你们的说话,一开口只是你们的回音;对于无能的劲儿只知吵骂。你和佩兰妹的像貌微微似她;至于性情,一个得了她的柔圆,一个得了她的懦弱。——最妙的是你们的老父。魁伟强壮的他,平日在家慢跬细步,郑重地来往,默默不言,傲岸的眼睛不屑左右盼顾,任你们责他笑他动也不动,在符咒满门的屋中,每夜恒常跪在他床头的十字架前,好像有一字不移的目的,恰似狂风暴雨中的 Hercules①。晚霞的神形正是他的反照。

晚霞!自从我初来几天观察了她,便觉得在她的冷静庄肃的外表之内蕴着未能发育的天才。我比拟她为一块璞玉。有一天,我听见你和母亲说她不务正事,只涂抹那不值钱的图画,我要求你把她的作品给我看,你破憎为喜,把她自画的肖像取出来给我;她坐在床边,欲夺去又不敢,要声明,又不成句读;我把人面画貌比较了一番;她在对镜自照;你的眼光却只注于我的脸上。她好像是一座雕刻的艺术品:日本式的模范的美,虽然年纪稍大,颜色却还鲜明,两颊稍肥,眼睛微小,身体强健而均匀,只缺乏表现力。我称人貌画工都是妙品。

"又没有人教她哩。"你说。

"没有人教她!?"我惊叹了一声,忽又沉闷了。可怜的晚霞!若是她能得受优等教育的机会,岂不可以发扬艺术,安慰众生,以至于不朽!她不是生来享受物质文明的。她宜受苦,而造就灵魂的伟大。但可惜她不能胜过环境的压迫!——有时,她淡抹脂粉,对镜自怜;有时,她蓬头垢面,蜷在屋角,堆着一身绝望。我很想安慰她,透进她的痛苦。但又觉得不方便,因为她太郑重沉默,况且有些骄傲,好像是不屑受人的怜惜,并且,也不便于对她发对女性的爱:她好像是不可以为男子玩弄的;她几乎是一个男子。偶尔,她到我房间来奏钢琴,或斗象

---

① 赫丘力斯,古希腊神话中的大力神。

棋的时候（她的棋术绝精），我的朋友们莫敢凝视她。你初次告诉我说她在某影片公司当演员时，应觉得我很诧异。那一天，你在我房间里织绒线衣，她在我的案上画图。你说你们三姊妹怎么都生得恁地美貌。你微微一笑，感激的眼光对着我，开口欲言，忽又中停了：因为我只望着你。晚霞虽美，然而她的妩媚温柔的态度却不及你的百分之一。雕刻式的美怎宜于活动的影片？有一天，我见她很愁闷，我问她，知道某公司失败了。我又贺她，又怜她。可贺的是她脱离了流氓的社会，艺术的害马。可叹的是富于忍让性的女界怎能自立于互相残食的群兽中？我劝她勤学艺术，将来成就了大艺术家，不但可以自谋生活，并且……她斜凭着床角可怜地说：

"恐怕未到这个境地以先，早死了哩！"

"Vita brevis, ars longa（生命短而艺术长）①。"我信口背了一句熟读的成语，你们都不懂得，我要想再寻几句能实际安慰她的话，却只寻着寂静。床前的小孩子大睁开一双诧异的小的眼睛，定视着我们。

"你也怕死么，大姐？"

"我不要死呀；我还等着我的小瑞宝长大成人，我将来还要享福哩。"你歪在床上懒懒地说。可怜的姊妹们！幸福是在内的；你们枉然在外追寻，至今何所有？半世奔波的你只苦了你自己和你的人们。那两位弱妹无谓地受了你的折磨多少！多少回她埋头闷气地替你缝新衣，替你折纸银，以哄你们的祖先？我见她们太可怜，也帮她们折了几次，虽然我全不相信这些异端。她们诚实地道谢了我。我便享了幸福。"我享了幸福"这句话是从来不曾由你们口里说出来的。我问她信不信这纸一经火烧，便可以成金银；她们答道：不知道。再问她们觉得烦闷不；都说做多了，自然有些烦闷呀。若是你们相信而为此，你们的苦楚便要大减。若是你们为爱人、爱艺术、真理、主义而为此，则不但无烦闷反觉得乐趣，姊妹们，这是我告诉你们求幸福的秘诀。你们

---

① 生命短而艺术长，古希腊医生希波克拉托斯的名言。

不解此理，却只等着一位救主；恐只怕这救主来了，求得你们的肉身，反失了你们灵魂！……

  灯光摇曳。恐怕这些大冗长的事情写不完了。风的指头叩着玻窗；湖中月轮破碎，抖颤不已，惊动柳影，长蛇似的奔来。好生害怕呀！传说这屋里死了几位姨奶奶哩！……

  "你死了以后，姐姐，你的灵魂再来和我闲嗑牙罢。"

  "我死了，那个背时的才碰着你？"……

  我还恍惚觉得坐在床边，和你同读《聊斋志异》，还替你讲解了不知那一段，还觉得你的轻细的气息，拂过我的腮际……如今容貌声音、相亲相敬的姐姐弟弟都水流云散了，只留得苦恼的回忆！此时，你应是抱着疼爱的小孩子睡了……唯愿上帝使我忘记了情障的你们，和你我从前的许多空话。

  还记得无谓的姐姐弟弟的称呼始于那一夜。我们自影戏院归来。我说：马路上行人都在掉头看晚霞……

  "我今天来不及换衣服呀，才自城内买东西慌慌张张地跑进租界。……"

  "我今晨，听见有战事，好生替你担忧哩。"

  "你坐累了。倒下来躺了一阵罢……二阿妹她们都说好看，应该配一个才貌双全的男人。"

  "……你听炮声隆隆，失散了多少可怜的家庭……"你努努嘴儿，说你要戒烟，说吸烟的人使人家看不起。小孩子偶然翻出了一张纸，你递给我看，却是你们夫妇的证婚书。你说十年前才有这种好人，肯收留一个没陪奁的女子，如今很难得……这个问题引起了我的玄谈的兴致，便长论了一番爱情与金钱。没有不顾利害，没有希图的、纯粹的爱情。譬如 Pelicanus（海鸟名）舍自己的血肉来养儿女……你说我的爱很深奥。我说除死了的母亲以外没有真能爱我的人。你详细地问了一番我的身世，你也替我叹惜我的孤寂，便认我为你的兄弟。我第一次喊了你一声：姐姐。城内炮声又连响了几次，好似在庆祝我俩交情的进步……从此以后,我们的情分便胜似姊弟的了。从来娇懒惯了的你也替我剪了指甲,烫了头发……有一夜,你见我给某女士写的一个信封,你要抢去看,把我的袖绽扯裂了;我请你替我缝一缝;你说这些是娘姨做的事;我说姐姐做的好些;你胜不过我的啰唆,终替我做了,但说道:

"为什么你来租房子那一天,一句话都说不来哩？先知你是这么狡猾,早把你逐出去了……你这么会说,怎么见了杜先生就哑了呢？"

"我不喜欢和男子说话。"

"你未搬来以前又……你的女朋友多着哩。"

"多着哩。"我信口答道,虽我一个都没有。

"为什么不在她们里寻一个知己呀。"

"相识满天下,知心能几人？"

"……二阿妹,你见了她,也没话说呢……"

"她太郑重了,我说话放浪不拘,怕得罪她,若说到正经事,便又玄之又玄,你们不懂得了。"

"你是贾宝玉呀。"

《石头记》引起了我描写人物性情的兴趣,便忘记了我的环境,遂把你的身调比黛玉,性情比王熙凤,把晚霞的身调比宝钗,性情却比着史湘云。你说:

"我老了,只比得史太君……从前我看了几次《红楼梦》,如今都记不得了……一个女人书读多了,也不好;只要性情好,就好了。自小众人都说我的性情好。我从来不得罪人。人家对我不好,我不当面说出来,但是我心头总记着的……"

"我有什么不好的地方没有？"

"没有,没有……只有一点。"

"哪一点？"

"你刚才比我们是黛玉、宝钗。就是这点。"

"我真是大意了。"

"这也不要紧,不提了。只怕人家听见,要说闲话呀;虽然我们两个的年纪相差很远,但总要避一避嫌疑才好。你该早些睡去;看你这般瘦了。我们倒是不中用的了。你的前程远大,该早起来,多办些事哩。子生弟弟,要听我的话,才是我的好弟弟……"

我出了房门,看见你撑起来,说一声"明朝再会"。幸福的晚夕!有一无再的极乐的时候!以后的亲密虽然相续,却过了极限的高峰。我感动的不能就寝,夜深人静,还独自到月台上去,踱了一会儿。邻居俄人奏着 Schumann① 的哀调,破清寂而上。月色惨白,照临多少不幸的同类!从前几许凄凉怎敌得而今一点热情!不觉在我那才补好的衣袖上,淌了几颗感激的眼泪。第二天,我和同居的朋友论到纯粹的爱,把朋友的情,以为是有希图的,都贬薄了。他好像因此有些不满意;因为过后不久,他就走了。——可怜的子生,你的乌托邦的梦早醒得了!第三天,我正在你房间里和你闲嗑牙,你下楼去,许久不上来。却是晚霞的一位男朋友来了。你对他的笑容眼光同对我的一样。他去了后,我对你说替晚霞做媒。你放出尖声,大闹了一阵,后来赌气,走出去了。当初,我还仗着忿恨的余气,绝交也罢。等到夜深,你还未归来,我渐觉得我太过分了,极想对你解释明白。你回来了,我又迟疑了许久。迨我追到你的房间,你已睡了。我静坐了一会儿,不知说什么的好;并且,坐定了,又不知怎么才好辞别出去。久而久之,晚霞走进来,说我有神经病,这早晚还坐在别个女人家房里……我一时慌乱,不能答复,满腹牢骚,闷闷地回到我的房间,上了床,只听见我的朋友鸣不平的鼾声滔滔不息。可怜的晚霞,她并不是苛责,必定别有她的心意;但是她的举动言语,都是平方形的,有些艮人。你的一切却尽是圆圈形的,不可捉摸,然而最可怕的还是圆圈形!……从此以后,我赌气不与你们见面;但是你哪知道不善于养性的我,天天午后,仍不耐寂寞,忐忑地等你回来,待你回来了,我又忿忿地躲避你。我既失了内心

---

① 舒曼(1810—1856),德国音乐家。

的平衡，不能不去寻外物的消遣：往往去看戏，到夜深才回屋。有一次，中了夜寒，竟卧床不起，不旦的长夜！寒蛩凄恻，钟声的答，虽有女友，咫尺天涯，而今卧病孤寂，向谁告诉？清晨，远远地，哨声破晓而上，房顶上的麻雀声，孩儿的啼哭声，街上的汽车声，洗马桶的洒洒声……各种声音相混……醒来时，日影初斜，四围无人，沉静，只看见阳光中轻舞的飞尘。沉闷！沉闷！更哪堪飘零！……恍惚有一位白衣天使远远地招我同升，忽然变成一只白鹤，衔了我一根头发飞去……若非我在做梦，那定是嬛娜姐俯在我的床前，摸我的额颡。你轻轻地把我唤醒，劝我吸一口鸦片烟；我感激得只凝视着你，说不出一句话，吸了两口烟，陡觉得病退了一大半……不能忘的是隔烟灯的容貌，温柔的语声夹着脆香的吸烟声！有几次，你寻不出话说了，还读小说给我听；我的神情恍惚，不甚注意它的内容，却只爱那读书的娇声。有一次，我把卓文君新剧递给你读，我并没有分外的意思，不过是喜欢这个作品的巧妙。你读完了，说太新式的我，和不新不旧的你们不能为朋友，虽我认不是，你也把书烧了。从此，我们又冷淡了许久……新年初一的早晨，我给你拜年，又进了你的房间。外边，火炮声不绝，雪花纷纷敲着玻窗。你歪在床上，对着酣睡的小孩子，忐忑深思。我问你在思念新年节也不归来的杜先生吗？你叹道，若是你的女儿不死，如今也有六岁了。对于这个从未提起的女儿，你在孤寂中，才脱了繁华的桎梏，动了真诚的爱！你说她生病时，杜先生不信医药，叫你到某庙去向老爷许愿，耗费得少些，你却又许愿，又请医生，因而用了许多钱。我微微一笑，问你未出阁以前奉的什么教。你说是天主教。于是我的想象便虚构一段小说。教育的专制……第一个羡慕者的贫寒，杜先生的引诱，家庭的偏向……你说你从前在家里，哥哥不能容；他说你这么大了，还不嫁出去，要养老女子吗。后来，杜先生来了，他们才看得起你。因为他爱诗，便也请来了某秀才教你做诗……说话时，你把你们新婚的相片取出来交给我看。……中年的你尚存着如许丰韵，回忆青春韶华，情弦初张……窗前的眉语，诗盏的传读，月下的情话……

阿弥陀佛！……又怜他谋生劳碌，朝秦暮楚，带去如许温柔，尽付东流！……外边，火炮声，右邻姨奶奶烧香回来的喇叭声，透雪鳞而入。……我突然说道：世上不平的事多着哩……若是我有手枪，我要放死许多人。

"你若是在这里把杜先生打死了，我们捉到你交巡捕，你也要抵命哩。"你恐慌地说。可见女人们最易受骇。

"我假装疯魔，（我虽然意不在此，却信口答道）不过判我无期徒刑；我在监里，不愁穿吃，捧手念佛，死而无恨。"

"你既有决心学佛，为什么还到这里来找我们女人家闲嗑牙呢？"

至此，我的种种哲理都失败了。我要寻一句话答复，许久，只寻着寂静。你得意地瞅着战败的我，我搭讪说姐姐是我所见的女人之中最灵敏的一个……但是你也有缺点：眉毛太淡。

"若是我的眉毛同你的一样黑，我早去吊死了。"你说了，把舌头伸了一伸；因为你们在新年中忌讳说死。我好笑你的骄傲和狂妄。自杀的人多着哩；但如眉毛太黑而自杀，这是一个小说家想象不出的。许多变丑了的老妪还活着哩！……其实，你的阅历，你的心计早已老了，虽则你的态度还是年轻的。——你的生日前一天，你微服出去买东西，我也因事出去了；你在胡同内和我捉迷藏，哈哈大笑活泼泼地，真像一个小孩子。但是在这些微事中，都有你的心计。第二天，我认识了你的尊贵的女朋友，时髦的女人，小孩子的继母，和你的贫寒的亲眷，乡下的男女，还有一位穿草鞋的老者。夜晚他们去后你对我夸奖你的女友的阔绰，好像是你的光荣。你又批评你的亲眷穷陋无礼，好像几天没吃饭，争着和她们同席，得罪了你的体面的朋友。我却喜欢这种混合法：除银币的多寡以外，他们有什么可以不平等的？穿草鞋的脚比龌龊的灵魂谁为高尚？可怜的姊妹们，你们舍亲眷的爱，节省饮食，牺牲自由，以效法而谄事疑是幸福的她们！设使你们身临其境，却仍不免觉得这种生活的空虚。须知人生的意义，不只在乘汽车，赶时髦的装饰……你又说你的母亲、妹妹虽然累赘，却也省得请人。……我不知你说这个话的目的,但奇怪上海人的会计学……清晨,才起来时,我自己诧异怎么和这样一个女子深交了许久。我想以后见她时,必要表现我的轻视。但是,刚才看到在客堂里对镜梳妆的你的背影,我又忘了一切,甚且走近你身边的椅子上坐着了。晚霞站在你背后,替你梳头。两个新样的头儿在一个很小的镜子里斗婵娟。你们打算去照相,你说你要装男子。我迎和你的说话,说你最好装祝英台。你憎了我一眼,故意大声说:"我们都是正经人呀!?"我知道你说这话的原因:前夜晚,我疲倦睡了,你还在我的桌子上,赶着把刺绣做完,晚霞到门边来窥看了几次……这是应当原谅你的。但是这句话太重了。我一时急躁,把梳子赌气丢了。万不料你登时破了脸,闹得那么厉害……"那是黄杨木的,不便宜呀!"……迷这纯粹感情的我,怎经得这个打击?我砰磅地开闭了门,忿忿地出去了。天气清朗,沿路梧桐,花柳园亭,都安然如故,似乎不觉得我的不幸,更加我的恼怒。我浑无力地,倒在池边的椅子上,禁不住流了一阵眼泪。没有人理我。许久,我忘记了是什么事,却还觉得眸子间蒙着一层泪幕,却见初来的燕子欣然地飞来复去。可羡慕的它们的自由!毫无拘束,以天下为家,喜则留,不喜则去,要避烦闷,应学它们。我渐渐安慰了些,慢步回来;到了门前,又逡巡不进,门上连年的尘垢又引起了我几分不快。里边,你和晚霞闲谈,隐约可辨:"……也不希奇……家里又没人……只自己谋生活……某某有个有势力的发财的父亲,比他好多哩……"以下的,我听不见了。我用力敲开了门,跑上梯儿,颓然倒在床上。也没有眼泪,也没有思想。都没有,都空了。茫茫世界,没有我的空间。似乎不存在的我放过了不知多少时间,忽然翻身起来,跪在悔罪的马达肋纳圣女像前;我好像是在祈祷,但是没有一点思想。跪了许久,平静了些。一起来,便起头收拾行李。往哪里去呢?不管。总是去的好。我等你到夜深。听见你上楼的步声,我赶忙来对你说:

"我给你十天的房钱。我明天要走了。"

"随便你罢。"

你硬声答应了,就下去了。移时,你又上来懒懒地坐在屋角,埋着头,恍惚眼眶含湿,轻言细语地说:

"你这样久都住了,为什么不住下去呢?我们又不曾得罪你……况且这个月的房租,我还无法付出。前天,你说要去取钱(我只唯唯应声,又忘了前因)……你明天去取钱去罢,是不是?……"

你举起亮晶晶的眼光睇着我,微微破涕一笑。于是,我的意志又堕落了。……

养 真[①]

我倦卧了半天,才撑起来,伸一个懒腰,揉揉眼睛。已是落日满山,岗峦蒙上一层紫罗了。我的影子倒在坡下,怪伟大的;和我的身子比较,显出我小得可笑又可怜。将歇的蝉声越噪得刮耳。我受了这种暗示,陡觉渴得利害;因渴又感到饿乏。急忙跑下山径,一身轻绝,不似在走,似在清气中飞腾。

转过杉树峰,听见水声滂濞。悬崖上吊着雪白的瀑布,从峻峭的青苔石上蜿蜒滚下去,打在几十丈下的一个碧潭中,溅起一片片白的水花,恰像天鹅在沐羽。崖上的枝叶葱茏,遮了斜阳,只有一缕缕的金线从缝中射过来。我到此时此地,再也不想走了,却又不能达到那渴慕的泉流:青石又陡又滑,向下一眺,令人寒栗。我呆坐在一块青石上,静听着噌吰悠扬的水声。凝视着飞溅的瀑布,崖边的紫罗兰,和我面前倒挂着的野玫瑰。转瞬之间,我被伟大的大自然融化去了。我暂且忘记了世间的一切。我与一切合而为一了。我觉得恍惚有一只纤嫩的手抚着我的头发,渐次抚到我的颈项,我看她好像是我的养真。我喜出望外,拉着她的手,惊问她如何到这里来的。她只向我呆呆地微笑。我见了她的嘴角边浅红色的笑涡儿,便乘势搂着她接了一个吻。她避我不及,使力一推;我顿时失足,箭一般的向万丈的深渊坠落下去了。

我心头一跳,忽然惊醒转来。我面前吊着的野玫瑰还继续在对我

[①] 本文首次发表于一九二五年十二月上海商务印书馆出版的"文学研究会丛书"之一小说集《玛丽》,由作者将发表于一九二四年四月出版的《创造周报》第五十一号的《苍茫的烦恼》改写而成。

微笑;紫罗兰香依旧在逐凉风送到我身边。我狂饮着花的清香,好像还是在吻着少女的芳颊。

　　养真是我家的一门远亲的女子。去年我到山中来养病的时候,我俩才初次见面。她那时只有十六岁。她虽然不是十分艳丽,但是她那细袅的身材的曲线,泛常似忧似喜的容貌,温柔的声音与幽静的态度,若有情若无情地,令人要跪地倒拜,亲她的脚背,求她一盼。我觉得她是冰心玉骨,没有感情的;我觉得她不像是一个人。我叹惜造物者造了这样美的物质,为何不赋予她一个更灵感的心儿。——她方才在乡间的女子高小学校卒了业,她一天到晚,只一个人关在小书房里,温习功课。那小书房的一垛下临草坪的绿窗,不知吸蓄了我多少怅惘的顾盼啊!我每晨起来,在那草坪中踱来踱去,望见那闭着的窗子,心头便感到一种形容不出的焦急。等到她的窗子开了,看见她桌上的水仙花,听见她吟哦的娇嫩的声音,我便身不自主地被吸引到她的书房里去了。然而见了她却又没有话说。陪她静坐一两点钟,又惆怅地走出来,不辨方向,只在荒郊里乱窜,直迨饿乏了,才走回寓所。

　　有一次,我遇到她一个人在草坪中游玩,我急忙跑到她身边,很亲热的称呼她(我自己也觉得我的声气变成女性的了)。她却只从鼻子里放出蜜蜂的声音答应我。我对她说:

　　"你为什么不理我呢?"

　　"本得要理你,又怕你疯疯颠颠地说些无益的话,难得应酬。"

　　"总该怪你的美丽惹得人不能不疯颠哩。"

　　她忙把脸儿转了过去,似乎要藏她的怒容,只说道:"我们回去了罢!"

　　第二天,我在家中不曾理她,她却也不和我赌气,如没有事一样。到了第三天上,我的忿怒的勇气衰了,又感到寂寞的时间太长,一种不可违抗的魔力又把我捉到她的书房里去了。她正凭着桌边在注视一个玻璃瓶子。瓶内有一只蜘蛛。她瞧了我一下,好像没有看见,依旧注视她的瓶子。我很想说她像一个小孩子,但又不敢说出口。我们俩如此静对着不知过了多久。后来毕竟是我搭讪着给她认了错。她说我没有什么错处,但是她不喜欢多说话,更不喜欢说抽象的话……

她经我一次赌气,才宽放了一点。有一天,她竟至允许了我和她同上山去游逛。我俩肩并肩地走到瀑布谷;她疲乏极了,我扶她坐在一块青石上。遍谷的紫罗兰在发香。我轻轻把一只手腕放在她的肩儿上,她也不甚推却。我顺手擷一朵紫罗兰,插在她的头发上。她皱起眉儿,低下头儿的样子实在令我难受。我不善观气色,又说道:

"你看,香而不艳的紫罗兰,恰似你幽静的美!"

她立刻把我放在她肩儿上的手,轻轻取了下来,转身向那边去了。我的手上滴下了一颗眼泪。我弯了身,假装又要擷一朵紫花,免得她笑我懦弱。她却佯为不知,走了几步又回转身来唤我道:"回去了罢!"

此后不久,她就到成都进了女学校去了。她也很愿意和我通信;可是都不过是些普通印版式的明信片!……

我这没志气的男子!为什么被一位并不美貌又不爱我的女子征服到这样光景?我想到这里,只觉得悬崖下的碧潭正在勾引我,同时下意识作用,却使我退走了几步。落日已挂在杉树峰的树丛边上,好像一个红玉的圆盘,灰色的幕纱渐渐织下悬崖来;回头一瞰,不胜悚骇。

饥渴的火焰复在烧着我的身体。这种渺茫的回忆是不济事的……走了一会儿,天上的垂云好像小学生染污了的课本;笼罩满山的灰暗而有韧性的暮霭被一颗闪闪的灯光点破。那灯光之下,有一座日字形的瓦房,已看不清楚了,我探到柴门边,叩了两下。一个白净的十三四岁的女子给我开了,请我进去。当中是礼堂,代作餐室,桌上杯筷都摆齐了。中壁上挂着"天地君亲师"的金字牌,侧边有两副对子。此外是粉白的石灰壁上挂着些大大小小,异样奇色的死鸟。女儿把我引到木凳上坐着,请我等一会儿,她去请爹爹出来。

我注视着死鸟,我想这定是一种奇怪的迷信。于是我心头陡然不安起来……女儿递了一杯热茶给我。我嗑了一口茶,却把刚才的印象都忘记了。随后出来了一位五十岁来往的很矮的老人。我见了他的女儿的白净,万不料他的脸那么黑哩。他很谦恭地请我坐下,问了来历留我在他家里过夜。他说话的声音非常和蔼,但是他又厚又大的嘴唇翻动起来,似不便利。我有多少话想问他,但见他嘴唇艰难,我也住了口。我逆料他总是远处的富绅,受战祸的影响,才避到这深山里来的。果然他也向我述到四川的兵灾匪祸,欷歔连声。他说这山中虽然清苦,总可免心惊胆战。他听说我是学生,便辞别进去,请他们的老师,胡先生出来陪我。

一位老女仆把酒菜捧上桌来。那幼女儿走出来,悄悄地对我说:

"我们那胡先生有些神经病呀;他的话多;你不要信他啊!……"

她的长毛裮,如鱼儿鼓浪一般,在她背上跳荡了一两下;她又跑进去了。

老人同一位曲背的中年以上的人一齐出来。那人头上一条黑布巾包着一个很大的头,一副深光眼镜,又长又瘦的面孔,一口细长、灰黄的八字胡。老人对我介绍道:

"这是我们的老师,胡先生;他的书看得多,地方也走得不少;K先生,你可以同他长谈。……"

于是他请我们晚餐,分宾主坐下。他给我俩每人斟了一大盅酒。我只是推让。虽是些山蔬野味,但因调以饥饿,比我从来所食,更觉得甘美。胡先生也是很谦恭的,和我寒暄了一会,并不多言。只一大盅地嗑他的酒。我看他却毫没有神经病哩。老人先吃完了饭,起身说:

"失陪,我到后边林盘里打鸟去。"

他遂提了枪,开后门出去了。

天上飞着一阵细雨。老人在那滑溜的小路上,一溜一点地,直向那烟雨朦胧的林边走去。

我问胡先生:——为什么老主人这早晚还出去打鸟呢?

他听我问到这里,忽然引起精神,取下眼镜,又自斟一大盅酒嗑了,已有几分醉意;拈了拈他那灰黄的八字胡,凝神片刻,说:

"大凡非常的人,受了非常的刺激,才有非常的举动,或者,非常的嗜好;尤以女人的刺激为甚。历代名人都是如此。孔子,因为他的女人丑陋,(不知他何所考据)所以他才爱弹琴著书,成就了一世美名。

"太史公,因为受了腐刑,感情无从发泄,才发奋作了一部悲慨讥刺的史记,继后者莫能及。刘邕,因为他的女人生痔疮死了,所以他才爱吃疮痂。"

我忍不住笑,忙伸手扪着嘴儿问道:

"但是这老主人……?"

"你听我说……我们老主人,X先生,从前是某县的富绅,后来因川滇之战,土匪蜂起,近处匪人要抢他家里的地窖银子,因把他们的房子烧了。那时,他的女人正在怀孕,逃避不及,遂烧死在内。他不得已,才搬到这山里来,消受清贫;田地财产,他都不甚顾惜,但梦寐伤悼他的女人。后来渐渐染了这打鸟的嗜好,一则以消磨他无聊的岁月,一则以为他报怨的象征。幸而他还有这个嗜好,不然,怕不早就闷死了。他的心里既破开了偌大个缺缝,不能不另寻一件事情去填满它;……"

我方详细地问下去,他又感叹到四川的时局,有一搭没一搭的话说不完。他说:如今的军人政客没有一个有政治眼光的,都是些杀人夺财的强盗……人民的知识又太浅陋,不能结合起来抵抗他们。若是七千万人,大众一心,就是赤手空拳,也可以把那全省的一两万支枪儿,挤成粉碎……恨他从前不曾习得武功;不然,哼!他早把那些罪魁一个个刺杀得干干净净……他又高谈阔论了一会儿他的政治方略。他的议论时而精明,时而悲壮,真有大演说家的神气。我听得脊骨悚栗,把我的身事都忘记了。后来,他见我幼稚无知,只连连点头,不能答复一句,他才把他的宏论停止了。他把烟叶吸燃,静了一会儿,又问到我的家事。我心直口快地竟把养真和我的关系都详细对他述了一遍。

他听完了,放下长烟袋冷笑道:

"小孩子！你自取烦恼。一个女人，只要像貌可人，性情不甚恶劣，就够了。我的脚迹遍天下，至今未曾遇见一个有智识、有感情的女人，尤以中国女人为甚。"他又举了些例……

"所以我至今抱独身主义，平常读书思想，自有我的乐趣，不必他求……"

那女儿和老妪站在门后，背着他，努嘴儿。

我正要反对他，他却絮絮不止：

"……我也教过女学生。她们读书，都不长进；记忆力虽佳，却不能悟理……"

我戄言道：

"但是，我认识的养真，她的学问却超过大多数的男子。她的数学分数在全校为第一哩……"

我顺手自衣袋里掏出一个皮包，自皮包里取出一束红纸裹着的功课和信札，递给胡先生参阅。

养真近来寄给我的信，和她从前的功课我都随身带着的——

我自今年暑假再来山中养病，一个人非常苦寂：养真长住在成都女校。她家中只有几位老人。我的同学自然没一个和我通信。我的书只带来了一本 Descartes 的数学式的哲学精密有力，能强服我，但不能使我悦服。他把人身看成了一个机械，我的直觉总不肯相信的。养真的信札上虽然没有 Descartes 的定理，但是神髓却毕肖他的人生观。她的信上都是很简短的几句话，说她身体平安，学期试验的分数有多少（我查得她的数学分数最多）……因为我要求她写一封长信，昨天果然得到了她一封很长的信：她很耐烦地给我抄了一张功课表，她的同学，同居的名字，详述了学校的历史……她竟忘记了她是有忧喜憎爱的本能的！……我每次读了她的信，不知笑的好，哭的好。我疑她受了 Descartes 的影响，立刻把这本书扯得粉碎。扯了过后，我又好悔，因为我记得她从不爱看什么哲学书的。

胡先生把这些稿件重看了几遍，折好了，还到我手上。他却扬眉得意,又拈了一会儿八字胡。

"由此,更足以证明我的主张非误。女人们因为过于会打算盘,满腹的加减乘除,遂没容纳感情的余地。比方,以婚姻而论,她们只打算男子能否养她一生一世,而供给她肉体的快乐而已。普通女子固不足道;便是古来的名女,如李清照、谢道蕴等辈,虽能吟诗填词,然而不过是闺中无事,作无聊的消遣罢了。她们并未经验到人生的痛苦,又没有坚忍的修养……总之,女人们都是没有灵魂的……(他又自斟自饮了一盅酒)……上帝用黄土造了亚当……"

我很惊讶他的学识的渊博。后来,才知道他自幼失了家庭的依靠,自己努力与生命奋斗,远游过东西洋,又刻苦用功,学贯中外……曾任初办北京大学的教授;只因他的议论奇怪,学生不服,才回到四川;不幸又遭战祸,不忍同流合污,竟流落到山中来了……他说:

"上帝用黄土造了亚当的肉身,向他吹了一口气,便成了他的灵魂。上帝把他安在地堂中,见怜他孤寂,乘他在树荫下睡熟的时候,慌忙之间,抽了他一条肋骨,造了夏娃,遂忘记了吹气,所以,至今,世间女人只黏了一点男人的灵魂。后来,希腊有一位哲学大家,(这个名字他从前记得很熟,如今忘记了)在某江边聚众讲道,才初次宣布这种发明。听讲的几千女人,登时纷纷跳江,淹死尽了。政府因此不许他再讲。恐怕他灭了希腊的人种。这许多女人自杀了以后,上帝始悔,才给她们赋了一个阴魂。这种阴魂是昏睡着的,须有坚忍的,长久的修养,才可以醒悟,而发生感情……所以,如今,我们应当提倡女人的灵魂修养……这修养的方法……"

猛然,砰磅一声,后门开了。老主人浑身泥淖,一溜一点地,走回来。他放下了枪,旋揩着脸上的汗,旋叫道:

"今晚运气不好,外边风大哩,只打了一只小雀儿。K先生,胡先生,你们好高兴,这早晚还不去安歇呀。你们看这小雀儿的羽毛红得多好看:恰像个小人国的金鸡。它只在下雨的时候才飞来;今晚多着哩,多着哩;我只打到一个!"

我们大家看了一会儿,惊叹了一会儿;老人叫他的女儿把雀儿收进去,他又唠叨地述他的猎事。移时,那幼女儿出来,清秀的高声说道:

　　"猫儿的眼睛细长了,你们请安了罢!"

　　老妪执一支红蜡烛,把我引到厨房侧的一个清洁的、小小的房间里,白布的被毯,早叠铺好了。我打发她去,自己睡了,但是思绪纷纭,许久,不能成寐。我把胡先生的论调和养真的言行比较,有大半确能吻合。但是,对于胡先生的考据学,我又有些怀疑。一会儿,我恍惚觉得我跪在养真足下。她一只手懒懒地抚着我的头发,睁开她那黯黑的眼睛一缝,站在那里遐想。移时,她变成了一个骷髅,胸腔里一颗心儿,好像一个小皮球,吊在中间,摆来摆去……又恍惚觉得我的额颅破开了一条缝,胡先生把他的瘦指头,蘸些口水,伸到里边去摸弄……昏迷了……后来鸡鸣声把我惊醒了。不知是什么时候有人来替我在头上包了一根红绸巾。我把它取下来,放在枕头上,自己到厨房里去,舀冷水洗了脸,便去向胡先生和老主人告辞;因为我要乘早,看看山中的黎明。胡先生和老主人殷勤地留我吃早饭;我托言家里有要事,他们才把我送出大门,告别了,又吩咐幼女送我到大路上去。

　　幼女把我送到三岔口,给我指了去路,又叮咛了以后常来,她才辞别去了,走了几步,她又回转身来叫我:

　　"K先生,昨夜风大哩,你觉得头痛么?"

　　"谢谢你。我昨夜包了不知什么人的绸巾,不觉得冷。"

　　"平坝的人受不得山风。我怕你冷了,我替你包的……我们那胡先生,因为初来时受了山风,便得了神经病哩……"

　　"谢谢你!"

　　她瞧着我,微微地一笑。

　　我见她顾盼有情的样儿,忽然把昨夜对于胡先生的宏论的信仰消灭殆尽了。我又两次三番地道谢了她,才各自分别。

　　朝阳还未东升;但是玫瑰色的曙光已侵过了山峰,镀金了的高原。

无人采撷的粗大的野花,嵌着五色璀璨的露珠,有一种可怜而可敬的美。清凉的晨风掀起我的衣裾,把七里香的芬芳送到我的面前。回望瀑布谷的绝崖,正披着顾长浓厚的影子。

宝　宝[1]

"宝宝,你长大了做什么事呢?"

母亲蜷卧在小木床上,拉着孩儿的手,问道。

"开电车呀!"孩儿答应时,舞手顿足,作开电车的样子,

必是那重大的机体影响于小孩子的脑筋最深,他觉得站在电车头的那人,把偌大个东西颐指气使,他的魔力好生伟大呀。

"呕!若是你将来会这么不争气,我情愿早死了。你说:'我长大了,要开银行';我就爱你了。那么,我给你娶一个顶漂亮时髦的女人……女人拿来做啥?"

"拿来生儿子。"先是孩儿学熟了这一句,因信口应道。

"乖乖儿子!"

她抬起半身,把他举起来,放在膝上,接了几个很响的吻。又继续说:

"你将来发了财,把钱都交到我手里,一文也不要给你的女人。我叫你打你的女人,你就打她;她叫你打我,你却不要打我,是不是?"

"我把她弄死!"

"噫!不要弄死她:娶女人要用钱哩。打也不要太重了。"

"我叫她替你煮饭,我替你盛饭好吗?"

"乖乖儿子,我的心心肝!……把口水吐了,免得弄湿我的脸呀!……"

孩儿闹得疲倦了,渐渐眼皮儿重腾腾地垂下来。母亲挣扎起来,

---

[1] 本文首次发表于一九二五年十二月上海商务印书馆出版的"文学研究会丛书"之一小说集《玛丽》。

理好了被盖,打发孩儿睡了,自己轻轻地歪在他身边,见他笑眯眯的睡容,她微笑了笑。忽又悲伤起来。宝宝聪明虽是聪明,但是自己没有储蓄,供养他也很困难,哪能叫他读书识字?……十支烛的淡红的电光,而今,只照着一个小小的亭子间内满室的零乱和凄凉!她爬起来无意识地翻了翻旧皮箱:大半都空了,配套首饰大半都当卖了。又顺便,无头绪地,重阅了些从前的各种信札、日记。呻吟移时,顺手,懒懒地,把椅子上一堆腌臜衣服塞在床下。床头一张全家合照的影片;如今各人都分散了!……

外边火车的哨声破空而入,恍惚是猛兽的咆哮。她自然地转身,凭在窗边。却不注视一物。不知为什么缘故,她觉得"他"不能回来了。自他不辞而去,至今几十天,杳无音信……他行李什物都没有,况且他的家庭早破了,他一个人走到哪里去呢?其实,近年来,他们夫妇的感情龃龉已甚,两个泛常吵闹不休;他闹不过她,只是长叹;不移时,便要降节伏气地来和她搭讪。或者,这一次不过是暂时赌气,过几天,忍不住孤寂,仍要回来的。她对着镜子掠了掠头发:如今她已不是年轻的、姣好的了!红颜黑发都摧残了!她所知道的爱慕莫不是暂时的;礼教,誓愿都不中用。恨从前不早打主意!才貌出众的她的福气反不及她的平庸的妹妹,和许多相识的女子!她想从前,她的母亲和妹妹来依傍她的时候,她待她们怎样严厉!如今她的轮次到了;向谁诉她的苦楚?还料不定那轻薄的妹夫能不能靠到老呢。……前途茫茫,总是刺多花少。她好似在沙漠中旅行,前面望着渐近渐灭的幸福的倒影,背后拖着蝉联不断的成空的希望的长链……

那时,火车已过,余烟嬲嬲,萦绕着梧桐的枯枝。天色早黑了。刚才飞了一阵细雨,又停住了。天边云表又微微亮了些。沟界那边,远远地,钟楼的灯光,和上边耸立的十字架隐约可辨。晚祷的钟声嘹亮地波传过来。这忽隐忽现的声音,在初霁的湿气的空间,懒懒地一颠一跛地飘游着,播散着一种愁闷着、凄凉的安慰。往时未尝不听见这种声音,但是从来不如今天。今天,它带来几许回忆和感慨!

她记得她才四五岁的时候,她的母亲常常把她抱到那教堂里去。有一次神父讲到地狱的奇刑,做出极可怕的状态,骇得她放声大哭。众人都叱咤她,要撵她出去。母亲忙把她抱回去了。她流尽了泪泉中所有的眼泪,便睡着了,还恍惚觉得妈妈拉着她的手,唧唧哝哝地安慰她。那时,她好生爱她的妈妈,觉得除她以外,世间尽是雠仇。于是她在孩儿时代,因为地狱的恐怖,生怕进教堂……

　　后来她长大了些,又在那教堂里读书;各种试验都列优等,男学生中许多羡慕她的。有一次她自学堂回家,背后跟着六七个男学生,骇得她心头怦怦地跳,急忙跑回家去,以避危险。这种危险,她渐渐也习惯了,反觉得有些趣味。有一夜晚,她对母亲说:"那姓傅的学生,不知有什么缘故,天天把她送到门口,他读书也勤快……"母亲却怒道:"那傅阿三家里供得起一个女人么?下次再来,怕不打断他的脚干……"于是她起始恨那些教会学生了。但是她的年纪已大了;她父亲的木匠生涯渐渐背时了,家务一天似一天地窘急了。一家人叽里咕噜,常常说她不中用。她做错了一点小事,他们就要打骂不休。她时而想嫁一位开银行的,时而想嫁一位官僚的少爷,才争得过这一口气。但是许多西装少年都不甚注意她,因为她的衣服朴素……

　　毕竟有一天,她哥哥引来了一位著西服的同学:白的下装,黑的上装,红的领带,很整洁,很精致的。虽然颜色黄黑,像貌却也整齐不恶;身体魁伟,很有毅气。一家人都巴结他。他却讷讷寡言——间或说一两句外省话,他们都不甚懂得,却东拉西扯的和他搭讪——只一阵阵偷眼看她,显乎诚挚地爱她。先是她那天著了一身时髦的新衣服:她好生高兴。他去了以后,哥哥称赞他不绝口,说他怎样发财;说他的父母是云南的大粮户;说他是两弟兄,他是老大;他家里原有一位尖尖小足的女人,他估着他的父亲把她休了;说他喜欢运动,又喜欢结交朋友,每月只是朋友用他的钱,也要超过他们父亲一年的收入呢……

　　当夜,他搬了许多行李来,就住在他们家里,给她的父母送来了些食物,又给她买了些顶时髦的装饰品。她忍不住登时换了新的装饰,涂了新的脂粉，对镜自照，陡然现出了她素来埋没的美，觉得她的眼睛明亮，而且妩媚，团团的粉红的脸儿，小小的鼻子的曲线均匀，而且光泽。初点朱红的细薄的嘴儿……忍不住微微一笑，她觉得这一笑很是动人，足以供给她一世的享用……标致的女人是不必工作的。如今她中用么？笨拙的一家人谁比得她？她猛然记起那傅家里学生的胆大妄想，觉得是她的莫大耻辱，禁不住勃然大怒；想要找他起诉，因无辞可措，才怏怏地脱衣睡了……从此以后，一家人看待她都特别好了；不但她一个人的衣服与众不同，就是菜肴也特别给她留着顶好的……"他们"两个常常在影戏院、大戏场出入……从此辞别了桎梏的教会，无益的书籍；和贫苦的同辈，家庭的同情渐渐分离了……

有一晚夕，"他"久不回来。一家人都睡了。她一个人在堂屋等着"他"。她生怕他在妓女家里逗留，久而久之，必要变心……况且，他的家庭许多没有答复他，恐怕横生阻碍……外边风雨飘摇，窗门有一下没一下地响动。她心中忐忑，渐渐昏迷了。忽然惊醒，觉得有一个人抱着她，骇得她要叫唤起来。仔细一看，却是"他"欢天喜地才冒雨回来，在她胸前插了一个很精致的同心结。他好像有多少话要说，却又闭了口，便是两个的嘴唇紧紧地接着甜蜜的、永久的一吻，在其间，人物一切都融化了。这是她平生最幸福的、最长而最短的时间……

在一品香结婚那一天，虽然热闹、体面，虽然到了渴慕的目的，却还远不如这一刹那间的滋味。先是他们俩对于幸福的希望超过了事实，他们的神经过于紧张了，摒当一切，又过于奔波了，到了那盼望的一夜，却都昏沉沉地睡熟了；醒来时，反觉得一种不能自已的失望……

度蜜月是在外国租界，繁华区内，顶来的一所独院的新房子里；屋内一切都摆设得很整洁、很阔绰；凡动用家具、书案、衣橱、穿衣镜、沙发、铜床，都是欧美最新的式样……有两个娘姨住在楼下。他们俩住在楼上，通夜照着粉红的电光，笑靥相对，忘记了世间一切……间或，皓月当空的晚夕，他们俩登晒台，并坐在沙发上，或仰望晦明变幻的行云，或静默地俯视着他们俩相抱的倒影。有时他们凭栏俯瞰：月光皎洁,或映着壮丽的洋房,或透入茅顶的破户。她记得这个情景,犹如昨日。屋后有一条深沟,平日虽然含垢纳污,到夜里,溶漾着浴月的水光,外表却也可观。沟这边,电灯辉煌,琴音歌声不绝。那边清静得如秋坟一般,只有一二犬吠声震破凄凉的空气,破屋中依稀可辨几点淡黄的灯光,照着贫妇的缝纫,泥途上几个腌臜的工人和黄狗一齐睡着;还有一二警察隐隐约约地在那里逡巡。那边,远远地,十字架,钟亭侧,恍惚可辨她的父母的小木场,如今已渐渐零落了。素来自私自利的她,此时也忽然动了暂时的恻隐之心。其实,许多人的不幸才烘托得出她的幸福。可惜这幸福的时间永不再来了!女人家只好信命运。果若是有命运,必定是一个磋磨人类的,可怕的妖物;如今又来欺侮她了!如今住在这窄小、腌臜、恶臭的亭子间里……还要靠妹妹的接济……以后只有更苦的了!……

　　回想从前,虑到将来,觉得心绪不宁,勉强又睡下去;但只是睡不熟。思想也有它的动静力;它不能骤止,遂循着原来的轨道,更加速率,继续前进。于是她想到她的苦命的起源。"他"得到兄弟寄来的讣闻那一天,他们俩抱头恸哭了一场:这是他们最后一次的亲密——西南的战祸……云南的匪乱……他的父亲被杀,庄宅被毁……幸而他在学堂里还得了些工业知识,不得已,在一家外国工厂里谋了一个小工头的位置:薪俸既不甚厚,泛常又闹罢工风潮,俭省衣食,还不够用,哪能顾到她的装饰和"体面"?他从前的朋友都不见了……更哪堪他的恬淡的脾气忽然变为暴躁了;忽然又爱嗑酒,每夜回来,总是酩酊大醉!他往往无端愤气,不知恨谁!她逼问他,叫他不要做出那个样儿;若见不得她,尽可以撺她到别处去……他却总不应声,只埋头长叹……倒不如早去了的好。但因生了宝宝,还能够安慰她,才留到现在……更不幸,父兄死后,她的母亲和妹妹都搬到她家里来,依靠她。至此,房子一大半不能不租出去,图多得一点进款;配套、器具,一件件不在了。她们又不爱整理,弄得一屋糊涂:宝宝的寄父母,和她的阔绰的男女朋友来看见,很失面子。她天天和她们吵闹:母亲老了,常常打破东西,妹妹大了,许久放不出去……苦到后来,谁料她倒嫁了一个又发财、又体面的少年,进出都是汽车……至于她自己的男人渐渐更落拓了,黄黑的颜色渐渐更黑了,脾气渐渐更躁了;泛常引来些形迹可疑、衣服褴褛的党夥,摩拳拍掌地辩论不休。宝宝的寄父母,和她的阔绰的朋友来,看见这种情形,先先后后地,渐渐绝迹了。妹夫和妹妹因此也看不起她了。他却不顾家务,不管她的好歹,只是闷闷不乐。问他,终不肯应声,只是埋头长叹。家中人,他所注意的,只有一个宝宝。他常常把他抱在髁膝上。许久许久,默默地对着他,眼泪盈盈,欲滴下来,终忍住了,把孩儿放在一边,自己大踏步踱来踱去。她记得他临"去"那一夜,还把宝宝抱着,静看了许久,后来竟至无端地抱头恸哭;孩儿受了传染,也和他一般,拼命地哭;她不知什么缘故,也不必追问——他始终不答复的——她自己也忍不住淌了一阵眼泪。她下楼去以后,还听见他对孩儿呜呜呜呜,叮咛了一会儿。半夜,她回家时,他从此不见了!早先,谁料他有这种神经病?……要去又不早去!……若是她从前不必性急,学她的妹妹,或许不至于老来贫苦!若是她……

　　孩儿忽然从梦中醒了,高声要"八宝饭"。她撑起来,往窗外探看;黑暗重重,弥漫天地,雨下得更大了。木担子上一盏惨淡的青油灯,随风明灭。那可怜的走贩,一只赤足都插在水中,上面布伞也在漏雨了,他仍苦苦地在那里叫唤……孩儿吃饱了,笑眯眯地,要摸她的奶奶。她拉他过来,接了几个吻,说道:"乖乖儿子,心心肝!你的娘穷苦了一世;你!……你,你将来发了财,不要忘记我呀!"她自己听着自己的话,也感动得淌了几滴眼泪;见孩儿扁起嘴巴,要哭又哭不出的样子,又忍不住笑,心中觉得有些安慰,又慢慢地打发他睡了,自己关了窗子,睡在他身边,忽又悲从中来,不可遏止。宝宝如今专心专意地爱她,将来长大了,娶了女人,又去专爱他的女人,待他的女人老丑了,便又移他的爱到儿女身上……世间只有父母对于儿女的爱是长久的!……她深悔她从前虐待了她的母亲……又悔她从前只图了她的男人的供奉,并不曾爱他!……思前想后,空添怅惘!移时,她恍惚看见她的男人发疯了,提一只手枪,逢人便打……又恍惚见他鲜血淋漓,浑身糜烂,倒在马路中间,无数军人,和外国的汽车,机械由他身上踏压过去……她大叫一声,惊醒起来,只见满屋萧条,血色的电光还凄怆地明着;外边,风雨怒号,打着玻窗,砰磅响动,好似万顷波涛,摧着一叶弱舟,横过重重叠叠的礁石,永久不息。

皇太子[1]

　　太子的心极大；他常是愁眉不展的，他眼里常含着泪珠儿。凡人心大，他的痛苦因此也大：又为自己，又为别人，又为宇宙受苦。心大真苦啊！

　　一清早，大臣入朝奏道：

　　"陛下，太子常是愁眉不展的，他眼里常含着泪珠儿。"

　　"爱卿们，我知道。"

　　"陛下死后，必传位于太子。"

　　"爱卿们，我知道。"

　　"陛下，一个愁眉不展，眼里常含泪珠儿的国王怎能治国呢。"

　　"爱卿们，该怎么办呢？你们告诉我吧。"

　　"陛下，宜命太子游历。他走遍了天下，回来时必能眉开眼笑。"

　　"爱卿们，谢谢。"于是命太子朝见。

　　大心的少年来到他父亲的宝座面前，周围是大臣簇绕着。

　　"父王，你有什么事吩咐我？"

　　"皇儿，你常是愁眉不展的，你眼里常含着泪珠儿。你该游览天下，然后欢欢喜喜地回来。"

　　"父王，我遵命。"

　　大心的少年辞别了父亲去遨游世界。但是他愈走得远，愈是抑郁，因为他见了受苦的人愈多。

　　有一天他憩息在一个明泉侧边，蓦地来了一个幼龄女郎，头上顶

---

[1] 本文首次发表于一九二六年一月十日出版的《小说月报》第十七卷第一号。

着一个水瓶。她是花容玉貌,姗姗地到泉边来汲水。

"兀那女郎,"太子说,"你让我替你把水瓶注满吧。"

"少年,"她说,"谢谢你。为什么你这模样儿恁般憔悴呢?"

"幼女儿,我憔悴,因为我心里填满着怜悯,我怜悯人类,怜悯众生。"

"少年,你别愁了,这答儿有一花枝;你带去吧。有一天,你极苦恼的时候,你拈着这枝红的,吹上一口气,你说道:'茨花,茨花,记着我。'少年,多谢你替我汲了水。"那幼龄女郎说了,把水瓶顶在头上,就走了。

少年握着花,贴在他那大心上,但是他比以前更愁闷了。后来他歪在泉边睡熟了。他昏昏地入了梦境,唇儿上却露出一点微笑。那时,天黑了,月亮挂在天中,明星在天上流动,无数钻石撒在碧空似的。人人都知道每逢一颗流星飘过空中的时候,凡人所求都有效验。

那太子,大心的少年,忽然醒了,他说:"唉,我怎能失掉这颗心儿才好!它使我太苦恼。"那时,有一颗最美最亮的流星经过苍穹,于是少年的祈祷生效,他的心忽然掉了。他不愁闷了;他从早笑到晚。他眼睛里再也不露一颗泪珠了。他如此游遍了世界,增了多少奇奇怪怪的见识。

后来,有一天云淡风轻,他回到父亲的皇宫。众臣齐集欢迎他,见了他,无不满意,因为只见他微笑,常常微笑。他常常微笑,但是他非常厌烦;事事他都不觉得,没有什么可以逗他喜欢,也没有什么可以惹他悲感。臣僚们看着他如今麻木不仁,又不免大惊小怪。一晚上,他们又进了宫。

"请晚安,陛下。"

"请晚安,爱卿们,有什么事?"

"陛下,太子事事都木然不理,也没有什么可以使他喜欢,也没有什么可以使他忧愁。"

"爱卿们,我知道。"

"陛下,一个事不经心的国王不能治国。行政不能一笑了事呢。"

"爱卿们,该怎么办呢?你们告诉我吧。"

"陛下,应该叫他结婚。他成了婚,就不会这样恍惚了。"

"爱卿们,多谢你们;你们令全国打锣宣传说皇帝要选一个花容玉貌的幼女,做将来的皇后。"

"陛下,我们遵命。"

那失了心的少年烦闷极了。人家到处去打锣也好,不打锣也好,他都不管。他独自一人,坐在殿前一个石凳上,两手抱着膝头,他展开他那永远的微笑,但是他全不想起什么念头。

全国都听见锣声,当当!叮当!和宫人传话:"皇帝令你们寻一个花容玉貌的女儿,为太子的妻子,将来的皇后。"四方八面贵胄的小姐都穿着縠衣云裳,饰着珠玉翡翠,骑着白马,到宫里来候选。她们的容貌一个比一个更美。失了心的少年却连头也不抬起来看她们一眼,他端端坐在那石凳上,随手拾些卵石子击池塘里的鲤鱼。小姐们又羞又怒,各自骑白马回去了。他却看也不看她们,如没有事一样,依旧掷石子击池塘内的鲤鱼。

臣僚们更惊骇,正午时,又入朝奏道:

"陛下,四方八面来的贵胄的小姐,太子看也未曾看她们一眼。锣儿敲着,当当!叮当!已有三十天了。宫人自天明到晚在全国传话也有三十天了。"

"爱卿们,我知道。"

"陛下,此事不能恁般延长下去;太子一天到晚只顾掷石子击池塘内的鲤鱼。"

"爱卿们,我知道。"

"陛下,你死后,必传位于太子。"

"爱卿们,我知道。"

"陛下,一个只顾掷石子打鲤鱼的人不能治国呢。"

"爱卿们,我知道。你们告诉我该怎么办。"

"陛下,该把太子监禁起来,把他锢在宫中一座亭子里。"

"把我的儿子监禁起来? 锢在一座亭子里?"

"陛下,只有这一法才能治他的疯狂。"

"爱卿们,我听你们的主意,把他关在那池边的亭子里罢。"

这旨谕下了;立刻实行了。四个御林军捉着太子,把他丢在池边的亭子里了。

失了心的少年全不抵抗,随他们怎样摆布。把他丢在亭子里也好,不丢在亭子里也好,他都不管。他那时不能够掷石子打鲤鱼了,因为亭子里没有石子。但是晚间,月亮照着池塘,莲花如雪一般发亮的时候,却给鲤鱼掷些肉食剩饭去。天天他把剩下的饭菜给鲤鱼留着,待夜深人静,便掷到池塘里。

禽兽是知道报恩的;只有人类才忘恩负义。星辰午报夜到了,老鲤鱼们互相商量。"太子待我们这么好,应该报酬他。"一个最老的鲤鱼说道,她有二百零三岁了。"是啊,"别的鲤鱼都答道,"应该使太子享福。"

那最老的鲤鱼,有二百零三岁,她见多识广,说道:"应该把太子失了的心还给他。"

"他失了他的心吗?"大小鱼儿都唱道。

"是的,"老鲤鱼答道,"他失了他的心,同时失了幼女给他的花枝。"

"哪一个幼女?"

"是茨花,她到泉塘汲水时,太子碰着了她。"

"你怎么知道这件事。"众鲤鱼齐声唱道。

"你们别这么高声吼闹,我的孩子们,你们须知我事事都知道,无论什么事。如今只管报酬太子掷给我们肉食的这一件事吧。"

"从前他曾掷石子打我们哩。"一个九十五岁的鲤鱼说道。

"是的,但是他掷来玩的,他未曾伤我们,况且如今他天天替我们着想哪。"

"要把失了的心还给他,使他享福,该怎么做呢?"

"应该先寻着花枝。"老鲤鱼说道,过后她更庄严的声音喊道:"最年轻的那一个鲤鱼立刻过来。"

众鲤鱼都一齐拥上来了。

"我说的是最年轻的那一个,我认得她,你们别的都退下去。"她摆了一摆鳍翅,给一个顶年轻的,只有五十岁的鲤鱼闪开一条路。

"我的女儿,"老鲤鱼说,"你要远行一次。钟楼的铃声鸣两下的时候,你翘头三下,你的鳍儿就变成翩翅,你就变成了飞鱼。"

"变成飞鱼,变成飞鱼。"鲤鱼们齐声吼道。青蛙也呱呱叫起来,把亭子里的太子惊醒了。

他却睡不睡都是一样的。他起来,坐在床上,看着月亮西坠。老鲤鱼吩咐哑静,又继说道:

"五十岁的少年鲤鱼,你变成了飞鱼,你就一直飞到一个胡桃树林口的泉塘边,你再点头三下,你在泉塘边寻着一枝花枝,你拾起来,送与太子;你把这花枝从窗棂间递进去。然后你教他说:'茨花,茨花,你记着我。'你快去,回来报告我。你最要小心件件遵守,不然你将遭大祸。"

"老鲤鱼,我遵命。"

钟楼的铃声鸣了二下,幼年鲤鱼变成了飞鱼。

她怕遭祸,老鲤鱼吩咐的,她件件遵守了。将近黎明的时候,她飞到了亭子的窗槛边。

"太子,"她说,"这里有一枝花枝。"

"这花枝是给我的么?"失了心的少年说道,"飞鱼,你叫我做什么?"

"太子,你拿着这枝红的,你说:'茨花,茨花,你记着我。'"

"为什么要说'茨花',不说别的?"

"为逗我喜欢,太子。我飞了这么远给你带这花枝来哩。"

"飞鱼啊,若是这样逗你喜欢,我很愿意。"太子答应了,便说道:

"茨花,茨花,你记着我。"

当下飞鱼腾空,转回池塘,又变成了鲤鱼。玫瑰色的,粉红色的黎明出现了。亭子的窗户染成了黄金色。牢门打开了,照每天早晨开门的时候;但是这一回不是牢卒送饭来。却是一个花容玉貌的幼女,头上顶着水瓶。

失了心的少年看着递水来的女郎,她对他说:

"太子,我来了,我是茨花。你要我做什么?"

"幼女儿,你给我水喝,我渴了。"

幼女把水瓶递到少年唇边,太子一口喝干了。水瓶的水尽了,他看见他的心落在瓶子的底上。他掬起心,赠给茨花。

池塘里平常沉静的鲤鱼那时嬉笑起来。处处的青蛙叫得聒耳。黄莺儿浴着露水,尖声啸闹;画眉子唱着奇妙的晨歌;厩里的马嘶声鸣着。一霎时钟铃震动,宫中人都惊醒了。皇帝和臣僚们都跑到亭子里来,却见太子递戒指给茨花。

"这是我的未婚妻,父王。"

"爱卿们,这就是将来的皇后。"

众人都喜欢了。打锣的人又遍走全国去传太子和茨花结婚的消息。当当,叮当,叮当!

半月的新婚庆贺,天天筵席、游戏不绝……国内穷人都得了赈济,茨花不忘禽兽和鲤鱼。皇帝命大臣们议定了一条法律:凡杀一条鲤鱼的,不经诉讼,立刻绞死。

那老鲤鱼如今六百三十一岁了。她渐渐话多了,亦如普通一般见多识广的老人。这一段故事就是她对我讲的。

蕾芒湖畔①

我到新村下车。脱卜脱卜的车声载着最后的搭客驰去既远,忽然是一片寂静和旷阔。刚才隔着树帘瞥见的一线湖光,竟完全露出它的镇静光明的景象了。平湖面上,飐着佛式的澄清,伟大和自由的感觉。庄严的亚尔伯山脉被翠烟笼罩,下边照在碧湖里,上边剪断苍天,觉得人性的私欲都踏在足下了。如今竟远离了被英政府恐怖的上海,远离了亚洲、非洲被猛爪分裂的大陆,远离了骇波怒浪的汪洋,远离了病后残喘的列强……凡读过《尘嚣以上》和《若望·克利司朵夫》的"新生"者,必要说这湖山的美景恰配得它的高标出尘的住客,罗曼罗兰。游人都止于梦退,这蕾芒僻静的一角,好似桃花源,只有仰慕自由和这自由的使徒者才来问津。我料到这恐怕是第一回才自神秘的极东,自古老的中华诱来了一位青年拜访。

第一次,我读近代思想,注意到罗曼罗兰的时候,我正在精神建设完全破裂以后。我堕落在当时的混沌中了。我渴望读他的作品只图这种新力或可以救我。我在各书局找了几次,杳无踪迹,更觉得失望。我受的危难,我们现代的青年多半都受过的,怎经得异常的变迁如许?二十年以内,亲见推倒了帝制,捌下了那几千年来巩固天子的强权,麻木人民的孔子的偶像;亲见破了迷信的黑幕,醒了慵懒的梦,染了欧化的踏实的勤动……睡狮醒来,抖擞他古老文化的麻痹,尽力毁弃他古老的陈迹(他的理想崇奉,他的诗意,他的老实的信仰,他的神秘,他的

---

① 本文是敬隐渔一九二五年九月十日至十一日在蕾芒湖畔的奥尔加别墅初访罗曼·罗兰以后写成,首次发表于一九二六年一月十日出版的《小说月报》第十七卷第一号。

优美和劣点……)他醉心欲狂地逐着欧化。但在这些颓靡以上建设了些什么？坏道德的唯物主义,强权的公理,外国资本的压迫,金钱的饥渴,处处导战的引线。我离了孩儿般的梦想,忽然面对着那可怕的实际。随着世人追逐那不幸的文明？重架上孔道或耶教的架担,千辛万苦才解脱了的？逃入虚空？如是辗转反侧的时候,忽而偶然遇着了若望·克利司朵夫。我们不久便成了好朋友。我怀着钦佩和同情替他分着一半他的痛苦、奋斗、恋爱、抑郁和胜凯。我从前意象中的英雄,料在现代是不可能的,却在他身上发现了。我竟发明了这种新人的模范:勇毅的新英雄主义者,怀疑的试验家,却又有坚固的信仰——照彻混沌的光明——犹如众人,他也有弱点,有迷惑,有堕落,但是他的奋斗精神愈挫愈锐,竟胜了私欲,胜了世俗的妄谬,人生的痛苦,得享灵魂的和平自由。如今的世界,最是我们徘徊不定的青年,最离不得他。将来他们必有一番热烈的欢迎。因为他不是一尊冰冷冷的新偶像,却是一位多情的悦人的侣伴。他的笔力的劲遒,创造的奇能,东方式的热忱,思想的伟大,他的神圣的音乐,动人的钟铃声,他的亲爱的江,都足以使你陶醉,滚滚波浪轻轻地把你卷去。所以我不能自禁就把他翻译起来。翻完了第一本《黎明》,因读作者的传,才知道他效托尔斯泰所为,给凡景仰他的人们,他都愿意通信。于是我放胆给他写了信;不望得到了他的亲热的答复。我从来景仰伟人,只能远远地敬礼他们;这一次在伟人中竟得了生存的简朴的一个人,一位朋友,好生欣慰！那时我还不敢确信;如今我亲身的经历仍不敢定是真是假呢。于是,我爬上了幽僻的山路,忽见青葱平软的斜坡上那简洁的Olga别墅,卧在斜阳华严的清静里的时候,我好像还在梦游一般——

乡式的篱落,前面一块小园,侧边半掩着柴扉,那淹在山中的岑寂的别墅,令人想到我们古诗画里绝妙的风景。一位年轻女仆把我引进一间小客厅里,厅角摆着一架钢琴,中间一张长桌,上面堆满了书籍。顷刻,轻轻地,笑融融地进来了伛偻、清瘦、劲遒的诗翁。他显乎有四十余岁。在奥妙的眉毛底下,眼光灿亮,透过眼镜。它们时而活活地表现他灵魂的动,时而远远地去了。有时一丝微笑如清风一般拂过他脸上的和平。他的口自然宏辩的,却腼腆开言,显乎他是修身养性素有功夫的。他轻轻地说话,声音和蔼而清彻。他表示他很喜欢遇着一位中国朋友。他佩服中国以往的修养和明哲。我们古来大多数的思想家,如老子、孔子等都把心性学阐发的不遗余力。他们把这个立为政治的和个人幸福的基础。但不幸平民却误入了愚蒙懒惰的歧途。现代欧人的特点可是他们的救药:好奇的勤动,求知的热心。每每有害的事理都要研究到底。用这些乱音罗曼罗兰造成了他的极妙的和音。他有一种好动的勤性,渊博的智识,如近代的工程师一般,一方面又过一种我们古诗人的清淡真静的生活,毫不沾前者造恶的贪婪,和后者自私的疏懒——三年以来,他同他的老父和妹妹来住在这深山旷谷里。至今他二十年鳏居自得。九十余岁的爸爸只膳时才得见面。他不甚言语,习惯了和他的两个猫儿做伴。他的妹妹和蔼而博学,有时来帮他的长兄完成大功。全屋中都精致朴素,无繁华亦无矫作的楼槛,适合于中庸。它好像又是旷闲的,又是高朋满座的。在他那小小的寝室,壁上挂着一张甘地小影,床头一张托尔斯泰和一张耶稣复活的画片。一朵玻窗打开湖面和山形,正映着皓洁的月色——

夜晚,我乘月色沿湖踱回新村(所谓新村却是古老的乡场)。湖上寂静,只一阵阵渡过飒飒的秋声。我从前住西湖时,往往在月夜里一叶轻舟逐破流光,把我送回岳坟。沿途不无感动,看着愚鲁的土人和铜臭的游客,看那平湖秋月尽被外国某资本家占去,看那些被天子利用的可怜的古往爱国英雄的青冢。但是陈古的佛寺,和它们颓败的钟鼓,尘积的艺术品,却引启一种伟大庄严的思想。多少这些无名的大艺术家,以佛式的自由,精微,自私的精神发育了他们的天才,把他们艺术的秘诀带入坟墓去了。我在西泠桥边买了些这种艺术的古画,至今还存着——

第二天,我再去访艺术的大师徒时,就把这些送给他了。我们以前的艺术不过是知识阶级的消遣。今日革命的时期到了,必要给它应当的重要。它是人类的尊荣和安慰。它使陆地动物长翅高飞。它把人生的愁惨和单调变成甜蜜的梦,超逸的出神。它能断私欲的铁链,破狭窄的时候和空间的牢狱……孔子以礼乐立教。田间的野花移到帝国主义的陷阱里,音乐却被礼教逼萎了。于是有些思想家如墨子、庄子等,见到这种败着,便主张抛弃艺术好像是不中用的。李斯等更加严厉,凡不合他们的道义的都禁止了;遂至于燔书坑儒。当时已萌芽的近代科学,以及墨子的这样高明的,堪入罗曼罗兰集的思想——如"……乱何自起?起不相爱……盗爱其室,不爱其异室;故窃异室以利其室……诸侯各爱其国不爱异国;故攻异国以利其国……"这一切都沉灭了,二千余年没有回响。罗曼罗兰不忍见这些灾患耽搁文明。他尤不忍见进化的种族,被别支野蛮的族类压迫以至于灭绝。(在禽兽中也有这种历史的遗迹存在化石层里。)希腊被粗鲁的罗马人侵略的时候,已到了他的黄金时代。于是文明退步了。蛮族的侵占使促成了堕落。和音之师,不识国际自私自利的界限,他往往表示不满意于欧洲物质文明强伏精神文明的东方:这些杀人器械的进步,这种无厌的贪婪不是能长久的,或将至于使人类文明完全断绝。唯愿东方自卫!取胜的是坚固的意志。以现代两位民族的大领袖:列宁和甘地而论,他更赞成甘地。甘地所行的耶稣、墨翟、托尔斯泰等的遗训"勿暴力主义"是一种最得力的抵抗,新人类应取的方法。勿暴力能胜过一切暴力,犹如创始时的耶教无时不受风波,但是它的牺牲愈大,志气愈锐,毕竟战胜了凯撒尔辈暂时的威权。《甘地传》是东方的辩护和教训。(在我临别以前,作者把这本书,和他的新作《爱与死的戏》,和末卷《若望·克利司朵夫》送给了我。)

　　清和的午后。天上染着猫儿眼色和金色。翠微间青草清香仍是阳春天气,绝顶上却蒙了一层初雪的轻纱。他用手杖给我指了毕伦旅馆,他小时在那里会见了嚣俄,指了那在湖的碧玉里照临的希雍水塞,指了湖那边,紫气围绕的亚尔伯山下的一座法、瑞中分的小村,欧战时他的家庭曾到那里来隔桥相晤,那时一桥便隔绝了两重亲爱的世界……他又遥指了天际儒拉山蔚蓝的直线,隐约在金霞里浮着,与天地相混……

一九二五年九月作于里昂

Ma première visite à Romain Rolland[①]

Je descends à Villeneuve. Maintenant que s'éloignent les toptops du train et les derniers voyageurs qu'il emporte, j'entre tout d'un coup dans une solitude et un silence surprenants. Le lac, que j'entrevoyais un peu à travers un rideau de branches, m'apparaît dans toute sa splendeur calme et pure. Sur la face unie plane la sérénité bouddhique, le sentiment heureux de la grandeur et de la liberté. La chaîne majestueuse des Alpes de Savoie, couronnée de brume mauve, se mire dans le bleu du lac, et coupe l'azur des cieux. On sent au-dessous de soi les vilaines passions de la bête humaine. Comme on est loin de Changhaï agité par la terreur anglaise, loin des plaines de l'Asie et de l'Afrique morcelées par les griffes des conquérants, loin de l'Océan déferlant, loin des grandes Puissances européennes meurtries par leur propre fureur!... Ceux qui ont lu Au-dessus de la mêlée et La Nouvelle Journée de Jean-Christophe trouveront certainement que le beau paysage du lac s'harmonise merveilleuse ment avec l'esprit de son hôte sage et lucide, Romain Rolland. Les touristes s'arrêtent à Montreux. Ce coin retiré du

---

① 本文法文题为《初访罗曼·罗兰》，首次发表于一九二六年一月二十九日罗曼·罗兰六十寿辰之际由瑞士出版家罗尼格亲手献给罗兰的《罗曼·罗兰友人之书》，内容和《蕾芒湖畔》几乎完全一样，可视为一篇文章的中法文两种文本。

Léman, semblable au « Pays de la Source et des Pêcheurs », n'est guère visité que par les hommes libres de toutes les nations, amis et admirateurs du grand homme libre entre tous. Je crois que c'est pour la première fois que, du mystérieux Extrême – Orient, de la Chine surannée, est arrivé un jeune pèlerin...

Quand, pour la première fois, mon attention fut frappée par les pensées de Romain Rolland, en lisant un Essai de critique des grands penseurs modernes, j'étais envahi par un pessimisme intense. En face du chaos de l'époque je succombais. Je brûlais de lire ses œuvres, espérant que cette nouvelle force me sauverait. Après les avoir vainement cherchées dans toutes les librairies, plus profondément encore je retombais dans le désespoir. Cette épreuve est connue par la majorité de notre jeunesse contemporaine, déconcertée par d'énormes changements. En moins de vingt ans, elle vit renverser l'Empire Céleste, tomber l'idole de Confucius qui pendant des milliers d'années momifia le peuple en défendant l'autorité abusive des Fils du Ciel; elle vit déchirer le voile de ses superstitions, succéder à ses rêves nonchalants l'activité positiviste européenne. La lionne réveillée secoue la torpeur de sa civilisation surannée. Elle s'enrage dans la destruction de son passé (son idéalisme, ses sentiments poétiques, ses naïves croyances, ses mystères, ses vices et ses vertus). Elle poursuit, ravie, l'évolution européenne. Qu'a – t – on construit sur ces ruines? Un matérialisme démoralisant, le droit de la force, la tyrannie et la corruption du capitalisme étranger, et l'auri sacra fames, qui fomentent de toutes parts des guerres. Détrompé de mes douces illusions d'enfant, je fus placé brusquement en face de la réalité terrible. Suivre les contemporains dans la voie de cette civilisation dégradante? Rentrer sous le joug du Confucianisme ou du Christianisme dont on a eu tant de peine à s'affranchir? Se réfugier dans le néant? C'est en me débattant parmi ces crises sinistres que, par hasard, je rencontrai Jean-Christophe. Nous ne tardâmes pas à devenir de bons amis. Avec admiration, je partageai ses souffrances; ses luttes; ses amours; ses dépits et ses victoires. Je reconnus en lui le héros de mon idéal dont j'avais jugé impossible l'existence dans notre triste actualité. Je découvris enfin ce type de l'homme nouveau: idéaliste fort, expérimentateur sceptique et enthousiaste fervent — « des yeux qui luisent à travers le chaos » — ayant comme tous ses faiblesses, ses troubles et ses enlisements, mais revenant toujours plus courageusement dans la lutte, arrivant à triompher des passions, des préjugés du monde et des souffrances de la vie, jouissant enfin de la paix et de la liberté complète de son âme. Le monde, et surtout notre jeunesse hésitante a besoin de lui. Elle lui fera assurément un chaleureux accueil, car il ne sera pas pour elle une nouvelle idole froide et inaccessible, mais un guide sympathique et gracieux. Sa force de style, sa puissance de création, son lyrisme oriental, sa grandeur de pensée, sa divine musique, le son animé de ses cloches, son cher fleuve, tout en lui vous grise et vous emporte irrésistiblement, j'ai été poussé à le traduire. J'avais déjà terminé le premier livre, L'Aube, quand j'appris par une biographie de l'auteur qu'à l'exemple de Tolstoï il répondait aimablement à tous ses admirateurs. J'eus la hardiesse de lui écrire, et reçus de lui des lettres intimes. J'ai été toujours enthousiasmé des grands hommes, je les ai toujours adorés de loin: quelle ne fut ma surprise de découvrir parmi eux un vivant, un homme simple, un ami! J'y crus à peine. — Maintenant encore j'en crois à peine mes yeux. Aussi est-ce avec une sensation de somnambule qu'ayant gravi la montée ombragée, j'aperçois sur une pente douce et verte la belle et modeste villa Olga, dans le calme imposant du soleil couchant.

Une haie rustique, un petit jardin, une porte latérale entr'ouverte... la villa silencieuse, perdue dans les montagnes, au bout du lac, donnant l'impression d'un des plus gracieux paysages de nos poésies ou peintures anciennes. Une jeune servante m'introduit dans un petit salon, avec un piano au fond, une table au milieu encombrée de livres. Bientôt, sans bruit et souriant, entre le poète un peu voûté, maigre, énergique. Il paraît âgé de plus de quarante ans. Sous les sourcils mystérieux, les yeux étincellent à travers les lunettes. Tantôt ils reflètent avec vivacité les mouvements de son âme, tantôt ils deviennent mélancoliques et songeurs. Parfois, un sourire, comme une brise légère, traverse le visage placide. Une bouche éloquente par elle-même, mais hésitant à parler, révèle une puissante possession de lui-même. Il s'exprime lentement, d'une voix douce et pure. Il marque sa satisfaction de rencontrer un ami chinois. De la Chine il admire, dans le passé, la maîtrise sur soi-même, et la profonde sagesse. La plupart de nos grands moralistes, Confucius, Lao‑tse et leurs disciples portèrent au plus haut degré l'ataraxie. Ils la posèrent comme principe de la politique et du bonheur individuel. Malheureusement le peuple dégénéra dans l'ignorance et l'apathie. Son antidote serait les qualités des Européens modernes: la curiosité active, la passion du savoir allant jusqu'au développement de ce qui leur est même nuisible. De ces dissonances Romain Rolland fait sa plus belle harmonie. Il excelle à accorder une activité intense, une connaissance vaste et approfondie, qui sont celles des ingénieurs d'aujourd'hui, avec une vie paisible et douce de nos poètes d'autrefois, ne participant ni à la spéculation vilaine des uns, ni à l'indifférence égoïste des autres. Voilà trois ans qu'il réside, avec son père, sa sœur et une servante, dans cette retraite pittoresque du lac, environnée des hautes montagnes. Sa sœur, affable, bonne et très instruite, vient parfois en aide à son frère dans sa rude tâche. La maison, élégante et simple, sans luxe ni misère affectée, rappelle le Juste Milieu de Confucius. Elle semble tout à la fois solitaire et pleine de monde. Dans sa petite chambre, pend au mur une photographie de Gandhi, au‑dessus du lit, il y a un portrait de Tolstoï et un tableau de la résurrection de Christ. D'une fenêtre on découvre le lac et les Alpes moirés délicieuse ment par la lune naissante. C'est là qu'il dépense, qu'il oublie, qu'il immortalise son temps, en méditant, créant, en répandant la liberté et la civilisation...

La nuit. Je rentre à Villeneuve en longeant le lac désert, traversé seulement de temps en temps par des bruissements d'au‑

tomne. — Quand j'habitais Si Hou (le lac de Hang – Tcheou) maintes fois, sous le clair de lune, une légère barque me ramenait, à travers les flots argentés, aux environs du Tombeau du général Jo – Fei. Je regardais en passant, non sans émotion, les habitants et les touristes, paysans ignorants, condottieri nouveaux, le beau parc central devant la propriété sacrée d'un millionnaire juif, les tombeaux moussus de nos anciens héros patriotes, malheureuses victimes des Fils du Ciel... Mais les pagodes bouddhiques avec leurs cloches rouillées, leurs beaux monuments d'art poussiéreux, en imposaient. La plupart de ces grands artistes inconnus, dont le génie fleurit grâce à l'esprit bouddhique, libre, sublime et égoïste, emportèrent dans le tombeau les secrets de leur art. J'ai acheté, près du pont Silen, les vieilles estampes dues à leurs pinceaux, et je les ai conservées...

Le lendemain matin, en allant de nouveau visiter le grand apôtre des arts, je les lui offre. Les arts n'étaient, jadis, sous nos rois, qu'une distraction de l'élite intellectuelle. Le temps est venu de leur donner l'importance qui leur est due. Ils sont la grandeur et la consolation de l'homme. Ils donnent des ailes à la créature terrestre. Ils transforment la monotonie et la tristesse de la vie en un rêve enchanté, en une extase spirituelle. Ils brisent les chaînes des passions, rompent les prisons étroites de l'espace et du temps. Confucius érigea en base de son système la musique et les rites. La fleur des champs, déplacée par l'embuscade de l'impérialisme, la musique, fut vite étouffée par l'oppression des rites. En raison de ces abus, les illustres penseurs Me – Tseu,

Tchouang – Tseu s'avisèrent de rejeter les arts qui leur paraissaient inutiles et, par conséquent, nuisibles. Sueng – Tse, Ly – se, (ministre du premier roi des Tsing), encore plus rigoureux, s'obstinèrent à détruire tout ce qui était étranger à leur doctrine, ce qui amena l'incendie des livres et le massacre des lettrés. Les sciences modernes qui avaient germé dans les hypothèses des disciples de Me – tse, les pensées humanitaires du maître, digne d'un Romain Rolland: « Tout désordre social vient de ce qu'on ne s'entr'aime pas... les voleurs aiment leur famille, mais ils n'aiment pas celle de leurs prochains, aussi volent – ils cette dernière au profit de la leur... les peuples aiment leur patrie, mais ils n'aiment pas celle de leurs voisins, aussi conquièrent – ils cette dernière, pour agrandir la leur... » Tout cela sombra, et n'eut plus d'écho pendant plus de deux mille ans. Romain Rolland souffre de ces crises retardant la civilisation. Il souffre surtout de la cruelle oppression ou de la destruction d'une race avancée en progrès par une autre grossière. Les Grecs avaient atteint leur âge d'or, quand les Romains guerriers et beaucoup plus ignorants leur subjuguèrent. Et la civilisation recula. L'invasion des Barbares en acheva l'effondrement. Le maître des harmonies qui ne connaît pas de barrières égoïstes de races, a souvent exprimé sa protestation contre la civilisation matérialiste européenne imposée de force à l'Orient, qui a cependant la sienne; ces raffinements de machines meurtrières, cette cupidité démesurée ne dureront pas toujours; ils conduiront peut – être à une interruption subite de la civilisation moderne. Aux Orientaux de se défendre ! C'est à la volonté constante que la victoire appartiendra. Des deux grands conducteurs des peuples contemporains, Lénine et Gandhi, il préfère le dernier. La non‐violence prêchée jadis par Christ, Me‐tse, Bouddha, Tolstoï... est la résistance la plus puissante, la seule digne de la nouvelle humanité. Elle triomphera de toutes violences, comme le Christianisme naissant toujours persécuté, mais de plus en plus encouragé par ses sacrifices, réussit enfin à triompher du pouvoir temporaire des Césars... L'histoire de Gandhi est une plaidoirie et un enseignement pour l'Orient...

Bel après‐midi. Un ciel nuancé d'opale et d'or. Les plantes fraîches des flancs des montagnes sentent le printemps, tandis que les sommets sont déjà couverts d'un voile de première neige. Du bout de sa canne Romain Rolland me montre l'hôtel Byron, où, enfant, il visita Victor Hugo; au‐dessous, le château de Chillon se mirant dans le saphir du lac; plus loin, entre Montreux et Vevey, un tertre vert que choisit J.‐J. Rousseau pour la mise en scène de sa Nouvelle Héloïse; et au‐delà du lac, au pied des Alpes toujours enveloppées de crêpe mauve, un petit village moitié suisse et moitié français, où, pendant la Grande Guerre, les siens vinrent voir Romain Rolland de l'autre côté du pont suffisant à séparer deux mondes; enfin, à l'horizon lointain, la ligne verdoyante du Jura, perdue dans la brume dorée qui confond le ciel et la terre...

J.‐B. Kin Yn Yu

若望·克利司朵夫向中国的弟兄们宣言[①]

我不认识欧洲和亚洲。我只知世间有两民族:—— 一个上升,一个下降。

一方面是忍耐,热烈,恒久,勇敢地趋向光明的人们,—— 一切光明:学问,美,人类的爱,公共的进化。

另一方面是压迫的势力:黑暗,愚蒙,懒惰,迷信和野蛮。

我是顺附第一派的。无论他们生长在什么地方,都是我的朋友,同盟,弟兄。我的家乡是自由的人类。伟大的民族是他的部属。众人的宝库乃是"太阳之神"。

一九二五年一月

罗曼·罗兰

---

① 本文是罗曼·罗兰应敬隐渔之约为敬译《若望·克利司朵夫》而作,由敬隐渔翻译,首次发表于一九二六年一月十日出版的《小说月报》第十七卷第一号。

若望·克利司朵夫[①]

(法国)罗曼·罗兰著

原文新版的序

在 Jean – Christophe 最后一版,我们的分配法与十本的旧版不同。从前这十本分为三部:

一 若望·克利司朵夫
(一)黎明
(二)清晨
(三)童子
(四)抵抗

二 若望·克利司朵夫在巴黎
(一)都会
(二)安当乃特
(三)家中

三 旅行的末日
(一)女朋友
(二)荆棘

---

① 本文为敬译罗曼·罗兰《若望·克利司朵夫》第一部《黎明》部分章节,首次发表于一九二六年一月至三月出版的《小说月报》第十七卷第一至三号。

(三)新时代

这里,我以感情的次序代替事实的次序,——舍伦理的、似乎外表的次序,而取艺术的、含蕴的次序,以空气的及音调的相似而类集成部。

于是全书分为四部,仿佛 Symphonie(合奏的音乐)的四部运动:

第一部包含 Christophe 青年时代的生活(黎明、清晨、童子)及其性情的发育,在他的家庭中,在他那小家乡的偏窄的天涯以内,——直到他遇难之后,懊丧地逃出国境,忽然发明了忍苦奋斗的使命。

第二部(抵抗、都会)合成一本《抵抗》,统述这老实的、严厉过分的青年革命家,攻击当时社会及艺术的虚伪;并述这 Don Quichotte①式的疯人,不拘骠夫、法官、风磨、德法的都会,随时举枪便刺。

第三部(家中、安当乃特、女朋友)在这一种柔和、情挚的空气以内,与前部里的颠憎痴爱成一反比例,乃是一段唱友情及纯洁恋爱的悲歌。

第四部(荆棘、新时代)是中年的大危险,是怀疑及情欲的骚动,是灵魂的狂风暴雨,势将摧残无遗,然而至超人的黎明的熹光初现,毕竟转为清晴。

初版——在《半月刊》中发表过的——每本都有这一句铭语,即是,从前,凡古代大教堂门口的圣·克利司朵夫像座边刻着:

你每见克利司朵夫的容面之时,
即是你不死于恶死之日。

这铭语表示作者的窃愿,愿他的若望·克利司朵夫,成为读者的,犹如成了他的:一位良伴、善导,以度种种危难。

人人都过了危难;作者的志愿不为虚立,若是他相信世界各处得来的答应。他如今重立此愿。最是在此暴风四起、猖獗未已的时候,唯愿克利司朵夫常是一位勇毅、忠实的朋友,将生活及恋爱的愉快吹

---

① 唐吉诃德。

嘘远扬，——莫能阻挡！

罗曼·罗兰

赠给各国受苦的、奋斗的、而将战胜的自由灵魂。

第一部

一（黎明）

晓前黎明初开，
你的灵魂方在你身中昏睡……

一

犹如，湛湛浓雾初化时，
被旭日慢慢地浸透。

　　江声自屋后奔腾上来。自天明以来，雨点敲着玻窗。一股水沫沿着破隙流下。淡黄的天气渐渐黑了。房中是一片温暖淡泊的气象。

　　婴儿在摇篮里兀自扰动。老人入房时，虽已把木屐脱在门外，他的脚步却仍踏得楼板震动：婴儿呻吟起来。母亲弯身越出床来安慰他；祖父慢慢地摸着灯盏点燃，免得婴儿醒来，看见黑魆魆的夜色，发生恐怖。光焰照着若望·弥涉尔（Jean - Michel）老人通红的脸庞，粗白的胡子，郁怒的气色和锐利的眼睛。他走近摇篮边。他披着湿气湛湛的大衣；他行近时，拖动他那蓝色的大靸鞋。鲁意莎（Louisa）递点儿，叫他不要太走近了。她是向白的绛色，她的骨骼凸出；她那羊羔般纯慈的庞儿上点着些红斑；她那淡白的、厚大的嘴唇似乎很难阖闭，露出懦怯的微笑；她的眼光凝聚在婴儿身上——深蓝色的、极泛滥的眼睛，中间嵌着两颗小小的瞳人，却含着无限的慈祥。

　　婴儿醒了，放声大哭。他的昏花的眼睛好生惊扰。噫！骇人哩！

黑暗之后继以猛烈的灯光,他那混沌初辟的脑筋昏眩未已,四围是重腾腾的、栩栩欲动的黑影,其中有痛苦的刺激、妖怪的幻象,犹如无数光芒,纷纷射发出来;那里阔大的面孔俯向着他,几双盈盈的眼光——他并不解其中的情意——不转睛地盯着他!……他没有力量叫唤;骇得动也不能动一下,眼儿睁着,口儿哆着,只是咽喉里微微嘘气。他那肿廓的大头皱起些难看的哭纹;他的脸儿、手儿都呈紫红色,掺着些淡黄的斑点。

"哟!好丑啊!"老人判断的口气说道。

他就走过去,把灯盏放在桌子上。

鲁意莎做出女孩子挨骂的状态,努了努嘴儿。若望·弥涉尔眼角瞅着她,笑了笑。

"你不愿意我说他好看?你也不信哩。唉!这也不是你的过。他们都是这样的。"

婴儿当初被灯的光芒和老人的注视陷得麻木不动,如今醒了转来。他起头呐喊了。或者他觉得母亲眼底一缕柔情鼓励他诉怨哩。她伸过臂去接他,说道:

"你递给我罢。"

于是老人照常谈他的哲理:

"孩儿哭时,不要将就他们。尽可以让他们闹罢。"他却也走拢来,抱起婴儿,叽里咕噜地说道:

"我从来未见过这么丑的。"

鲁意莎颤兢兢的手扶过婴儿,把他藏在怀中。她似羞似惊地微笑了笑,觑着他说道:

"唉!我可怜的小儿。你好丑啊,好丑啊,我怎地爱你哩!"

若望·弥涉尔回到火炉边:恶狠狠地挑着火;却也有一丝笑纹散了他脸上滞涩的气色。

"好女儿,"他说,"别自烦恼,他有时可以改变的。并且,这有什么关系?我们只要他一件事:成一个正直人。"

婴儿接触母亲的温暖的身体,就平息了。只听见他喘吁吁地吸奶奶。若望·弥涉尔轻轻倒在椅子上,高谈阔论地说道:

"天下最美莫过于正直人。"

他默了一会儿。想要跌宕他的论调;但是他更寻不出话来;沉静了一阵,又怒声问道:

"怎么你的丈夫还不在这里?"

"我猜他又到戏场里去了,"鲁意莎怯怯地答道,"今夜在练演新剧本哩。"

"戏场门早关了,我刚才从那里经过的。这是他又在撒谎哩。"

"不,你不要常常追究他!或许我听差了罢。恐怕他授课耽误了啦。"

"他也该回来了。"老人烦恼地说道。

他犹豫了一阵,过后似乎惭愧,低声问道:

"他岂不是……又?……"

"不是,爹爹,不是,爹爹。"鲁意莎忙答道。

老人把她瞧了瞧;她避开他的视线,

"这不是真的,你在撒谎。"

她暗暗流泪。

"天哪!"老人喝着,把火炉踢了一下。柴块儿砰砰磅磅地倒了下去。母子两个骇了一跳。

"爹爹,我求你不要这样,"鲁意莎说,"他要哭哩。"

婴儿迟疑了一会儿,不知哭的好,或是继续吸奶的好;但因两事不能齐做,却仍旧吸着奶。

若望·弥涉尔的声音低重了些,忿忿地呻唤道:

"我做什么事犯了上帝,才有这么一个滥醉的儿子!这就是我怎般过了一生,牺牲了一切的代价!……但是你,你,你不能挽回他吗?因为,究竟这是你的本分。若是你把他留在屋里!……"

鲁意莎渐渐放声大哭。

"你不要责备我了,我已是怎样苦啊!我已经尽我所能。你要知道我一个人在家里是怎样害怕哩！时时刻刻,都恍惚听见楼梯上他的橐橐步声,我只等门儿打开,我自己问道:天哪！他醉到什么景况了呢？……我一想到这里,好生难过啊！"

她咽呜得浑身打颤。老人也心动了;走近她身边,把垂下的被盖拖到她战栗的臂儿上去,用他粗大的手抚着她的头儿。

"好了！好了！不要害怕,我在这里。"

因有小儿在旁,她也静止了,勉强嬉笑。

"我不该对你说这些。"

老人觑着她,摇了摇头:

"我可怜的女儿,我没有好话对你说哟。"

"这是我的错,"她说,"他不该娶我,他好悔哩。"

"你说他悔什么？"

"你明明知道的。你也曾埋怨我当了他的妻子咧。"

"不要提起这件事了。真的,我也有些不满意。他这般少年——我可以明明告诉你,不怕你忧气——我尽心尽力养育成人的一位少年,一个拔萃的音乐家,一个真正的艺术家——他,大有希望联别的姻眷,除了你,一无所长,下级社会的,又不是同道的你。克拉夫特(Krafft)人家娶一个非音乐家的女子为妻,这是一百年内未曾见闻的事！——但是,你知道,我也不曾埋怨你,自从我认识你为人以后,我便爱惜你。并且,既已选定,也无变计之理:只好尽各人的天职,正直为人。"

他转去坐下,等了一会儿,如平常讲格言的庄严,说道:

"人生第一件事就是尽自己的天职。"

他等他们驳议,向火中唾了一下;然后见他们母子都不反对,他要继续辩论——毕竟他住了口。

*

他们都不言语。若望·弥涉尔坐在火边,鲁意莎躺在床上,他们俩都在志忑思量。老人口头虽是那么说了,心里想到儿子的婚姻,却也暗暗叫苦,鲁意莎也想到这件事,虽然她是无辜,她仍在归咎于己。

她和梅尔曲·克拉夫特(Melchior Krafft)——若望·弥涉尔的儿子——结婚的时候,乃是一个女佣,因引得众人都诧异,她自己更加诧异。克拉夫特的家族并非富豪,但在那林(Rhin)①江边的小城中,却是大有声望,老人在那里居住约有半世纪了。他们是父子相传的音乐家,自哥罗尼(Cologne)②至曼雷(Mannheim)③,各处的乐人都认识他们,梅尔曲在王府剧院任四弦琴师;若望·弥涉尔从前曾为大公爵的乐队主任。老人为梅尔曲的婚姻很觉得丧气;先是他在他儿子身上建了远大的希望;决心把他养成一个自己未能成就的大伟人。这一次打击便隳了他的野心。当初他也大发雷霆,把梅尔曲和鲁意莎辱骂难堪。但因他是个好人,自认明了他的媳妇以后,便也把她宽容了;并且待她如亲生父女的感情,往往于峻厉声色之中流露出来。

没有人知道梅尔曲结这姻缘的动机——他自己更不了解。这一定不是鲁意莎的美貌。她一身上下没有一点妩媚动人之气;她和那高大,魁伟,赤面,健拳,大吃大嗑,爱笑爱闹的梅尔曲、若望·弥涉尔俩相比较,却成个反比例。她好像是被他们压迫得欲碎似的;人家都不觉得她的存在,她自己更寻淹没。若是梅尔曲是个耿直人,还可以猜他看中了鲁意莎的驯善,胜于其他的长处;然而他又是个最好虚荣的人,谁料他怎样美好少年——他自己未尝不知道——很狂妄的,况且不为无天才,可望得一注丰富的配奁,也许他——谁知呢?——引诱上城里他所教女学生中之一的盼睐——他自己也这样夸张——谁知后来忽然选了一个又无学识,又不姣好,又不曾给她一点利益的平民的穷寒女子呢?

----

① 那林,今通译莱茵河。
② 哥罗尼,今通译科隆。
③ 曼雷,今通译曼海姆。

但是梅尔曲做事往往反人意料,并且反自己的意料。这一种人并非不是聪明人——俗语说,一个聪明人抵得两个——他们自信事事不误,好比洇舟,能够直达目的。但是他们不注意到自己,因为他们自己不认识自己。到了空泛的时候——他们寻常大致如此——他们就放了舵;自然,每逢世事任它自由,它偏偏要恶作剧,逆抗主人翁。顺流的船直流到礁石边;于是那好高的梅尔曲竟娶了一个灶头娘子。订婚那一天,他却也非醉非颠;他也没有情欲的冲动:万难至此。但是或者在我们身上,除智识感情以外,甚至于除知觉以外,另有一种潜势力——神秘的势力,在其他势力隐没之际,方操它的权衡;或者梅尔曲,有一晚间,在江畔,初见那幼女,在芦苇中,坐在她身边——不知为什么——给她握手的时候,忽然在那忸忸怩怩觑着他的那一双淡淡的瞳儿里遇着了这种势力哩。

刚才结了婚,他就大不满意。他也不瞒过那可怜的鲁意莎,她却只委宛地求他宽容。他不是恶人,也就心甘情愿把她容忍了;但是过后他往往和朋友周旋,或是教女学生的时候——如今她们的态度都变成傲慢的了,每逢他矫正她们按鍵盘的手法,摸着她们的手背,也不觉得她们的血潮跳荡了——他就禁不住后悔。他当下嗒然丧气地走回家来,鲁意莎一见这种景况,就明知他不满意的原因,她心头好生难受;或者他在酒馆里耽延,藉此取得自己的满愿和容人的气量。这些晚间,他回来却是哈哈大笑,但是鲁意莎觉得这种笑声比往日含蕴的怨恨更难忍耐。至于她丈夫的狂妄渐渐增进,他那薄弱的理智和家中的银币渐渐消磨,她都以为是自己挽回不力之过。梅尔曲一天胜一天地沉沦下去。他既微微有点天才,正当苦学不辍的年纪,他却甘心堕落;于是别人占了他的地位。然而促合他与那麻丝头发的女佣为偶的那"不可晓的势力"又何尝阻止呢?他也尽了他的能事;小若望·克利司朵夫就应运而生了。

*

天色断黑了。鲁意莎的声音把那坐在炉边思忆往恨今愁的若望·弥涉尔从麻痹中唤醒转来。

"爹爹,时已晏了,"幼妇亲密地说道,"你也回去得了,你还要走怎远的路哩。"

"我且等一等梅尔曲。"老人答道。

"不,我求你不要在这里逗留哟。"

"为什么?"

老人抬起头来,仔细定睛地瞧着她。

他继续说道:

"你害怕,你不要我遇着他?"

"唉!是的!……这就更坏事了:你要发脾气哩;我不愿意,我恳求你去!"

老人呻唤了一声,站起来说道:

"我走了罢。"

他走到她身边,把他那锉刷般的胡子在她的额髅上挨了一挨;问她需不需什么东西,拨小了灯亮,起身走了,在暗陬里沿路拖着些椅子响动。但是刚走到楼梯边,就想起他儿子醉醺醺回家的状况;他下一级,停一阵;他想象他独自回来的危险万状……

床上,母亲身边,婴儿忽又扰动起来。他觉得身上无端地发生了痛苦。他尽力忍着。他扭着身子,捏着拳儿,皱着眉毛。"苦恼"似乎自量其力,慢慢地进逼着他。他不知苦恼为何物,亦不知其趋向所至;只觉得它是极大无涯,永不终止的。他放声大哭。他的母亲轻轻地抚摸他。于是苦恼的锐气轻减了些。但是他继续哭着;苦恼还盘踞在他身上——大凡中年以上的人受苦,都能够自己安慰自己,因为明知苦恼的来由,把它敛结成晶,测量它的体积,可以临时驱出。小孩子却没有这种虚幻的能力。他和痛苦最初的接触是最惨最真的。他觉得他自身是无限的,于是痛苦也是无限的;他觉得痛苦是镌心镂骨的,万难和他分离。

母亲紧紧地搂着他,轻言细语地说道:

"好了! 好了! 不要哭了! 我的耶稣,我和小金鱼……"

他依旧若断若续的哭着。或许这块然无知的生物,预觉他将来苦恼纷纭的生命。无论如何,不能安慰他……

圣马丁经堂的钟铃在黑夜中鸣了。这郑重的,迂缓的声音在那雨湿的空气中悠扬,就如青苔上的清流一般。小孩子骤然止了啼声。这奥妙的乐音,好似一片奶波潺潺地流到他身上。夜色亮开了。天气正温暖。他的痛苦融化了。他的心笑了;他懒懒地呻吟着,便昏昏地入眠了。

那三个钟铃继续琅琅地庆奏明天的瞻礼日。鲁意莎也听着铃声,思她已往的愁绪,想她身边睡着的可爱小儿的前程。许久,许久,她躺在床上,疲倦,愁闷极了。她的身子和手都在发烧;她柔弱得如不胜那重腾腾的羽被;黑暗似乎压迫着她;她动也不敢动一下。她瞧着婴儿,黑夜中恍恍惚惚地从他的骨骼推他将来成人的模样。渐渐睡魔侵近她身边,凄怆的印象在她的脑里徘徊。恍惚是梅尔曲在那里敲门,她惊了一跳。一阵,一阵,江涛之声,破岑寂,涌将上来,浩浩荡荡,犹如猛兽的啸声一般。玻窗被雨的指头儿敲动,又当当响了一两次。钟鸣声渐慢了,消灭了;于是鲁意莎也偎着她的儿子睡熟了。

那时,若望·弥涉尔老人在门前等着,被雨淋得寒栗,他的胡子润着湿雾。他等他可怜的儿子回来:因为他那常劳动的脑筋时时想起多少醉后的惨剧;他虽然不甚相信,但若是他不看见他的儿子回来,他纵然到了家,一分钟也不得安眠哩。他听着钟铃声,好生凄凉;他记起他成灰的希望,他想到他的儿子在街上,在这样时候,作何态度。他觉得惭愧,滴了几颗眼泪。

*

韶光的波涛,浩浩荡荡,徐徐地演漾。昼夜循环,好似无涯大海的潮浪,流连不已。一星期又一星期,一月又一月,辗转复辗转。日日的蝉联仍好似一日。

无限的、寂寞的韶光,徘徊于黑暗与光明之间,点缀着摇篮中昏眠的麻木动物的生活,——他的或喜或悲的,命令式的需要:那些整然有序的需要,虽然随昼夜而起灭,却似乎掌握着昼夜的轮回。

生命演进似乎钟摆慢慢地摇曳。人的体质尽沉没于此摇曳之间。余外都是梦,断片的梦,古怪的、栩栩欲动的梦境,空中乱舞的一粒飞尘,迅然吹过而惹欢引恨的一阵狂飙。誼譁的声音,狰狞的物态,痛苦、恐怖、笑声、梦境、梦境……——都是梦境,无论昼夜……——这混沌之中,有慈祥的眼睛向他微笑,有快乐的波浪自母亲的乳峰传流到他的身上,——他身中有伟大无知的势力,渐渐地蓄积,在他那褊小的身内的褊小的峡中有汪洋的怒涛之声。设若有人能看透他的内生活,可许看见那黑雾中半晦半明的世界,远星的起源,万物的创始……他的本身是无际的。他是万象……

*

一月,又一月,过去不已……记忆的岛屿,从生活的江心,层次凸出。起初是渺茫的小岛,水面出没的礁崖。继后,这一片新大陆罩着半明的朝曦,慢慢地向四围发展。继后又有小岛层出叠现,映着金色的日晖。

如是,渐渐有清澄的印象破灵魂之渊而耸然崛起。在那单调的、轮回不已的光阴之中,日日相续:作携手的连环跳舞状,或者喜笑,或者愁惨,都分明如画。然而此长链之环常常中断,记忆乃越月,越星期而间接相缔。……

江声,钟铃声,亲热的,幽幽的声音常鸣不已,

——他记得这些是悠久的陈迹,虽然只经过了几点钟。

夜间,——他恍惚睡着……一片惨淡的光照得玻窗微白……江声如号,破岑寂而上,侵侵乎,有驾驭万物之势。时而微波浅濑,慵慵懒懒地,助万类的沉眠。时而狂号怒啸,似乎觅人而唊的野兽。喧豗渐歇:如今是温柔无限的微声,铿然的轻籁,如嘹亮的钟铃声,小儿的笑声,娇婉的唱歌声,一片跳舞的乐音——永久不歇的慈母哗儿的声音!这声音安慰了历代先人,如今传流到婴儿身上了;于是沁濡他的思想,萦绕他的梦寐,涤浴他的身体,直到他将来僵卧在那林江边的渺小的坟园之中,仍旧围着他长鸣不已。……

几处钟声……黎明!凄凄恻恻,惨惨戚戚,亲亲切切,和和平平的声音互相鸣应。这些缠绵的声音引起往恨、相思、希望,和前人的惆怅多少!婴儿虽不认识他们,却成了他们的化身,因为他曾为他们的一部分,因为他们如今在他的身上复活。回忆中的世纪几许,都在这一片音乐里荡漾。丧亡几何,欢庆多少!——他在房间里听见这些声音,似乎明见涟漪的音浪,自由的飞鸟,和畅的微风,乘清气,徐徐地经过。碧天一角流露于窗前微笑,一缕朝阳射进了床帷。婴儿眼中的小小世界,他每晨睡醒起来,床前入目的景物,凡他劳心费神才认识得,称呼得的种种物件——他的小国已罩在曙光之中了。这里是他用膳的桌儿,这里是他躲身的立橱,这里是他爬行的菱角式的砖地,这花眉花眼的壁纸对他述着多少或惊人,或诙谐的故事,这滴滴答答的钟说着些东倒西歪的话,只他一个人才懂得。这房间里的物类有多少!他还把它们认不完全。他天天到他的宇宙中去探险:——都是属于他的所有权——没有一件空闲的东西,一个人,一个苍蝇都是一般重要;猫儿、火焰、桌儿、日光中轻舞的飞尘……都是一样地生活。一个房间是一个国家;一日是一个世纪,在这无量的空间,怎寻得出头绪?宇宙茫茫!无处不是迷途。又有这些容貌、姿势、运动、声音,在他周围永久地旋环着!……他疲乏了,闭了眼睛,睡熟了。他忽然游入那温柔的、

深幽的梦乡,无论在什么时候,无论在什么地方,或在母亲的裸膝上,或在他平日迷藏的桌儿底下!……气候温暖。他很适意……

这初年的光阴在他的脑里荡漾着,好似麦浪滚滚,林叶萧萧,被微风飑动,罩在行云明灭的影里。

黑暗散了,曙光穿过丛林。克利司朵夫从白昼的迷途中寻出了他的路径。

清晨……他的父母睡着。他仰卧在他的小床上。他闲看着天楼上跳舞的光带。这就是一件有始无终的玩意儿。有时他放声大笑,一种悦耳的、天真的笑声。他的妈妈歪到他身边说道:"小憨儿,有什么?"他就越笑越厉害,或者因为当着场面,他更加勉强着笑哩。妈妈沉下脸色,伸一根指头捱着他的嘴儿,免得他把父亲惊醒了;但是他那一双不由她管的倦眼仍旧含笑不已。他们两个唧唧哝哝地说长说短。猛然间父亲叱咤一声,骇得他们俩打了个寒噤。妈妈急忙转过背去,瑟瑟缩缩,作悔过的女孩儿状,假装睡着。克利司朵夫攒进他的床中间,屏绝了呼吸……如死一般岑寂。

过一会儿,那藏在被窝里的小脸儿又浮上面来。屋顶上的指风针磔磔地响着。檐水点点地滴着。三祷经的钟铃当当地敲着。东风吹过,河那边经堂的钟声遥遥相应。麻雀群集在那春藤蔓延的墙上,嘈杂刮耳,这中间,犹如群儿游戏一般,总有三四个比别的更唠叨,它们的声气格外分明。一只鸽子站在烟窗顶上咕噜咕噜地呻唤。婴儿细味着这一片声音。他起初低声哦吟,然后又把声音放高一点,然后他高声朗唱,然后他放出顶高的声音讴歌起来,直到父亲又厉声吼道:"这个驴子再不住口么?你等一阵,我扯你的耳朵哩!"于是他又踢进被窝里去,不知笑的好,哭的好。他又受惊,又委屈;他想人家把他比成驴子,却又忍不住笑。他就裹在被盖里学驴子叫。这一下他却挨了一顿打。他就激出浑身的眼泪恸哭起来。他犯了什么事?他的天性那么想笑,想舒展哩。人家却动也不准他动。他们永久睡着么?几时才起来呢?……

有一天,他禁不住了。他听见街上有一个猫,一条狗,有什么稀奇的东西。他扒上一把椅子去开门;连人连椅一齐坍塌下来,他跌痛了,他就尖声骡气地叫,更不幸,又挨了一顿打。他常常挨打!……

*

他和祖父在经堂里。他很厌烦。他觉得不甚畅快。人家不许他动弹,众人一齐说些他懂不得的话,然后又一齐哑口。他们都显出郑重老辣的模样,不是他们平日的面孔了。他仦仦倪倪地瞅着他们。邻居的李纳(Lina)老婆子在作怪象;有时,他连祖父也认不得了。他有点害怕。后来,他习惯,就寻种种法子来消遣。他坐着打秋千,他扭着颈儿望天楼,他歪嘴乜眼,他扯他祖父的衣襟,他探看荸子的橐鞴,尽力用指头儿在上面拨洞洞,他听雀儿鸣,他吊起下巴打哈欠。

忽然迸开了音浪的瀑布:风琴启奏了。他背脊上麻了一股。他转过身来,把下巴撑在椅靠上;他就端端正正地不复妄动了。他全不解这一片声音,也不知道它的意义:只觉得宏壮、炫迷,分不出头绪,却是很有趣的。如今好像不是坐在一点钟以前那难耐的椅子上,不是住在那讨厌的旧屋子里了。如今是悬在空中,如雀鸟一般;当音浪穿隙充栋由经堂这边湍泻到那边的时候,他觉得自己随波流去,同它飞扬,忽此,忽彼,飘然自适。他是自由的,幸福的,春日融晖,天气轻暖……他睡熟了。

祖父不喜欢他。他临弥撒也不端庄。

*

他在家里,坐在地下,把脚儿插在手儿里。他决定了草毯是一只船,砖地是一条河。他走出毯子,便自拟是淹入水中了。殊不知房间里来往的人们并不像他把这件事看得这么重要,他便又诧异,又懊恼。

他扯着他妈的裙裾说："你看这是水！我们要走桥上过呀。"——桥乃是一排红的菱形砖行——他的妈听也不听他,就走过去了。他觉得怪难为情,好像是一位大文豪看见正当演他编的剧本的时候,场面还是谈笑自若哩。

一会儿,他已不想到这里了。方才的大海如今依旧是砖地了。他长伸伸地躺在上面。把下巴撑在石板上,吟着他自己编的音乐,用力吮着他的大拇指,沿指的口水长流。他瞧着一条石缝,兀自出神。菱形地纹忽而化为人形,在那里挤眉插眼。微不可见的洞儿渐长渐大,变成了一道深谷;四围都是山坡。一根百足虫在那里蠕动:它是象一般大小。此时,纵有雷霆震怒,那小孩子也不会听见哩。

没人瞅睬他,他也不需要谁何。他也可以放弃那草毯的船,那砖的山洞和其中所产的古怪动物。只他的一身上下也够他消遣啊！他呆呆地看着自己的指甲,哈哈大笑。指甲儿也有各不相同的面貌,又有几根相似他的熟人。他命令它们互相闲谈、跳舞、打架。——还有身上其他的部分哩！……他把他的部属挨一挨二地巡阅。有多少惊人的、奇怪的事啊！他在这种种注视之间,就忘乎其形了。间或有人瞥见他这个模样,便出其不意,猛然把他捉去。

有时,他趁妈妈转过了背,他便溜出屋去。当初还有人赶上他,把他捉回来。后来只要他不走远了,也就习惯了让他独自来往。他的屋子是在街尽头;过此以后,差不多蓦地就是乡坝。望得见窗子的时候,他便慢跬细步,不歇地彳亍,时而又一只脚跳来跳去。但是一转过了路角,被荆棘遮着,他就忽然变更态度。

他先停住一会儿,把指头儿噙在口内,想他今天编个什么故事才好;他的故事多着哩。其实都是些彼此相似,每段只三四行文字的。他一一撰择。平常,他叙的都是一样的事,有时接着昨天的遗文,有时重新起头,只约略变些花样;但只要有点端倪,只要偶然听了一句闲言杂语,他的思想便又捕风捉影,另辟新径。

"偶遇"是富于创造性的。谁想得到一根木条——篱边的断枝——能供多少用处？（若无断枝，便扳断枝头。）这就是神女式的拐棍。长的，直的，便成了一根矛，或是一柄剑；只需把它挥一挥，就可以招号众军。克利司朵夫就是元帅。他以自己作表样，身先士卒，攻上敌垒。（树枝）韧柔的，就变为马鞭。克利司朵夫上马，跃过坎坷。偶一不慎，缰裂鞍堕；这马上将军就仆在坎底，看着他的污手破膝，狼狈不堪。扳到一根小棍儿，克利司朵夫便自任乐队主任；他是主任，他又是乐队；他又在领导，他又在唱；后来，他向那些随风飐动的荆棘的青色小头儿行礼。

他又是巫师。他仰天，奋臂，在田间奔走。他指挥行云：——"我要你们向右去。"——但都是向左飞过。他就咒骂它们，重申他的命令。他以眼角觑伺，心中忐忑。看有没有一朵小云随他的指挥；一朵一朵却公然依旧向左而去。他就蹀脚舞手，扔起他的拐棍，恫吓它们，忿忿地命令它们急向左转；果然，这一次，它们都遵命了。他就高兴极了，以能干自豪。他见童语中的花儿会变成金色的马车，他见了花就指令它变化。虽然没有一次成功，他总相信只要有点恒心，未尝不可以达到目的。他找一个促织儿来做成一匹马；轻轻把棍儿放在它背上，念一遍咒语，虫儿急忙乱窜；他便拦着它的去路，过一会儿，他竟匍匐在地，侦看它的行动。他早已忘却了巫师身份，把那可怜的虫儿翻来翻去，见它辗转挣扎，他就哈哈大笑。

他又想到了在他的仙人棍上拴一根旧麻丝，把它用力抛下江去，等鱼儿来竞食。他知道平常鱼儿不吃一根又无饵，又无钩的麻丝，但是他总想到鱼儿为他的缘故，或许有一次例外的行动，他仗着他无穷的自信心，甚至于在街上，把一根鞭子插进阴沟缝里去垂钓。一阵一阵，把它提起来，想这一下总是重腾腾地钓来了一件宝贝，犹如祖父述的一段故事一样。

他往往在这些游戏之中，忽然奇思遐想，尽忘其形。那时，一切都消散了。他不知他在做什么，也记不起他自己了。他正在行走，正在登梯，忽然辟了真空。好像是他的思想都灭了。但是他一回转神来，见身在原来的地方,在那黑暗的梯儿上,他就禁不住发呆。好像是他经过了一世——几级梯儿的空间。

*

往往祖父带他去作晚间遨游的伴侣。小孩儿携着老人的手,放开小步在他左右跑跳。陌上田间,有耕土的馨气迎人。促织儿趯趯地跳来跳去。肥大的鸳鸯鸟成群结队,拦着去路,静看他们远远地走来,待他们逼近了,才扑腾腾地飞开。

祖父咳嗽几声。他每欲讲讲故事,便先作如此状态;但要等孩儿请求他,才肯开口。孩儿也解意,不免向他要求。他们俩的意气相投。老人对于孙子的亲爱是非常热烈的。他又喜欢有这么一个和气的听者。他爱谈到他生平的枝节细事,或是古今伟人的历史。讲到这里,他的声音感慨激昂,战战兢兢,无意之间,露出孩儿般的兴致,他却勉强镇静。似乎他津津有味自己在听自己说话。可惜他正要发言,言辞却凑不上口头来!这是他生平的恨事:因为他的宏辩阔论的欲望屡屡发生,于是他这种旧恨也屡屡重萌。他旋试旋忘,终至于彷徨无所取决。

他述到赖古律斯(Régulus)①、亚尔眉纽司(Arminius)②、卢祖(Lutzow)③的轻兵、葛尔勒尔(Koerner)④和那欲诛拿破仑王的弗雷德力克·斯达布司(Frédéric Stabs)⑤。说到丰功伟烈的事迹,他便显出洋洋得意的样子。每提起历史上的名词,他的语气来得那么庄严,令人一点不解;他以为在出神的地方把听者弄得没精打采地就是大艺术

---

① 赖古律斯,罗马共和国时期的政治家和军事家,公元前二六七年任执政官,曾率领海军发动罗马和迦太基的第一次布匿战争。
② 亚尔眉纽司(前18/17—后21),日耳曼部族军事首领,曾歼灭三个罗马军团。
③ 卢祖(1782—1834),普鲁士军官,拿破仑战争期间曾组织和指挥一支义勇军。
④ 葛尔勒尔,德国人姓氏。最著名的当推古斯塔夫·葛尔勒尔(1809—1896),曾移民美国,任过法官和伊利诺伊州副州长。与林肯关系甚密。
⑤ 弗雷德力克·斯达布司(1792—1809),德国青年,曾试图刺杀拿破仑。

家的功效:他间或又停一会儿,佯装咽喉梗梗的状态,大擤其鼻涕;孩儿忍耐不住,嘶声嘶气地问道:"过后又怎样呢,祖祖?"老人就好生得意哩!

有一天,克利司朵夫长大了些,竟看出了祖父的破绽;他就假装不甚注意下文如何分解:于是老人怪难为情——但是,过一会儿,克利司朵夫又受了那评书家的魔力。听到惨剧的情节,他的血脉跳得厉害。他不甚明白说的是谁,也不知道在何时、何地成就了这些伟大的事业。不知祖父认不认识亚尔眉纽司(Arminius),不知赖古律斯是不是前一主日在经堂里看见的那个人呀。但是他和老人两个都在心花怒放,好像这些英武的事迹都是他们自己做过的一样:因为老人和孩儿彼此都有一般的孩子气。

祖父间或正在兴高采烈的时候,忽然插进一句他心中埋没不住的言论,克利司朵夫就不十分满意了。这是些道德的评论,大致可以归纳于一宗正直的思想,但是未免俚俗,犹如:"宁温存,勿强暴,"——或是:"道德贵于生命,"——或是:"宁为善人,莫为恶人,"——不过是他的语气特别含混哩。祖父不怕他的稚年听者的批评,恣意滥用他平常的浮华;他不怕重说一样的话,句读也不必完足,甚至于,当他在说话中间失了头绪,他就把脑里经过的一切都说出来塞满他思想的漏缝;他要壮他的语气,用意义完全相反的手势来点缀着。孩儿恭恭敬敬地听着;他想祖父是很有辩才的,但是总有些讨厌。

他们两个都爱谈到那侵占欧洲的常胜将军(拿破仑)的荒诞外史。从前祖父也认识他。险些儿和他交战。但是他也承认敌人的威风;他常常说道:他愿意割下一只膀臂,使此人生在林江这一边。但是天违人意:他敬佩这一位英雄,他又战败了他,——就是说,几乎把他战败了。但是当拿破仑还相距十里远近,自己的小队伍刚才迎上阵来,忽然惊惶失散,逃入林中去了,只听见一片喊声:"把我们断送了!"枉然,——祖父叙道:——他要挽回逃兵也来不及了;他曾挺身当前,恫吓着,号哭着:他竟被逃波逐流而去,第二天身在离战场很远的一个地方，——他这样称呼那逃亡之处——那时克利司朵夫却不耐了，催他再讲那英雄的战绩；他正在惊叹那绝世的赛马大会哩。他想像拿破仑领着无数发出爱的吼声的群众，他的手一挥，便驱动他们如旋风一般追逐着永远奔逃的敌兵。这就是一段神女式的童话。祖父又加了些言词润色；于是拿破仑占据了西班牙，几乎控制了他所恶恨的英吉利。

有时老克拉夫特（Krafft）正谈得高兴，忽然从中加些忿词骂他的英雄。他的爱国心复现了，或者在帝王败北时，比在野纳（Iéna）①鏖战的时候，更显出他爱国的精神哩。他停了话头，把老拳向江边挥着，傲慢地唾着，高谈阔论地骂着，——他也不屈于人下啦！——他称呼他是：恶人，猛兽，无道德的人。这种口气本要在儿童的精神上扶持正义人道的观念；但其实失了他的目的；因为儿童的伦理不免如此结论："若像这样一个伟人都没有道德，那么，这道德就不关大事，第一宗事是当一个伟人。"但是老人哪能料到有这样一片思想随着他左右趋驰哩？

他们两个默默不语，都在回想这些奇妙的故事，各有各的见解；——除非是祖父在路上遇着一位高贵的主顾偶尔来散步的。那时他似住非住，深深地点头，做出很谦逊的礼貌，孩儿却替他不好意思，不知为什么缘故。祖父心头很崇拜故有的权势，得志的人物；或者他所以恁地爱他所述的英雄，不过是因为觉得他们出了头地罢了。

有时很热的天气，老克拉夫特惯爱坐在一株树底下，一会儿就打盹了。克利司朵夫坐在他身边，或在滑溜溜的石子坡上，或在界石巅头，或在什么又高、又怪、又不便当的坐处；摆动他的小腿儿，唱歌弹曲，悠思遐想。或者躺在地下，仰望云飞：云形似牛，似长人，似冠盖，似老太太，似无涯野景。他低声和它们谈话；他替那朵将被大云吞灭的小云担忧，至于那些浓黑而近于蓝色的，或是飞奔太快的云都惹他

---

① 野纳，今通译耶拿，德国地名，一八○六年波拿巴指挥的法军与第四次反法同盟交战获得大捷。

害怕。他觉得它们对于人生有重大的影响；他又诧异怎么他的祖祖和他的妈妈都不甚注意它们哩。若是它们要作恶，必定是些可怕的妖物啦。幸而它们轻轻地，狰狞地过去了，并不停留。久而久之，他看得眯迷了，便手舞脚摇起来，好像要落到天空里似的。他的眼睛眨了又眨，渐渐瞌睡侵近了……清静……树叶萧萧，映日而舞，一片轻烟流过空际，泛滥的苍蝇摇曳不停，嗡嗡咽咽，如风琴启奏声。醉夏的蚱蜢哜哜长鸣；万籁俱静……林中叶下，啄木鸟放出神秘的声音。平原远处，有农人呼牛声；白茫茫的路上有马蹄橐橐声，克利司朵夫闭了眼睛。他身边一个蚂蚁在一根田沟间的枯枝上爬行。他失了知觉……过了几个世纪。他醒转来。那蚂蚁还未爬过枝头。

有时祖父睡得很久；他的面孔涩滞，他的鼻子颀长，他的阔口睁开。克利司朵夫心悬悬地睒着他，生怕见他的头颅渐渐变为鬼形。他要惊醒他，就放声大喝，或者从石子坡上滴溜扑碌滑行下来。有一天，他想起了向他脸上丢下几根松针，对他说是从树上落下来的。老人信以为真；克利司朵夫就落得好笑。他放肆重来；他才举起手，却见老人正在觑伺他哩。这事儿弄糟了：老人是顾身份的，不许人家戏谑，失了对他应有的尊敬；于是他们两个从此冷淡了一个多星期。

道路愈崎岖，克利司朵夫愈觉得美妙。每块石头的位置对他都有一种意义；他都认得。一条车迹的凸凹好像是地理史上的沿革，几乎等于刁卢斯(Taunus)①群山。他脑子里挂着一幅屋垣周围两个基罗米达②远近的高低形式图。每逢他把田沟中的旧形变更了一点，便自信他的重要不亚于一位管领工程队的技师；每逢他踏平了一块土的干峰，填满了下面的谿壑，便自信也没有枉过一天啦。

有几回，在大路上遇着一个乡下人坐在自备的马车里，他认识祖父。他们就一齐上去坐在他旁边。这就是地下的天堂了。马跑得很快，克利司朵夫欢喜得笑逐颜开，除非是遇着别的游人；那时他就做出

---

① 刁卢斯，今通译陶努斯，地处德国中部的山名。
② 基罗米达，公里。

郑重清闲的样子,好像一个坐惯了车子的人一般;但是他心头好生得意哩!祖父和那人宴谈,不瞅睬他。他跼在他们的髁膝间,被他们的大腿挟着,立也不能,坐也不成,他却是极自在的;他高声说话,不管有没有人答应。他瞧着马耳的招摇。这耳朵是什么妖精呢?你看它向四方转动,时而向右,时而向左,时而伸前,时而垂侧,时而落后,怎样滑稽,惹得他嗤嗤地笑。他扳他的祖父来看。祖父却毫不注意;但揎开克利司朵夫,叫他不要搅扰他吧。克利司朵夫仔细思量:他想人长大了,事事都不希奇,便成了健者,一切都晓得了。于是他自己也勉强成了一个大人,隐蔽他的好奇心,显出麻木不仁的模样。

他缄默着。车儿辚辚转动,催他入眠。马铃在跳舞。丁,当,冬,丁。空中迸出音乐;音乐绕着银铃飞旋,犹如一群蜜蜂;和车声叶韵,欢欢喜喜地摇动;这是歌曲之源:一曲一曲延绵不已。克利司朵夫觉得它们是极妙的。有一曲最妙,使他忍不住要勾引祖父来听一听。他就依曲和韵,唱了一遍。没有人睬他。他又把声音放高一点,——然后一次放出了聒耳的尖声——终至于若望·弥涉尔老人怒气勃勃地喝道:"究竟,你哑口吧!他那号筒声气要震死人哩!"——这一下就把他的呼吸断了;他的脸红齐了鼻尖,他勉强住了口,心头好生难受!他鄙俗那两个伧夫不解他的歌音的高妙,一曲辟天的歌儿呀!他觉得他们八天未剃的胡子怪难看;他们的气味怪难闻。

他见了马影,又觉得安慰了。这也是一个奇观啦。这一条黑魆魆的兽,侧躺在地下,沿途驰骋而去。晚间,归来时,那马影竟遮了一半草坪;路上遇着一匹驴子,它的头颅爬上驴背,走过了,又回到原处;那嘴筒伸长恰似破了的皮球;耳朵又大,又尖,尖得似两只蜡烛。这真是一个影子吗,或是一个物体呢?克利司朵夫必不肯独自一个人遇着它。他平常爱追祖父的影子,跑到头上去践踏,至于这一条怪影,他却不敢追随了——夕阳将坠时,树影也是动深思的。你看它参差成栅,拦着去路。好像是些奇怪的,凄惨的妖物,尽说道:"不要走远了!"嘚嘚的马蹄和吱吱咯咯的车轴重说道:"不要走远了!"

祖父和车主依旧不倦地在说他们有一搭没一搭的琐碎话。他们谈到本地时事和冤屈情节，便把声气越抬越高。他觉得他们彼此激怒了，生怕他们起来打架。殊不知这正是他们对于一宗公愤表示同感的时候。却也有多回，他们并没有什么愤恨，也没有什么感激：他们说些无谓的事，也胀着颈脖子，大呼小叫，这是他们高兴的表示，犹如一般平民的习惯。但是克利司朵夫不懂得他们的说话，只听得他们的声气激昂，见他们的面貌凶恶，便自己闷闷地想道："他们的模样好恶呀！必定是他们生了仇气噫！他在愣眼！噫！他在张嘴！他发怒时，曾经唾我的脸呀。天啦！他要杀祖父了……"

车停了。乡人说："你到了。"那两个死仇雠却互相握了手。祖父先下来，乡下人把小孩子递给他，马上加鞭，车去远了；于是他又在林江边的凹路进口，夕阳侵入平原，小径蜿蜒，似乎在水上浮行，脚到处，荏柔的野草纷纷偃下，有落雪的飒飒声。桠枝弯到江中，半入水里。一群苍蝇在空中飞舞。一只小舟逐平静的流水寂寂地飘过。微波吮着柳枝，有嘴唇相接的声音。天光细腻朦胧，空气清凉，江面呈银灰色。来到屋前，蟋蟀鸣了。门槛边，妈妈的可爱的脸儿在那里微笑……

呀！愉快的回忆，慈惠的印象，犹如群鸟飞鸣，这韵不绝，以慰生平！……久后的旅行，阔大的都会，磅礴的汪洋，梦中的幻景，爱人的容貌在他的脑里都不如孩儿时代的游行印刻得分明，或且不如在那懒惰儿童从玻窗里，隔一层嘴儿贴在玻璃上呵成的气沫，天天看见的一角花园……如今是门闭着的屋内晚景。屋……避免一切可怕事物的屏障；凡黑暗、夜色、恐怖，不可知的物类。仇党敌派莫能越过门槛……炉火发焰。一只金色的鹅在鼎锅里懒懒地翻身。哧杂作响的肉和脂的气味熏得满屋馨香。口胃的快乐，无比的幸福，宗教化的兴奋，欢快的踊跃！他受了那温柔的暖气，受了一日的疲乏，和家中人的声音，至此渐渐麻木了。他一面吃，一面出神，觉得那些容貌、黑影，那明亮的灯罩和那黑烟窗里闪烁的焰舌夹着一阵阵雨点般的火星儿，都有飘然欲仙的气象,克利司朵夫把颊儿衬在盘子上,好生享受这一切幸福哩……

　　他如今在他的温暖的床上了。怎样上去了的呢?他疲倦极了。屋内嘈杂的声气,白昼的印象,在他的脑里萦绕。父亲把他的四弦琴抚弄起来;尖锐柔袅的声音破长夜而呻吟。最幸福的时候,却是妈妈来,拉着睡儿的手,又顺他的要求,半声半气地唱那一段无谓的旧曲。父亲觉得这歌音蠢笨不堪;但是克利司朵夫听得孜孜不倦。他屏着呼吸;他想笑,又想哭;他的心醉了;恍恍惚惚,不知所在,他的爱情洋溢,他伸小臂儿挽着妈妈的颈项,用力接吻她。她笑对他说:"你要扼死我吗!"

　　他把她更箍得紧。他好生爱她哩!他一切都爱呀!一切的人,一切的物!都是好的,都是美的……他睡熟了。蟋蟀在炉心里鸣着。祖父述的故事,英雄的面貌,在那幸福的夜中荡漾……他要效法他们,成就一个英雄……是啊,他将来必是英雄……如今他已是英雄了……噫!生活是多少甜蜜的哩!……这小孩身内蕴着多少能力,喜兴和骄矜!怎生丰盈的精神!他的神形似乎跳舞方酣,常动不已。似乎轻细的壁虎,在火焰中踊跃,昼夜不息。不倦的兴奋,随万象而更新。是呓语的梦,是溃涌的泉,是希望的源,是笑,是歌,是永远的醉。他生活于生命范围之外;他在无限的空间浮游。他是怎生幸福的!他是为幸福而生呀!他对于幸福的信仰是绝对的,于是用尽他脆薄的能力去追寻!……

　　他渐渐顺生命之流而趋于智识之境。

二

　　黎明得胜

　　驱除逃散的清晨;

　　远远地,我听着海波奔腾……

　　克拉夫特的原籍是安维尔。老若望·弥涉尔因少年狂放,性好斗殴。后来惹了一个大祸,才离了这个地方。差不多半世纪以前,他就来住在这小小的城中,这是亲王隐居之地,尖脊的红屋,荫森的园林,层层叠叠衬在一个软丘的斜坡之间,映在林江的淡青的眼睛里。他本是优秀的音乐家,早就在这个音乐家荟萃的地方博得了一点名誉。他满四十岁以后,娶了克娜拉·撒尔朵流斯,就在此地生了根。他的岳丈是公爵的小经堂里的管理员,后来竟把这个位置让给他了。克娜拉是个和平的德国女人,生平只有两宗嗜好:烹调和音乐。她崇拜她的丈夫好像尊敬她的父亲一样,把他们看得至尊无上。若望·弥涉尔也很重视他的妻子。他们两个和和气气地过了十五年;生了四个儿子。后来克娜拉死了;若望·弥涉尔伤心恸哭了许久,过后五个月又娶了阿谛利·司驱刺,一个二十岁的女人,两颊晕红,强壮的,爱笑的。阿谛利的优点也不亚于克娜拉,若望·弥涉尔爱她也等于克娜拉。结婚以后八年,她也死了,却也有空时间给他生了七个儿子。总计有十一个儿子,其中只有一个存在。他虽然很爱他们,这些重重叠叠的打击却也不曾稍稍变更他的喜兴。最难忍的是阿谛利的死,如今有三年了,在这样年纪,他万难再造一个家庭。但是只经过了一刻的烦恼以后,他又恢复了精神的秩序,无论什么痛苦也不能扰乱他。

  他是个多情的人;但是他的健康比一切更重要。他以生理的关系,受不得忧愁,必要一种兴高采烈的快乐,和大声的,孩儿式的笑。无论他有什么忧事,用膳时却不因此少嗑一杯酒,少吃一口菜;他的音乐总不停歇。因为他的指导,爵府中的乐队也在林江域内稍稍得了一点名誉,若望·弥涉尔在里面,以他魁伟的身材,暴躁的脾气,竟成了一个稗史式的人物。无论他如何勉强,总把他自己约束不住;因为他的性子虽是暴躁,其实他也很胆小,怕偾事;他好礼貌,又怕舆论。但是他的血气势胜:一动了气,就是满眼晕红;不但在练习音乐的时间,往往在大会中,乐音满堂,当着大公爵面前,他也发怒把指挥杖掷在地下,怒声讷讷地叱咤一位乐人。大公爵引为兴趣;但那些受辱的乐人都含恨图报。过后一刻,若望·弥涉尔懊悔不及,勉强谦恭下士,力谋补过;但遇了机会,他又突然爆发起来;这种急躁与年俱进,竟把他的位置动摇了。他自己也觉得;有一天,因为他发脾气,全体乐队差些儿罢工,他遂递了辞呈。他还希望人家念他服务多年,难于准辞,还要挽留他:却没有这一回事;他自己又是很高傲的,碍难辞而复就,只得怅怅惘惘地去了,恨世人忘恩负义。

从此以后,他就无以过日。他的年纪已到七十有余了;但是他也还康健;他依旧从早至晚劳动不息,在城里东跑一趟,西走一遭,授课啦,辩论啦,事事都加入。他也很灵敏,寻得种种工作来做:他起头修理乐器;他先想象,然后实验,却也有些改良。他又在作乐谱,勉强又勉强。他从前写了一段"大弥撒"(Miasa Solemnis),他常常提起这件事,以为家族的光荣。他写这个大弥撒,费神不少,险些儿害了充血病。他勉强自信是天才的作品;但是他明知他写的时候,思想是怎样空虚;连那手本也不敢重看,因为往往在他所谓自己的句读中间寻出别个作者的残章断句,牵强拢来的。这也是他的恨事。有时他想起些自谓新奇的思想。他战兢兢地忙跑到文案边去:这一次,总得了默启了?——但是才提笔,又觉得孤孤单单,抱着岑寂;他作种种努力以挽回沉灭的声音,结果总是听见门德尔圣(Mendelssohn)①或波罗门(Brahms)②的很普通的调子。

弱尔日·桑(George Sand)③(女文学家)说:"世间有不幸的天才,全无表现的能力,把他们的默想的秘密一直带入坟墓,昔日著名的哑子和讷者族中人弱尔日·圣·希来尔④如是说过。"——若望·弥涉尔即属于这一族人。无论用语言、音乐,他总不能表现他的意思;他又常常自己哄自己:他怎样想成大音乐家,或者宏辩的演说家哩!这是他的隐恨;他不肯告诉人,自己也不肯承认,也勉强不作如是想。但是

---

① 门德尔圣(1809—1847),今通译门德尔松,德国作曲家。
② 波罗门(1833—1897),今通译勃拉姆斯,德国作曲家。
③ 弱尔日·桑(1804—1876),今通译乔治·桑,法国作家。
④ 弱尔日·圣·希来尔(1772—1844),法国博物学家。

他总灭不了这个念头,于是他好生失望。

可怜的老人!无论何事,他都不能完成他的个性。他心内有许多妙好、强健的种子;然而总不能萌芽出来,他恁诚恳地信仰艺术,及生活的道德的价值;然而这种信仰表现于言行之间,总是夸张而可笑的。恁高傲的性情,然而在实际上,对于上人的崇拜却又近于奴隶性质。恁卓绝的独立志愿;然而其实,又是绝对的驯服。自命不凡的自由思想;然而又迷信种种异端。自觉得英气凛凛,勇敢勃然;然而又是恁地儒怯!—— 一个中道而废的性质。

*

若望·弥涉尔把他的野心都放在儿子身上;梅尔曲当初也许了愿要承继他的志向。他自小就有音乐的天才。他学起来,毫不费力,老早就挣得大四弦琴家的绰号,在爵府的音乐会中,久享盛名。他奏钢琴,及其他乐器都奏得很好。他又娴于言辞,像貌也整齐,但有些粗笨样子,正是德国通行的模范美男子:一个宽大而无表示的额髅,有些整齐的粗大的皱纹,一口鬖髯的胡子;好像是一位林江边的天皇(Jupiter)①。老若望·弥涉尔细味他儿子的成功;无论什么乐器都不善奏的他,很惊佩他儿子奏琴的技巧。梅尔曲并不感困难于表现他的思想。不幸他毫无思想;他也漠不经意。他的心理好比是一位平庸的俳优,不管表现什么,只润饰声音的曲折,而忐忑地注意到听者的感应。

最奇妙的是,虽然他常常注意自己的身份,犹如若望·弥涉尔一样,虽然他很尊敬民约,但是总有些急躁孟浪的行动,惹得人家说凡克拉夫特多少总有点疯魔气概。当初这也不至于偾事,好像这些光怪离奇的脾气是天才的象征;因为平常有良智的人都谓艺术家是不会有良智的。但是不久,他的怪癖的性质就发现了:平常缘因皆是由酒所致。

---

① 天皇,今通译朱庇特,是罗马神话中掌管天界的主神(即希腊神话中的宙斯)。

尼采说酒神即是音乐之神；梅尔曲的本性也是这样主张；但是就情论事，他的酒神对于他却是不仁不义；不但不供给他所乏的思想，反把他所有一点绵薄的思想却剥夺了。自结了那糊涂婚姻以后（人家以为是糊涂的，他也就以为是糊涂的）他便渐渐堕落了。他把他的技艺也丢生了，——他很自信他的特长，以至不久就把这种特长失掉了。别的音乐家接踵而起，便夺了他的声势；他好生伤心！然而他不但不重新努力，反因挫折而苟且降志。为复仇计，他便向酒店中的伴侣谩骂那些乐师。他还野心勃勃，希望继父亲的职位；却又是另外一人补进去了。他自谓才高见业，不容于世俗。因为老克拉夫特的声望，他才保守着四弦琴师的地位；但是渐渐把城中授课处一一失去了。这种打击既贬他的高傲，更不利于他的经济。近年来，运道中衰，他家中的进款已减少得多了。他们先过了些丰富的时候，如今贫困起来，一天比一天更难过去。梅尔曲佯装不知；他依旧修容，取乐，不俭省分文。

他并不是个恶人，但似善非善——这就或者是更坏了，——懦弱，无毅志，无道德力的，然而他自信是为父则仁，为子则孝，为夫则爱，为人则尽职，以为是有一种易软化的，兽类的感情，爱自家人如自己的一部分就够了。也不可以评论他是很自私自利的：他也没有恁坚决的本性以至于此。他是乌有。人生最可怕的是这些乌有的人。他们好比是空中弃置的重物，势必下坠，而连累近身一切同齐堕落。

到家务最困难的时候，小克利司朵夫才明白他的环境。

他已不是一个独儿子了。梅尔曲跟他的女人每年生一个儿子，并不虑到将来有没有办法。有两个年纪小时就死了，有两个存在，一个有三岁，一个有四岁。梅尔曲从来不管他们。鲁意莎不得已要到街上去时，就把他们交付与克利司朵夫，如今他有六岁了。

克利司朵夫觉得很艰难：因为要尽这个责任，他不免牺牲午后的野游。但是他喜欢人家以成人待他，于是郑重地满他的本分；尽力所及，逗他们玩嬉；学母亲呕孩儿的声音和他们说话。或者抱了这一个又背那一个，照人家待孩儿的习惯；这个重量不小，压得他弯腰，咬齿，用力把小兄弟撑着胸口,免得跌仆下去,孩儿总要他背负,从不厌倦;克利司朵夫不能支持了,他们就哭个不休。他们把他磋磨得难堪。他们一身腌臜,必需母亲式的照拂。克利司朵夫不知怎么做才好。常受他们欺负。间或他很想打他们几巴掌;他却想道:"他们还小,不明事理哩。"于是就豁达大度让他们扭、打、啰唣。恩思特无故嘶叫;激得蹀足、打滚;这是个血气骄盛的孩儿,鲁意莎常嘱咐克利司朵夫不要逆抗他的脾气。至于洛多尔夫,他是猿猴般狡猾;往往趁着克利司朵夫负着恩思特,就在他背后胡行乱动;不是把玩具损坏,就是把水打倒,不是把衣服弄脏,就是翻柜子把碗跌碎。

鲁意莎回家来,并不称赞克利司朵夫,也不骂他,只瞧着纷乱处,焦眉愁眼地说:

"我可怜的孩儿,你不甚灵巧哩。"

克利司朵夫不禁惭愧,中心如梗。

*

每有挣钱的机会,必不轻易放过的鲁意莎,凡遇人家办婚筵,或是受洗礼,她常常为人作厨娘。梅尔曲假装不知道:这件事有伤他的虚荣心;但若是她背着他行事,他也不厌恶。小克利司朵夫还不知道生活的困难;他的意志只受他父母的意志的范围,况且他的父母也不甚拘束他,差不多在让他天然生长;他只求快快长大,才能为所欲为。他想象不到人生一跬一跬之间都是坎坷;他最想不到他的父母也不是能够完全自主的。他初次看破了人间有治人与治于人的,而且他和他自家人都不是头等人物的那一天,他就浑身震怒了:这是他生平第一次的革命思想。

这是在有一天午后的时间。他的母亲给他换了一身顶洁净的衣服,——也不过是得来的旧衣,灵巧耐烦的鲁意莎却会把那些整理得焕然如新的一样。他依她所吩咐,走到她佣工的家里去寻她。他一个人生怕走进人家的屋里。一个仆役在棂门下踱来踱去；见孩儿走进来，便挡住他，以尊临卑的口气问他来做什么的。克利司朵夫脸红筋胀，叽里咕噜地说他是来看"克拉夫特太太"的，——先是人家教了他这样说话。

"克拉夫特太太？你要她做什么。克拉夫特太太？"仆役特别把太太两个字咬得重，又说道，"这是你的妈妈？你走这边上去。回廊尽处，在厨房里，你就寻得着鲁意莎了。"

他走进去，越走越脸红，他羞听人家亲热地叫他妈的名字：鲁意莎。他很惭愧；他想要逃避，想跑到可爱的江边，躲在他平常作遐想的荆棘中去。

进了厨房，只见许多用人闹哄哄地欢迎他。屋角铁炉边，他的妈向他微笑了笑，态度虽然慈祥，但是有些勉强。他跑近她身边去，抱着她的腿儿。她穿着一件白围腰，执着一把木勺。她要他抬起颔来给人家看，要他给他们一个个握手请安，他就更加惶恐了。他百般地不肯顺从；他转身向壁：以臂遮头。渐渐他放大了胆，露出一双亮晶晶笑眯眯的眼睛，一见有人看他，又急忙藏进去，他在暗中窥伺他们。他的妈有一种侄僾的重要的气象，他平常不曾见惯的；她把这个锅儿扳一下，那个锅儿摸一下，这里尝一下，那里尝一下，以熟悉烹调的秘诀的口气吩咐那恭恭敬敬听命的普通厨娘。孩儿见他母亲在这间金灿银耀的华丽小室里是恁般重要、尊严，他心头好生骄矜！

忽然说话都停了；门儿开了，走进来一位太太，衣襟相触，飒飒有声。她左右前后辗动怀疑的眼光，瞅了一瞅。她已经不是妙龄的了；她却也穿着一件透亮的衫子，一双阔大的袖子；她搴曳起长裙，免得拂物。这也不妨她走近炉边。瞧了瞧菜肴，并且尝了尝滋味。她稍稍举起手来，袖子就落齐肘腕，露出赤袒的臂儿：克利司朵夫觉得这个样子又丑陋又无耻。她对鲁意莎说话的口气是怎样傲岸冷峻！鲁意莎是如何谦卑地答复她；克利司朵夫很不服气。他躲在屋里，免得被她瞧见。但是这也不中用。那太太问道这孩儿是谁。鲁意莎急忙来引他过去介绍；又扳开他一双手，不要他遮面；他虽则想挣脱逃走，却自然觉得这一次不必违拗了。那太太瞧了瞧孩儿的惊惶的面容；先对他发出了慈母式的微笑。但是她立刻又复原了保护者的态度，对于他的品行、教仪(宗教)发了许多问题，他一句也不答应。她又注意到他的衣服很称身，鲁意莎忙指道是华丽的。她把他的衣服扯了一扯，以伸皱纹；克利司朵夫箍得太紧，几乎要叫唤了。他不解为什么他的妈还要道谢哩。

太太牵着他的手，说要引他去见自己的孩儿们。克利司朵夫绝望的眼光把他母亲回盼了一下；但见她对主妇笑脸承欢的样子，就觉得是无妄之灾了；他谨随着引导而去，好似牵入屠场的羔羊。

他们走近一所花园，那里两个气象可厌的孩儿，一男一女，差不多和克利司朵夫同年的，好像正在拌嘴。克利司朵夫走到，便把他们打岔了。他们两个互相挨近来探看这个新来的人。克利司朵夫被那太太丢在他们中间，呆呆的站在一条小径上，不敢举起目来。那两个，隔几步远近，立住不动，把他从足跟睨到头上，又在触肘揎腕，又在冷嘲热笑。后来，他们拿定了主意，问他是谁，自哪里来的，他的爹爹在做什么。克利司朵夫好似泥塑木雕，一句也不答应；他骇得流泪，最是怕那个绛色毛辫、短裙、赤足的女孩儿。

他们两个又在一边游戏去了。克利司朵夫才放心一点，那小绅士就走来拦着他，扯他的衣服，说道：

"呀！这是我的！"

克利司朵夫很诧异，怎么他的衣服会成了别人的呢，他心中不服，昂然摇了摇头，表示否认。

"我还认得哩，"那小子说道，"这是我的旧蓝衣；那里还有一点污痕哩。"

他就指着那个地方。过后逐次下去，查到克利司朵夫的脚，便问他的鞋尖是用什么补好的。克利司朵夫激得脸上通红。那小女孩儿努了一下嘴，悄悄对哥哥说，——却被克利司朵夫听见了——这是个贫儿。克利司朵夫至此才寻出话来。他嘶声嘶气,刁嘴结舌地说他是梅尔曲·克拉夫特的儿子,说他的妈是鲁意莎大厨娘——他料这个衔名是在尊贵之列;他也很有道理,——以为如此便可以解嘲,但是那两个孩儿听了他这一番话,虽然注意,却也不把他看得上眼。他们反而拿起保护者的架子。他们问他将来做什么,当厨子吗,当马夫呢? 克利司朵夫又哑了口。他觉得是冻冰砭入心窝一般。

　　那两个富饶的孩儿,对于这个贫儿忽然生了孩儿的最虐而无理的厌恶,见他沉默,他们更胆大了,想了一个好法子来磋磨他。那女孩最酷毒。她见克利司朵夫衣服褊窄,跑起来很吃力;便设下诡计,叫他跳栏。他们遂用木凳砌成了一个栏子,勾引他跳过去。可怜的克利司朵夫不敢说出他不能跳的原因;聚精奋力一踊,便长伸伸地扑在地下,惹得他们哈哈大笑。又要他整顿重来。他眼泪盈盈地,拼命再跳,这一下,果然跳过去了。那两个刽子手还不满意,说那个栏子还不甚高;他们又加了些堆砌,简直砌成一个断头台。克利司朵夫势必反抗;声明他决不再跳了。那女孩儿遂呼他懦弱,说他畏怯,克利司朵夫不能复忍;明知要绊倒的他也不顾,放胆一跳,登时扑倒在地。他的脚绊着障碍,都同他一块儿坍塌下来。他的手也撞破了,几乎把头碰开;更不幸,他的衣服裸膝边撕成了几条破缝。他觉得羞愧,他听见那两个孩儿在他身边欢欣踊跃;他心头好生懊恼。他觉得他们轻视他,厌恨他:为什么? 为什么? 他只想早死了的好! ——最苦恼的事莫过于孩儿第一次觉悟了被别人欺负;他就想到世人尽是他的仇雠,没有一点荫庇:没有一点,没有一点! ……克利司朵夫刚要撑起来,那孩儿又把他一掌揎倒在地下;那女孩子踢了他几脚头。他又挣扎了几下;他们两个就蹲到他背上去坐着,把他的脸按着贴地。他遂大怒:太难堪了! 手也绊痛了,华服也撕破了,——这是最难忍——又羞又恼,加以不平的抱怨,种种苦楚交集,激得他震怒欲狂。他以手和膝用力撑着,爬将起来,背摇了几摇,把两个敌人摇倒在地下打滚;他们正要卷土重来,他就埋头冲过去,打了那女孩儿一巴掌,一拳把那孩儿送到花坛边中去了。

一片呐喊,两个孩儿尖声嘶气地叫着,逃到屋里去了。只听得碰门声,怒吼声。太太褰裳提裙,快快地跑来。克利司朵夫看她走近身边,动也不动一下;他骇呆了:不知他犯了怎样一个奇特的罪恶;他却也不懊悔。他在那里静候着。这一下断送了;也罢!他绝望了。

太太扑到他身边,他觉得有人打他。他听见她怒声诟骂,滔滔不绝,他一个字也听不清楚。那两个小仇人又走来观望他的耻辱,又在那里破吭乱叫。佣役都在那里:闹声杂沓,混成一片。最不幸的是有人去叫鲁意莎,她登时就来了,不但不袒护他,反而不问理由,她也先打了他几巴掌,还要他求人饶恕,他忿忿不从。她更凶猛地把他摇了几摇,拖他到太太和孩子们身边,要他跪下去。他顿脚,号叫,咬了母亲的手,窜过笑哄哄的仆役队中,毕竟逃出去了。

他沿途心中忐忑,又发怒,又挨了打的脸儿兀自发烧。他勉强不想到这件事,放步急趋,免得在街上啼哭起来。他极望早些到家,才好发落这一腔眼泪;他的咽喉梗梗,集血迸上头来:他要爆发了。

毕竟,他走到了;忙跑上那漆黑的旧楼梯,走了他的巢室,挨近窗口,下临林江;他喘吁吁地倒在地下;登时泪如雨降。他不知他究竟为什么事哭;但是他非哭不可;第一次泪浪流过以后,他还哭着不止,因为他发了哭狂,故意自己摧残,好像是在自己身上复仇似的。过后,他想到父亲要回来了,母亲定要把这些事告诉他,想到他的苦楚还没有终了的时候。他决定了逃走,无论到什么地方去,永不回来了。

他正在下楼,忽然兜头碰见他的父亲走回家来。

"你在这里做什么,孩儿!你到哪里去?"梅尔曲问道。他不答应。

"你惹了什么祸吗?你做了什么呢?"

克利司朵夫依旧死死地闭着口。

"你做了什么?"梅尔曲又问,"你肯答应我么?"

孩儿遂扑簌簌啼哭起来,梅尔曲也吵闹起来,一个比一个的声气更大,直至听得了鲁意莎上楼踉踉跄跄的步声。她走进来,还是怒气勃勃的。她先大骂了一顿，旋骂又旋打巴掌，梅尔曲一听完了来由——或者还不及听完——也就用尽他生平的气力敲打起来。他们俩都在咆哮，孩儿也在号啕，后来他们两个的怒焰不相上下，互相争辩。梅尔曲旋搥着他的儿子，旋声明孩儿有理，且看去服侍人家的结果就是如此，他们有了几个钱，便自信无不可为啦。鲁意莎也旋打着孩儿，旋叫她的丈夫是个野蛮人，不准他再绊着孩儿，说他把他打伤了。果然克利司朵夫已流了鼻血；但是他毫不在意，虽然他的母亲拿一张湿帕子在悾悾偬偬地给他揩干，他也不甚感激她，因为她还继续在骂他。后来，他们把他推到一个黑屋角里去，把他关在里面，不进晚餐。

他听见他们两个拌嘴；他不知他们两个之中哪一个最可恶。好像是他的母亲最讨厌；因为他万不料她也是这样凶恶哩。一天的苦恼都堆上心来：他所受的一切，孩儿们的欺负，——还有一件事，他觉得也是很伤心的，不知为什么缘故——他怎般矜持的父母，却在那些匪人贱类当面低头敛眉哩。他第一次恍恍惚惚地发现了这种懦怯，觉得是很可耻的。他的人生观根本动摇了：对于自家人的敬佩和宗教式的尊敬，对于生命的信仰，对于爱人和被爱的老实的要求，对于道德的盲目的绝对的崇拜，都推倒了。他被这凶横的势力蛰伏着，无法自卫，不能逃避。他的气绝了。他自料必死。他努力反抗。他向墙上一阵拳打、脚踢、头碰，奋声嘶吼，浑身筋骨抽动，毕竟扑碌倒在地下，撞着器具，弄得伤痕狼藉。

他的父母跑来把他抱着。如今他们两个却争先恐后地柔抚他了。他的母亲把他的衣服脱了，扶他到床上去睡着，她坐在床头，挨近他的身边，等他平静。但是他还不肯让步，一点不原谅她，假装睡着，免得和她接吻。他觉得她又暴戾，又儴懦。他料不到她为自谋生活，又供养他，是多少困难，万般无奈，才袒护人家来虐待他，她心头是好生难过。

他流尽了孩儿眼中最丰盈的泪泉，才觉得轻快了些。他倦极了；

但是他的神经焕发，总不能成寐。刚才的印象又在他半昏半晰的脑里徜徉。最是那女孩儿容貌，陆陆离离常在眼前，她那亮晶晶的眼睛，那傲然高举的小鼻子，披肩的头发，赤裸的腿儿，又稚竖、又倨矜地说话。他恍惚听见他自己的声音，忽然惊了一跳。他记起了他怎样和她胡闹了一场；他自己觉得很仇恨她；她侮辱了他，这是不容饶恕的，他很想报复，弄得她哭一场，才甘心哩。他搜索枯肠，却想不出一个法子。依表面看来，她真个没留意到他身上。但是他为自慰计，却假设事事如他所愿。于是他假定他得了势力又很尊贵；同时他又决定她在爱他。他就想起这么一段倜傥的故事，想来想去，毕竟他自己也信以为比真事更真了。

她因为爱他，非常憔悴；他却看不起她。他走她门前经过，她躲在帘子后面觑伺他；他早已看出破绽；但是他佯装不睬，谈笑自若。并且要加她的苦恼，竟离了这个地方，到远处去遨游。他在做伟大的事业。——这里，他就羼进些他祖父所述英雄轶事的断片。——那时，她郁抑成病了，她的母亲，那骄傲的太太，来恳求他道："我的可怜的女儿要死了。你请来看她罢！"他就来了。她卧在床上，面黄肌瘦。她伸臂来抱他。她说不出话来；但她执着他的手，泪淋漓地在他手上接吻。当下他放出异样慈良温柔的眼光看着她。他叫她早些痊愈，他允许她爱他。想到这个地方，他要延长这个乐趣，把这些姿势说话翻来覆去重想，不觉就欣然睡熟了。

他睁开眼睛时，天已亮了；这一天却没有昨日早晨那样清闲的光辉了：世间的情态已变了。克利司朵夫认识了"不平"。间或家中大受窘迫，这种情形起初还是依稀难遇，后来渐渐愈多了。这些时候，他们就吃素。明见这种状况的，莫过于克利司朵夫。梅尔曲毫不知觉；他首先用膳，他吃的未尝不够。他震声鼓气地说话，旋说话，旋哈哈大笑，却不睬他的妻子在一旁觑着大吃大嗑的他，勉强着发笑。他用过的盘子一大半是空的。鲁意莎喂孩儿：每人给两个蕃芋。轮到克利司朵夫的时候，每每碟中只剩着三个了，况且母亲还未吃哩。他先已知

道,还不曾到他面前,他早已预算好了。那时,他发奋抑制着自己,毫不注意地说道:

"我只要一个,妈妈。"

她有些不放心。

"两个,如他们一样。"

"不,我只要一个。"

"你不怕饿吗?"

"不,我不甚觉得饿。"

但是她也只吃一个,他们两个都在仔细剥皮,把那一个蕃芋分析成许多细块,迁延耽搁,以吃得愈慢愈好。母亲窥伺着他,见他吃完了。

"唉!你把这个吃了罢!"

"不要,妈妈。"

"那么,你在害病吗?"

"我没有害病,但是我吃够了。"

有时父亲还责他故意为难,竟把最后一个蕃芋也夺去了。如今克利司朵夫也狡猾了,把剩下的一个蕃芋存在自己碟里,留给那好吃饕餮的小兄弟恩思特。这个孩儿才开膳就窥着他,到后来竟至于问他——你不吃吗?你给我,是不是,克利司朵夫?

哼!克利司朵夫见他的父亲不替他们想一想,竟把他们的份子都吃了还不知道,他好生憎他哩!他受饿难堪,以至于仇恨他,想要向他明言;但是他骄傲成性,想到他如今不能自谋生活,还没有说这些话儿的权利。他父亲吃的面包,是他父亲挣来的。他自己一点也不中用;他是众人的赘累,他没有权利说话。将来,他要说哩,——只要他能够耐到将来。噫!恐怕不到将来,先已饿死了哩!

他的胃部甚强,因而他挨饥受饿的苦楚比别的孩儿更甚;有时,他饿得身上打颤,头脑发昏;觉得胸口上有一个洞;似有螺钻辗转一般。但是他不抱怨;他觉得母亲在注意他,遂做出麻木不仁的模样。鲁意莎心中忐忑,恍惚觉得她的儿子牺牲饮食,让给别人;她要压服这种思想,却又压服不住。她也不敢仔细追究,不敢问克利司朵夫。究竟他是不是真个恁般的:因为若果是真的,她又有什么办法呢?她自己是自小习惯了牺牲的。莫可奈何的时候,抱怨又能有何益呢?其实,她的体质既弱,需要又少,料不到孩儿比她更苦。她也不对他说长道短,但是有一两次,等孩儿们上街,梅尔曲办事去了,她把大儿挽留在家中,替她做一点小事。她在纺线,克利司朵夫帮她执线球。忽然她丢下一切,热烈地把克利司朵夫拉到她身边,把他放在髁膝上,虽然已是很重的了;她把他紧紧搂着。他用力挽着她的颈项,两个相抱而哭,如临大难一般。

"我可怜的孩儿!"

"妈妈,疼爱的妈妈!"

他们不多说话;但是他们互相会意了。

《阿Q正传》译者前言[1]

鲁迅先生出生在浙江的一个小村庄,那里的人还生活在"美好的古朴时代",很少文化。这部小说的主人公就来自其中。

鲁迅的父亲死在一名毋宁说是江湖骗子的中国庸医手里,后来他便去日本学习医学。那时正值日俄战争爆发,他亲眼看到日本政府将几个被当做俄国间谍的同胞抓来枪决。"从那回以后,我便觉得学医并非一件紧要事,凡是愚弱的国民,即使体格如何健全,如何茁壮,也只能做毫无意义的示众的材料和看客……所以我们的第一要著,是在改变他们的精神,而善于改变精神的是,我那时以为当然要推文艺,于是想提倡文艺运动。"

于是他计划在东京创办一份文学杂志,名为《新生》。朋友中无人响应,杂志未能问世。这种冷漠令他大为失望,他开始翻译俄国小说,并且自己也写起小说来。他在北京发表了两本小说集,第一本于一九二一年,第二本在最近。他目前是北京大学教授,并担任《语丝》和《莽原》两本文学期刊的编辑。

正如这篇小说显示的,他是一位杰出的讽刺作家。旧时的作家,过于追求卖弄机巧,表现出的讽刺意味多为取乐。他超越前人,在一部小作品中注入丰富的思想和深刻的观察,将心理描写和象征手法应用于讽刺。这部小说是对有闲者、有产者、士大夫,总之,整个中国旧社会的一切缺点:怯懦、虚伪、无知……的辛辣的抨击。他的观察锐敏、细腻,他的描写准确地再现出浓厚的地方色彩。不过他不爱风花

---

[1] 本文是敬隐渔为他翻译的《阿Q正传》撰写的法文前言,首次发表于一九二六年五月十五日出版的《欧洲》杂志第四十一期。

雪月,没有写过一部爱情小说。他的作品不合女性的口味。

他是最著名的中国作家之一。

(张英伦译)

La vie de Ah Qui[①]

I Ses victoires

Non seulement le nom, le prénom, le pays d'origine de Ah Qui sont inconnus; mais de tout son passé on ne sait rien. Pour les villageois, habitants de Wi, il est simplement un sujet de plaisanteries, un auxiliaire dans les durs travaux; qu'importe son passé aux villageois? Lui-même n'en parle jamais. Seulement, parfois, dans quelque rixe, les prunelles dilatées, il bredouille ces mots :

— Autrefois, nous... bien plus riches que toi!...

Sans famille, il habite dans une pagode délabrée du dieu de l'agriculture. Il n'a pas de métier, il s'engage au jour le jour pour des travaux d'occasion; il est tantôt faucheur, tantôt pileur de riz, tantôt pilote. Parfois quand il s'agit d'un travail de longue haleine, le propriétaire le garde quelques jours chez lui, et le renvoie aussitôt le service fini. Lorsqu'on a besoin d'aide, on se souvient de lui, ou plutôt de son rendement; sinon, on oublie

---

① 本文是敬隐渔翻译的鲁迅小说《阿Q正传》的法文原文，首次发表于一九二六年五月十五日和六月十五日出版的《欧洲》月刊第四十一期和第四十二期，后收入法国巴黎里厄戴尔出版社一九二九年三月出版的敬译《中国现代短篇小说家作品选》。

jusqu'au surnom de Ah Qui, à plus forte raison ses antécédents. Il ne fut remarqué qu'une seule fois dans sa vie, et ce par un vieillard ironique: « Comme Ah Qui travaille bien! » dit ce vieillard qui regardait, en face de lui, ce Ah Qui, aux épaules nues, maigre, bayant aux corneilles. Les personnes présentes discernèrent l'ironie à peine sous la forme élogieuse; mais Ah Qui fut inondé de joie.

Ah Qui est fier. À ses yeux, aucun habitant du village ne vaut un rouge liard. Il va même jusqu'à faire un pied de nez aux deux aspirants au baccalauréat. Il sait que le seigneur Tsien et le seigneur Tchao imposent un double respect d'abord parce qu'ils sont riches et en outre pères des candidats; mais lui ne les en estime pas plus, car il pense que ses fils pourraient être mieux considérés que ces gens-là. Son privilège d'avoir visité plusieurs fois la ville accroît encore sa fierté. Mais il n'en dédaigne pas moins les citadins: par exemple, pourquoi coupe-t-on l'oignon si menu dans la friture de poisson?... Sûrement, ils ont tort, ils sont absurdes. Ensuite, critiquant les villageois, il pense comme ils sont paysans, comme ils sont ridicules et ignorants: ils n'ont même pas vu la manière citadine de faire frire le poisson!

Tel est Ah Qui: un homme parfait autrefois, entouré de luxe, fier de sa clairvoyance et habile au travail. Malheureusement, il a un défaut physique. Il a la gale à la tête depuis on ne sait quand. Il semble qu'il ne la considère pas comme une belle qualité, car il évite de prononcer « gale », ainsi que tous les synonymes, et, par extension, les mots: lumière, brillant, lampe, bougie... Si l'on hasarde devant lui l'un de ces termes sacrés, il voit rouge, il s'en venge bravement; il frappe, il invective, suivant qu'il juge l'adversaire plus débile ou moins éloquent que lui. Mais, on ne sait pourquoi, la défaite s'acharne toujours sur Ah Qui. Il finit par chercher d'autres moyens de vengeance: il se contente d'un regard courroucé.

Comprenant son nouveau système, les désœuvrés du village, deviennent de plus en plus affables à son égard. Dès qu'il s'approche, ils s'écrient avec une surprise simulée:

— Oh! La lampe!...

Ah Qui s'irrite, lance un regard furieux.

— Ah! Quel fanal! continuent - ils sans crainte.

Impuissant, Ah Qui recourt à une autre ressource pour se venger.

— Vous n'êtes même pas dignes de...

C'est alors que sa gale lui paraît aussi glorieuse qu'une auréole; mais, comme il est clairvoyant, tout près de prononcer ses termes sacrés, il préfère se taire.

Les désœuvrés, non contents de s'en amuser ainsi, finissent toujours par le maltraiter. Ils ne le laissent tranquille qu'après l'avoir battu, avoir heurté plusieurs fois et bruyamment contre le mur sa tête qu'ils empoignent par la tresse de cheveux jaunes. Ses tourmenteurs partis, Ah Qui reste encore un moment immobile, à penser: « Il me semble que je suis battu par mes fils; nous sommes dans un siècle dépravé... » Puis, il s'en va à son tour, content de sa victoire spirituelle.

Bientôt il oublie tout; il boit, il boit dans un cabaret. Là il plaisante avec les autres buveurs; il se mêle aux rixes; il est toujours battu. Enfin il regagne gaîment sa pagode délabrée; à peine couché, le voilà qui ronfle sous sa couverture trouée.

Quand il a son salaire, c'est au jeu qu'il court le perdre...

II Suite de ses victoires

Un jour de printemps, Ah Qui, sortant du cabaret et marchant dans la rue d'un pas chancelant, vit, auprès d'un mur éclairé par un rayon de soleil, le compère Wang Poilu, bras nus, à terre et faisant la chasse aux poux. Le compère Wang était chauve, mais abondamment barbu. On l'appelait Wang le Chauve – Poilu. Ah Qui, négligeant volontiers l'épithète « Chauve », l'appelait simplement Wang Poilu. Il jugeait la calvitie chose très commune, mais le collier de barbe extrêmement laid. Cependant il s'assit auprès de lui, ce qu'il n'aurait osé faire devant un autre désœuvré. À vrai dire, c'est un honneur qu'il faisait à cette larve de s'asseoir à ses côtés.

Ah Qui déboutonna son veston doublé et, à son tour, se livra à des investigations. Mais, soit par inadvertance, soit par suite d'un récent changement de veston, il n'y trouva que trois ou quatre poux, tandis que Wang Poilu les mettait par deux ou trois à la fois dans sa bouche, et les croquait sonorement. Ce fut pour Ah Qui encore une défaite qui le remplit de dépit.

Le sang lui montait à la tête, et il jeta son veston par terre.

— Larve! dit - il avec un long jet de salive.

— Chien galeux, à qui t'adresses - tu? dit Wang Poilu, en lui lançant un regard plein de mépris.

Comment? Un monstre à collier de barbe lui tenir tête à lui? Ce lui fut une belle occasion de montrer sa bravoure.

— Je m'adresse à bon entendeur!

Il se lève, ses mains posées sur les hanches.

— Est - ce que les os te picotent, coquin? reprit Wang Poilu, se levant à son tour et se rhabillant.

Ah Qui, pensant que son adversaire allait prendre la fuite, se précipita sur lui, le poing levé. Mais bientôt il tituba, saisi et entraîné par Wang Poilu qui, par derrière, lui prit la tresse de cheveux jaunes, et attira sa tête vers le mur.

— Un sage ne doit que remuer les lèvres, et jamais en venir aux mains, protestait Ah Qui, la tête penchée, se protégeant à deux mains la racine des cheveux jaunes.

Peut - être Wang Poilu n'était - il pas un sage, car il cogna tout de même la tête de Ah Qui plusieurs fois de suite contre le mur, le rejeta à un mètre devant lui, puis s'en alla vainqueur.

Ce fut une des aventures des plus dégradantes dans la vie de Ah Qui.

Il restait là, perplexe.

Il vit arriver de loin un autre de ses adversaires, celui qu'il détestait le plus, le fils du seigneur Tsien, qui, après avoir passé six mois au Japon, était rentré sans la tresse de cheveux. Sur cette énorme perte sa mère avait souvent pleuré; trois fois sa femme avait tenté de se jeter dans un puits. La première racontait souvent que les méchants, ayant enivré son fils, lui avaient coupé les cheveux; sans cet accident, il aurait pu devenir un grand mandarin, et toute la famille attendait avec ardeur que les nobles cheveux se hâtassent de repousser. Ah Qui ne s'y laissa pas prendre. Il l'appelait mentalement, toutes les fois qu'il le voyait : « Faux Diable Européen ». Ce qu'en lui il exécrait surtout, c'était sa fausse tresse. Sans doute, la femme de Faux Diable Européen n'était pas honnête, puisqu'elle ne tentait pas, pour la quatrième fois, de se précipiter dans le puits.

— Voilà Faux Diable Européen...! marmottait-il, par vengeance.

Entendant cela, Faux Diable Européen se jeta sur lui, en brandissant sa canne vernie, son bâton d'enterrement, suivant l'expression de Ah Qui. Celui-ci, sentant qu'il allait être frappé, haussa les bras, contracta le cou et attendit. Après que la première averse de coups fut passée sur sa tête, il reprit son courage :

— C'est à lui que je m'adressais..., balbutia-t-il en montrant au hasard un gamin qui passait par là.

Vlan! Vlan! Vlan!

Cette rossée apaisa un peu sa colère. L'oubli, son trésor héréditaire, lui fut le meilleur remède. Il s'en alla lentement; aux approches du cabaret, il retrouva son contentement habituel.

Cependant une petite bonzesse vint à passer. À la vue de celle qu'il n'avait jamais laissée passer sans l'injurier, Ah Qui fut repris du désir de vengeance. « Je ne savais pas que toute ma malchance d'aujourd'hui venait de toi », pensa-t-il. Il s'avança vers elle, et lui cracha au visage.

La petite bonzesse, feignant de ne rien sentir, la tête baissée, continuait sa marche. Ah Qui, l'ayant rejointe, lui passa la main sur la tête, rasée de frais:

— Petite vilaine, rentre vite, le bonze t'attend! dit-il en riant sottement.

Et la bonzesse de s'enfuir, et les buveurs de rire. Ah Qui triom phait: il s'était vengé des injures de Wang Poilu et du Diable Européen. Il se sentait léger, comme subitement ailé.

— Ce maudit Ah Qui, il n'aura jamais d'enfants! cria de loin la voix plaintive de la bonzesse.

— Hahaha! riait Ah Qui, triomphant.

— Hahaha! riaient les buveurs, triomphant aussi.

III   Ses amours

On dit: « Il y a de grands vainqueurs qui, pour leur plus grande gloire, souhaitent que leurs ennemis soient comparables au tigre, à l'aigle, ou à peu près invincibles. Il y a de grands conquérants qui après avoir ou tué ou subjugué leurs semblables, sont désolés de n'avoir plus ni adversaires, ni amis, et qui souffrent de leur noble solitude... » Mais notre Ah Qui n'a jamais eu de ces vaines inquiétudes; il est toujours content; il possède au plus haut degré le génie du spiritualisme chinois...

Il ne put dormir cette nuit-là. Il sentait encore à ses doigts la peau tendre de la bonzesse. Il entendait encore cette voix plaintive mais douce: « Ce maudit Ah Qui, il n'aura jamais d'enfants! » Oui, il lui fallait une femme pour procréer des enfants, car il avait souvent entendu dire aux lettrés que la plus grande impiété filiale était le manque à procréer... « La femme, la femme », pensait-il.

En cela, il se conformait à la doctrine des « sages »... Mais la pensée de la femme le perdait. C'était donc quelque chose de pernicieux que la femme! Il croyait à ce que les « sages » avaient sanctionné: la barricade inviolable entre les deux sexes. Il prétendait même combattre les superstitions — la bonzesse et Faux Diable Européen. Voici quelle était sa philosophie: toute bonzesse pèche avec un bonze; toute femme se promenant dans la rue est de mauvaise vie; toute conversation entre un homme et une femme aboutit sûrement à l'adultère. Pour les punir, il ne manquait jamais ou de leur adresser un regard irrité, ou de les humilier par des paroles allégoriques, ou encore, si c'était dans l'obscurité, de leur jeter des cailloux.

Il épiait toujours les femmes qui lui paraissaient concevoir des intentions dissolues; mais elles ne lui souriaient jamais. Il prêtait la plus malicieuse attention aux femmes qui lui parlaient; mais elles ne lui disaient jamais ce qu'il espérait entendre. Il les détestait: elles étaient hypocrites.

Un jour, Ah Qui, ayant pilé du riz pendant toute la journée, fumait après souper sa dégoûtante pipe dans la cuisine. Chez le seigneur Tchao, on avait l'habitude de se coucher tout de suite après le souper, sans allumer les lampes, si ce n'est dans deux circonstances exceptionnelles: d'abord, quand le futur bachelier se préparait à l'examen, ensuite quand Ah Qui, venant piler du riz, le soir continuait son travail. Donc, Ah Qui, pendant la pause, fumait nonchalamment dans la cuisine.

La commère W, qui faisait office de femme de ménage, chambrière, cuisinière, etc., chez le seigneur Tchao, après avoir lavé les bols, s'assit sur un banc, et se mit à causer avec Ah Qui:

— Voilà deux jours que Madame ne mange pas, parce que le seigneur a la manie de prendre une concubine...

« La femme... commère W, cette maudite veuve... la femme... », pensait Ah Qui.

— Notre petite dame enfantera dans le huitième mois prochain, continuait la commère.

« La femme... », pensait Ah Qui. Il déposa sa pipe et se leva.

— Notre petite dame..., continuait toujours l'inattentive commère.

— Je coucherai avec vous, je coucherai avec vous!

Ah Qui se précipita vers elle et se mit à genoux.

Après un moment de silence, la commère W, remise de sa frayeur, commença par trembler, puis appela, s'enfuit en criant, et finit par des pleurs.

Ah Qui resta encore un moment agenouillé contre le mur, stupéfait lui aussi, puis, appuyant ses coudes sur le banc vide, lentement se leva. Il sentait vaguement qu'il avait fait là quelque chose de fâcheux. Il eut le cœur un peu gros; il enfonça sa pipe dans sa culotte, et il se préparait à repiler du riz, quand il reçut plusieurs coups retentissants sur la tête. Se retournant, il vit en face de lui le bachelier, un grand bâton à la main.

— Alors tu t'insurges, imbécile!

Et les coups redoublèrent. Ah Qui se couvrit la tête de ses deux mains, en eut mal aux doigts et sortit précipitamment de la cuisine, après un nouveau coup dans le dos.

— Wang pa tan, avorton vicieux! grondait derrière lui, pompeusement, le bachelier.

Dans la pièce à la meule, Ah Qui, seul, debout, souffrant encore des doigts, ruminait cette malédiction mandarine, Wang pa tan, qu'il avait entendue seulement de la bouche des sous-préfets au tribunal, et qui avait produit sur lui une impression profonde. Alors, plus de sensualité; il jouissait pleinement de ce bien-être qui suivait toujours les coups et les malédictions. Il pila à en suer. Il cessa le travail, déboutonna et quitta son paletot.

Il entendit du vacarme au dehors. Amateur de vacarme, il s'avança vers où son ouïe le guidait. Arrivé à la cour intérieure, il aperçut, dans le crépuscule, une foule tumultueuse. Il y distingua peu à peu la dame qui n'avait pas mangé depuis deux jours, la voisine, septième belle-sœur Tseou, les parents des Tchao aux yeux blancs, et Tchao se chen.

La petite madame venait de faire sortir la commère W de sa chambre, tout en lui disant:

— Va un peu au dehors, commère; ne te cache plus dans ta chambre pour penser à la honte...

— Tout le monde est convaincu de ton honnêteté... Évite le suicide affreux, ajouta la septième belle-sœur Tseou.

Mais la commère W ne faisait que pleurer, en nasillant des mots incompréhensibles.

Ah Qui se disait: « Hé! que c'est amusant, les femmes! Cette veuvelette nous inventera des tours gracieux! » Pour mieux entendre, il s'approchait du côté de Tchao se chen, lorsqu'il vit le seigneur Tchao, levant son grand bâton, courir vers lui. Se rappelant qu'il avait été battu, et que cela avait quelque rapport avec ce tapage, il tourna les talons vers la pièce à la meule; mais la retraite lui était coupée par le bâton. Il rebroussa chemin et sortit par la porte de derrière. Peu de temps après, il était dans sa pagode.

Ce soir-là, soir de printemps, il faisait frais: Ah Qui avait froid. Il se souvint qu'il avait oublié son paletot chez le seigneur Tchao. Il aurait voulu le réclamer; mais les coups de bâton lui faisaient peur.

Cependant entra le syndic du village.

— Canaille de Ah Qui! Quoi, tu oses t'attaquer à une employée des seigneurs Tchao? Tu es un insurgé! Pense donc que mon sommeil est troublé à cause de toi!

Devant cette semonce violente, qui n'en finissait plus, Ah Qui restait muet. La coutume avait décrété pour chaque intervention du syndic une rétribution de deux cents sapèques, qu'il fallait doubler, le soir venu. Pour se procurer cette somme, Ah Qui fut obligé de déposer sa casquette au Mont-de-Piété. On lui posa en outre cinq conditions: 1° Dès demain, Ah Qui irait chez le seigneur Tchao demander pardon, portant une paire de chandelles rouges (pesant 1 livre); 2° Ah Qui payerait les frais des incantations taoïstes (qui auraient nécessairement lieu dans la famille Tchao pour l'exorcisme des diables pendards); 3° Ah Qui ne passerait jamais le seuil des Tchao; 4° S'il arrivait à la commère W quelque malheur, la responsabilité en reviendrait à Ah Qui; 5° Ah Qui ne réclamerait jamais son salaire ni son paletot.

La chaleur revenue avec le printemps, Ah Qui ne craignit pas de vendre sa couverture deux mille sapèques, dont il dépensa la plus grande partie à s'acquitter de ses amendes, et le reste, à boire. Au lieu d'allumer tout de suite les chandelles, la famille Tchao les réserva pour le jour où Madame irait adorer Bouddha. Du paletot de Ah Qui, une bonne partie servit à faire des langes au nouveau-né de la petite dame, et la partie déchirée, des semelles à la commère W.

IV Gagner son pain

Après l'humiliation, Ah Qui rentra dans sa pagode. Le soleil s'était noyé dans l'horizon. Ah Qui contemplait ses bras nus; il avait froid. Il se souvint de sa casaque doublée, oubliée sous le lit; il en couvrit son corps et s'endormit. Le lendemain matin, en se réveillant, il vit le soleil empourprant déjà le mur ouest. Il s'assit en disant: « Saprelotte! »

Il errait dans la rue. Quelque chose au monde était changé; soudain, à son approche, les dames s'enfuyaient, couraient se cacher derrière leur porte; parmi les fuyardes il distingua la septième belle − sœur Tseou, personne déjà âgée, qui entraînait avec elle sa fille de onze ans. Ah Qui s'en étonnait: « Pourquoi ces femmes commencent − elles à jouer les demoiselles? Ce sont des hypocrites! »

Peu à peu il remarqua autour de lui d'autres changements encore plus fâcheux. Le cabaretier ne lui vendit plus de vin à crédit; le garde de la pagode le gourmandait souvent, et voulait le chasser; pendant il ne sait combien de temps personne ne lui demanda plus de services. Contre le cabaret, il eut son abstinence; contre le garde, sa sourde patience; mais contre la faim, conséquence du boycottage des patrons, que faire?

Exception faite de la maison des Tchao dont il n'avait plus le droit de franchir le seuil, il pourrait bien se présenter chez les autres; de chaque maison dont il s'approchait sortait un homme, l'air bourru, agitant les mains pour l'éloigner, comme on chasse un mendiant:

— Il n'y a rien, rien, va − t − en!

Ah Qui ne comprenait pas pourquoi on n'avait plus besoin de travailleurs. Il épia. Ses anciens patrons s'adressaient à présent au petit Don. Celui − ci était maigre, débile, et, dans l'estimation de Ah Qui, bien inférieur à Wang Poilu. Qui aurait cru que ce fût lui qui dût voler à Ah Qui son bol de riz? Ah Qui connut cette fois un grand dépit. Souvent, pendant qu'il flânait dans la rue, il élevait soudain la main en chantant cet air de théâtre :

Je brandis le fouet d'acier pour t'en frapper.

Quelques jours après, devant la porte des Tsien, il rencontra le petit Don. Il se précipita sur lui, en l'appelant « bête ». L'autre s'arrêta, timide, dévisageant Ah Qui. Faute d'un fouet d'acier, Ah Qui se contenta d'empoigner la tresse de cheveux de son ennemi. Le petit Don, protégeant d'une main ses cheveux, de l'autre tenta d'empoigner ceux de Ah Qui ; ce qui força celui-ci à se défendre à l'aide de sa main libre. Ah Qui, affamé et aminci, avait perdu sa supériorité sur le petit Don ; ils étaient devenus de même force. Pendant une demi-heure environ, ils formèrent un arc-en-ciel bleu, décorant le mur blanc de la famille Tsien.

— Ça va, ça va, disaient les spectateurs.
— Bravo ! bravo ! criaient les autres.

Enfin, exténués tous deux, ils se lâchèrent, puis se firent jour à travers la foule, en se renvoyant de l'un à l'autre, en guise d'au revoir, un juron accompagné d'un coup d'œil haineux. Ainsi se termina la lutte, laissant la victoire indécise, et la curiosité des spectateurs non satisfaite. Mais, néanmoins, personne ne pensa à demander les services de Ah Qui.

L'été approchait, Ah Qui vendit l'un après l'autre ses habits, qui retardèrent de quelques jours la famine. Après quoi, il resta court, face à face avec la faim. Il rôda autour de la pagode en ruines, fouilla les quatre murs de terre nus de sa chambre, palpa sa couchette, dans l'espoir d'y trouver un trésor caché; mais, hélas, rien. Il fut forcé de voyager pour se procurer la nourriture.

Il faisait beau, ce jour-là. Le vin sentait bon dans les cabarets; les gâteaux fumaient. Et il passa, passa.

Au bout du village s'étendaient les champs d'un vert ondulant, de loin en loin semés de points noirs et mouvants qui étaient des laboureurs. Ah Qui, dépourvu du sens de la beauté champêtre, sentait seulement que ses moyens de vivre étaient loin de là. Il arriva enfin à l'enceinte de la pagode du Culte Silencieux.

Les murs blancs de la pagode émergeaient du milieu des nappes vertes des plantes; par derrière, ils étaient bas et découvraient un jardin potager. Ah Qui hésita un moment, regarda autour de lui : personne. S'agrippant au lierre, il escalada le mur; de la terre glissait sous ses pieds tremblants. Il retomba sur ses pieds dans le jardin couvert de verdure. Il n'y avait ni vin ni gâteaux. Une clairière de bambous à l'ouest, du colza chargé de graines, des sénevés fleuris, des choux montés. Il était en train de désespérer, lorsqu'il vit en face de lui un carré de terre planté de raves. S'étant courbé pour en extraire, il vit, à travers la porte entr'ouverte du salon, la tête rasée de la petite bonzesse, qui bientôt disparut. La bonzesse n'était digne que du mépris de Ah Qui. Mais ici-bas « il faut céder à bien des choses »; donc il se hâta d'arracher quatre raves, de les dépouiller de leurs feuilles, et de les empocher. Déjà la vieille bonzesse accourait.

— Holà! Bouddha! pourquoi viens-tu dans ce verger voler des raves?... Quel péché! holà! Bouddha!...

— Mais un Ah Qui ne vole jamais, riposta-t-il, tout en tournant les talons. Si elles sont à toi, appelle-les, elles te répondront!...

À peine avait-il prononcé ces paroles qu'il se mit à fuir, car le gros chien noir de la pagode se lançait à sa poursuite. L'aboiement s'approchait et menaçait ses jambes, quand une rave s'échappa de l'habit de Ah Qui, ce qui retarda le chien. Profitant de cette trêve, Ah Qui put monter à un arbre proche du mur, sur lequel il grimpa; les raves et l'homme retombèrent avec fracas de l'autre côté. Et le chien continuait d'aboyer contre l'arbre, et la vieille bonzesse, de prier son Bouddha.

V Ah Qui se remplume

À l'automne suivant, les habitants du village, revirent Ah Qui, mais dans un état tout différent. Il faisait nuit. Ah Qui, les paupières lourdes de sommeil, apparut devant le comptoir du cabaret, tira de sa poche une poignée de monnaie, la jeta sur le comptoir, en criant:

— Voilà de l'argent comptant! Du vin!

Il portait une robe doublée de neuf, et une grande besace, qui paraissait lourde, pendant à la ceinture de son pantalon. Il y avait loin du Ah Qui d'autrefois en casaque déchirée au Ah Qui en habit neuf d'aujourd'hui. Au garçon, au cabaretier, aux buveurs, aux passants, il imposait le respect et la crainte. Le cabaretier s'empressa de le saluer de la tête et de lier conversation avec lui.

— Oh! Ah Qui, vous voilà de retour!

— Me voilà!

— Richesse! richesse! Vous étiez...?

— En ville, sûrement!

À l'entendre, Ah Qui avait travaillé chez le seigneur Agrégé. Il suffisait de dire « le seigneur Agrégé » pour qu'on sût qu'il s'agissait du seigneur Pe, car il n'y avait qu'un seul agrégé à cent lieues à la ronde. C'était très honorable de pouvoir travailler chez un si grand seigneur. Mais Ah Qui se disait mécontent des manières bizarres du seigneur Agrégé; aussi l'avait-il quitté.

Les gens qui l'écoutaient, avec l'air de le plaindre, étaient au fond très satisfaits, car ils jugeaient Ah Qui indigne d'un tel honneur.

Ah Qui leur racontait les merveilles de la ville: les jeux de Matsiang, le tribunal, la décapitation; il enchantait les ignorants; il faisait figure de savant.

— Avez-vous vu couper une tête? dit-il. C'est drôle. En ville, on coupe la tête aux révolutionnaires; si vous aviez vu ça, que c'est drôle!

Il agita la tête, lançant des postillons au visage de Tchao se chen, qui se tenait devant lui. On eut peur. Soudain Ah Qui leva la main droite, frappa la nuque de Wang Poilu qui l'écoutait, le cou tendu:

— Tsa! comme ça!...

Wang Poilu n'eut pas le temps de retirer sa tête et souffrit du cou et de la peur pendant longtemps. Désormais, il n'osa plus s'approcher de Ah Qui; non plus, les autres villageois.

Dans l'appréciation des villageois, Ah Qui était alors, sinon plus éminent, du moins aussi respecté que le seigneur Tchao.

Peu après, le nom de Ah Qui envahit les harems. Il est vrai que, dans tout le village, excepté les maisons des Tsien et des Tchao, grandes et profondes, qui possédaient des harems dignes de ce nom, les autres étaient si étroites qu'elles cachaient à peine les chambres des femmes. Mais, nonobstant les apparences, tout harem était quelque chose d'impénétrable, de mystérieux. Or, toutes les fois que les femmes s'entrevoyaient, c'était inévitablement pour s'entretenir de ceci: la septième belle-sœur Tseou avait acheté à Ah Qui un jupon de soie bleu, vieux, il est vrai, mais qui ne lui avait coûté que neuf kios; la mère de Tchao aux yeux blancs, moyennant trois cents sapèques, avait acheté pour le bébé une robe gaze européenne écarlate, aux trois quarts neuve... À présent, elles ne fuyaient plus la présence de Ah Qui; loin de là. Quand il passait, elles allaient vers lui et lui demandaient:

— Ah Qui, est-ce que vous avez encore des jupons? Non? Et des robes? Oui?

Des petits harems ce bruit envahissait peu à peu les grands. La septième belle-sœur Tseou n'avait pas manqué de parader avec son jupon de soie devant Madame Tchao, qui, ensuite, en avait parlé avec enthousiasme au seigneur. Le soir, pendant le souper, le seigneur Tchao argumenta longtemps avec son fils le bachelier, sur la conduite douteuse de Ah Qui.

— Attention à nos portes et fenêtres!... Mais Ah Qui devrait avoir encore de belles choses à vendre...

Comme Madame voulait justement acheter un gilet de fourrure, on résolut de prier la septième belle-sœur Tseou d'aller quérir Ah Qui. Et, pour ce cas exceptionnel, on alluma une lampe à huile de colza.

L'huile se consumait; Ah Qui ne venait pas. Les Tchao commençaient à s'inquiéter, les uns de la négligence de la belle-sœur, les autres, de la timidité de Ah Qui. Mais le seigneur Tchao, qui, certain de son autorité, « voulait » que Ah Qui vînt, avait raison: enfin, précédé de la septième belle-sœur Tseou toujours radotante, Ah Qui se présenta et se tint debout à l'entrée du salon, l'air niais.

— Salut, seigneur, dit-il.

— Ah Qui, on dit que tu t'enrichis à la ville, prononça le seigneur Tchao, le toisant de bas en haut. Bien... mais, si tu as encore des friperies..., parce que je voudrais...

— J'ai déjà dit à la belle-sœur Tseou que je n'en avais plus.

— Plus!... Je ne le crois pas...

— Les objets étaient à mes amis, mais il n'y en avait pas beaucoup... On a tout acheté... À présent, je n'ai plus qu'un rideau.

— Montrez-nous donc ce rideau, interrompit Madame.

— Je vous l'apporterai demain...

Le seigneur Tchao fit la moue.

— Ah Qui, quand tu auras quelque chose de bon, tu nous le montreras d'avance, je te payerai autant que les autres.

— Je veux un gilet de fourrure, ajouta Madame.

Ah Qui, promit et partit nonchalamment.

Le bachelier surtout s'indignait de cette injustice. Il aurait voulu faire chasser Ah Qui par le syndic, s'il n'en avait été empêché par son père, qui lui apprit que l'hostilité de telles gens était à craindre, et que « L'aigle ne cherche pas de proie sous son nid ». Puis, ils recommandèrent à la belle-sœur Tseou de garder le secret de leur entretien.

Mais le lendemain, celle-ci fit teindre son jupon en jaune et publia la conduite douteuse de Ah Qui, se gardant tout de même d'ajouter que le bachelier avait eu l'intention de l'exterminer.

Le syndic vint chez Ah Qui pour prendre le rideau, et l'engagea à payer une prime mensuelle. Les villageois envers lui changèrent leur respect en crainte. Aux désœuvrés, qui cherchaient à le connaître, il raconta tout fièrement. Ils surent donc que Ah Qui n'avait été qu'un voleur de second plan, incapable d'escalader un mur, ou d'entrer par une brèche, bon seulement à recevoir au dehors les objets volés, et qu'une nuit, pour avoir entendu une vociération dans la maison où avaient pénétré ses camarades, il s'était réfugié de la ville au village, n'osant plus reprendre son métier... Dès lors, ils n'eurent plus à son endroit ni respect ni crainte, mais seulement du mépris.

VI La révolution

Le quatorze septembre de l'année Hiuentong (la veille, Ah Qui avait vendu sa besace à Tchao aux yeux blancs), au troisième coup de timbale dans la nuit noire, pendant que le village dormait, une barque à pont gris passa, accosta au port des Tchao, puis disparut à l'aube naissante. Il semblait qu'on s'en fût aperçu, car on s'en entretenait mystérieusement.

Cette barque répandit la crainte dans le village. Dès midi, l'opinion publique en était pleine. De la mission de cette barque, les Tchao avaient religieusement gardé le secret. Mais cela n'empêchait pas que dans les boutiques de thé et dans les cabarets, on ne parlât de l'entrée des révolutionnaires dans la ville, et de la fuite de monsieur l'Agrégé qui s'était réfugié au village. La belle-sœur Tseou, il est vrai, racontait à tout venant que c'étaient simplement quelques caisses de vieilles hardes que le seigneur Agrégé avait fait déposer chez le seigneur Tchao, et que celui-ci lui avait renvoyées aussitôt, car jusqu'ici il n'y avait eu aucunes relations entre eux. Néanmoins on pouvait réfuter cette assertion, en expliquant que le seigneur Agrégé n'était pas venu personnellement, qu'il avait écrit une longue lettre aux Tchao pour lier avec eux une parenté à la mode de Bretagne, et que celui-ci, ayant pesé le pour et le contre, avait enfin consenti à garder les malles sous le lit de Madame. Quant aux révolutionnaires, on savait qu'ils étaient entrés dans la ville cette nuit-là, portant tous le casque et l'armure blanche : signes de deuil du dernier empereur des Ming.

Ah Qui avait déjà entendu parler des révolutionnaires; il en avait vu aussi décapiter. Il avait toujours détesté les révolutionnaires auxquels il associait, pour une raison bizarre, l'épithète « d'insurgés » qui choquait l'oreille plus que le mot « voleurs ». Mais, alors, vu que ces révolutionnaires avaient pu effrayer cet illustre seigneur Agrégé en personne, il fut gagné par un respectueux enthousiasme; d'autre part, les manières peureuses et inquiètes de ces vilains villageois et villageoises le remplissaient de joie.
— Bravo! Révolution! pensait-il, révolution contre ces gens détestables!... Moi-même, je voudrais me soumettre aux révolutionnaires.

Ce jour-là, il avait bu trop de vin et marchait à grands pas dans la rue, tout en suivant le fil de ses idées révolutionnaires; il s'imaginait être devenu révolutionnaire et tenir prisonniers les villageois. Il ne pouvait s'empêcher de chanter :
— S'insurger, ah! s'insurger!

Tous le regardaient, apeurés et pitoyables, ce qui encouragea l'ivrogne.

Bravo! continuait-il avec plus d'entrain, tout bien est à moi! toutes beautés sont à moi!... Tong! Tong! tchang! tchang!... Je me repens d'avoir tué à tort, dans un accès d'ivresse, mon bon frère Tchen... Je me repens, ha! ha! ha!... Tong! Tong! tchang!

tchang! Tou! tchang – li tchang!... Je brandis le fouet d'acier pour t'en frapper...

Au seuil des Tchao, deux hommes étaient à discourir sur la révolution. Ah Qui n'y faisait pas attention et continuait：

— Tong! Tong!

— Père Qui, l'appela le seigneur Tchao, respectueusement et craintivement.

— Tchang! tchang!

Ah Qui, loin de se douter que l'épithète « père » pût jamais accompagner son nom, crut qu'on avait affaire à un autre, et reprit son air：Tou! Tchang! tchang – li tchang! tchang!

— Compère Qui!

— Tchang – li tchang!...

— Ah Qui!

Le bachelier fut forcé de l'appeler Ah Qui tout court. Enfin, Ah Qui s'arrêta et, tournant un peu la tête：— Qu'est – ce qu'il y a? demanda – t – il.

— Père Qui...actuellement... — le seigneur Tchao se tut, chercha ses paroles, et reprit：

— Actuellement... tu t'enrichis...

— Enrichi, ah! oui, tout est à moi...

— Ah... frère Qui, nous, les amis pauvres, nous ne risquons rien, n'est – ce pas? interrompit Tchao aux yeux blancs, d'une voix timide, comme s'il sondait les intentions d'un révolutionnaire.

— Ami pauvre? Tu es plus riche que moi!

Ce disant, Ah Qui s'en alla.

Ils restaient angoissés, muets. La nuit, les Tchao père et fils allumèrent une lampe pour délibérer. Tchao aux yeux blancs ôta la besace pendue à son côté et la fit cacher par sa femme dans le fond de leur coffre.

Ah Qui, de retour dans sa pagode, ce soir-là, fut bien traité par le garde, qui lui offrit du thé, deux gâteaux, quatre bougies. Il but le thé, mangea les gâteaux, alluma une bougie; devant la flamme dansante, son imagination entra aussi en danse. Des révolutionnaires portant le casque et l'armure blanche, armés de haches, de fouets d'acier, de canons européens, de faucilles, d'arbalètes, passent à côté de la pagode du dieu de l'agriculture, l'interpellent: « Ah Qui, viens donc avec nous! » Et il s'en va avec eux...

Il se moque de l'air suppliant de ces maudits villageois et villageoises qui se mettent à genoux devant lui et criant:« Ah Qui, sauvez-nous! » Il fait le difficile. Les premiers à tuer sont le petit Don, le seigneur Tchao, le bachelier, Faux Diable Européen... Veux-tu encore couper tes cheveux?... Wang Poilu pourrait être pardonné — mais Ah Qui s'y opposerait... Des richesses... Il entre tout droit, ouvre la malle: or, argent, dollars, habits de satin... le lit de style linponais de madame la bachelière qu'il fait mettre dans sa pagode, et à côté il place la table des Tsien, ou bien... celle des Tchao. Il ne travaille plus, il n'a qu'à ordonner au petit Don de les transporter; qu'il fasse vite, sinon, le vilain est rossé... La sœur de Tchao se chenn est laide. Horrible est la femme de Faux Diable Européen, qui couche avec un homme sans cheveux. Commère W n'a pas paru depuis longtemps, où peut-elle bien être?... Mais elle a les pieds trop grands...

Il n'eut pas le temps de terminer son rêve. La flamme rouge et vacillante de la bougie inachevée éclairait la bouche bée, le nez ronflant de l'ivrogne.

Le lendemain matin, il se leva très tard. La rue était paisible comme d'ordinaire; rien de changé. Néanmoins il avait faim; il chercha un moyen quelconque de manger, ne trouva rien. Mais soudain, il prit une décision. Il alla, d'une allure posée, tout droit, vers la pagode du Culte Silencieux.

Là, il vit la pagode dans le même état qu'au printemps dernier; murs blancs, porte cirée close. Il hésita encore un moment, puis frappa à la porte. À l'intérieur le chien aboyait; vite, Ah Qui ramassa quelques bouts de brique, et frappait encore plus fort, au point d'abîmer le vernis noir de la porte, quand un bruit de pas s'approcha.

Ah Qui, s'armant de ses bouts de brique, écartant ses jambes tremblantes, se préparait à une lutte acharnée contre le chien. Pourtant la porte ne fit que s'entr'ouvrir et, à travers, au lieu d'un chien, parut seulement la tête de la vieille Bonzesse.

— Encore un qui vient?... s'écria-t-elle, effarée.

— Révolution... tu sais?... déclara Ah Qui, d'un ton idiot qu'il essayait en vain de rendre important.

— Révolution! Révolution! Mais on nous a déjà révolutionnés... Jusqu'où voulez-vous nous révolutionner encore? dit la vieille Bonzesse, les yeux tout rouges.

— Quoi? dit Ah Qui, surpris.

— Vous ne savez pas qu'ils sont déjà venus ici révolutionner!

— Qui?

— Le bachelier et le Diable Européen!

Ah Qui fut stupéfait. S'étant aperçue de la déconvenue, vite la Bonzesse referma la porte. Ah Qui la poussa vainement, frappa: silence.

Ce matin-là, le bachelier Tchao, ayant appris la nouvelle de l'entrée des révolutionnaires dans la ville, avait enroulé sa natte de cheveux autour de la tête, et était allé faire visite au Diable Européen, Tsien, qu'il n'avait jamais hanté jusqu'alors. Comme ils étaient au temps que « Tout renaissait », ils s'entendirent comme larrons en foire; et ils convinrent de révolutionner le village. Après de longues délibérations, ils se rappelèrent qu'il y avait dans la pagode du Culte Silencieux une tablette de dragon portant l'inscription « Vive le Roi de dix mille ans, dix-mille-dix-mille années », qu'il fallait d'abord attaquer. Aussitôt ils y allèrent, et comme la Bonzesse grommelait quelque chose contre eux, ils la punirent sévèrement à coups de bâtons, la prenant pour le gouvernement mandchou en personne. La Bonzesse, après leur départ, pleura la tablette de dragon cassée, traînant à terre, et de plus, le trépied de la déesse Kwan-yn, disparu.

Tout cela, Ah Qui ne l'apprit que plus tard. Il se repentait d'avoir trop longtemps dormi; néanmoins il s'indignait qu'ils ne fussent pas venus l'appeler. Mais, tolérant, il pensait: « Peut-être ne savent-ils pas que je me suis soumis aux révolutionnaires? »

VII   On interdit la révolution

La paix rentrait peu à peu dans le village. Vraiment, disait-on, les révolutionnaires avaient envahi la ville, mais ils ne faisaient pas un grand remue-ménage. Le Seigneur sous-préfet restait le même, le seigneur Agrégé était nommé ils ne savaient quoi, et le sergent était aussi le même. Le mal était que maints méchants révolutionnaires mêlés à l'affaire, dès le lendemain de leur entrée, faisaient couper les cheveux à tous ceux qui se rendaient à la foire. Le-mousse-sept-livres, disait-on, encourut ce désagrément, et en sortit tondu, n'ayant plus l'air d'un homme. Mais cela n'effrayait guère les villageois qui avaient rarement l'occasion d'aller en ville. Et Ah Qui s'en serait, lui aussi, volontiers gardé.

Il y eut pourtant quelque chose de changé dans le village: on vit croître de jour en jour le nombre de ceux qui enroulaient leur tresse autour de la tête; parmi eux, Mong le Prudent d'abord, Tchao se chenn ensuite, puis Tchao aux yeux blancs, enfin Ah Qui.

Quand on voyait s'approcher Tchao se chenn, la nuque tondue, on ne pouvait s'empêcher de s'écrier:

— Voilà un révolutionnaire!

Ah Qui avait entendu dire que le bachelier avait relevé sa natte de cheveux, mais il n'avait pas pensé qu'il pourrait faire de même. L'ayant récemment vu faire à Tchao se chenn, il eut l'idée de l'imiter. Il essaya de nouer ses cheveux sur la tête, avec un bâtonnet de bambou, les défit, les renoua, hésita longtemps, enfin se hasarda ainsi à marcher bravement. Il faisait attention à tous ceux qui le regardaient passer, sans rien dire; leur indifférence le mécontentait, et même l'indignait. Son tempérament devint maussade, quoiqu'en réalité la vie fût pour lui moins difficile qu'avant la révolution: on le traitait avec plus de politesse, le cabaret n'exigeait plus de lui d'argent comptant; mais tout cela ne valait pas une révolution. Surtout, il creva d'indignation, en apercevant, un jour, le petit Don.

Le petit Don, lui aussi, avait enroulé sa tresse sur la tête, et, de plus, y avait attaché un bâtonnet de bambou. Ah Qui ne s'était jamais douté que le petit nigaud pût avoir cette audace, et il ne le lui aurait jamais permis! Il avait envie de l'arrêter, de lui briser le bâtonnet, de lui remettre en état sa natte, de lui appliquer trois soufflets que son crime d'avoir oublié ses huit caractères de naissance et d'avoir dégradé la révolution aurait mérités. Mais il lui pardonna tout de même, et se contenta de le toiser furieusement, de cracher sur lui en faisant « Pffi! »

En ces jours critiques, seul le Diable Européen allait en ville. Le bachelier Tchao aurait voulu y aller voir monsieur l'Agrégé en qui, ayant eu l'honneur de garder ses malles, il aurait trouvé un appui, mais la crainte de perdre ses cheveux le retint. Il pria seulement le Diable Européen de lui adresser de sa part un respectueux salut accompagné d'une lettre de style classique. Dès son retour, le Diable Européen, en vertu de quatre dollars payés sur le champ par le bachelier, lui offrit et lui épingla sur le veston une médaille argentée. Les bourgeois en furent émerveillés, se racontèrent à qui mieux mieux que le bachelier avait obtenu un insigne du parti « Huile de Sorbe », pareil à celui de docteur sous le roi... Le seigneur Tchao en fut plus fier que jadis quand son fils avait été reçu bachelier; il embrassait tout le monde, même Ah Qui, le révolutionnaire, dans son dédain.

Ah Qui, dépité de ce qu'on ne l'honorât pas assez, voyant tomber de plus en plus son prestige, finit par découvrir, en apprenant la remise de l'insigne argenté, cet important axiome: pour être révolutionnaire, il ne suffisait pas de dire qu'il était soumis aux révolutionnaires; il ne suffisait même pas d'enrouler sa tresse sur la tête; il fallait encore les fréquenter. Il n'en avait connu que deux dont l'un avait été... tsa!... décapité, et l'autre était précisément Faux Diable Européen. À celui-ci, il fut obligé d'aller se soumettre.

La porte des Tsien était grande ouverte. Ah Qui s'y glissa à petits pas timides. Une fois entré, il fut surpris de voir, au milieu de la cour, Faux Diable Européen, un insigne argenté pendu à la poitrine, l'exécrable bâton à la main, la natte de cheveux déjà repoussée jusqu'aux épaules, défaite et en broussaille, ce qui le faisait ressembler au portrait de l'immortel Lieou hai..., et en face de lui Tchao aux yeux blancs avec trois autres désœuvrés qui écoutaient, pleins d'admiration et de respect.

Ah Qui, doucement, s'approcha, se cacha derrière Tchao aux yeux blancs, hésita, s'embarrassa dans le choix d'une appellation convenable : il ne fallait plus l'appeler Faux Diable Européen, ni européen homme, ni révolutionnaire... mais peut-être, mieux que tout cela, monsieur l'Européen.

Monsieur l'Européen ne s'en aperçut point, étant absorbé par sa déclamation :

— Moi, j'étais pressé; toutes les fois que je le voyais, je lui disais : Frère Hong! mettons-nous à l'œuvre. Il me répondait toujours : No! — c'est un mot européen que vous ne comprenez pas. Sinon, nous aurions plutôt réussi. Mais c'est justement là sa discrétion. Il m'a invité trois fois à aller au Houpei; moi, je n'y ai pas consenti : cette ville est trop petite pour l'importance de mes entreprises...

« Oh! le... »

Profitant de cet intervalle, Ah Qui, rassemblant tout son courage de poltron, ouvrit la bouche et se tut : il n'osait encore l'appeler : Monsieur l'Européen.

Mais, à cette voix, surpris, les quatre auditeurs se retournèrent. Alors seulement Monsieur l'Européen l'aperçut.

— Quoi? Que veux-tu?

— Je...

— Sors vite!

— Je veux me soumettre...

— Va-t-en, va-t-en! fit Monsieur l'Européen, brandissant son bâton d'enterrement.

Tchao aux yeux blancs et les désœuvrés crièrent ensemble:

— Monsieur te dit de t'en aller, as-tu le droit de désobéir?

Ah Qui, d'instinct, portant la main à la tête pour la protéger, s'enfuit malgré lui; heureusement il ne fut pas poursuivi. Après avoir couru une trentaine de mètres, il ralentit le pas; un chagrin voisin du désespoir lui monta au cœur: qu'est-ce qu'il ferait, quelle ressource allait lui rester, puisque Faux Diable Européen ne lui permettait pas d'être révolutionnaire? Les champions à casque et armure blanche ne viendraient plus l'appeler! Adieu ses ambitions! Adieu son bonheur! De plus, la nouvelle allait se répandre, le petit Don et Wang Poilu se moqueraient de lui, quoique cela fût un mal de moindre importance.

Il sentit, semblait-il, pour la première fois la désolation. Il ne se jugeait plus raisonnable d'avoir relevé sa tresse; il aurait voulu, pour se venger, la faire redescendre tout de suite. Mais il ne le fit pas. Il erra jusqu'à la nuit, but encore deux bols de vin, recouvra son enthousiasme, revit en pensée quelques fragments de casques et d'armures blanches.

Un jour où il était attardé — selon son habitude — dans le cabaret jusqu'à la fermeture à la nuit avancée, il rentrait sans se presser.

En route, soudain, pfi! pfa!..., il entendit quelque bruit bizarre qui ne ressemblait pas à celui de pétards. Il alla guetter dans l'ombre, lui qui d'ordinaire était curieux et aimait à se mêler à tout. Un bruit de pas se rapprochait; il écoutait attentivement, lors que, tout d'un coup, un homme qui semblait fuir accourut et passa à côté de lui. Aussitôt, Ah Qui tourna le dos, suivit le fuyard. L'homme se détourna; Ah Qui se détourna aussi. Après un détour, l'homme s'arrêta; Ah Qui s'arrêta de même. Derrière lui, personne; devant, c'était le petit Don.

— Qu'est-ce qu'il y a? fit Ah Qui d'un ton bourru.

— La famille Tchao..., Tchao... a été pillée! répondit l'autre, haletant.

Ah Qui sentit son cœur sauter dans sa poitrine. Le petit Don, ayant parlé, reprit la fuite. Ah Qui courut et s'arrêta encore à plusieurs reprises. En homme du « métier », il n'était pas aussi froussard que les autres; il se mit à l'affût à un coude du chemin; il lui semblait entendre un murmure au loin, et voir une troupe de champions à casque et armure blanche, emportant des butins superbes, des caisses, des meubles, le lit de style linponais de la jeune dame du bachelier, tout cela très vague... Il voulait s'avancer pour mieux voir; mais ses jambes tremblantes le retenaient sur place.

Cette nuit-là était sans lune. Le village dormait dans l'ombre, silencieux, silencieux et paisible comme à l'âge d'or de l'empereur Hou-si. Ah Qui restait toujours au coude du chemin, sans bruit, regardant, croyant voir passer les malles, les meubles, le lit de style linponais de la jeune dame du bachelier, jusqu'à ce qu'il n'en crût plus ses yeux. Mais alors, au lieu d'avancer, il retourna chez lui.

Il ferma bien la porte de la pagode, entra en tâtonnant dans sa chambre, s'étendit longtemps sur le lit avant d'avoir pu maîtriser son émotion; puis il pensa à ses intérêts: les champions à casques et armures blanches sont arrivés, pour sûr, mais ils ne l'ont pas appelé, ils ont pris de riches butins auxquels il n'a pas eu part. — C'est que le maudit Diable Européen ne lui avait pas permis de révolutionner! Ah Qui, se fâchant de plus en plus, finit par faire cette imprécation, en l'accentuant fortement de la tête:

« Il n'est permis qu'à vous de s'insurger, gredin de Diable Européen?... Eh bien, insurgez-vous! S'insurger est un forfait à faire décapiter un homme. Un jour, je vous citerais devant le seigneur Sous-préfet, afin que je vous voie couper la tête en ville... couper la tête à toute la famille... tsa! tsa!... »

VIII   Au revoir

Après l'accident du brigandage, les villageois étaient contents et inquiets; content et inquiet était aussi notre Ah Qui.

Quatre jours après, au cœur de la nuit, une troupe de gardes civiques, de policemen, arrivèrent furtivement au village, cernèrent la pagode du dieu de l'agriculture, placèrent et braquèrent une mitrailleuse contre la porte. Ils firent de bruyantes sommations afin que Ah Qui sortît. Un long silence et une immobilité complète leur répondirent. Le sergent, impatienté, promit deux mille sapèques pour cette capture; alors, deux hardis miliciens, bravant le danger, franchirent le mur, ouvrirent la porte; tous s'engouffrèrent, et l'on emporta Ah Qui à peine dégrisé.

Vers midi, ils arrivèrent à la ville. Ah Qui se vit amener dans une maison délabrée, et là, après quelques détours, jeter dans une petite chambre, où, à peine entré, la lourde porte, ayant un jour au milieu, se referma sur lui. Au fond, vers les murs dans la pénombre, il aperçut deux autres prolétaires comme lui.

Ah Qui, quoiqu'un peu triste, n'était pas très vexé, car cette chambre n'était pas pire que celle de la pagode. Il se familiarisa peu à peu avec ses deux compagnons. L'un d'eux disait que le seigneur Agrégé prétendait exiger de lui le loyer dû par son aïeul; l'autre ne savait pas la cause de son aventure. À leur question Ah Qui répondit sans difficulté: « Parce que je désirais être un insurgé. »

L'après-midi, on le fit sortir pour le mener au tribunal, où était assis un vieillard à tête toute rasée. Ah Qui se demandait si c'était un bonze; mais, à voir une rangée de soldats devant la table, à ses côtés une dizaine de gens en robe, parmi lesquels les uns étaient tout rasés comme ce vieillard et les autres avaient les cheveux épars sur les épaules comme le Diable Européen, tous la face brutale et le regard féroce, il comprit qu'il avait affaire à un homme non vulgaire, et instinctivement, ses genoux fléchirent.

— Debout! Ne t'agenouille pas, conspuèrent les gens de robe.

Il se leva, ne put se tenir droit, tomba sur son séant, et s'agenouilla de nouveau, malgré lui.

— Caractère d'esclave!... firent dédaigneusement les robes; mais elles le laissèrent à genoux.

— Avoue tout, pour éviter les supplices. Je sais tout. Si tu dis la vérité, tu es pardonné, lui dit lentement, posément le vieillard rasé, braquant les yeux sur lui.

— Je voulais venir... venir me soumettre..., bredouilla Ah Qui, après un moment d'hésitation.

— Alors, pourquoi n'es-tu pas venu? interrompit avec bonté le vieillard rasé.

— Faux Diable Européen ne me l'a pas permis!...

— Tais-toi! Pas de folies. À présent, dis-moi où sont tes compagnons?

— Quoi?...

— Tes compagnons qui ont pillé les Tchao?

— Ils ne sont pas venus m'appeler, ils ont emporté leur butin eux-mêmes, répondit Ah Qui d'un ton mécontent à l'adresse de ces égoïstes.

— Où sont-ils donc? Dis la vérité, tu serais libre, reprit le vieillard avec plus de bonté encore.

— Je ne sais pas... ils ne sont pas venus m'appeler.

Cependant, sur un signe des yeux du vieillard, on ramena Ah Qui dans sa chambre dont la porte avait un jour.

Le lendemain matin, on le fit de nouveau comparaître devant le tribunal. Même aspect; même vieillard. Ah Qui s'agenouilla de même.

Le vieillard demanda, conciliant :

— Qu'avez-vous encore à dire?

Ah Qui, ayant pensé qu'il n'avait en effet rien à dire,

répondit : « Rien. »

Alors, un homme en robe lui apporta un papier et un pinceau, lui mit le pinceau à la main. Ah Qui tressaillit de surprise et de peur, car c'était la première fois de sa vie que ses doigts touchaient un pinceau. Il ne savait trop comment le tenir, quand l'homme lui indiqua un endroit sur le papier, en lui ordonnant de signer.

— Je... je ne connais pas de caractères, dit Ah Qui tremblant et honteux, empoignant son pinceau.

— Alors, fais ce qui est le plus facile, dessine un cercle.

À un signe de sa tête, on plaça le papier par terre devant lui. Ah Qui se courba, avec son pinceau qui vibrait il dessina très attentivement et de toutes ses forces, tâchant de faire un cercle bien rond, de peur d'être critiqué. Mais le pinceau pesait énormément, résistait à la main; il arrivait à peine à joindre les deux bouts pour former le cercle, quand il sauta brusquement de côté et finit par dessiner une bombe.

Ah Qui avait honte de la forme oblongue de son cercle; mais l'homme en robe, sans y prendre garde, lui reprit le papier et le pinceau. On le jeta pour la troisième fois dans la chambre dont la porte avait un jour.

Là, il ne souffrait pas beaucoup. Il croyait qu'il était nécessaire à tout homme, né sous les cieux et sur la terre, d'être parfois poussé et repoussé dans une chambre, de dessiner parfois un cercle sur un papier, mais que d'avoir dessiné le cercle qui n'était pas rond serait une tache dans sa carrière. Cependant peu après il s'apaisa en pensant: mes petits-enfants sauront peindre un cercle très rond. Et il s'endormit.

Cette nuit même, ce fut au seigneur Agrégé d'être en proie à l'insomnie: le sergent l'avait boudé. L'un voulait faire parade de sa féroce autorité; l'autre, attendre jusqu'à la découverte complète du butin volé. Le sergent, n'attachant pas grande importance à son collègue, lui avait dit, en tapant sur la table:

— Tuons un coupable pour en corriger cent! Voyez, depuis que je me suis converti à la révolution, il n'y a pas plus de vingt jours, on compte déjà plus de dix rapines. Si nous laissons traîner l'affaire, que deviendra mon honneur? Non! ne te mêle pas de ce qui ne te regarde pas!

Le seigneur Agrégé, déconcerté, avait néanmoins montré la fermeté de sa résolution, en disant qu'il démissionnerait plutôt que de tuer un homme sans en avoir démontré le crime.

— Eh bien, démissionne! lui avait répliqué le sergent.

Ainsi le seigneur Agrégé ne réussit pas de toute la nuit à se reposer, ni à démissionner le lendemain.

Donc, le lendemain matin, Ah Qui fut pour la troisième fois traîné au tribunal. Même aspect; même vieillard; Ah Qui s'agenouilla de même.

Le vieillard lui demanda doucement:

— Qu'avez-vous encore à dire?

Ah Qui, ayant pensé qu'il n'avait en effet rien à dire répondit: « Rien. »

Aussitôt, beaucoup de gens en robe ou en veston l'habillèrent d'un gilet blanc avec des caractères noirs inscrits dessus. Ah Qui s'attristait, car il semblait ainsi porter le deuil — le deuil, présage de malchance.

En même temps, on lui attacha les mains derrière le dos, on le poussa dehors, on l'assit avec quelques rustres en blouse sur un véhicule sans voile, qui aussitôt roula. Ah Qui vit des soldats, fusil sur l'épaule, marcher devant lui; à ses côtés, des spectateurs, bouche bée; derrière? il ne pouvait regarder. Cependant il frissonna, se demandant si ce n'était pas ainsi qu'on allait lui couper la tête. Il sentait ses yeux s'obscurcir, ses oreilles bourdonner, son cerveau défaillir. Mais il ne perdit pas conscience; il se consolait en pensant qu'il était naturel à tout homme né sous les cieux et sur la terre d'être un jour ou l'autre décapité.

Il connaissait le chemin, il s'étonnait qu'on ne le menât pas droit au lieu du supplice. Il ne savait pas qu'on le promenait dans les rues pour montrer le coupable au public. S'il l'avait su, il aurait pensé tout de même qu'il était bien naturel à tout homme né sous les cieux et sur la terre d'être parfois exhibé dans les rues en spectacle au public.

Puis il comprit qu'on le menait au but par un chemin détourné, que certainement on allait le... tsa!... Il regardait désespérément à droite et à gauche: un fourmillement de spectateurs le poursuivait. Par hasard, il distingua parmi la foule la commère W, qu'il n'avait pas depuis longtemps revue: elle travaillait en ville. Ah Qui eut honte de sa poltronnerie, de ce qu'il avait mal joué son rôle: il fallait chanter dans cette occasion un morceau de théâtre. Il hésitait à en choisir un beau: La veuvelette allant au tombeau n'était pas assez pompeux, le Je me repens... avait un air trop languissant. Je brandis le fouet d'acier pour t'en frapper... serait plus convenable; en même temps, il essaya de prendre le fouet d'acier, mais il sentit mal aux doigts, attachés derrière son dos, et se tut.

— Vingt ans après, il y aura un autre Ah Qui...

Au milieu de l'agitation, il prononça cette demi-parole proverbiale qu'on n'avait jamais entendue de lui.

— Bravo!

Ce hurlement de loup s'éleva de la foule.

Sur le véhicule qui avançait toujours, au milieu des cris, Ah Qui dirigeait ses regards vers la Commère W. Celle-ci ne semblait pas faire attention à lui, mais admirer les fusils luisants aux épaules des soldats.

Ah Qui tourna son regard vers les hurleurs.

À cet instant, les images passées, soudain, comme un tourbillon traversèrent son cerveau. Quatre années avant, au pied d'une montagne, il avait rencontré un loup affamé qui l'avait suivi longtemps comme une ombre, la gueule ouverte, les yeux étincelants, fixés sur lui, le dévorant de loin. Il s'était sauvé du loup au moyen de sa hache. Ces yeux de feu, des yeux démoniaques, avaient, toute sa vie, incarné en lui la peur. Mais revoilà les yeux des spectateurs plus terribles encore, à la fois obtus et tranchants, quœrentes quem dévorent, mordant non seulement ses paroles et son corps, mais encore quelque chose d'au-delà, le poursuivant éternellement de près comme de loin.

Déjà, tous alliés contre lui, ces perçants regards mordaient son âme.

« Au secours! »

Ah Qui ne dit pas ce mot. Il sentit seulement s'obscurcir ses yeux, ses oreilles s'étourdir, son corps se dissoudre en poussières infiniment fines.

La nuit même, la dame de l'Agrégé ne put s'empêcher de pleurer sur cette damnation injuste. Peu de temps après, le seigneur Agrégé démissionna et resta désormais inutile, relégué dans la vieille société qui pourrit.

Voici maintenant le jugement du village : Ah Qui a été fusillé, parce qu'il était méchant; il était méchant, parce qu'il est fusillé.

Quant aux citadins, ils n'étaient pas satisfaits : d'abord parce que fusiller n'était pas aussi amusant à voir que couper la tête, ensuite parce que ce misérable moribond, malgré la longue durée de sa procession, n'avait pas chanté un seul morceau de théâtre. Ils l'avaient suivi gratuitement.

LOU – SIUN

(Traduit du chinois par J. – B. KIN – Yn – Yu)

附：

阿 Q 正传①

第一章　优胜纪略

阿 Q 不独是姓名籍贯有些渺茫，连他先前的"行状"也渺茫。因为未庄的人们之于阿 Q，只要他帮忙，只拿他玩笑，从来没有留心他的"行状"的。而阿 Q 自己也不说，独有和别人口角的时候，间或瞪着眼睛道：

"我们先前——比你阔得多啦！……"

阿 Q 没有家，住在未庄的土谷祠里；也没有固定的职业，只给人家做短工，割麦便割麦，舂米便舂米，撑船便撑船。工作略长久时，他也或住在临时主人的家里，但一完就走了。所以，人们忙碌的时候，也还记起阿 Q 来，然而记起的是做工，并不是"行状"；一闲空，连阿 Q 都早忘却，更不必说"行状"了。只是有一回，有一个老头子颂扬说："阿 Q 真能做！"这时阿 Q 赤着膊，懒洋洋的瘦伶仃的正在他面前，别人也摸不着这话是真心还是讥笑，然而阿 Q 很喜欢。

阿 Q 又很自尊，所有未庄的居民，全不在他眼睛里，甚而至于对于两位"文童"也有以为不值一笑的神情。他知道，赵太爷，钱太爷大受居民的尊敬，除有钱之外，就因为都是文童的爹爹，而阿 Q 在精神上独不表格外的崇奉，他想：我的儿子会阔得多啦！加以进了几回城，阿 Q 自然更自负，然而他又很鄙薄城里人，譬如：油煎大头鱼，为什么他们把葱丝切得那么细？他想：这也是错的，可笑！然而未庄人真是不见世面的可笑的乡下人呵，他们没有见过城里的煎鱼！

阿 Q "先前阔"，见识高，而且"真能做"，本来几乎是一个"完人"

---

① 本文根据《欧洲》月刊发表的敬译《阿 Q 正传》法文译文复原成中文。

了,但可惜他体质上还有一些缺点。最恼人的是在他头皮上,颇有几处不知起于何时的癞疮疤。这虽然也在他身上,而看阿Q的意思,倒也似乎以为不足贵的,因为他讳说"癞"以及一切近于"赖"的音,后来推而广之,"光"也讳,"亮"也讳,再后来,连"灯""烛"都讳了。一犯讳,不问有心与无心,阿Q便全疤通红的发起怒来,估量了对手,口讷的他便骂,气力小的他便打;然而不知怎么一回事,总还是阿Q吃亏的时候多。于是他渐渐的变换了方针,大抵改为怒目而视了。

谁知道阿Q采用怒目主义之后,未庄的闲人们便愈喜欢玩笑他。一见面,他们便假作吃惊的说:

"哙,亮起来了。"

阿Q照例的发了怒,他怒目而视了。

"原来有保险灯在这里!"他们并不怕。

阿Q没有法,只得另外想出报复的话来:

"你还不配……"

这时候,又仿佛在他头上的是一种高尚的光荣的癞头疮,并非平常的癞头疮了;但上文说过,阿Q是有见识的,他立刻知道和"犯忌"有点抵触,便不再往底下说。

闲人还不完,只撩他,于是终而至于打。阿Q在形式上打败了,被人揪住黄辫子,在壁上碰了四五个响头,闲人这才心满意足的得胜的走了,阿Q站了一刻,心里想,"我总算被儿子打了,现在的世界真不像样……"于是也心满意足的得胜的走了。

阿Q以如是等等妙法克服怨敌之后,跑到酒店里喝几碗酒,又和别人调笑一通,口角一通,总是他输。他回到土谷祠,放倒头睡着了。

假使有钱,他便去押牌宝……

第二章 续优胜纪略

有一年的春天,他醉醺醺的在街上走,在墙根的日光下,看见王胡在那里赤着膊捉虱子。这王胡,又癞又胡,别人都叫他王癞胡,阿Q却删去了一个癞字,只叫他王胡。阿Q的意思,以为癞是不足为奇的,只有这一部络腮胡子,实在太新奇,令人看不上眼。他于是并排坐下去了。倘是别的闲人们,阿Q本不敢大意坐下去。老实说:他肯坐下去,简直还是抬举他。

阿Q也脱下破夹袄来,翻检了一回,不知道因为新洗呢还是因为粗心,许多工夫,只捉到三四个。他看那王胡,却是一个又一个,两个又三个,只放在嘴里毕毕剥剥的响。这是怎样的大失体统的事呵!

他癞疮疤块块通红了,将衣服摔在地上,吐一口唾沫,说:"这毛虫!"

"癞皮狗,你骂谁?"王胡轻蔑的抬起眼来说。

怎么?这样满脸胡子的东西,也敢出言无状么?这可是个显示武勇的好机会。

"谁认便骂谁!"

他站起来,两手叉在腰间说。

"你的骨头痒了么?"王胡也站起来,披上衣服说。

阿Q以为他要逃了,抢进去就是一拳。这拳头还未打到身上,已经被他抓住了,只一拉,阿Q跄跄踉踉的跌进去,立刻又被王胡扭住了辫子,要拉到墙上照例去碰头。

"'君子动口不动手'!"阿Q歪着头,两手护着发黄的头发。

王胡似乎不是君子,并不理会,一连给他碰了五下,又用力的一推,至于阿Q跌出六尺多远,这才满足的去了。在阿Q的记忆上,这大约要算是生平第一件的屈辱。

阿Q无可适从的站着。

远远的走来了一个人,他的对头又到了。这也是阿Q最厌恶的一个人,就是钱太爷的大儿子。他跑到东洋去过了半年,回到家里来,辫子也不见了。这损失实在巨大,他的母亲大哭了十几场,他的老婆跳了三回井。后来,他的母亲到处说,"这辫子是被坏人灌醉了酒剪去的。本来可以做大官,现在只好等留长再说了。"全家都心急火燎地盼着这宝贵的头发赶快长起来。然而阿Q不肯信,偏称他"假洋鬼子",一见他,一定在肚子里暗暗的咒骂。阿Q尤其"深恶而痛绝之"的,是他的一条假辫子。辫子而至于假,就是没有了做人的资格;他的老婆不跳第四回井,也不是好女人。

"瞧假洋鬼子来了……"他因为要报仇,便不由得轻轻的说出来了。

不料这话被假洋鬼子听见了,拿着一支黄漆的棍子——就是阿Q所谓哭丧棒——大踏步走了过来。阿Q在这刹那,便知道大约要打了,赶紧抽紧筋骨,耸了肩膀等候着,果然,拍的一声,似乎确凿打在自己头上了。

"我说他!"阿Q指着近旁的一个孩子,分辩说。

拍!拍!拍!

这顿痛打反而让他觉得轻松些,而且"忘却"这一件祖传的宝贝也发生了效力,他慢慢的走,将到酒店门口,早已有些高兴了。

但对面走来了静修庵里的小尼姑。阿Q便在平时,看见伊也一定要唾骂,而况在屈辱之后呢?他顿时生出报复的念头。"我不知道我今天为什么这样晦气,原来就因为见了你!"他想。他迎上去,大声的吐一口唾沫。

小尼姑全不睬,低了头只是走。阿Q走近伊身旁,突然伸出手去摩着伊新剃的头皮,呆笑着,说:

"秃儿!快回去,和尚等着你……"

"你怎么动手动脚……"尼姑满脸通红的说,一面赶快走。

尼姑逃跑,酒店里的人大笑了。他这一战,早忘却了王胡,也忘却了假洋鬼子,似乎对于今天的一切"晦气"都报了仇;而且奇怪,又仿佛全身比拍拍的响了之后更轻松,飘飘然的似乎要飞去了。

"这断子绝孙的阿Q!"远远地听得小尼姑的带哭的声音。

"哈哈哈!"阿Q十分得意的笑。

"哈哈哈!"酒店里的人也九分得意的笑。

第三章　恋爱的悲剧

有人说:有些胜利者,愿意敌手如虎,如鹰,或者几乎是不可战胜的人,他才感到胜利的欢喜。又有些胜利者,当克服一切之后,看见死的死了,降的降了,他于是没有了敌人,没有了对手,没有了朋友,孤零零,便反而感到了胜利的悲哀。然而我们的阿Q却没有这样乏,他是永远得意的:这或者也是中国精神文明冠于全球的一个证据了……

这一晚,他很不容易合眼,他觉得小尼姑的脸上有一点滑腻的东西粘在他指上。他又听见那个怨恨然而甜蜜的声音:"断子绝孙的阿Q!"他想:不错,应该有一个女人,生孩子。他常听有文化的人说:夫"不孝有三无后为大"……"女人,女人!"他想。

提到女人,他一向遵循"圣贤"们的主张。但是刚才想到女人他确昏了头。即此一端,我们便可以知道女人是害人的东西!

他相信"圣贤"门的训诫,对于"男女之大防"历来非常严;也很有排斥异端——如小尼姑及假洋鬼子之类——的正气。他的学说是:凡尼姑,一定与和尚私通;一个女人在外面走,一定想引诱野男人;一男一女在那里讲话,一定要有勾当了。为惩治他们起见,所以他往往怒目而视,或者大声说几句"诛心"话,或者在冷僻处,便从后面掷一块小石头。

他对于以为"一定想引诱野男人"的女人,时常留心看,然而伊并不对他笑。他对于和他讲话的女人,也时常留心听,然而伊又并不提起关于什么勾当的话来。哦,这也是女人可恶之一节:伊们全都要装"假正经"的。

这一天,阿Q在赵太爷家里舂了一天米,吃过晚饭,便坐在厨房里吸旱烟。倘在别家,吃过晚饭本可以回去的了,但赵府上晚饭早,虽说定例不准掌灯,一吃完便睡觉,然而偶然也有一些例外:其一,是赵太爷未进秀才的时候,准其点灯读文章;其二,便是阿Q来做短工的时候,准其点灯舂米。因为这一条例外,所以阿Q在动手舂米之前,还坐在厨房里吸旱烟。

吴妈,是赵太爷家里唯一的女仆,洗完了碗碟,也就在长凳上坐下了,而且和阿Q谈闲天:

"太太两天没有吃饭哩,因为老爷要买一个小的……"

"女人……吴妈……这小孤孀……女人……"阿Q想。

"我们的少奶奶是八月里要生孩子了……"

"女人……"阿Q想。他放下烟管,站了起来。

"我们的少奶奶……"吴妈还唠叨说。

"我和你困觉,我和你困觉!"

阿Q忽然抢上去,对伊跪下了。一刹时中很寂然。吴妈楞了一息,突然发抖,大叫着往外跑,且跑且嚷,似乎后来带哭了。

阿Q对了墙壁跪着也发楞,于是两手扶着空板凳,慢慢的站起来,仿佛觉得有些糟。他这时确也有些忐忑了,慌张的将烟管插在裤带上,就想去舂米。拍的一声,头上着了很粗的一下,他急忙回转身去,那秀才便拿了一支大竹杠站在他面前。

"你反了,……你这……"

大竹杠又向他劈下来了。阿Q两手去抱头,拍的正打在指节上,这可很有一些痛。他冲出厨房门,仿佛背上又着了一下似的。

"忘八蛋!"秀才在后面用了官话这样骂。

阿Q奔入舂米场,一个人站着,还觉得指头痛,还记得"忘八蛋",因为这话是未庄的乡下人从来不用,专是见过官府的阔人用的,所以格外怕,而印象也格外深。但这时,他那"女……"的思想却也没有了。而且打骂之后,似乎一件事也已经收束,倒反觉得一无挂碍似的,便动手去舂米。舂了一会儿,他热起来了,又歇了手脱衣服。

他听得外面很热闹,阿Q生平本来最爱看热闹,便即寻声走出去了。寻声渐渐的寻到赵太爷的内院里,虽然在昏黄中,却辨得出许多人,赵府一家连两日不吃饭的太太也在内,还有间壁的邹七嫂,真正本家的赵白眼,赵司晨。

少奶奶正拖着吴妈走出下房来,一面说:

"你到外面来,……不要躲在自己房里想……"

"谁不知道你正经,……短见是万万寻不得的。"邹七嫂也从旁说。

吴妈只是哭,夹些话,却不甚听得分明。阿Q想:"哼,女人们,有趣,这小孤孀不知道闹着什么玩意儿了!"他想打听,走近赵司晨的身边。这时他猛然间看见赵太爷向他奔来,而且手里捏着一支大竹杠。他看见这一支大竹杠,便猛然间悟到自己曾经被打,和这一场热闹似乎有点相关。他翻身便走,想逃回舂米场,不图这支竹杠阻了他的去路,于是他又翻身便走,自然而然的走出后门,不多工夫,已在土谷祠内了。

他觉得冷了,因为虽在春季,而夜间颇有余寒。他也记得布衫留在赵家,但倘若去取,又深怕秀才的竹杠。

然而地保进来了。

"阿Q,你的妈妈的!你连赵家的用人都调戏起来,简直是造反!害得我晚上没有觉睡!……"

如是云云的教训了一通,阿Q自然没有话。惯常,地保出面处理,要付二百文酒钱,因为在晚上,应该送地保加倍酒钱四百文,阿Q正没有现钱,便用一顶毡帽做抵押,并且订定了五条件:一、明天用红烛——要一斤重的——一对,香一封,到赵府上去赔罪。二、赵府上请道士祓除缢鬼,费用由阿Q负担。三、阿Q从此不准踏进赵府的门槛。四、吴妈此后倘有不测,唯阿Q是问。五、阿Q不准再去索取工钱和布衫。

幸而已经春天,棉被可以无用,便质了二千大钱,履行条约。赤膊磕头之后,居然还剩几文,他也不再赎毡帽,统统喝了酒了。但赵家也并不烧香点烛,因为太太拜佛的时候可以用,留着了。那破布衫是大半做了少奶奶八月间生下来的孩子的衬尿布,那小半破烂的便都做了吴妈的鞋底。

第四章　生计问题

　　阿Q礼毕之后,仍旧回到土谷祠,太阳下去了。他仔细一想,终于省悟过来:其原因盖在自己的赤膊。他记得破夹袄还在,便披在身上,躺倒了,待张开眼睛,原来太阳又已经照在西墙上头了。他坐起身,一面说道,"妈妈的……"

　　他起来之后,也仍旧在街上逛,渐渐的觉得世上有些古怪了。仿佛从这一天起,未庄的女人们忽然都怕了羞,伊们一见阿Q走来,便个个躲进门里去。甚而至于将近五十岁的邹七嫂,也跟着别人乱钻,而且将十一岁的女儿都叫进去了。阿Q很以为奇,而且想:"这些东西忽然都学起小姐模样来了。这娼妇们……"

　　渐渐地,他更觉得世上有些古怪。其一,酒店不肯赊欠了;其二,管土谷祠的老头子说些废话,似乎叫他走;其三,他虽然记不清多少日,但确乎有许多日,没有一个人来叫他做短工。酒店不赊,熬着也罢了;老头子催他走,噜苏一通也就算了;只是没有人来叫他做短工,如何是好?

　　阿Q忍不下去了,他只好到老主顾的家里去探问——但独不许踏进赵府的门槛——然而情形也异样:一定走出一个男人来,现了十分烦厌的相貌,像回复乞丐一般的摇手道:

　　"没有没有!你出去!"

　　阿Q愈觉得稀奇了。他想,这些人家向来少不了要帮忙,不至于现在忽然都无事,这总该有些蹊跷在里面了。他留心打听,才知道他们有事都去叫小Don。这小D,是一个穷小子,又瘦又乏,在阿Q的眼睛里,位置是在王胡之下的,谁料这小子竟谋了他的饭碗去。所以阿Q这一气,更与平常不同,当气愤愤的走着的时候,忽然将手一扬,唱道:

"我手执钢鞭将你打!……"

几天之后,他竟在钱府的照壁前遇见了小 D,便迎上去,叫他"畜生!"小 D 也站住了,有点怯,打量着他。但他手里没有钢鞭,于是只得扑上去,伸手去拔小 D 的辫子。小 D 一手护住了自己的辫根,一手也来拔阿 Q 的辫子,阿 Q 便也将空着的一只手护住了自己的辫根。但他近来挨了饿,又瘦又乏已经不下于小 D,所以便成了势均力敌的现象。他们在钱家粉墙上映出一个蓝色的虹形,至于半点钟之久了。

"好了,好了!"看的人们说,大约是解劝的。

"好,好!"看的人们说。

在同一瞬间,他们的手放松了,挤出人丛去。临分开,还互相狠狠地瞪了一眼,骂了一句"妈妈的"。

这一场"龙虎斗"似乎并无胜败,看的人也并不满足。而阿 Q 却仍然没有人来叫他做短工。

夏天临近。阿 Q 把衣裳一件件都卖了,挨过了几天饥荒。后来,他分文没有了,又饥肠辘辘。他围着破败的土谷祠转悠,在他的破屋的四面土墙到处翻找,在他的破床上乱摸,想寻到一注钱,可是一无所获。于是他决计出门求食去了。

有一日很温和。酒店里酒香扑鼻;馒头冒着热气。但他都走过了。

未庄本不是大村镇,不多时便走尽了。村外多是水田,满眼是新秧的嫩绿,夹着几个圆形的活动的黑点,便是耕田的农夫。阿 Q 并不赏鉴这田家乐,却只是走,因为他直觉的知道这与他的"求食"之道是很辽远的。但他终于走到静修庵的墙外了。

庵的粉墙突出在新绿里,后面的低土墙里是菜园。阿 Q 迟疑了一会儿,四面一看,并没有人。他便爬上这矮墙去,扯着何首乌藤,但泥土仍然簌簌的掉,阿 Q 的脚也索索的抖;终于跳到里面了。里面真是郁郁葱葱,但似乎并没有黄酒馒头。靠西墙是竹丛,下面许多笋,只可惜都是并未煮熟的,还有油菜早经结子,芥菜已将开花,小白菜也很老了。

阿 Q 正觉得很冤屈,忽而非常惊喜了,看到一畦老萝卜。他于是蹲下便拔,而门口突然伸出一个很圆的头来,又即缩回去了,这分明是小尼姑。小尼姑之流是阿Q本来视若草芥的,但世事须"退一步想",所以他便赶紧拔起四个萝卜,拧下青叶,兜在大襟里。然而老尼姑已经出来了。

"阿弥陀佛!你怎么跳进园里来偷萝卜?……啊呀,罪过呵,阿唷,阿弥陀佛!……"

"阿Q从来不偷,"阿Q且看且走的说,"这是你的?你能叫得他答应你么?你……"

阿Q没有说完话,拔步便跑;追来的是一匹很肥大的黑狗。黑狗哼而且追,已经要咬着阿Q的腿,幸而从衣兜里落下一个萝卜来,那狗略略一停,阿Q已经爬上桑树,跨到土墙,连人和萝卜都滚出墙外面了。只剩着黑狗还在对着桑树嗥,老尼姑念着佛。

第五章　从中兴到末路

在未庄再看见阿Q出现的时候,是刚过了这年的中秋。但阿Q这回的回来,却与先前大不同。天色将黑,他睡眼蒙眬的在酒店门前出现了,他走近柜台,从腰间伸出手来,满把是银的和铜的,在柜上一扔说:

"现钱!打酒来!"

他穿的是新夹袄,看去腰间还挂着一个大褡裢,沉甸甸的将裤带坠成了很弯很弯的弧线。但昔日和穿破夹袄的阿Q相比,今日穿新衣的阿Q大不一样了。所以堂倌、掌柜、酒客、路人,便自然显出一种疑而且敬的形态来。掌柜既先之以点头,又继之以谈话:

"嚄,阿Q,你回来了!"

"回来了。"

"发财发财,你是——在……"

"上城去了!"据阿Q说,他是在举人老爷家里帮忙。这一节,听的人都肃然了。这老爷本姓白，但因为一百里方圆之内只有他一个举人，说起举人来就是他。在这人的府上帮忙，那当然是可敬的。但据阿Q又说，他却不高兴再帮忙了，因为这举人老爷实在太"妈妈的"了。

这一节，听的人都叹息而且快意，因为阿Q本不配在举人老爷家里帮忙，而不帮忙是可惜的。

阿Q讲起城里的新鲜事来：叉麻将，法院，杀头。他装出见多识广的样子，无知的听者都赧然了。

"你们可看见过杀头么？"阿Q说，"咳，好看。城里，杀革命党。唉，好看好看！"

他摇摇头，将唾沫飞在正对面的赵司晨的脸上。这一节，听的人都凛然了。阿Q忽然扬起右手，照着伸长脖子听得出神的王胡的后项窝上直劈下去道：

"嚓！就这样！……"

王胡没来得及把头缩回去，痛了好半天。从此王胡瘟头瘟脑的许多日，并且再不敢走近阿Q的身边；别的人也一样。

阿Q这时在未庄人眼睛里的地位，虽不敢说超过赵太爷，但谓之差不多。

然而不多久，这阿Q的大名忽又传遍了未庄的闺中。虽然未庄只有钱赵两姓是大屋，此外十之九都是浅闺，但闺中究竟是闺中，所以也算得一件神异。女人们见面时一定说，邹七嫂在阿Q那里买了一条蓝绸裙，旧固然是旧的，但只花了九角钱；还有赵白眼的母亲——一说是赵司晨的母亲，待考——也买了一件孩子穿的大红洋纱衫，七成新，只用三百大钱。于是伊们不但见了不逃避，有时阿Q已经走过了，也还要追上去叫住他，问道：

"阿Q，你还有绸裙么？没有？纱衫也要的，有罢？"

后来这终于从浅闺传进深闺里去了。因为邹七嫂得意之余，将伊的绸裙请赵太太去鉴赏，赵太太又告诉了赵太爷而且着实恭维了一

番。赵太爷便在晚饭桌上,和秀才大爷讨论,以为阿 Q 实在有些古怪:

"我们门窗应该小心些!……但他的东西,不知道可还有什么可买,也许有点好东西罢……"

加以赵太太也正想买一件价廉物美的皮背心。于是家族决议,便托邹七嫂即刻去寻阿 Q,而且为此新辟了第三种的例外:这晚上也姑且特准点油灯。

油灯干了不少了,阿 Q 还不到。赵府的全眷都很焦急,或恨阿 Q 太飘忽,或怨邹七嫂不上紧。而赵太爷以为不足虑:因为这是"我"去叫他的。果然,到底赵太爷有见识,阿 Q 终于跟着邹七嫂进来了。

"太爷!"阿 Q 似笑非笑的叫了一声,在厅堂门口站住了。

"阿 Q,听说你在城里发财,"赵太爷从头到脚打量着他,一面说,"那很好……听说你有些旧东西,……因为我倒要……"

"我对邹七嫂说过了。都完了。"

"完了?那里会完得这样快呢?"

"那是朋友的,本来不多。他们都买走了……现在,只剩了一张门幕了。"

"就拿门幕来看看罢。"赵太太慌忙说。

"那么,明天拿来就是。"赵太爷却不甚热心了。

"阿 Q,你以后有什么东西的时候,你尽先送来给我们看,价钱决不会比别家出得少!"

"我要一件皮背心。"赵太太说。

阿 Q 虽然答应着,却懒洋洋的出去了。

秀才对于阿 Q 的态度也很不平,于是说,或者不如吩咐地保,不许他住在未庄。但赵太爷以为不然,说这也怕要结怨,况且做这路生意的大概是"老鹰不吃窝下食"。说罢,他叮嘱邹七嫂,请伊千万不要向人提起这一段话。

但第二日,邹七嫂便将那蓝裙去染了皂,又将阿 Q 可疑之点传扬出去了，可是确没有提起秀才要驱逐他这一节。

地保寻上门了，取了阿Q的门幕去，并且要议定每月的孝敬钱。村人对于他的敬畏忽而变相了。只有一班闲人们却还要寻根究底的去探阿Q的底细。阿Q也并不讳饰，傲然的说出他的经验来。从此他们才知道，他不过是一个小角色，不但不能上墙，并且不能进洞，只站在洞外接东西。有一夜，他刚才接到一个包，正手再进去，不一会儿，只听得里面大嚷起来，他便赶紧跑，连夜爬出城，逃回未庄来了，不敢再去做。此后，村人对他既不敬也不怕，只有轻蔑。

第六章　革命

宣统三年九月十四日——即阿Q将褡裢卖给赵白眼的这一天——三更四点，有一只大乌篷船到了赵府上的河埠头。这船从黑魆魆中荡来，乡下人睡得熟；出去时将近黎明，却很有几个看见的了。据探头探脑的调查来的结果，知道那竟是举人老爷的船！

那船便将大不安载给了未庄，不到正午，全村的人心就很动摇。船的使命，赵家本来是很秘密的，但茶坊酒肆里却都说，革命党要进城，举人老爷到我们乡下来逃难了。唯有邹七嫂不以为然，说那不过是几口破衣箱，举人老爷想来寄存的，却已被赵太爷回复转去。其实举人老爷和赵秀才素不相识。然而谣言很旺盛，说举人老爷虽然似乎没有亲到，却有一封长信，和赵家排了"转折亲"。赵太爷肚里一轮，觉得于他总不会有坏处，便将箱子留下了，现就塞在太太的床底下。至于革命党，有的说是便在这一夜进了城，个个白盔白甲：穿着崇正皇帝的素。

阿Q的耳朵里，本来早听到过革命党这一句话，今年又亲眼见过杀掉革命党。但他有一种不知从那里来的意见，以为革命党便是造反，比"偷儿"还要刺耳的。殊不料这却使百里闻名的举人老爷有这样怕，于是他未免也有些"神往"了，况且未庄的一群鸟男女的慌张的神情,也使阿Q更快意。"革命也好罢,"阿Q想,"革这伙妈妈的命!他们太可恶!太可恨!……便是我,也要投降革命党了。"

这一天,他多喝了点酒,在街上大步走着,一面转着他的革命的念头,似乎革命党便是自己,未庄人却都是他的俘虏了。他得意之余,禁不住大声的嚷道:

"造反了!造反了!"

未庄人都用了惊惧可怜的眼光对他看。一见之下,他更加高兴的走而且喊道:

"好,……我要什么就是什么,我欢喜谁就是谁……'得得,锵锵!悔不该,酒醉错斩了郑贤弟……悔不该,呀呀呀……得得,锵锵,得,锵令锵!……我手执钢鞭将你打!'……"

赵府上的两位男人和两个真本家,也正站在大门口论革命。阿Q没有见,昂了头直唱过去。

"得得,……"

"老Q,"赵太爷怯怯的迎着低声的叫。

"锵锵!"

阿Q料不到他的名字会和"老"字联结起来,以为是一句别的话,与己无干,只是唱。"得,锵,锵令锵,锵!"

"老Q!"

"锵,锵!"

"阿Q!"秀才只得直呼其名了。

阿Q这才站住,歪着头问道:

"什么?"

"老Q,……现在……"赵太爷却又没有话,脑子里在找话,"现在……发财啦……"

"发财?自然。要什么就是什么……"

"阿……Q哥,像我们这样穷朋友是不要紧的,是不是?"赵白眼惴惴的说,似乎想探革命党的口风。

"穷朋友？你总比我有钱。"

阿Q说着自去了。

大家都怃然，没有话。赵太爷父子回家，晚上商量到点灯。赵白眼回家，便从腰间扯下褡裢来，交给他女人藏在箱底里。

阿Q回到土谷祠。这晚上，管祠的老头子也意外的和气，请他喝茶，给了他两个饼，四两烛，他喝了茶，吃了饼，点亮了蜡烛。烛光在闪闪的跳，他的思想也迸跳起来了：

一阵白盔白甲的革命党，都拿着板刀、钢鞭、炸弹、洋炮、三尖两刃刀、钩镰枪，走过土谷祠，叫道，"阿Q！同去同去！"于是一同去。……这时未庄的一伙鸟男女才好笑哩，跪下叫道，"阿Q，饶命！"谁听他！第一个该死的是小D和赵太爷，还有秀才，还有假洋鬼子，……留几条么？王胡本来还可留，但也不要了。……财宝，……直走进去打开箱子来：元宝、洋钱、洋纱衫，……秀才娘子的一张宁式床先搬到土谷祠，此外便摆了钱家的桌椅——或者也就用赵家的罢。自己是不动手的了，叫小D来搬，要搬得快，搬得不快打嘴巴。……赵司晨的妹子真丑。假洋鬼子的老婆会和没有辫子的男人睡觉，吴妈长久不见了，不知道在那里——可惜脚太大。

阿Q没有想得十分停当，已经发了鼾声，四两烛还只点去了小半寸，红艳艳的光照着他张开的嘴。

第二天他起得很迟，走出街上看时，样样都照旧。他也仍然肚饿，他想着，想不起什么来；但他忽而似乎有了主意了，慢慢的跨开步，有意无意的走到静修庵。

庵和春天时节一样静，白的墙壁，紧闭的油漆门。他想了一想，前去打门。一只狗在里面叫。他急急拾了几块断砖，再上去较为用力的打，打到黑门上生出许多麻点的时候，才听得有人来开门。

阿Q连忙捏好砖头，摆开马步，准备和黑狗来开战。但庵门只开了一条缝，并无黑狗从中冲出，望进去只有一个老尼姑。

"你又来什么事？"伊大吃一惊地说。

"革命了……你知道？……"阿Q傻里傻气地说，还装着郑重其事。

"革命！革命！革过一革的，……你们要革得我们怎么样呢？"老尼姑两眼通红地说。

"什么？……"阿Q诧异了。

"你不知道，他们已经来革过了！"

"谁？……"

"那秀才和洋鬼子！"

阿Q很出意外，不由得一错愕；老尼姑见他失了锐气，便飞速的关了门，阿Q再推时，牢不可开，再打时，没有回答了。

那还是上午的事。赵秀才消息灵，一知道革命党已在夜间进城，便将辫子盘在顶上，一早去拜访那个从来未打搅过的钱洋鬼子。这是"咸与维新"的时候了，所以他们便谈得很投机，立刻成了情投意合的同志，也相约去革命。他们想而又想，才想出静修庵里有一块"皇帝万岁万万岁"的龙牌，是应该赶紧革掉的，于是又立刻同到庵里去革命。因为老尼姑来阻挡，说了三句话，他们便将伊当作满政府，在头上很给了不少的棍子。尼姑待他们走后，定了神来检点，龙牌固然已经碎在地上了，而且又不见了观音娘娘座前的一个宣德炉。

这事阿Q后来才知道。他颇悔自己睡着，但也深怪他们不来招呼他。他又退一步想道："难道他们还没有知道我已经投降了革命党么？"

第七章　不准革命

未庄的人心日见其安静了。据传来的消息，知道革命党虽然进了城，倒还没有什么大异样。知县大老爷还是原官，不过改称了什么，而且举人老爷也做了什么——这些名目，未庄人都说不明白——官，带兵的也还是先前的老把总。只有一件可怕的事是另有几个不好的革命党夹在里面捣乱,第二天便动手剪辫子,听说那邻村的航船七斤便着了道儿,弄得不像人样子了。但这却还不算大恐怖,因为未庄人本来少上城,即使偶有想进城的,也就立刻变了计,碰不着这危险。阿Q本也想进城去寻他的老朋友,一得这消息,也只得作罢了。

但未庄也不能说是无改革。几天之后,将辫子盘在顶上的逐渐增加起来了,早经说过,最先自然是茂才公,其次便是赵司晨和赵白眼,后来是阿Q。

赵司晨脑后空荡荡的走来,看见的人大嚷说:

"豁,革命党来了!"

他虽然早知道秀才盘辫的大新闻,但总没有想到自己可以照样做,现在看见赵司晨也如此,才有了学样的意思。他用一支竹筷将辫子盘在头顶上,盘过来松开,松开了又盘,迟疑多时,这才放胆的走去。他在街上走,人也看他,然而不说什么话,阿Q当初很不快,后来便很不平。他近来很容易闹脾气了;其实他的生活,倒也并不比造反之前反艰难,人见他也客气,店铺也不说要现钱。而阿Q总觉得自己太失意:既然革了命,不应该只是这样的。况且有一回看见小D,愈使他气破肚皮了。

小D也将辫子盘在头顶上了,而且也居然用一支竹筷。阿Q万料不到他也敢这样做,自己也决不准他这样做!他很想即刻揪住他,拗断他的竹筷,放下他的辫子,并且批他几个嘴巴,聊且惩罚他忘了生辰八字,也敢来做革命党的罪。但他终于饶放了,单是怒目而视的吐一口唾沫道"呸!"

这几日里,进城去的只有一个假洋鬼子。赵秀才本也想靠着寄存箱子的渊源,亲身去拜访举人老爷的,但因为有剪辫的危险,所以也就中止了。他写了一封"黄伞格"的信,托假洋鬼子带上城,替自己向举人表示敬意。假洋鬼子回来时,向秀才讨还了四块洋钱,秀才便有一块银桃子挂在大襟上了;未庄人都惊服,说这是柿油党的顶子,抵得一个翰林;赵太爷因此也骤然大阔,远过于他儿子初隽秀才的时候,所以目空一切,见了革命党阿Q,也就很有些不放在眼里了。

阿Q正在不平,又时时刻刻感着冷落,一听得这银桃子的传说,他立即悟出自己之所以冷落的原因了:要革命,单说投降,是不行的;盘上辫子,也不行的;第一着仍然要和革命党去结识。他生平所知道的革命党只有两个,城里的一个早已"嚓"的杀掉了,现在只剩了一个假洋鬼子。他除却赶紧去和假洋鬼子商量之外,再没有别的道路了。

钱府的大门正开着,阿Q便怯怯的蹩进去。他一到里面,很吃了惊,只见假洋鬼子正站在院子的中央,一身乌黑的大约是洋衣,身上也挂着一块银桃子,手里是阿Q曾经领教过的棍子,已经留到一尺多长的辫子都拆开了披在肩背上,蓬头散发的像一个刘海仙。对面挺直的站着赵白眼和三个闲人,正在毕恭毕敬的听说话。

阿Q轻轻的走近了,站在赵白眼的背后,心里想招呼,却不知道怎么说才好:叫他假洋鬼子固然是不行的了,洋人也不妥,革命党也不妥,或者就应该叫洋先生了罢。

洋先生却没有见他,因为白着眼睛讲得正起劲:

"我是性急的,所以我们见面,我总是说:洪哥!我们动手罢!他却总说道 No!——这是洋话,你们不懂的。否则早已成功了。然而这正是他做事小心的地方。他再三再四的请我上湖北,我还没有肯。谁愿意在这小县城里做事情。……"

"唔,……这个……"

阿Q候他略停,终于用十二分的勇气开口了,但不知道因为什么,又并不叫他洋先生。

听着说话的四个人都吃惊的回顾他。洋先生也才看见:

"什么?你来做什么?"

"我……"

"出去!"

"我要投……""滚出去!滚出去!"洋先生扬起哭丧棒来了。

赵白眼和闲人们便都吆喝道:

"先生叫你滚出去,你还不听么!"

阿Q将手向头上一遮,不自觉的逃出门外;洋先生倒也没有追。他快跑了六十多步,这才慢慢的走,于是心里便涌起了忧愁:洋先生不准他革命,他再没有别的路;从此决不能望有白盔白甲的人来叫他,他所有的抱负,所有的前程,全被一笔勾销了。至于闲人们传扬开去,给小D王胡等辈笑话,倒是还在其次的事。

他似乎从来没有经验过这样的无聊。他对于自己的盘辫子,仿佛也觉得无意味;为报仇起见,很想立刻放下辫子来,但也没有竟放。他游到夜间,赊了两碗酒,喝下肚去,渐渐的高兴起来了,思想里才又出现白盔白甲的碎片。

有一天,他照例的混到夜深,待酒店要关门,才不慌不忙地踱回土谷祠去。

半路上,突然,拍!吧!……他听得一种异样的声音,又不是爆竹。阿Q本来是爱看热闹,爱管闲事的,便在暗中直寻过去。似乎前面有些脚步声;他正听,猛然间一个人从对面逃来了。阿Q一看见,便赶紧翻身跟着逃。那人转弯,阿Q也转弯,那人站住了,阿Q也站住。他看后面并无什么,看那人便是小D。

"什么?"阿Q不平起来了。

"赵……赵家遭抢了!"小D气喘吁吁地说。

阿Q的心怦怦的跳了。小D说了便走;阿Q却逃而又停的两三回。但他究竟是做过"这路生意",格外胆大,于是蹩出路角,仔细的听,似乎有些嚷嚷,又仔细的看,似乎许多白盔白甲的人,络绎的将箱子抬出了,器具抬出了,秀才娘子的宁式床也抬出了,但是不分明。他还想上前看个清楚,无奈他两腿发抖让他原地不动。

这一夜没有月,未庄在黑暗里很寂静,寂静到像羲皇时候一般太平。阿Q一直站在路角,一声不响看着,也似乎还是先前一样,看见箱子抬出了,器具抬出了,秀才娘子的宁式床也抬出了,直到他自己有些不信他的眼睛了。但他决计不再上前,却回到自己的祠里去了。

他关好大门,摸进自己的屋子里。他躺了好一会儿,这才定了神,而且发出关于自己的思想来:白盔白甲的人明明到了,并不来打招呼,搬了许多好东西,又没有自己的份——这全是假洋鬼子可恶,不准我造反!阿Q越想越气,终于禁不住满心痛恨起来,毒毒的点一点头:

"只准你造反?妈妈的假洋鬼子!……好,你造反!造反是杀头的罪名呵,我总要告一状,看你抓进县里去杀头……满门抄斩……嚓!嚓!"

第八章 再见

赵家遭抢之后,未庄人大抵很快意而且恐慌,阿Q也很快意而且恐慌。

但四天之后,阿Q在半夜里忽被抓进县城里去了。那时恰是暗夜,一队兵,一队团丁,一队警察,悄悄地到了未庄,乘昏暗围住土谷祠,正对门架好机关枪;他们大声喝令阿Q出来。许多时没有动静,把总焦急起来了,悬了二十千的赏,才有两个团丁冒了险,逾垣进去,里应外合,一拥而入,将阿Q抓出来;直待擒出祠外面的机关枪左近,他才有些清醒了。

到进城,已经是正午,阿Q见自己被摊进一所破衙门,转了五六个弯,便推在一间小屋里。他刚刚一蹌跟,那用整株的木料做成的栅栏门便跟着他的脚跟阖上了,其余的三面都是墙壁,仔细看时,屋角上还有两个跟他一样的穷光蛋。

阿Q虽然有些忐忑,却并不很苦闷,因为他那土谷祠里的卧室,也并没有比这间屋子更高明。那两个也仿佛是乡下人,渐渐和他兜搭起来了,一个说是举人老爷要追他祖父欠下来的陈租,一个不知道为了什么事。他们问阿Q,阿Q爽利的答道:"因为我想造反。"

他下半天便又被抓出栅栏门去了,到得大堂,上面坐着一个满头剃得精光的老头子。阿Q疑心他是和尚,但看见下面站着一排兵,两旁又站着十几个长衫人物,也有满头剃得精光像这老头子的,也有将一尺来长的头发披在背后像那假洋鬼子的,都是一脸横肉,怒目而视的看他;他便知道这人一定有些来历,膝关节立刻自然而然的宽松,便跪了下去了。

"站着说!不要跪!"长衫人物都吆喝说。

阿Q想站起来,但总觉得站不住,身不由己的蹲了下去,而且终于趁势改为跪下了。

"奴隶性!……"长衫人物又鄙夷似的说,但也没有叫他起来。

"你从实招来罢,免得吃苦。我早都知道了。招了可以放你。"那光头的老头子看定了阿Q的脸,沉静的清楚的说。

"招罢!"长衫人物也大声说。

"我本来要……来投……"阿Q糊里糊涂的想了一通,这才断断续续的说。

"那么,为什么不来的呢?"老头子和气的问。

"假洋鬼子不准我!"

"胡说!此刻说,也迟了。现在你的同党在哪里?"

"什么?……"

"那一晚打劫赵家的一伙人。"

"他们没有来叫我。他们自己搬走了。"阿Q提起那些自私自利的家伙来便愤愤。

"走到哪里去了呢?说出来便放你了。"老头子更和气了。

"我不知道,……他们没有来叫我……"

然而老头子使了一个眼色,阿Q便又被抓进栅栏门里了。

他第二次抓出栅栏门,是第二天的上午。大堂的情形都照旧。上面仍然坐着光头的老头子,阿Q也仍然下了跪。

老头子和气的问道:"你还有什么话说么?"

阿Q一想,没有话,便回答说:"没有。"

于是一个长衫人物拿了一张纸,并一支笔送到阿Q的面前,要将笔塞在他手里。阿Q这时很吃惊,几乎"魂飞魄散"了:因为他的手和笔相关,这回是初次。他正不知怎样拿;那人却又指着一处地方教他画押。

"我……我……不认得字。"阿Q一把抓住了笔,惶恐而且惭愧的说。

"那么,便宜你,画一个圆圈!"

阿Q点了点头,于是那人替他将纸铺在地上,阿Q伏下去,使尽了平生的力气画圆圈。他生怕被人笑话,立志要画得圆,但这可恶的笔不但很沉重,并且不听话,刚刚一抖一抖的几乎要合缝,却又向外一耸,画成瓜子模样了。

阿Q正羞愧自己画得不圆,那人却不计较,早已掣了纸笔去,许多人又将他第三次抓进栅栏门。

他这次进了栅栏,倒也并不十分懊恼。他以为人生天地之间,大约本来有时要抓进抓出,有时要在纸上画圆圈的,唯有圈而不圆,却是他"行状"上的一个污点。但不多时也就释然了,他想:孙子才画得很圆的圆圈呢。于是他睡着了。

然而这一夜,举人老爷反而不能睡:他和把总怄了气了。举人老爷主张第一要追赃,把总主张第一要示众。把总近来很不将举人老爷放在眼里了,拍案打凳的说道:

"惩一儆百!你看,我做革命党还不上二十天,抢案就是十几件,全不破案,我的面子在哪里?破了案,你又来迂。不成!这是我管的!"

举人老爷窘急了,然而还坚持,说是倘若不追赃,他便立刻辞了帮办民政的职务。

而把总却道:"请便罢!"

于是举人老爷在这一夜竟没有睡,但幸第二天倒也没有辞。

第二天上午,阿Q第三次抓出栅栏门,到了大堂。上面还坐着照例的光头老头子;阿Q也照例的下了跪。

老头子很和气的问道:"你还有什么话么?"

阿 Q 一想,没有话,便回答说:"没有。"

许多长衫和短衫人物,忽然给他穿上一件洋布的白背心,上面有些黑字。阿 Q 很气苦:因为这很像是戴孝,而戴孝是晦气的。然而同时他的两手反缚了,同时又被一直抓出衙门外去了。阿 Q 被抬上了一辆没有篷的车,几个短衣人物也和他同坐在一处。这车立刻走动了,前面是一班背着洋炮的兵们和团丁,两旁是许多张着嘴的看客,后面怎样,阿 Q 没有见。但他突然觉到了:这岂不是去杀头么?他一急,两眼发黑,耳朵里嗤的一声,似乎发昏了。然而他又没有全发昏,有时却也泰然,似乎觉得人生天地间,大约本来有时也未免要杀头的。

他还认得路,于是有些诧异了:怎么不向着法场走呢?他不知道这是在游街,在示众。但即使知道也一样,他不过便以为人生天地间,大约本来有时也未免要游街要示众罢了。

他省悟了,这是绕到法场去的路,这一定是"嚓"的去杀头。他惘惘的向左右看,全跟着马蚁似的人,而在无意中,却在路旁的人丛中发现了一个吴妈。很久违,伊原来在城里做工了。阿 Q 忽然很羞愧自己没志气,角色演得不好,竟没有唱几句戏。他的思想在脑里一回旋:《小孤孀上坟》欠堂皇,"悔不该……"也太乏,还是"手执钢鞭将你打"罢。他同时想将手一扬,才记得这两手原来都捆着,于是"手执钢鞭"也不唱了。

"过了二十年又是一个阿 Q……"阿 Q 在百忙中,"无师自通"的说出半句从来不说的话。

"好!!!"

从人丛里,便发出豺狼的嗥叫一般的声音来。

车子不住的前行,阿 Q 在喝彩声中,轮转眼睛去看吴妈,似乎伊一向并没有见他,却只是出神的看着兵们背上的洋炮。

阿 Q 于是再看那些喝彩的人们。

这刹那中,他的思想又仿佛旋风似的在脑里一回旋了。四年之前,他曾在山脚下遇见一只饿狼,永是不近不远的跟定他,要吃他的肉。他那时吓得几乎要死,幸而手里有一柄斫柴刀,才得仗这壮了胆,支持到未庄;可是永远记得那狼眼睛,又凶又怯,闪闪的像两颗鬼火,似乎远远的来穿透了他的皮肉。而这回他又看见从来没有见过的更可怕的眼睛了,又钝又锋利,quærens quem dévorent①,不但已经咀嚼了他的话,并且还要咀嚼他皮肉以外的东西,永是不近不远的跟他走。

这些眼睛们似乎连成一气,已经在那里咬他的灵魂。

"救命!"

然而阿Q没有说。他早就两眼发黑,耳朵里嗡的一声,觉得全身仿佛微尘似的迸散了。

当天夜里,举人太太不禁嚎啕,因为这判决不公。不久以后,举人老爷辞了职,从此未被任用,渐渐发生了遗老的气味。

至于舆论,在未庄是无异议,自然都说阿Q坏,被枪毙便是他的坏的证据,不坏又何至于被枪毙呢?

而城里的舆论却不佳,他们多半不满足,以为枪毙并无杀头这般好看;而且那是怎样的一个可笑的死囚呵,游了那么久的街,竟没有唱一句戏:他们白跟一趟了。

(张英伦由敬译复原中文)

---

① 拉丁文,意为"寻找可吞吃的人"。

读了《罗曼罗兰评鲁迅》以后[1]

京报副刊上有署名全飞、柏生的得了《罗曼罗兰评鲁迅》的消息，又得了敬君的译文"恐与原文有许多不合处"的消息，又得了"敬君同时翻一篇郭沫若的东西；罗曼罗兰谦虚的说他不晓得好处，……"内经种种消息，他们"很欢喜"；若是这些消息不是完全捏造的，我也同你们替你们大家欢喜，但不知道这种种消息是从哪里得来的？

全飞君自称他是我的同学；但是我自有生以来并没有尊荣认识你这一位同学；我在法国同学的只有四五个人，其中并没有一个叫全飞。

或者你的消息是由我的朋友处得来的？但是我所认识的朋友一一问遍了，没有一个知道有全飞其人者！原来你非人非鬼；你是乌有，你是全非！

本来我很不愿意牺牲我求学的宝贵的光阴来答复无聊的你们，我不愿意把罗曼罗兰的名字混杂在你们损人利己的党争之间；但是我对于你们有应尽的责任，不能不忠告你们几句。倘依我从前的脾气，或许也得照"某国"文人的习惯，痛骂淋漓一番，以博阅者一笑；而今消残

---

[1] 本文首次发表于一九二六年五月十六日出版的《洪水》第二卷第十七期。附有该刊编者周全平撰写的如下按语："《罗曼罗兰评鲁迅》一文在一九二六，三，二的京副上。原先我并未看到，隐渔文来了我总得设法借得一阅。原文是很短的一段消息，是柏生君介绍全飞的一封信。照我匆匆一阅时所见，觉得没有什么大不然，朋友们写信是常常喜欢报告自家人的消息的。不料隐渔会写了这么长的答复来。在目下的中国，一般人民都在火坑中挣扎的中国，我很不愿再因一些无谓的争辩而引起大家的不快。所以我原想是不登。但后来又想到北京的西滢先生在炸弹声中还有看名剧的兴致，在屠杀声中还不忘捧玉君的逸性，那么我也何妨在悲壮的杀敌声中渗入一些轻悄的口舌呢！而且隐渔文中有许多地方并不是口角，虽然前半有许多带有愤怒的轻薄语。本来是想把许多无关紧要的口角略了的，但因为这几日实在太忙，只能照样刊出了。盼望读这篇文章的人不要只看里面的口角才好。"

了壮志,只觉得人类的大悲,只觉得你我大家都甚可怜;我只好诚恳地奉劝你们三件大事。你道是那三件?

第一:为人当负责任;要做播弄是非的文章,应有署真名真姓的胆量。新中国的热血的青年(我料你们是新中国的热血的青年)必须胆大,胆大,还须胆大。缩头缩尾像个啥事体?

第二:批评别人的译文或别人的"东西"是一件很文明的事。但总要见了译文,见了"东西",然后加以批评,加以抨击,才是正理。未见译文,未见"东西",先就捕风捉影,妄露头角……"恐与原意有许多不合处"……"恐"字虽妙,然而不可拿来登报,尤其不可拿来登《京报》。盖京报者京报也;万不料那传播新文化的京报副刊也加进了一栏滑稽专电。"据他说……",我几时对你说过?你既不是我的同学,又不是我的朋友,然而小子不敢妄断前程;或许你们怜我身世飘零,有意为我的同学,朋友,也未可知。总之,全飞,你太性急了!至今译文尚未登载哩;你何所见而云?天上还无鸟飞,谁知鸟之雄雌?

第三:不可妄造谣言;不可和尚的毛褡乱栽一把。

是真的,我译了鲁迅的阿Q正传;是真的,罗曼罗兰称赞他。是真的,我译了郭沫若的"东西";是真的,罗曼罗兰也评得不坏。但是谁告诉你:"罗曼罗兰谦虚的说他不晓得好处"?谁告诉你:"罗曼罗兰不懂得为什么叫阿Q"?谁告诉你:"敬君亦不懂"?谁告诉你:"敬君像好逑传一样称鲁迅大老爷"?拿证据来!你遇了鬼了!你苦苦地冤诬我所为那般?我实在不知你是何用意!

啊!我猜着了!

你要用烘云托月的法子,把别人降低,才把鲁迅抬得高?固然,鲁迅亦是我很景仰的:我不景仰他,就不会译他的"东西"。但是你们怕我抢了你们的轿夫之职?放心吧!何不先告诉我呢!你们虽疑难认我是"某国"人,我却有某国人的君子无争的性情;只要你们大胆地伸出头来,我马上放下轿桿揖让而去;不必客气!

我并不是郭沫若的铁心斗伴;我并不护卫他;但是是是是,非是非；何苦把罗曼罗兰的帽子妄加在郭沫若头上？这其间既有我的关系，我敢告皇天后土，我自有生以来没听见罗曼罗兰"说他不晓得好处"。哀哉！冤诬圣贤的你们！

　　我，随便你们怎么议论，都不关紧要。其实，我和你们也无仇无恨，也不能说你们嫉妒我，因为我原来是无名小卒。若说你们怕我将来著名，现在而今，早加以排挤，这就更不近理；我将来也不想著名，纵然想，能否，还是一个问题；我也不属于中国文人的某党某派；杳茫的将来，无党派的区区的我对于你们有什么妨害？要骂，要打，都是好办法；何必冤诬？我不怕刀，不怕抢，只防着冷箭；不怕水，不怕火，只厌恶臭虫。况且，老实对你们说，是"某国"混乱不堪的文坛上的一点虚名儿么，我还十二万分不放在眼里呢。

　　至于我译鲁迅的阿Q正传，也并不是为盗名起见。况且我把鲁迅的招牌明明白白挂出去了的。

　　以前的闲话不再提起了，有过火的地方，请你们原谅；本要待脑汁冷静时才写，却没有时间。望你们不要再无理地和我纠缠；我没有精神答复你们。大家一笑，仍然和好！如今，书归正传。你们既知道罗曼罗兰的名字，应知他是怎么样一个人，应知他为什么做了Beethoven[①]传，为什么做了甘地传。单就一部分来说，罗曼罗兰慕印度古老的文化的伟大，愤列强的侵略的残暴，悲佛国的思想的束缚，适逢有甘地这样一位伟人的人格和经历，遂奋起他圣侠的勇气，以天雷的强爪，撕破了英人的假面具，以Hercules的雄臂拥护东方的文明，以Michelangelo的艺术把甘地高高举起轻轻地放在与耶稣平行的座上……全飞，你既来了欧洲，谅也知道甘地传地所生的影响。不必赘述。罗曼罗兰对于中国也有同样的爱慕，同样的热心，同样的抱不平；但是他和中国人没有接触；他很高兴认识了我，他切望知道中国的近代思想：这种介绍，你们谅也明白，在欧洲几乎没有；大人先生们不遑

[①] 贝多芬(1770—1827)，德国音乐家。

见客的时候,小孩子也得勉强代为应酬;罗曼罗兰那一双尖锐的眼睛看了我的信札,见了我的容貌,听了我的说话,当然看透了我不是什么伟大的人物;然而无可奈何,他只得由我的无穷小的笔管里窥测现代中国的青天;他对我说话时,叮咛又叮咛,给我的信上,嘱咐又嘱咐;我总嫌我的学识不足,精神不济;加以我的傲骨生成,穷气逼人,凡国内国外的中国伟人我概不相识,遂无从领教;万不得已,才趁年假期间,才运用我的迟钝的脑力,才挥动我的枯瘦的指头,才慢慢地,一个字一个字地,千辛万苦地把阿Q正传及其他译了几篇,寄与罗曼罗兰;天高地厚,我并没有什么野心,我不过当小学生缴卷子请先生改正而已;罗曼罗兰及巴黎某杂志的主任却极力称好,这虽然是沾鲁迅及其他先生们的光,但是欧人由我的译文里也领略得几分原文的美,也不算我没有劳绩呀。这里不是我自夸自大,为杜绝谗言起见,且把欧人批评我的译文抄出来。罗曼罗兰说:"Votre traduction est correcte, aisée, naturelle(你的译文是规矩的,流畅的,自然的)。"巴黎某杂志主任说:"Votre traduction est extrêmement fine et riche en nuance(你的译文是极精细而富于色彩的)。"中文有了误解,你拿着了脏,再来判罪也不为迟;如今凭空无据,岂可吊起下巴乱说? 至于删得当否,自有作者本人主张,无关于站在乾坎上的人们。

倘若你们意在让我更勤快,更忠实,使"某国"的光荣发扬无遗……这是我很感激你们的。那么,我就忠实地劝告你们去掉这些单劣的手腕,破除你们狭小的自私的党见,弃绝种种无谓的纷争,(你们想许多可怜的印刷排字工人把他们的血汗,许多有天才有学识的文人把他们的精神都消费在这些狭小的纷争里了!)你们大家努力创造吧。至于向国外的发展也是很重要的;你们愿意把中法,中德的译稿拿来给我替你们介绍,登载,我非常欢迎;你们作了好品,见了好品,拿来给我替你们翻译介绍,我也非常欢迎……我并不垄断。我希望同志的青年大家合作吧。

凡我们爱文艺,爱中国的朋友,这一次听了国外名人评赞中国文艺的消息无不老实地欢喜；鲁迅听了这个消息也老实地欢喜，并且老实地道谢了我介绍之劳。希望我同胞都老实地欢喜，纯粹地欢喜。全飞，柏生二君虽欢喜而不老实，而不纯粹，这其间必有病根。细诊京报原稿，察得你们的感受非常复杂而奇离，你们同时又欢喜，又不欢喜；欢喜的是你们的鲁迅既洗澡于光彩之波必有两三点水滴溅进你们口里来，不欢喜的是我的介绍；你们却不想到不经我介绍不懂中文的欧人怎么会知道他的好处，欧人若不知道他的好处，你们这一次的欢喜又从何来？你们的感情互相矛盾；你们的思想不合乐节。

京报上的只是谣言，不是批评。我趁此谈谈批评界。佛罗贝尔及其他许多创作家尝言，凡人创作既不成功，把他的嫉妒忿怒发泄在创作者的身上，这便是一个批评家。这句话大半是事实。真正的批评家比创作家更难产生。真正的批评家，如 Ste‐Beuve① 等，他的批评便是创作。试看中国的批评界，除嫉妒互骂以外，还有什么？固然，路见不平，也不免于骂；然而要骂得条条是理，要骂得光明磊落，要骂得有艺术的美。不可学王婆骂鸡，尤不可学张妈造谣。有许多人无话可说，无创可作，却要做文章来填空白，出风头的，遂不得已而做批评，或者报馆也利用此獠哩。凡文界中人，怕挨人骂，不得不买几份报来看：于是积报顿消焉。然而折本的是文学。庸人可以创作而不可以批评。盖创作虽多，一遇严肃而有力的批评家的脚头，呆打孩自成坏蛋。庸人而批评，而千军万马的批评，则是非皂白难分矣。大半数人的无知性胜于有知性。培根说："凡人似欲费最少数的思想度过这一生命。"从前专制底下的中国人专以孔子的思想替代自己的思想，又以自己的记性替代孔子的思想；他们以不思想著名。他们也不需证据。只要是上了书的，放了报的，便是不会错的。岂独从前的中国人而已哉？现在的中国人，到过欧洲的中国人，也未尝不顾惜他们的遗传性！他们以欧人的思想替代自己的思想，以自己的记性替代欧人的思想；他们

---

① 圣伯夫(1804—1869)，法国文艺评论家。

以记得欧洲的名人的名字著名。间或他们批评名人的名著还大致不差,因为他们死记得名人对于名著的批评。论到新出的作品么,他要抬高的,便在他记得的书里去找赞词,他要降低的,便在他记得的书里去找骂词;书上的又登在报上,遂有两重权威,更弄得阅者呃嘴念佛了。他们利用这种黑暗势力便要逼着新进的作者向他们来买称臣……噫!!!

闲话少说,无论如何我总要坚持自由地继续我的介绍工作。

  Si fractus illabatur orbis
  Impavidum ferient ruinae
  倘使天破了泼下来
  将抨着无恐惧的我。

以后有关于我的谣言闲话恕不答复。

中国的文艺复兴和罗曼·罗兰的影响[1]

政治报刊的万花筒所反映的中国,就像一个绵延不断的战场,一堆奄奄一息的人,一片废墟的混沌。然而,这个混乱时期并不令我们恐惧:每个民族都经历过类似的阶段。中国拥有特别悠久的历史,富有坚韧的耐力,经受过很多暴风骤雨;现在的这一场算是危险性最小而又最富有成果的了。如果我们深刻观察,就会看到继漫长休息之后发生了一个进步的变化、一次光明的觉醒、一种创造的活动。因为,经历过军阀的横行霸道,穿过破晓前的群魔乱舞,爆发了精神的革命,它远比政治革命的破坏性小,又比它获得的成就多。我们拆掉了妨碍我们有新发展的过于狭窄的旧的道德建筑,破除了迷信,摧毁了麻痹人的思想和建制,推翻了对孔子的刻板膜拜,动摇了麻木不仁的平和与冷漠。请看,巨大的建筑从废墟里突兀而起。一种中国新思想在形成,危机令它振作,悠久的传承使它多产,欧洲的思想把它丰富。

中国的新思想在当代文学中反映得最为鲜明。它刚刚进入一个与以往的文学惊人地不同的新纪元。以往(从周朝以来),只有极少数的高官贵人能够发表他们写的东西;他们主要进行品评,很少创作,只是生拉硬扯,彼此重复些颂扬"天子"的陈腔滥调。今天,几乎所有的年轻人,从中学起,都在写作,发表作品,提出大胆的思想。自由地书写自己的所思,是政治革命的一个无可置疑的良好成果,它大大抵消了政治革命造成的物质上的破坏。

文学革命还争取到另一项自由,写作方法的自由;这是七里靴,我

---

[1] 本文的法文原文首次发表于一九二七年九月十五日出版的《欧洲》月刊第五十七期。

们穿着它终于跨越出旧的文学。的确,旧文学产生过许多十分精湛的杰作,富有和谐的诗意和无法模拟的造型美,忠实地反映了亚洲的恬静和对大自然深深的爱。但是它的范围过于狭窄,精华已经枯竭。大部分作家都在堆砌或者抄袭,变得迟钝;他们刻板的模仿,一味追求典雅或者晦涩,使他们一天比一天失去生气。官方的作品,一成不变,空空洞洞,致使文人思想薄弱,迷失在最拙劣的咬文嚼字里。人民说的语言和书写的文学有很大不同,无法理解它,于是敬而远之。文化人和无文化者彼此隔着一条鸿沟。而现在,由于白话文文学取得了对衰朽文学的胜利,这鸿沟已被填平。

这场大众文学运动,是胡适先生在十年前开始的,他曾留学美国,现为北京大学哲学教授。它在全中国范围内取得了迅速的成功,特别是在青年当中,青年人今后是民族的脊梁。贫瘠的旧习、死板的规则、狭隘的框框被冲破,新文学自由地绽放,普及到所有人,变得明晰而又灵活,不断地丰富和深化。当代诗歌,结构自由,有些人的诗押韵,另一些人的诗仅有节奏感,与古典诗歌相比,不再那么简约和工整,但是更率真,更多姿多彩,更有独创性,反而和周代(公元前几世纪)以前的诗歌接近。散文,在很短的时间里,创造出很多风格和样式。昔日被达官贵人们不齿、通常仅仅由一些籍籍无名的写家经营的长篇小说,而今大行其道,成为文学界的热门。处处都显露出欧洲文学,特别是俄罗斯文学的影响。从荷马到现代作家,几乎所有外国名作家都被翻译过来。我们的作家模仿他们或者从他们获得启发。其中最著名的一位,鲁迅先生,以其现实主义的艺术,深刻反映不幸的无产者的生活,大概可与最伟大的俄罗斯大师们比肩。冰心小姐在其诗歌和小说中反映了被闭锁的妇女们的优雅和脆弱,以及勇于思考、革新和反抗的新的女性。郁达夫先生的作品哀婉伤情,令人想到让-雅克·卢梭和法国颓废派诗人,再现了变化之初的青年的迷惘。

近年来在郁达夫影响下的抒情的悲观主义已成过去,今天的青年,投入艰难的斗争,表现出一种勇气,一股像我们先人一样的精神的冲劲，如果先人们再世，会为此感到惊讶的。由此我们可以想象今日的青年以何等的热情欢迎罗曼·罗兰的真正的英雄主义。

首先，《约翰-克利斯朵夫》以其不可动摇的理想主义，既具摧毁力又具建设性的精神，以及敢于反抗传统形式的大无畏的艺术，向我们表明其作者是最伟大的欧洲作家，是我们真正的向导。老师和同学们大都读过它的英文译本。在中国书店里很难找到的法文原版，我一九二五年①才见到。我立刻开始翻译。前几章发表于《小说月报》，这份文学月刊在大学里和某些社交界流传甚广。为此，我曾致函罗曼·罗兰。他在一九二四年七月十七日写的友好和富有教益的回信，影印发表于该杂志。在中国发表一位欧洲大作家给古老东方一个青年作者的书信手迹，这大概还是第一次。

接着又出现了《贝多芬传》《超乎混战之上》《彼得和露西》等的译本。在作家六十岁寿辰之际，鲁迅支持的北京文学刊物《莽原》和上海的《小说月报》各出版了一期专号。

在强调罗曼·罗兰的影响的同时，我们注意到当代中国思想出现的一些动向，它喜爱并且吸收最优秀的欧洲思想；我们也看到一些宣传家的恶意，他们竭力让欧洲人相信，当今中国，特别是青年人，激烈排外。是的，排外，当然了，对那些还压迫着古老欧洲并把魔爪伸向遥远国度的黑暗势力来说。

让我们来看看中欧关系过去演化的历史吧。

中国，在前王朝时期，只和西方政府有接触，人们对这些灵巧的大炮制造者，强大的屠杀者，可怕的入侵者，只有一个模糊的概念，人们怕他们，鄙视他们，憎恶他们。天主教传教士较受农民欢迎，而耶稣教较受欧洲商店的职员欢迎；但是他们横行霸道让人感到的是枪炮支持下的傲慢，而非耶稣基督的谦卑。他们对中国官员纠缠不休，特别是继他们而来的那帮野蛮的资本家，只能失去知识分子对他们的好感。

---

① 应为一九二三年，敬隐渔在该年已读到《约翰-克利斯朵夫》的部分法文原作，并开始翻译。

为了抵御越来越咄咄逼人的入侵,前王朝不得不违背至高无上的道德律师儒家及其两千年"以静制动"的信条,在一些大臣(李鸿章等)的压力下,转向欧洲的科学、工业和政治。自然选择理论的引进也在道德上证明了这样做的必要性。由于害怕在同贪婪邻国的竞争中被生活问题拖垮,中国认识到必须获得物质力量。可是经过多年努力,它没有达到目的,也许它永远达不到目的(不过我认为它的长久的生命力并不会因此而受到多大影响)。

但是它已经做得更成功。它通晓了欧洲语言,越来越深入地参透欧洲。它发现了欧洲的另一面,美好和多产的一面。它认识了欧洲的学者、思想家、作家和艺术家,爱上他们,并且越过汪洋大海急切地向他们伸出双手。他们的影响日益增强地改变着中国。首先是科学精神,它是无私与和平的,完全不同于工业家们的精神,它不是旨在武装一个国家压迫邻国;它在大自然面前耐心而又谦卑,深入大自然的黑暗,冲破障碍,进攻谬误而非进攻人类,其唯一的目的不是获取殖民地而是获取真理。这个强大的工具,自墨家以后就在我们国家被忽视,因为它表面上看来没有用,可是一旦被重新发现,就变成了我们革命的杠杆。它打倒了建立在无知、高压和惯性上的过去的道德权威,挫败了装腔作势、词句浮夸的作家的傲气,纠正了想当然、不准确和差不多,改正了成见,为新建筑准备了坚实的基础。这科学精神被渴望了两千年的人们贪婪地痛饮。五年以前(泰戈尔来中国以前),在北京的报纸上,维新派和科学派之间有过一场文学争论;后者取得了胜利。另一方面,比我们更自由、更少受官方制约的欧洲的历史精神,启发我们重新审视我们的过去;我们从中发现了一些新的方面,重新制订了价值的标准,降低了那些大人物,提高了那些被不公平地遗忘或贬低的人,更好地评价了政治和文学的革新家,恢复了自周代以来的文学的美,剔除了无不浸透着帝王崇拜的晦涩的诠释。

我们和欧洲的作家和艺术家也进入了内在的融合。……他们像我们一样,热爱并且再造自然的无穷尽的和普遍的美。他们不像我们这样简约，但是比我们更丰富多产，他们的流派更多，他们广泛地描写心理生活，更多地接近人民的心。虽然身处地球的不同的地方，他们反映着同样的痛苦、同样的斗争、同样的希望、同样的失望以及同样的同情心。像我们一样，他们升华痛苦、欢乐和爱情。

最后，像我们一样，他们梦想着自由、和平和普遍的友爱。世界扩大了；它跨越了我们的古人划定的五湖四海。越过重洋，我们依然有朋友。

就这样，托尔斯泰、克鲁鲍特金①，对我们来说都已经很熟悉；而作为对他们遥远心声的回应，古代哲学家墨子（公元前500年）阐述战争罪恶和普世友爱的声音比任何时候都要响亮：

> 今有一人，入人园圃，窃其桃李，众闻则非之，上为政者得则罚之。此何也？以亏人自利也。……至入园栏厩，取人马牛者，其不仁义又甚攘人犬豕鸡豚。此何故也？以其亏人愈多。苟亏人愈多，其不仁兹甚，罪益厚。今至大为攻国，则弗知非，从而誉之，谓之义。此可谓知义与不义之别乎？杀一人谓之不义，必有一死罪矣，若以此说往，杀十人十重不义，必有十死罪矣；当此，天下之君子皆知而非之，谓之不义。今至大为不义攻国，则弗知非，从而誉之，谓之义，情不知其不义也，故书其言以遗后世，若知其不义也，夫奚说书其不义以遗后世哉?! 今有人与此，少见黑曰黑，多见黑曰白，则以此人不知白黑之辩矣。今小为非，则知而非之，大为非攻国，则不知非……是以知天下之君子也，辩义与不义之乱也。②

和平与博爱是富于梦想的中国特有的思想。中国本性上就是有节制的，自给自足，从不需要攻击邻国。即使有的帝王有野心（这种帝王甚少），作为胜利的报偿，也只是让臣服的番邦表示效忠而已，从不

---

① 克鲁鲍特金（1842—1898），德国地理学家、政治活动家、无政府主义者。
② 语出《墨子·非攻》。

对他们盘剥攫取。再说他们傲慢的暴力总是遭到文人的反对。不论是帝王和文人,都深深地欣赏和尊重更高文明的国家;这过去是(现在仍是)佛陀的精神。许久以来,除了极少数老朽的保王派儒家分子,我们所有的知识分子都对欧洲文明表示敬意。当代最有影响的作家之一、里昂中法大学前校长吴稚晖先生甚至设想暂时忘记我们已经干枯的古老的根,以利这初生嫩花的成长。我们原以为由伟大的思想家们浸透的欧洲民主会纠正他们的执政者们的错误,那时物质繁荣和道德进化的结合就会形成一种比我们的文明更丰富、更多产、更持久的和谐文明……那时我们就会和它联合起来,对我们也会是好事……

可是,唉!第一次大战……多么让人失望啊……这个灿烂的文明竟导致的可怕灾难……若不是听到《超乎混战之上》发出的充满温情和道德良心的孤独的声音,我们简直认不出我们理想的欧洲了。该文的译文发表在我们的《莽原》杂志;张定璜先生对它做了明晰的品评。

没想到今天殖民战争会重启!……中国的港口被列强封锁。在万县,最近又在南京,成千上万的中国民众,老人、妇女、儿童、无辜者、弱者,手无寸铁,毫无自卫能力,甚至不知道庞然大物要他们什么,就被英美军队炮轰、炸伤、致残、屠杀,甚至粉身碎骨!这比战争犹有过之。这是兽性的发作,仅仅为了看鲜血流淌而杀人。借口纯粹是捕风捉影。什么必须保护他们的几个国民;维护他们的权威和不正当的特权;在中国巩固他们的高级文明……联合起来的帝国主义者们声称要在中国打倒俄国布尔什维克主义,而他们却不敢碰一碰俄罗斯。布尔什维克,共产主义,社会主义,和平主义……中国难道没有权利按自己的意愿行事?

在国际列强和红色俄罗斯之间,最好的毫无疑问是后者。它不是主动放弃强加于中国的不平等条约了吗?而其他强国却用尽谎言和诡计,利用外交和军队进行威胁,唯一的目的就是保持不平等条约,而且可能的话,还要进一步扩大这些条约。是的,中国转向了革命的俄罗斯。在其他国家还盲目地服从本国的压迫者时,那里的无产阶级战胜了压迫者。俄罗斯的原则是纠正不平等的条约。

国民党团结了几乎所有的知识分子；它博得了所有在校青年和绝大部分商人和脑力劳动者的好感和自愿的合作。它正尽力说服北方的士兵，对他们采取宽大的态度。我们在中国内部的可恶的敌人是极少数：几个军阀和北方政客、旧王朝的残渣余孽、老朽的大烟鬼、穷奢极欲之徒。除了最卑劣的个人主义，他们没有道德，没有原则，他们就是为了发财而屠杀成千上万饥寒交迫的无产者。他们所以能在这么长时间里搅乱共和国，是因为受到一些帝国主义政府的支持。这些帝国主义政府供给他们军火，借给他们钱，以换取让中国蒙羞和破产的条约。他们身后藏着列强的魔爪。

中国，作为他们的长者，比他们所有的国家都先进；它众多民众的意志，虽然平常无精打采，但是能容忍、有耐性，甚至是令人吃惊的。在这一点上，《甘地传》很有教益，它的一个摘要发表在《青年中国》杂志。这个真正文明化了的印度人，刚在中国掀起了对老庄思想的深刻反响。在枪声中，我们最美的诗歌《离骚》（用法文说就是《超乎混战之上》）令人肃然起敬。今天，我们比任何时候都更理解它。它不再是冷漠的被动，不再是无所作为，而是勇敢和坚韧的意志、顽强但非暴力的抵抗。这就是我们今天要发动并让人民意识到的伟大的亚洲力量。

我们正在以自己蒙受的伤害教外国年轻人学会同情。我们至今使用的自卫武器只不过是宣传和罢工。我仿佛又看到，在上海，在汉口，我们热情的青年宣传者、大学生、工人、商人，在演讲，在罢工，就突然被北洋军阀或英国军人和警察逮捕、打伤、监禁、枪杀、砍头……这些殉道者牺牲时多么镇静！他们的英雄榜样没有让凶残的刽子手掉下一滴眼泪，却撼动了无数同胞的消极状态。在他们的鲜血和巨大痛苦上，人民真正的英雄主义迅速发芽生长。在汉口，一个没有文化的工人，因为参加罢工，在被砍头时，正义凛然，高呼着"保卫祖国！"向生者告别。

英雄的青年！你们对自己的信念是多么伟大和感人！多亏了你

们不屈不挠的英雄主义,你们一定能战胜暴力、贪婪和仇恨;你们一定能经过慢慢地、艰难地争取,捍卫你们的文明和你们仇人的文明。但愿你们的血,你们的痛苦,你们的剧痛能够培育出普世的博爱!但愿它们能成为人类在不久的将来越过野蛮的藩篱的阶梯!

英雄的青年!你们不是孤立的;你们超越汪洋大海,激起共鸣和同情;在你们的热情感召下,千百万像你们一样受苦和斗争的被压迫者,正加入你们的努力。

(张英伦译)

Mes impressions de séjour en France depuis mon arrivée[①]

Avant d'arriver à Marseille sur le bateau — Durant toute la traversée jamais je n'ai vu la mer si belle, les montagnes si harmonieuses, si tendrement vertes. La douce France, pays de poésie, pays de rêve!...

Marseille, un grand centre d'activité. Belle ville cosmopolite, elle appelle, de toutes parts, des étrangers, les fait tourbillonner dans son sein, sous les regards langoureux de son immense ciel et pur. Palais de cristal où l'on danse...

De Marseille à Lyon, en train — Charmants paysages; prairies et plateaux cultivés, à lignes gracieuses, baignés d'une atmosphère simple et tranquille qui semble avoir, de l'éternité, ignoré la guerre...

À Lyon — À Lyon j'ai changé souvent de domicile et vu beaucoup de petits propriétaires. Tous, ils sont simples, travailleurs, honnêtes, hospitaliers, bonasses. Tous, ils se plaignent mélancoliquement de la grande guerre... Superbe panorama, vu du haut de la montagne St-Just. La nature a séparé ce merveilleux pays en deux parties distinctes, d'un côté, la ville et la plaine, de

---

① 本文是敬隐渔一九二八年十月十二日报考里昂中法大学时应试的法文作文。

l'autre côté, les montagnes. Dans la ville, construction relativement récente, fleurissent le commerce et l'industrie, l'activité évidemment moderne. Mais, c'est déjà un pays intérieur de la France : on y rencontre peu d'étrangers, partout on entend la langue française; partout on dévoile un peu la vieille et touchante âme française. — Sur la montagne St - Just, ce sont les mélancoliques vestiges de l'Empire romain, c'est l'esprit du Moyen Âge, le christianisme qui vit et revit dans l'admirable église de Notre - Dame de Fourvière; c'est, enfin, la simplicité et la tranquillité orientales. Ruines d'aqueducs romains, souvenez - vous du rêveur solitaire qui contempla, attendri par vos beautés profondes, dans le silence jaune du soleil couchant!...

À Paris — Enfant insolent de la Nature, je me sentis perdu sous le soleil blême, dans la foule énorme, bruyante, dans le tumulte des voitures, dans ce bal macabre de Paris. Hommes, femmes, de toutes nationalités, de toutes mines, de toutes conditions; rues, maisons, magasins, écoles..., jusqu'aux jardins symétriquement construits; la tour Eiffel, tout montre l'activité ou l'agitation frénétique, la lutte et la coopération pour la vie, l'instinct de puissance, la volonté de grandir, l'empressement à arriver quelque part — à l'Institut ou à la prison. La beauté de la nature? Oh! N'y pensez pas! Elle est refaite par l'homme; elle est copiée, embellie, interprétée, rapetissée. Visitez les musées, fréquentez les bibliothèques, assistez aux conférences, vous y découvrirez les charmes d'un autre monde que crée et méfie une élite de titans. Créatures humaines, soyez prudentes en rivalisant avec Dieu, ne sacrifiez pas trop l'homme à la création; vive d'abord l'humanité, le reste viendra par surcroît. Et vous, passants, qui me coudoyez, soyez moins pressés.

附：

抵法以来的印象

船抵马赛之前——在整个航程中，我从未见过如此美的大海，如此和谐、如此葱郁的群山。温柔的法兰西，诗意的国度，梦幻的国度！……

马赛——一个活动繁忙的大都会。这座国际性的城市，呼唤着来自四面八方的外国人，任由他们在她的怀抱里，在她澄澈无垠的天空倦怠的目光下，像旋风似的攒动。

从马赛到里昂的火车上——怡人的景色；耕耘的草场和台地，线条优美，沐浴在单纯而又恬静的气氛里，仿佛亘古以来就没有经历过战乱……

在里昂——我在里昂经常变更住处，见识过很多小业主。他们全都淳朴、勤劳、诚实、好客、憨厚。他们全都忧心忡忡地抱怨大战……从圣茹山头望去，好一片壮丽景色。自然把这片神奇的土地分成两个迥然不同的部分，一边是城市和平原，另一边是群山。城里多是相对近期的建筑，工商两业颇为兴旺，充满明显的现代生机。不过，这里已经是法国的一个腹地：在这里很少遇见外国人，所到之处听见的都是法语，所到之处都能发现一点古老法兰西的灵魂。——尤其在圣茹山上，那就是罗马帝国凄凉的遗迹，那就是在令人赞叹的富尔维耶尔圣母大教堂里获得延续的体现中世纪精神的基督教；还有，就是东方的纯朴和沉静。古罗马的渡槽啊，你们可还记得那个孤独的沉思者，为你们深邃的美而动情，在夕阳的昏黄寂静中远眺！……

在巴黎——我这个大自然的粗野的孩子,在灰白的阳光下,在庞大、嘈嚷的人群里,在车辆的喧闹声中,在这巴黎的死神之舞中,感到茫然。男人,女人,各个民族的,各种肤色的,各种身份的;街道,楼房,商店,学校……直到对称构建的花园;以及埃菲尔铁塔,一切都表现出活力或者说狂热的骚动,为生存而进行的搏斗或者合作,争强的本能,壮大的意愿,到达某个地方的急切,——不管是到学院还是到监狱。自然之美?噢?!连想也别想!它已经被人类改造,被复制,美化,演绎,缩小。去参观博物馆,光顾图书馆,出席讲座吧,您在那里会发现由一群精英巨人创造而又怀疑的另一个世界的美。人类呀,和天主较量时,你们可得小心,别为了创造而过于牺牲了人!要首先保全人类,其余的东西定会附加而来。而你们,和我擦肩而过的路人,请不要如此匆匆。

(张英伦译)

《中国现代短篇小说家作品选》引言[①]

对中国思想的演进感兴趣的欧洲朋友,建议我出一部我国当代短篇小说家的《作品选》。

我尽可能地搜集和翻译了这几篇小说。他们大都是大学生的作品。欧洲人大概可以从中一窥中国的面貌。但是中国是那么神秘而又单纯!世界上有一些人,看来平心静气,无声无息,然而思想深邃。中国人就是这样的人。他们身上好的东西并不外露于光天化日之下,而是有意识地、谦虚地把它隐藏起来。他们是直觉的。他们的逻辑很原始。他们直觉到的真理,突如其来,十分短暂,彼此没有关联,必须一下子就抓住它们,否则稍纵即逝。它们也很难表达。何况对它们进行翻译!庄子说:"使道而可以告人,则人莫不告其兄弟;使道而可以与人,则人莫不与其子孙。""书乃古人之糟粕。"老子说:"道可道,非常道。"道避开逻辑的轨迹,远离情欲和利益的喧闹,摆脱书的固定的烦闷。有时,它就像铜香炉里冒出的一缕白烟,自然而然地涌现,有时,它静静地伴着孤独垂钓者的等待……

当代短篇小说家向我们揭示了中国的一个新阶段。自从革命以来,黑眼睛的智者走出了他神秘的个体,从昆仑之巅投入了世界的漩涡。过去是没有窗子的单子,他们从此有了接受和给予的必然需要。他们的书房里有各种语言的书籍。十年以前,以胡适先生为榜样,为了取代过于诗化、过于简约、很难置入逻辑框架、很难在无产者中口头流传的文言文,人们把更通俗、更方便的白话文引入文学。大学生们

[①] 本文是敬隐渔为他的《中国现代短篇小说家作品选》法文译本撰写的引言,该书于一九二九年三月由法国巴黎里厄戴尔出版社出版。

写作使用的就是这种语言。但他们还不是欧洲人所称的作家。我们要指出的是,中国人更多的是参与者而非艺术家。在短短一生中,他们什么都想碰一碰。单调的活动会让他们腻烦……长篇小说过去是被贵人和道家鄙夷的一种文学样式。这些人所作所为都以道为依归。他们满足于品味前人的作品,或者偶尔作几首极美的诗。那些平庸的无聊文人则用冗长的鬼神故事充斥文学。不过如果您回溯庄子的作品就会发现,他的短篇小说(如果我们可以用这个词来称之的话)是那么精粹、那么精彩、那么深刻,其中的一篇就足以让人终生思考和实践。我向对中国精神感兴趣的人们加以特别推荐。

当代的短篇小说家,大部分都还太年轻,还没有深入道的蜿蜒曲折之路;他们大都跟随欧洲的潮流,为拓宽自己的视野在做着可贵的努力。

他们中间,我要特别指出曾留学日本,后任教于北京大学的鲁迅先生。他是道的敌人。但是他大概比大多数肤浅的道家和儒家都更懂得道。他对旧的中国精神(其不良的方面)的这种深恶痛绝,若不是缘于爱它并渴望它完美的热烈情怀,又来自何处?……每个人都有自己苦涩的境遇……

在尝试欧洲良药,发现不对自己的病症之后,中国会来了个大转弯,重新投入道的深渊。我怕那沉默和神秘的道仍然难圆黑眼睛们的焦急的梦。

敬隐渔

一九二九年一月于里昂

(张英伦译)

Un divorce[①]

Le bateau était bondé de voyageurs dont le costume, la situation et le but étaient très différents les uns des autres. Sur le gaillard d'avant, assis côte à côte, un père et son fils se faisaient remarquer par le singulier contraste qui séparait leur deux générations. Hoang – Che – kou, — c'était le nom du jeune homme — âgé d'environ vingt - six ans, était coiffé à l'européenne, avec la barbe pointue et bien lissée, la robe de tournure élégante. Un front volontaire, des yeux durs. Le costume du père était, au contraire, large et disparate; la barbe et les cheveux gris, long, ébouriffés, Hoang avait l'air nonchalant mais austère; les yeux rêveurs, un peu hautains, qui semblaient tout comprendre, et mépriser tout ce qu'il ne comprenait pas. Très attaché à son pays, où il était respecté pour sa situation de lettré et de riche fermier, c'était peut - être pour la première fois qu'il voyageait en vapeur: il ramenait de la capitale son fils unique qui venait d'y terminer ses études supérieures. Il parlait d'un ton grave, par phrases concises et apprêtées; toussant, par moment, d'une manière qui en imposait.

---

① 本文是敬隐渔直接用法文写作的，收入一九二九年三月巴黎里厄戴尔出版社出版的敬译《中国现代短篇小说家作品集》。

— À présent, dit-il à son fils, tu as fini tes études. Tu deviens homme. Un homme doit se conformer aux règles et obéir à ses devoirs. Chaque chose a ses règles. Sans règles, rien ne se fait ni de rond ni de carré... Pense trois fois avant d'agir!...

Comme, en vieillissant, il oubliait beaucoup de maximes confucéennes, poursuivre son discours sur ce ton lui devenait pénible. Aussi, après une tousserie solennelle, change-t-il de sujet.

Cependant le bateau côtoyait les montagnes. Blonds maïs, arbres jaunes, rochers squameux, tout s'enfuyait vers l'arrière, dans la rougeur mourante du soleil couchant. Le père et le fils approchaient de leur pays natal.

— Pendant ton absence, continua le père d'un ton grave encore mais un peu ému, des années ont passé. Ta mère était souvent malade. Elle ne se levait pas. La bru est très pieuse. Elle la soignait le jour, et la veillait la nuit. Elle est digne de sa famille lettrée depuis des générations... Mais il y a trois sortes d'impiétés filiales, dont la procréation est la principale. C'est ta faute. N'imite pas les jeunes gens d'aujourd'hui, révolutionnaires et impies, qui ne savent plus les trois principes et les cinq ordres. Agis de manière que ta mère puisse vivre tranquillement, jusqu'à cent ans...

— Oui, oui, répondit brièvement le jeune homme pensif, fronçant les sourcils, chiquenaudant des doigts le bord de sa chaise de bambou.

Les quintes de toux de son père, la maladie de sa mère, et

surtout la pensée de sa femme l'inquiétaient.

Une dizaine d'années avant, au début de ses études secondaires, il s'était prématurément marié, par ordre de ses parents, avec une fille de quatorze ans. Les cérémonies des noces avaient fait quelque impression sur lui. Puis, dans sa famille, il ne retrouvait plus sa gaîté. Cette personne inconnue, timide et silencieuse le gênait. Elle, qui causait et s'entendait merveilleusement avec toute la famille, se hérissait devant lui comme à l'approche d'un ennemi. Elle rougissait toutes les fois qu'on citait le nom de son mari. Dès l'aube jusqu'à la nuit avancée, indifférente à lui, elle faisait obstinément son ménage, dans un va-et-vient perpétuel de ses petits pieds pointus, qui lui avait déplu dès le premier jour. Elle était admirée de tous, réputée comme un type parfait d'honnête femme. Ô! Honnêteté, quelle longue muraille tu dressais parmi les époux! La chambre nuptiale avait le silence glacé et la raideur sombre d'un tombeau. Elle l'effrayait. Il aimait mieux la gaie compagnie de ses camarades de lycée. Il avait fini par ne plus rentrer se coucher. Ses parents l'en blâmaient souvent. Fâché, il partit. Voilà bientôt six ans qu'il séjournait dans la capitale, où il a profondément changé.

Là, dans les milieux d'étudiants, il s'était imbu d'idées nouvelles sur la morale, sur la vie et sur l'amour. Il y avait connu de jolies camarades, gaies, affables, éloquentes, libres, hardies, qui s'occupaient de politique, de révolution, du mouvement de la nouvelle littérature, et dont les flirts doucereux, les correspondances mièvres l'avaient beaucoup charmé. Leurs infidélités même lui avaient causé des émotions délicieuses. Le jour où il aurait fait sa situation, c'était une chose inhumaine, un reste ordurier des institutions vieillies qu'il fallait énergiquement détruire. Et il s'était décidé au divorce, qui était l'un des motifs de son retour.

Mais les paroles de son père le touchaient. Maintenant, cette femme faible, douce, pieuse et résignée qui apportait des médicaments et se penchait sur le lit de sa mère malade et gémissante, l'emplissait de pitié, pendant que ses yeux suivaient vaguement le défilé des montagnes paisibles et diaprées, délices de son enfance, et que les conversations diverses, tristes ou gaies, se perdaient dans le bruit rauque des remous.

*

Ils débarquèrent vers le soir. Sous les montagnes bleuies, les taches grises des maisonnettes du village de Chwang - ho, percées, çà et là, par de blondes graines de lumière. Rues étroites et sombres. Cabarets, boutiques de thé, où l'on fait du boucan. Le pays tranquille était peu changé malgré les dévastations des soldats. À l'entrée de leur maison, la grande lanterne ronde, bariolée de lettres rouges, la porte carrée et la grille de bois au vernis noir... le même faste suranné.

Là les cheveux blancs de la maman attendaient le retour de l'enfant. À sa vue, elle eut des cris de joie; elle lui tendait les bras; le rire tendre pullulait dans ses yeux rapetissés et humides, dans les nombreuses rides de son visage amaigri. Elle l'abreuvait de questions affectueuses et enfantines; il ne faisait que sourire; la vieille servante, la commère Song, — qui avait vu les grandes noces de Madame âgée — interrogeait et répondait à la fois pour lui, à tort et à travers.

La première averse de l'effusion passée; ils l'écoutaient ensuite curieusement, dans leur salon - réfectoire, raconter ses années d'absence. Involontairement de sa bouche jaillissaient des raisonnements et des néologismes qu'ils ne comprenaient point. Ils le regardaient, ébahis. Visiblement ils ne suivaient plus son récit. Une muraille invisible les séparait déjà. Enfin, gêné et désolé, il se tut.

Cependant dans sa chambre Soutcheng était silencieusement assise devant la pâle lumière d'une lampe d'étain. Elle passait en revue la pièce qu'elle avait méticuleusement arrangée pendant tout cet après - midi. Il lui tardait aussi de voir l'état de son mari après une si longue absence. Mais en femme bien élevée, elle ne devait pas se montrer si pressée. La vie de femme était faite d'une perpétuelle attente. Jadis, jeune fille oisive, gonflée de rêve et d'amour, elle avait toujours anxieusement et mystérieusement attendu un inconnu, futur maître de sa destinée — car, à peine née, elle n'appartenait déjà plus, disait - on, à sa propre famille. Et le violon de l'aveugle devin, et la mèche de sa lampe, tout lui servait de présage. Pourtant elle n'en parlait jamais. Il y a tant de choses au monde qu'il est indécent de dire! Toute sa vie s'était écoulée dans la solitude et le silence... En quittant, dans la chaise fleurie, la maison maternelle, elle avait beaucoup pleuré, de bonheur et de peur. Comme un éclair avait passé la grande nuit nuptiale dont la solennité tapageuse l'avait presque abrutie. À travers la mousseline rouge qui voilait son visage pudibond, elle n'avait eu qu'une vision confuse de l'homme tant rêvé.

 Depuis lors, elle n'osait jamais le regarder en face. Ils ne se parlaient pas l'un à l'autre. Elle sentait d'instinct qu'elle ne lui plaisait pas. Pourquoi? Elle en cherchait toutes les raisons en elle-même, et n'en voulait à personne. Ses sourcils? Ses cheveux? Enfin ses huit caractères de naissance étaient fatalement mauvais, voilà tout. Quant à elle, elle l'aimait de toute sa vie, parce qu'il était son mari... Il ne rentrait plus. Il partait. Ils avaient leurs raisons, les hommes. Puis, les travaux monotones du ménage; et la nouvelle attente mélancolique de l'absent. Elle n'avait pas encore d'enfant. Sans enfant, la femme n'était rien, et la vie était vide. Du milieu de ses broderies silencieuses, dans la verdure du printemps, après ses siestes de l'été, pendant les nuits froides et interminables de l'hiver, dans ses songes enchantés, que de fois lui paraissait l'image de son mari, nimbée de charme et de douceur!... À force de patience et d'obséquiosité elle s'était bientôt acquise la sympathie de toute la famille; mais l'ennemi — son mari — restait toujours une énigme inquiétante. Parfois même elle le haïssait, délicieusement, de loin. De près, elle en était troublée de tout son être frêle. La nouvelle de son retour lui avait apporté une joie pareille à celle de la grande nuit. Maintenant qu'il était là, de l'autre côté du rideau, elle était étreinte d'angoisse. Elle entendait ses paroles abondantes et inintelligibles dont elle était timidement fière, et les cajoleries de sa belle-mère qui la faisaient rire, et les bavardages de la vieille servante, qui l'indignaient... Bientôt le silence et le vide s'étendaient autour de lui. Toute la famille était gênée comme par la présence d'un étranger. La belle-mère lui disait :

— Tu es fatigué de ton voyage, mon enfant, va te reposer un peu dans ta chambre.

Et des pas lents se traînaient vers la chambre nuptiale. La vieille servante, qui venait d'annoncer les bonnes nouvelles à sa jeune maîtresse, lui cligna des yeux, fit une grimace de la bouche, et s'esquiva discrètement. Soutcheng tressaillit, se regarda rapidement dans son miroir, et se leva, toute crispée dans la honteuse et terrible attente. Nonchalamment il s'assit sur une chaise et regarda sa femme. Elle baissa la tête et s'appuya contre un coin de l'armoire. Il se retrouvait en face d'une statue féminine, muette et inerte. Tout dans la chambre respirait l'esprit de gêne et de lourdeur. L'armoire énorme, les tables, les chaises massives et carrées, le lit monumental, véritable trophée sculpté, tout ce poids de gravité et de décrépitude écrasait les époux. Non, ce n'était pas là une demeure des vivants! La femme restait pétrifiée comme une déesse du silence. Sur son visage baissé passaient des raies rouges et blêmes, comme les brusques nuances de pluie et de beau temps sous le ciel. La nuit avançait. Le silence immobile voulait se prolonger pendant l'éternité. Moment insupportable! Lui, Che-Kou, libéré de toute croyance superstitieuse, qui voulait se créer lui-même à chaque instant sa vie, il détestait cette femme aux petits pieds pointus qui ne savait rien vouloir, qui, si on l'avait jetée dans une tombe, s'y serait résignée fatalement. Elle pouvait être esclave ou tyran. Mais, lui, il voulait une amie et une compagne de la vie, ce que cette faible fille ne se serait jamais imaginé. Qu'avait-il donc en lui qui le rendit si re doutable? Ô! affreuse solitude que d'être craint sans raison! Qu'il aurait mieux aimé une enfant naïve et franche!... Non, elle ne le comprenait pas, ne le comprendrait jamais...

Cependant le cœur de Soutcheng se gonflait de soumission et de tendresse, n'attendait qu'un mot, un signe, pour se donner. Inactive, elle percevait clairement l'hostilité de son partenaire qui l'intimidait de plus en plus. Enfin, elle allait se hasarder à dire quelque chose, fût-ce une sottise, lorsque, tout à coup, il se leva et sortit.

— Oh Yah! jeune madame, s'écria la vieille servante effrayée, quoi! Notre jeune maître s'est couché dans le salon! Quel scandale! Que faire, que faire? Et pourquoi? Jeune madame, il me semble qu'il ne vous a rien dit? N'est-ce pas?

Soutcheng poussa un soupir.

— Ne va pas attirer là-dessus l'attention de Madame, dit-elle d'un ton de douce autorité.

Elle tendit à la servante une couverture et un rouleau de chasse-moustiques.

— Eh Yah! tout est sujet au destin en ce monde, mâchonnait la vieille servante à mesure qu'elle allumait le rouleau. Pauvre jeune madame! elle est sage et vertueuse entre mille femmes! Madame a pris tant de peine à la choisir! Qu'est-ce qu'a notre jeune maître? Le Ciel a les yeux, yoh!...

Aussitôt la servante sortie, Soutcheng s'affaissa sur son lit et pleura. La lueur écarlate de la lampe oscillait silencieusement... Les moustiques gémissaient dans les coins sombres. De l'herbe de la cour s'élevait le grincement éternel des grillons...

Le veilleur de nuit sonnait son quatrième coup de cymbale...

Sur la longue chaise du salon le mari sans cœur ronflait...

*

Depuis quelque temps, la famille Hoang s'enlisait dans la tristesse.

Ni tablettes des ancêtres, ni exemples tirés des anciens, ni exhortations, ni menaces ne convertissaient le fils rebelle: il répondait qu'il ne pouvait pas vivre avec sa femme. Ne quittant pas son cabinet, il recevait des lettres et en écrivait: il vivait dans le lointain.

Le père Hoang, tout le jour étendu en travers de son lit, fumait de l'opium, s'écriant, par intervalles, en branlant la tête:

— Eh! les jeunes gens d'aujourd'hui! les jeunes gens d'aujourd'hui!...

La mère, alitée, geignait et toussait pitoyablement, grondait son fils impie, sa bonne et parfois même sa bru, qu'ensuite elle exhortait à se résigner.

— C'est l'expiation, concluait-elle, des péchés de mes vies précédentes. La sage bru, tu sais que j'ai assez vécu : quand je m'en serai allée, l'ennemi te laissera tranquille...

Les domestiques chuchotaient entre eux, ayant l'air de plaindre leur jeune maîtresse, qui les avait toujours tous bien traités. Ils s'attardaient insensiblement dans leurs travaux.

Seule, Soutcheng semblait ignorer tous ces changements. Elle soignait sa belle-mère, servait son beau-père, faisait son ménage plus diligemment que d'habitude...

La dernière journée arrivait. La veille, un envoyé de sa famille maternelle était venu pour l'emmener afin qu'elle se reposât pendant quelques jours, disait-il. C'était la fin de l'automne. Les hirondelles partaient. Au jardin, les larges feuilles des éléococcas, jaunies et rouillées, oscillaient au vent et tombaient. Dans les vases de terre, les têtes des bégonias se courbaient, endormies...

Soutcheng se leva de grand matin, s'acharna à plier soigneuse ment les couvertures larges et carrées, à nettoyer le lit monumental, à arranger les broderies de couple Yuen-Yang, les émaux de Mei, interminablement. Puis, elle vint faire la chambre de sa belle-mère. Celle-ci, très embarrassée par la situation, faisait semblant de dormir.

— Jeune Madame, permettez-moi de vous aider. Vous êtes si fatiguée!... répétait la commère Song, apitoyée sur sa maîtresse.

— Non, mère Song, laissez-moi terminer seule mon devoir.

Et elle ajouta à voix basse, comme si elle se parlait à elle-même:

— Dorénavant, je ne pourrai plus faire cela.

La vieille servante, de peur de la gêner par sa présence, s'en allait lentement, en pleurnichant.

— Eh! jeune Madame si sage et si vertueuse!... Je crois bien maintenant: quand on est née femme, c'est toujours pour expirer...

Soutcheng n'acheva ses devoirs de bru que l'après-midi. Alors elle revint dans la chambre de sa belle-mère, se prosterna au pied du lit:

— Madame, dit-elle, la bru part. J'espère qu'une autre vous servira mieux que moi!

Sa voix tremblait, elle baissait les yeux. La mère la retint de ses mains fiévreuses; elle fut secouée de sanglots. Tandis qu'au dehors le commis insistait, criant les mêmes mots que ceux de l'assistant des cérémonies nuptiales de jadis:

— Qu'on veuille monter en chaise à porteurs!

Elle regarda pour la dernière fois, à travers la portière de sa chaise, de la maison du mari les bambous agités par le vent de l'automne, qui sifflait comme un génie malfaisant.

*

Quelques jours après, la triste nouvelle de la mort de Soutcheng parvint à la famille Hoang. La vieille servante l'entendit de la mercière, et le mercier la répandit dans les cabarets et les boutiques de thé, où tout le monde parlait en détail de la belle-fille Hoang. D'abord, on soupçonnait sa mauvaise conduite. Puis, soudain, toutes les opinions se tournèrent en faveur de la brave femme parce qu'elle s'était tuée, et sacrifiée pour la vertu. Si fidèle, si dévouée à ses vieux beaux-parents malades, injustement renvoyée, elle pleurait sans cesse, ne mangeait plus, ne dormais plus... La troisième nuit, à trois heures et à la troisième minute, quand le monde des vivants se taisait, la femme héroïque se pendait, sous le travers de son lit, avec sa rouge mousseline de noces, les yeux ouverts encore après la mort, la langue pendante, longue, longue... d'ailleurs parée de ses habits de fête; et, au dernier moment, elle invoquait encore le nom de son mari qu'elle attendrait sous la terre, sur la Butte des Regrets du mari... En tout cas il fallait faire une incantation solennelle pour apaiser la rancune de ses mânes. Elle, la commère Song, avait souvent vu la tragédie de Wang-Koui!... Les mânes de toute bonne personne étaient puissants et terribles...

Les divagations de la vieille servante étaient entrecoupées de crises de peurs. La mère sanglotait, et accablait de malédictions son fils, le mari sans cœur. N'ayant plus rien à répondre, se sentant coupable envers cette pauvre créature, il alla, tête basse, s'enfermer dans sa chambre nuptiale.

Penché sur la table massive, sous la lumière écarlate et sombre de la lampe d'étain, où l'image de la femme silencieusement assise le frôlait toujours, il fut envahi d'une mélancolie et de regrets immenses. Alors, se cachant les yeux des deux mains, malgré lui il pleura. Maintenant habitué à l'oisive solitude et aux émotions inactives, il comprenait mieux sa femme, cette fille du silence. Vivante, elle était froide comme une statue; que de doux souvenirs après sa mort! Il était bien grossier et dur, lui, l'homme actif, qui n'avait pas su s'insinuer dans la profondeur de ce cœur aimant. Il découvrait à présent, dans l'arrangement des objets de la chambre, dans l'odeur de musc des broderie et des tiroirs, dans les attitudes muettes de la défunte, cette âme douce, tendre, à la fois filiale et maternelle, d'une fidélité et d'une sensibilité touchantes, pleine de charmes pudiques, inépuisables, et de poétique rêverie perpétuelle; tel l'antique trophée de fidélité conjugale du bord du fleuve, qui gênait les passants par sa position et par ses poussières, mais qui, accrochant les reflets pourpres du soleil couchant, et animant l'azur des flots de sa silhouette dorée, si souvent retardait la chaloupe du touriste!... La lumière écarlate de la lampe oscillait silencieusement... La drogue ronflait dans la nuit monotone... À travers le lambris, les gémissements et les plaintes de sa mère, à présent mal soignée, parlaient aux mânes de la sage bru... Au dehors, dans les ténèbres, le crissement incessant et mélancolique du grillon balançait le silence... Il ne put se reposer toute la nuit. Ce monde millénaire de souvenirs et de rêves, que fut la vieille Chine, vibrait en lui et l'oppressait... Vers l'aube, fatigué enfin, il s'endormit, hanté par d'angoissants cauchemars.

*

Le lendemain matin il reçut une lettre de son ancien camarade Hong tao.

Mon cher ami：

Par votre dernière lettre j'ai appris votre divorce. Je vous approuve et vous admire. Jeunesse nouvelle, rompez héroïquement avec le passé.

Un poste de l'armée révolutionnaire est vacant. Il est pour vous. Laissez－là vos parents apathiques, paralysés par un tas d'imbécillités. Ne regardez pas en arrière. Avancez sans peur. La mission destructive vous attend.

À midi, il se préparait allègrement au départ.

附：

离　婚

船上挤满了乘客,他们彼此的衣着、身份和目的地都很不相同。在船的艏楼,并排坐着父子俩,他们奇特的对比明显地表现出两代人的特点。年轻人名叫黄哲谷,年龄在二十六岁左右,理着欧式的分头,留着梳得光滑的尖胡须,穿一身样式优雅的长衫。他额头宽大,目光炯炯有神。相反,父亲的衣着宽松而又不协调;花白的胡须和头发,又长又散乱;外表随随便便、不假修饰;目光像是在沉思,有点自视甚高,似乎参透了一切,并且鄙夷他参不透的一切。黄父对故乡一往情深;他既有文化又是富裕的庄主,在这一带颇受敬重。这大概是他第一次乘轮船旅行;他是从京城把刚上完大学的独生儿子接回家。他在说话,心长意重,话语简洁却有些装腔作势;时而以威严的气势轻咳一声。

"现在,"他对儿子说,"你学业结束了。你是男子汉了。一个男人应该循规蹈矩。凡事都有一定之规。没有规矩,就不能成方圆……你要三思而后行!……"

他年纪大了,很多儒家的箴言已经忘记,用这种语气继续说教变得吃力了。因此,他咳了一声,改变了话题。

这时船正傍着山脚行驶,金黄的玉米,叶子开始变黄的树,鳞状的群山,在夕阳渐弱的红光里向后闪去。父子俩离家乡越来越近了。

"你不在家,"父亲用严肃而且有点激动的语气又说起来,"好几年过去了。你母亲常生病,卧床不起。儿媳很孝顺,白天照料她,夜里守着她。她不愧是出身书香世家。不过不孝有三,无后为大。这都怪你。你可别学当今那些光知道革命而不讲道德的年轻人,他们已经不懂得三纲五常。你的所作所为,要让你母亲能平安地生活,直到百年。"

"是,是。"年轻人简短地回答;他若有所思,皱着眉头,手指弹着竹椅的边儿。

父亲阵咳,母亲长病,特别是想到妻子,让他心绪不宁。

十来年以前,他刚上中学,就遵父母之命,和一个十四岁的女孩过早地成婚。他对那场婚礼只留下不多的印象。此后,他在家里就再没有开心过。那个腼腆、沉默的陌生女孩让他感到不舒服。她跟全家聊天、相处都很融洽,到了他面前却像走近一个敌人似的。听人说起她丈夫的名字就脸红。从清晨到深夜,她跟他不苟言笑,一个劲地做家务,尖尖的小脚不休停地走来走去,打第一天起就让他不悦。她却受到大家的赞赏,被誉为正派女人的完美典型。啊!正派,你就像横在夫妻间的一道长城!洞房冷寂阴森得像是坟墓。她让他害怕。他更喜欢和学校的伙伴们在一起的快乐。他终于不再回房睡觉。父母经常斥责他。一气之下,他离开了家。在京城六年,他已经深深地改变了。

在京城,生活在大学同学中间,他浸透了关于道德、生活、爱情的新思想。他结识了不少漂亮、欢快、和气、优雅、自由、大胆的女同学,她们关心政治、革命和新文学运动,她们令人肉麻的调情、甜言蜜语的书信令他陶醉。连她们的朝三暮四也让他觉得饶有风味。哪一天他有了事业,他一定要在她们中间寻找自己理想的伴侣。他深信没有爱情的婚姻是不人性的事,是旧制度陈规陋习的残余,必须坚决摧毁。于是他决心离婚,这是他这次还乡的动机之一。

但父亲的话触动了他。现在,当他目光蒙眬地巡览着寂静、绚丽的群山,他儿时的乐园,当周围人或喜或忧的话语淹没在刺耳的涡流声中,他仿佛看到那个脆弱、温柔、孝顺而且屈从的女子,正在给卧病呻吟的母亲端来汤药,俯身在她的床头。

*

他们在傍晚时分登岸。青葱的山脚下,双河村的小屋像一个个灰色的斑点,间或投射出金色颗粒般的灯光。街道狭窄而又晦暗。小酒馆和茶馆里,人声嘈杂。虽然饱受兵匪的蹂躏,宁静的故乡变化不大。家门口,贴着红字的大圆灯笼、方门和黑漆木栅栏……仍是那副陈旧的排场。

里面,白发的妈妈正等着儿子回来。一见他,她高兴得大叫起来;她拥抱他;那眯缝起来的湿润的眼里,消瘦的脸上的无数皱纹里,麇集着温柔的笑意。她一连串地向他提着深情而又幼稚的问题;他只知道微笑;亲眼见过老夫人婚礼的老女佣宋妈,一边向他提问一边胡乱地代他回答。

一番真情流露以后,他们又好奇地在饭厅里听他讲述离家这几年的生活。一通通理论和新词儿从他嘴里不由自主地涌出来,弄得他们摸不着头脑。他们目瞪口呆地看着他。显然，他们不知所云。一堵无形的墙已经把他们分开。最后，他困惑而又抱歉，只好打住。

这时，素珍正在自己的房间里，默默地对着一盏锡灯的惨淡灯光。她把整个下午仔细整理过的房间又查看了一遍。她迟迟没有去看丈夫离别了那么久以后的模样。一个有教养的女人不应该表现得那么性急。女人的生命就是为永远等待而造的。从前，做女孩的时候无所事事，充满幻想和情思，她总在忧心而又神秘地期待一个未知的人，她未来命运的主人，因为她刚生下来，据说就不再属于自己的家庭。神奇的瞎子的二胡声和她的灯芯，一切她都能用来做预测。不过她从来不说。世界上有那么多的事说出来是可耻的！她一生都这样在孤独和静默中流逝……当年坐着花轿离开娘家，她哭了很久，是幸福也是害怕。就像一道闪电划破新婚之夜，喧闹隆重的气氛把她弄得昏头昏脑。透过遮羞的红色盖头，她只模模糊糊地看到深情祈望的那个男人的形象。

从那时起，她就没敢正面看过他一眼。他们彼此也不说话。她本能地感到自己不招他喜欢。为什么？她在自己身上寻找各种理由，不怨任何人。她眉毛不清秀？头发不柔顺？总之她命中注定了生辰八字不好，就是这样。至于她，她终生都爱他，因为他是她的丈夫……他一去不回。他走了。男人，总有他们的道理。此后，就是单调的家务活儿，以及对离家的人新的忧伤的等待。她还没有孩子。没有孩子，女人就一钱不值，生活也就空虚。在春天的满园绿色中，夏天午睡过后，冬天的漫长夜晚，她一边默默刺绣，一边愉悦地遐想；丈夫带着光环的俊美温柔的面孔多少次出现在她眼前！……她心安理得地委曲求全，很快就博得全家人的好感；但是敌人——她的丈夫——却始终是一个令人不安的谜。人越远，情越切，她有时甚至怨恨他。人近了，她又为他的短暂存在心慌意乱。听说他要回来，她像迎接大婚之夜那样喜悦。现在，他就在这里，就在壁板的那一边，她紧张得喘不过气来。她听见他滔滔不绝地说话，有许多她都听不懂，暗暗为他骄傲；婆母的爱抚让她觉得好笑;老女佣的啰嗦又让她生气。不久,冷场的局面越来越多。全家就像来了个生人一样拘束。只听婆婆对他说:"儿子,你一路上累了,去你房里休息一会儿吧。"

他拖着缓慢的步子向当年的婚房走去。赶来向少奶奶报信的老女佣,对她眨了眨眼,做了个鬼脸,就知趣地闪开了。素珍打了一个寒战,赶快找来一把镜子照了一下,站起身,因为害羞而提心吊胆的等待弄得她惶恐不安。他没精打采地在一张椅子上坐下,看了妻子一眼。她低下头,靠着大衣柜的一角。他觉得面对的就像一个没有生命、不会说话的女性雕像。整个房间气氛尴尬而沉闷。硕大的衣橱,实木的方形桌椅,满是雕刻的大床,这庄严而又古朽的一切,沉重得足以把夫妻压个粉碎。不,这不是活人住的地方!妻子仍在像沉默的女神一样发呆。她低垂的脸上闪过一道道血红和苍白的条纹,就像时阴时晴色彩急剧变幻的天空。夜渐深。冷寂的场面似乎要永远继续下去。这时光真难承受!他,哲谷,已经摆脱了一切迷信;他要时刻创造自己的生活;他讨厌这个什么也不想知道、即使人家把她抛进坟墓也逆来顺受、可以是奴隶也可以是暴君的小脚女人。他想要的是一个女友和一个生活伴侣,这是这个弱女子永远都无法想象的。他怎么了,让她如此恐惧?啊!无缘无故就让人恐惧,这是多么可怕的孤独!他宁可爱一个幼稚然而率真的女孩!……不,她不理解他,永远也不理解他……这时,素珍,满心的顺从和温柔,只等他一句话,一个表示,就奉献自己。她不会主动,她清楚地意识到对方的敌意,这让她越来越惶惑。她终于要斗胆说点什么,哪怕是蠢话;可是他突然站起身,走出去。

"哎呀!少奶奶,"大惊失色的老女佣嚷道,"怎么啦?少爷去客厅里睡觉啦!太不像话了!怎么办,怎么办?为什么呀?少奶奶,他好像根本没跟您说话?是不是?"

素珍叹了一口气。

"你别让太太知道。"她轻声命令道。

她递给老女佣一床被子和一把蚊香。

"哎呀！这世上全都是命中注定，"老女佣一面点着那把蚊香一面嘀咕道，"可怜的少奶奶！她那么本分、贤惠，真是百里挑一！太太好不容易挑选到她！少爷是怎么啦？老天要有眼哟！……"

老女佣刚走出去，素珍就瘫倒在床上，痛哭起来。油灯的亮光静静地摇曳着……蚊子在阴暗的角落里嗡嗡叫着。院子的草丛里腾起蟋蟀无休止的吱吱声……

守夜人的铙钹敲响了四更……

在客厅的长椅上，没良心的丈夫鼾声阵阵……

*

从那以来，黄家就陷入深深的烦恼。

无论是祭出祖宗牌位、先人范例还是轮番规劝和威胁，都不能让叛逆的儿子回心转意：他总是回答说他没法跟他的妻子生活。他不离书房，只是收信写信：他心在远方。

黄父整天倒在床上抽大烟，时而摇头慨叹：

"嗨！如今的年轻人！如今的年轻人！……"

卧床的母亲痛苦地呻吟着、咳着，责骂儿子大逆不道，责骂女佣，有时甚至责骂儿媳，可接着又劝儿媳听天由命。

"这都是我前世作孽的报应，"她最后把责任都揽在自己身上，"我的贤惠儿媳，你知道我来日不长了；我一走，冤家就会让你安宁……"

用人们之间议论，也都为少奶奶抱屈。她对待他们一向都很好。他们干活也不知不觉拖拉起来。

只有素珍，仿佛不知道这一切变化。她照顾公公，服侍婆婆，做家务。比平常还要勤快……

最后一天到了。前一天，娘家差一个人来接她回去休息几天。时值秋末。燕子飞去。花园里,风吹芭蕉树,黄锈肥大的叶子纷纷摇落。土盆里,秋海棠也垂下头,入睡了……

素珍一大早就起身,精心地叠好一床床宽大的方被子,擦干净硕大的床,归置好鸳鸯绣、瓷釉梅,干个没完没了。然后,她就来整理婆婆的房间。婆婆对眼前的情况很无奈,就佯装睡觉。

"少奶奶,让我帮您吧。看您累的!……"宋妈连声说。她很同情女主人。

"不用啦,宋妈,让我一个人做完吧,这是我该做的。"

接着,她像自言自语一样,又说了一句:

"以后,我就不能再做了。"

老女佣怕自己在这儿碍事,就叹着气,慢慢地走开。

"咳!多么贤惠、多么孝顺的少奶奶!……我现在可知道了:生为女人,就永远吃苦受罪……"

直到下午,素珍才尽完儿媳的本分。临走,她又来到婆婆的房间,俯身在床头:

"妈妈,"她说,"媳妇走了。但愿换一个人能把您伺候得比我更好!"

她声音颤抖着,低下头。婆婆用发烧的双手拉住她,泣不成声。而伙计在外面催促着,喊着当年婚礼时同样的话:

"上花轿啰!"

她从花轿的门里最后看了一眼丈夫的家。秋风摇动着的竹子像恶鬼似的呼啸着。

*

几天后,素珍死的噩耗传到黄家。老女佣是从卖缝纫用品的老板娘那里听来的,而这位老板娘已经把这消息传遍了酒馆茶馆,人们都在那里有鼻子有眼地议论着黄家儿媳妇死的事。起初,人们怀疑她品行不端。后来,突然,所有的见解都转而同情这个勇敢的女子,因为她是自杀,为了保守贞节而牺牲。她是那么贤惠,伺候生病的年老公婆那么尽心尽意,却被不公正地休弃;她不停地哭,不吃饭,不睡觉……第三夜,三点三分,当生者的世界静悄悄的时候,这英雄的女子在床梁上,用她婚礼时的红盖头上吊自尽;她死后还睁着眼,舌头伸得老长老长……另外,她穿着婚礼时的服装;最后一刻,她说着丈夫的名字,表示要在地下,在丈夫的坟头等他……无论如何,一定要隆重地念咒祈愿,安抚她的阴魂。她宋妈以前经常看演王魁①的戏!……好人的阴魂都很有力量、很厉害……

老女佣的东拉西扯的讲述频频被激动的哭泣打断。母亲也在抽咽,痛骂没心肝的儿子。他自觉有罪,无言以对,低着头,回到结婚的那间房里把自己关起来。他俯身在实木桌子上,在锡灯暗淡的红光里,妻子默默坐着的形象总轻轻擦过他的身旁,他感到无限哀伤和悔恨。于是他两手捂着眼,禁不住地哭起来。现在的他形只影单,无所事事,虽然心情激动也无能为力,他更能理解妻子,那个沉默的女孩了。她活着,像雕像一般冷冰冰的;她死后,留下多少甜美的记忆!他这个活跃的男人,没能深入她那颗爱心,对她实在太粗暴、太狠了。现在,从她归置房内用品的细心、刺绣和抽屉的香味、无言的态度,他发现了她的心灵:她温柔、体贴,既是贤妻又可为良母,感人地忠实和多情,充满无限的腼腆的魅力以及永恒的梦幻般的诗意;她就像矗立江边的古老贞节牌坊,或许妨碍行人,但是它,挽住夕阳紫红色的反光,用它金色的身影激活蓝色的浪花,往往令旅行者的船儿延误航程!……猩红色的灯光在静静地摆动……吸毒的人在单调的夜里打着鼾……墙板那边,照料得大不如前的母亲在呻吟和叫苦,跟贤惠的儿媳的阴魂说话……屋外,黑暗中,蟋蟀哀伤的吱吱声不停地搅扰着寂静……他整夜都没能休息;古老的中国,这充满数

---

① 宋代汉族南戏中的人物,歌妓焦桂英供他读书,他考中状元以后弃妻另娶,桂英愤而自杀,死后鬼魂活捉王魁。

千年记忆和梦幻的世界,震动着他,压抑着他……快要天亮,他终于困倦,睡着了,做起令人苦恼的噩梦。

*

第二天上午,他接到老同学洪涛的一封信。

亲爱的朋友:

　　从你最近一封来信得知你离婚了。我支持你,赞赏你。新一代的青年,勇敢地同过去决裂吧。

　　革命军中有一个职位空着。他正适合你。撇开你的父母,他们已经被一堆蠢事弄得瘫痪了,麻木不仁。别向后看。大无畏地前进。破坏的使命等着你。

中午,他便心情愉快地准备出发。

（张英伦译）

Con – Y – Ki[①]

Les cabarets du bourg de Lou étaient disposés d'une façon très particulière: au bord de la rue s'alignait un large buffet, en forme d'équerre, où l'on conservait de l'eau chaude, pour réchauffer le vin, au gré des clients. Vers le soir, après leur tra vail, les ouvriers venaient boire là, pour quatre sapèques — c'était le prix d'il y a plus de vingt ans, à présent il est décuplé — debout contre le buffet, un bol de vin bien chaud, qui les délassait; pour une sapèque de plus on pouvait se procurer, comme casse – croûte, une assiette de bourgeons de bambou cuits au sel, ou de haricots au fenouil; et, pour une dizaine de sapèques, un ma gnifique plat de viande... Mais la plupart des clients, portant le veston court, ne pouvaient songer à s'offrir ce luxe – là. Il n'y avait que les robes qui entraient dans une pièce voisine, et, là, confortablement assise, cette catégorie de clients commandait du vin et des mets qu'elle consommait dignement.

Dès l'âge de douze ans, j'étais garçon du cabaret Han – Heng. Le patron m'avait dit: « Tu as l'air un peu bête, tu ne t'y entends pas à servir les clients en robe, tu vas t'occuper du

---

① 本文是敬隐渔翻译的鲁迅小说《孔乙己》的法文原文，收入一九二九年三月巴黎里厄戴尔出版社出版的敬译《中国现代短篇小说家作品集》。

buffet. » Les clients en veston n'étaient pas, comme on le croyait, moins difficiles; la plupart étaient très bavards et grincheux; souvent ils voulaient voir de leurs propres yeux le vin sortir de l'amphore, examiner de près s'il n'y avait pas d'eau au fond du pot, surveiller l'opération de l'eau chaude..., de sorte que je n'avais ni loisir ni l'art de frelater le vin. Peu de jours après, le patron m'ayant gourmandé pour ma sottise, ne me renvoya pas tout de suite, par considération pour mon protecteur, mais réduit mon emploi : je m'occuperais simplement de réchauffer le vin.

Dès lors j'étais tout le jour debout à l'intérieur du buffet, attelé à ma besogne monotone, à côté de mon patron à mine renfrognée, en face des clients à la voix farouche : heureusement l'arrivée d'un certain Con – Y – Ki m'apportait l'occasion et la liberté de rire à mon aise. Celui – ci, je me le rappelle toujours avec plaisir.

Con – Y – Ki était le seul client en robe qui bût debout. De grande taille, il avait une face blême où les rides sillonnaient des cicatrices, une barbe grise et hirsute... Sa robe, toute robe qu'elle fût, était si sale, si usée qu'elle semblait ignorer le lavage et les raccommodages depuis plus de dix ans. Quand il parlait, il avait plein la bouche des expressions de rhétorique confucéenne, qu'on ne comprenait guère. Comme son nom de famille était Con, on le surnommait Con – Y – Ki, ces trois caractères étant par hasard juxtaposés dans tous les cahiers de calligraphie primaires, qu'on ne comprenait guère non plus. Quand Con – Y – Ki s'approchait du buffet, tous les buveurs lui riaient au nez; d'aucuns lui criaient:

— Con-Y-Ki, tu as encore reçu de nouvelles cicatrices à la frimousse, hein?

Lui il ne répondait pas; il disait doucement aux gens du buffet: « Deux bols de vin réchauffé et une assiette de haricots au fenouil! » et il alignait neuf grosses sapèques sur la table.

Les autres le taquinaient à haute voix:

— Tu viens de chaparder quelque part?

Con-Y-Ki, les yeux grands ouverts, répliquait:

— Ne calomniez pas un homme honnête!

— Oh! homme honnête... Avant-hier je t'ai vu de mes yeux, garrotté et battu pour avoir volé des bouquins de la famille Ho... eh!

Alors, tout rouge, enflant les veines bleues de son front, Con-Y-Ki protestait:

— Voler des livres, ce n'est pas un vol...

C'était ensuite un flot de paroles confucéennes: « Le sage se confirme dans la pauvreté... » et des grimoires sans fin, qui nous faisaient tous pouffer de rire; et la gaîté remplissait le cabaret.

Con-Y-Ki, disait-on, avait réellement fait ses études, mais il n'avait jamais réussi aux examens du bachot. Ne sachant pas l'art de vivre, il devenait de plus en plus pauvre et côtoyait souvent la misère. Heureusement, il est encore très bon calligraphe; en copiant des livres pour autrui, il obtenait son bol de riz. Mais un mauvais génie s'était emparé de lui: il buvait beaucoup et travaillait peu. Souvent, bouquins, papiers, pinceaux, encre, tout disparaissait. Et ses clients l'abandonnaient. Con-Y-Ki en était réduit à la nécessité de voler parfois de petites choses que le Sage doit dédaigner. Mais, dans notre cabaret, sa conduite était toujours correcte: il ne laissait jamais ses dettes se prolonger au-delà d'un mois. Avant ce délai, on était sûr de pouvoir biffer sur la tablette les trois caractères Con-Y-Ki.

Lorsque Con-Y-Ki avait vidé la moitié de son bol, sa face, un moment plus rouge, redevenait blême; on lui demandait:

— Con-Y-Ki, est-ce vrai que tu connais les caractères?

Sans répondre, Con-Y-Ki se contentait de jeter sur son interlocuteur un regard de mépris.

— Si tu connais vraiment les caractères, alors pourquoi n'as-tu pas ramassé le moindre fétu au bachot?...

À ces mots, Con-Y-Ki paraissait très ému; il promenait ses regards vides, son visage se couvrait de cendres invisibles, de sa bouche jaillissaient des paroles palpitantes de caractères rhétoriques (Tche, hou, ie, tché...), cette fois absolument inintelligibles. Alors tout le monde éclatait de rire, et la gaîté envahissait le cabaret. Dans ces moments-là je pouvais rire à mon aise, sans être tancé par mon patron. C'était souvent lui-même qui, en posant de ces questions à Con-Y-Ki, donnait le signal des rires.

Con-Y-Ki, voyant ses propos déplacés dans un tel milieu, s'adressait de préférence aux enfants. Un jour, il me demanda:

— Est-ce que vous avez étudié?

Je lui répondis d'un petit signe de tête.

— Vous avez étudié!... Voyons, je vais vous examiner un

peu. Le mot fenouil, comment s'écrit-il?

Je pensai: « Un homme à mine de mendiant est-il digne de m'examiner? » et je détournai la tête.

— Vous ne savez pas? continua-t-il d'une voix supplinte. Tenez, je vais vous l'apprendre. Ça vaut bien la peine de retenir ces caractères; ils pourront vous servir à faire vos comptes, quand vous serez patron.

J'avais envie de rire et de me fâcher, vu l'espace immense qui séparait mon emploi du rang de patron, et aussi parce que ce dernier n'inscrivait jamais les haricots au fenouil dans son compte. Je lui répondis en grognant:

— Qui a besoin de ton enseignement? Ce caractère s'écrit en dix traits comme ça!

Con-Y-Ki s'en exaltait, et de ses ongles longs chiquenaudant le buffet, il disait en hochant la tête:

— C'est juste, c'est juste! dit-il... Ce caractère s'écrit en quatre manières, les savez-vous?

J'étais à bout de patience; je m'éloignai en faisant la moue. Con-Y-Ki, trempant ses ongles dans son vin, s'apprêtait à écrire sur le buffet; et, vu mon peu d'enthousiasme, il poussa un long soupir plein de pitié.

Quelquefois, des enfants attirés par nos éclats de rire, venaient autour de Con-Y-Ki. Il leur distribuait à chacun un haricot. Ceux-ci, ayant mangé, ne le quittaient pas tout de suite et demeuraient les yeux fixés vers l'assiette.

Con-Y-Ki, effaré, des cinq doigts couvraient son assiette

et se baissant vers les petits :

— Je n'en ai plus beaucoup, je n'en ai plus beaucoup, leur disait-il.

Puis, redressant sa taille, couvant de regards ses haricots, branlant la tête, il déclamait à la Confucius :

— Pas beaucoup, pas beaucoup! Alors y en a-t-il beaucoup? Or, il n'y en a pas beaucoup.

Et la foule des enfants s'éparpillait parmi des éclats de rire.

Con-Y-Ki était pour nous un tel boute-en-train! mais son absence n'inquiétait personne.

Un jour, peu avant ou après la fête de la mi-automne (le 15 de la 8e lune), mon patron, qui vérifiait ses comptes, décrocha la tablette blanche et dit :

— Il y a longtemps que Con-Y-Ki ne vient plus; il me doit encore dix-neuf sapèques!

Je fus surpris de ne l'avoir pas remarqué plus tôt. L'un des buveurs dit :

— Comment pourrait-il venir? Il a une jambe cassée.

— Ah! fit mon patron.

— Con-Y-Ki n'a pas de chance; il a rencontré le clou de l'agrégé Ting (ting = clou). Bien aveugle celui qui oserait chiper une brindille à la famille Ting!

— Et puis, qu'est-il arrivé?

— Et puis? d'abord, il a fait son aveu écrit, puis, il a été battu, battu jusqu'à minuit, et il a la jambe foutue...

— Et puis?

— Et puis?... qui sait? peut-être est-il mort.

Le patron, n'en demandant pas plus long, resta plongé dans ses chiffres.

Après la mi-automne, la bise de plus en plus froide amenait l'hiver. Je n'avais pas grand froid, ayant endossé mon paletot de coton, et étant toujours à côté du feu. Un après-midi, il n'y avait pas de clients, j'étais assis somnolent, quand tout à coup j'entendis une voix « réchauffez un bol de vin », voix très basse, mais très familière. Je regardai: personne. Je me levai, jetai un coup d'œil au dehors. Con-Y-Ki était assis sous le buffet, par terre, en face du seuil de la porte. Sa face noircie et amaigrie lui donnait une piteuse mine: il portait une robe double déchirée, qui ne couvrait plus ses jambes nues, croisées sur une paillasse attachée à son épaule avec une ficelle. M'ayant aperçu, il répéta:

— Réchauffez un bol de vin.

Et mon patron, se penchant par-dessus le buffet, disait:

— Con-Y-Ki, tu me dois encore dix-neuf sapèques.

Con-Y-Ki, levant son visage pitoyable, répondait:

— Ça... pour la prochaine fois! Mais aujourd'hui c'est l'argent comptant. Du bon vin!

— Con-Y-Ki, tu as de nouveau chapardé? ajoutait mon patron, en plaisantant comme d'ordinaire.

Con-Y-Ki ne s'obstinait plus à se disculper; il répondit simplement:

— Ne plaisantez pas.

— Mais ce n'est pas de la blague: comment t'en es cassé la jambe?

— En tombant, en tombant... répliquait Con-Y-Ki à voix basse, avec des yeux suppliants qui voulaient dire: n'insistez pas!

Cependant une foule s'amassait là qui riait avec mon patron. Je lui apportais du vin réchauffé et le mis sur le seuil de la porte. Il sortit de sa poche éventrée quatre grosses sapèques qu'il plaça dans le creux de ma main. Il avait les mains couvertes de boue; elles lui servaient de pieds maintenant. Un moment après, ayant bu, il s'en alla sur ses mains, parmi le rire des spectateurs.

Nous ne revîmes plus Con-Y-Ki. À la fin de l'année, le patron décrocha sa tablette blanche et dit:

— Con-Y-Ki me doit encore dix-neuf sapèques!

À Toan-Yang (la fête de la cinquième lune) de l'an suivant, il dit de nouveau:

— Con-Y-Ki me doit encore dix-neuf sapèques!

À la mi-automne, il n'insista plus. À la fin de l'année, Con-Y-Ki n'a pas encore reparu.

Peut-être Con-Y-Ki est-il vraiment mort.

附：

孔乙己

鲁镇的酒店的格局,是和别处不同的:都是当街一个曲尺形的大柜台,柜里面预备着热水,可以随时温酒。做工的人,傍午傍晚散了工,每每花四文铜钱,买一碗酒——这是二十多年前的事,现在每碗要涨到十文——靠柜外站着,热热的喝了休息;倘肯多花一文,便可以买一碟盐煮笋,或者茴香豆,做下酒物了,如果出到十几文,那就能买一样荤菜,但这些顾客,多是短衣帮,大抵没有这样阔绰。只有穿长衫的,才踱进店面隔壁的房子里,要酒要菜,慢慢地坐喝。我从十二岁起,便在镇口的咸亨酒店里当伙计,掌柜说:"你样子太傻,怕伺候不了长衫主顾,就在外面做点事罢。"外面的短衣主顾也不像人们想的好伺候,大都唠唠叨叨缠夹不清。他们往往要亲眼看着黄酒从坛子里舀出,看过壶子底里有水没有,又亲看将壶子放在热水里:我没工夫也没办法往酒里羼水。所以没过几天,掌柜申斥我笨拙,虽看在荐头的面子上没有辞了我,却减了我的活儿,我只管温酒了。我从此便整天的站在柜台里,在掌柜旁边,专管我的单调的职务。掌柜是一副凶脸孔,主顾也没有好声气;只有孔乙己到店,才可以笑几声,所以至今还记得。孔乙己是站着喝酒而穿长衫的唯一的人。他身材很高大;青白脸色,皱纹间时常夹些伤痕;一部乱蓬蓬的花白的胡子……穿的虽然是长衫,可是又脏又破,似乎十多年没有补,也没有洗。他对人说话,总是满口之乎者也,叫人半懂不懂的。因为他姓孔,别人便从描红纸上的"上大人孔乙己"这半懂不懂的话里,替他取下一个绰号,叫作孔乙己。孔乙己一走近柜台,所有喝酒的人便都看着他笑,有的叫道:

"孔乙己,你脸上又添上新伤疤了!"

他不回答,对柜里说:"温两碗酒,要一碟茴香豆。"便把九文大钱拍在柜台上。

他们又故意的高声嚷道:"你一定又偷了人家的东西了!"

孔乙己睁大眼睛回答:"你怎么这样凭空污人清白……"

"什么清白?我前天亲眼见你偷了何家的书,吊着打。"

孔乙己便涨红了脸,额上的青筋条条绽出,争辩道:

"窃书不能算偷……窃书!……读书人的事,能算偷么?"

接连便是难懂的话,什么"君子固穷",什么"者乎"之类,引得众人都哄笑起来:店内外充满了快活的空气。听人家背地里谈论,孔乙己原来也读过书,但终于没有进学,又不会营生;于是愈过愈穷,弄到将要讨饭了。幸而写得一笔好字,便替人家抄抄书,换一碗饭吃。可惜他又有一样坏脾气,便是好喝懒做。坐不到几天,便连人和书籍纸张笔砚,一齐失踪。如是几次,叫他抄书的人也没有了。孔乙己没有法,便免不了偶然做些智者不屑的偷窃的事。但他在我们店里,品行却比别人都好,就是从不拖欠超出一个月的;到期以前,准能从粉板上拭去了孔乙己三个字。孔乙己喝过半碗酒,涨红的脸色渐渐复了原,旁人便又问道:

"孔乙己,你当真认识字么?"

孔乙己看着问他的人,显出不屑置辩的神气。

"你要是识字,怎的连半个秀才也捞不到呢?"

孔乙己立刻显出颓唐不安的模样,脸上笼上了一层灰色,嘴里说些话;这回可是全是之乎者也之类,一些不懂了。在这时候,众人也都哄笑起来:店内外充满了快活的空气。在这些时候,我可以附和着笑,掌柜是决不责备的。而且掌柜见了孔乙己,也每每这样问他,引人发笑。

孔乙己自己知道不能和他们谈天,便只好向孩子说话。有一回对我说道:

"你读过书么?"

我略略点一点头。

他说:"读过书,……我便考你一考。茴香豆的茴字,怎样写的?"

我想,讨饭一样的人,也配考我么?便回过脸去,不再理会。

孔乙己等了许久,很恳切的说道:"不能写罢?……我教给你,记着!这些字应该记着。将来做掌柜的时候,写账要用。"

我暗想我和掌柜的等级还很远呢,而且我们掌柜也从不将茴香豆上账;又好笑,又不耐烦,懒懒的答他道:

"谁要你教,不就是这样写十个笔划么?"

孔乙己显出极高兴的样子,将两个指头的长指甲敲着柜台,点头说:

"对呀对呀!……茴字有四样写法,你知道么?"

我愈不耐烦了,努着嘴走远。孔乙己刚用指甲蘸了酒,想在柜上写字,见我毫不热心,便又叹一口气,显出极惋惜的样子。有几回,邻居孩子听得笑声,也赶热闹,围住了孔乙己。他便给他们一人一颗。孩子吃完豆,仍然不散,眼睛都望着碟子。

孔乙己着了慌,伸开五指将碟子罩住,弯腰下去说道:

"不多了,我已经不多了。"

直起身又看一看豆,自己摇头说,"不多不多!多乎哉?不多也。"

于是这一群孩子都在笑声里走散了。孔乙己是这样的使人快活,可是没有他,别人也便这么过。有一天,大约是中秋(阴历八月十五)前的两三天,掌柜正在慢慢的结账,取下粉板,忽然说:"孔乙己长久没有来了。还欠十九个钱呢!"

我才也觉得他的确长久没有来了。

一个喝酒的人说道:"他怎么会来?……他打折了腿了。"

掌柜说:"哦!"

"他总仍旧是偷。这一回,是自己发昏,竟偷到丁举人家里去了。他家的东西,偷得的吗?"

"后来怎么样?"

"怎么样?先写服辩,后来是打,打了大半夜,再打折了腿。"

"打折了怎样呢?"

"怎样？……谁晓得？许是死了。"

掌柜也不再问，仍然慢慢的算他的账。中秋过后，秋风是一天凉比一天，看看将近初冬；我整天的靠着火，也须穿上棉袄了。一天的下半天，没有一个顾客，我正合了眼坐着。忽然间听得一个声音，"温一碗酒。"这声音虽然极低，却很耳熟。看时又全没有人。站起来向外一望，那孔乙己便在柜台下对了门槛坐着。他脸上黑而且瘦，已经不成样子；穿一件破夹袄，盘着两腿，下面垫一个蒲包，用草绳在肩上挂住；见了我，又说道：

"温一碗酒。"

掌柜也伸出头去，一面说：

"孔乙己么？你还欠十九个钱呢！"

孔乙己很颓唐的仰面答道：

"这……下回还清罢。这一回是现钱，酒要好。"

掌柜仍然同平常一样，笑着对他说："孔乙己，你又偷了东西了！"

但他这回却不十分分辩，单说了一句：

"不要取笑！"

"取笑？要是不偷，怎么会打断腿？"

孔乙己低声说道："跌断，跌，跌……"他的眼色，很像恳求掌柜，不要再提。

此时已经聚集了几个人，便和掌柜都笑了。我温了酒，端出去，放在门槛上。他从破衣袋里摸出四文大钱，放在我手里，见他满手是泥，原来他便用这手走来的。不一会儿，他喝完酒，便又在旁人的说笑声中，坐着用这手慢慢走去了。自此以后，又长久没有看见孔乙己。到了年关，掌柜取下粉板说：

"孔乙己还欠十九个钱呢！"

到第二年的端午（阴历五月节），他又说：

"孔乙己还欠十九个钱呢！"

到中秋可是没有说，再到年关也没有看见他。我到现在终于没有见到他。

　　大约孔乙己的确死了。

（张英伦由敬译复原中文）

Le pays natal[①]

Après vingt ans d'absence, je rentrai dans mon pays natal.

L'hiver était avancé; à mesure que je m'approchais du but de mon voyage, le ciel se faisait de plus en plus sombre; le vent glacial s'engouffrant sous le pont de la chaloupe, sifflait d'un ton plaintif. A travers les fissures du pont, on entrevoyait quelques villages déserts, grelottant sous le ciel jaunâtre. Je fus envahi par une mélancolie irrésistible.

Ah! n'est-ce pas là mon pays natal qui, pendant ces vingt dernières années, ne cessait de hanter mes rêves!

Le pays natal de mes souvenirs n'était pas empreint de cette tristesse. Il était si beau! Mais, quand je voulais me rappeler ses beautés et décrire ses charmes, mon imagination s'évanouissait et les mots me manquaient. Et je me disais: mon pays natal ne pourrait être autrement qu'il n'est, quoiqu'il n'ait pas beaucoup évolué, il ne peut être aussi triste que je le sens. C'est mon sentiment qui a dû changer. En effet, je n'étais pas en très bonne disposition, à ce retour dans mon pays natal.

J'y rentrais pour lui faire mes adieux. Notre vieille maison

---

① 本文是敬隐渔翻译的鲁迅小说《故乡》的法文原文,收入一九二九年三月巴黎里厄戴尔出版社出版的敬译《中国现代短篇小说家作品集》。

où plusieurs générations des nôtres habitaient ensemble, venait d'être vendue, et le bail à la fin de l'année expirait. Il nous fallait, avant le premier jour de l'an prochain, quitter pour toujours notre chère vieille maison et notre pays natal ami, pour émigrer dans la ville lointaine où je gagnais la vie.

Le lendemain matin, j'arrivai à la porte de ma maison. Sur les gouttières de tuile, des brins d'herbe fanée tremblotaient au vent, comme s'ils parlaient du changement de propriétaires. Un profond silence y régnait: une partie des anciens propriétaires étaient sans doute partis déjà. Quand je fus devant le pavillon de ma propre famille, ma mère était depuis longtemps à la porte pour m'accueillir; puis sortit en courant mon neveu, âgé de huit ans, le petit Hong.

Ma mère, souriant mélancoliquement, m'invita à m'assoir, à me reposer un peu et à prendre du thé, écartant tout propos de déménagement. Le petit Hong, qui jusqu'ici ne m'avait jamais vu, me regardait en face, avec ses grands yeux étonnés.

— Tu te reposeras pendant un jour ou deux jours, me dit ma mère, puis tu iras faire quelques visites aux proches parents; nous n'aurons ensuite qu'à nous mettre en route.

— Oui, ma mère.

— Et ce jeune Joun – tou, toutes les fois qu'il venait chez nous, ne manquait pas de demander de tes nouvelles. Il voudrait bien te voir. Je l'ai averti du jour de ton arrivée; il sera ici tout à l'heure.

Alors, une vision étrange traversa mon imagination: sous un

ciel bleu foncé où pendait un disque doré de lune, sur une plaine sablonneuse, au bord de la mer, semée, à perte de vue, d'inombrable melons d'eau couleur d'émeraude, un adolescent de onze ou douze ans, un grand collier d'argent au cou, une fourche d'acier à la main, poursuivait un castor, qui s'esquivait sous ses jambes.

C'était Joun-tou d'autrefois. Autrefois, quand je le connus, j'étais âgé de dix ans environ; voici bientôt une trentaine d'années — si vite écoulées! Mon père vivait encore; ma famille était florissante; j'étais un vrais chao-yeh (jeune maître). Cette année-là était celle du grand sacrifice de ma famille, sacrifice solennel qu'on célébrait chaque trente ans. Pendant la première lune, nous adorions les portraits de nos ancêtres; il y avait beaucoup d'adorateurs, les offrandes étaient nombreuses et les appareils rituels superbes, qu'il fallait surveiller à cause des voleurs. Nous n'avions engagé pour la circonstance qu'un serviteur, qui cultivait son terrain en temps ordinaire. Il était trop affairé. Je proposai à mon père de faire venir son fils, Joun-tou, pour surveiller nos objets.

Mon père y avait consenti; j'en étais très content, car j'étais depuis longtemps curieux de connaître ce Joun-tou, ainsi nommé par son père parce qu'il était né dans un mois joun (mois supplémentaire de l'année lunaire), et que, parmi les cinq éléments qui président la naissance, il lui en manquait un, la terre (tou); je savais qu'il avait à peu près le même âge que moi, et qu'il s'entendait à prendre les oiseaux.

Un jour ma mère m'avertit que Joun-tou était venu, et je courus le voir. Il était dans la cuisine; il avait la face ronde, le teint violacé; il portait un petit chaperon de feutre et un collier brillant d'argent, cet anneau de longévité avec lequel son père croyait l'attacher à la vie. Il était timide en société; moi seul ne l'effarouchais pas. Quand nous étions seuls, il me parlait affablement. Bientôt, nous devînmes bons amis.

Je ne me rappelle plus ce que je lui disais, mais seulement l'enthousiasme qu'il témoignait aux choses merveilleuses de la ville qu'il voyait pour la première fois.

Le lendemain, je voulus le voir attraper des oiseaux. Mais il me dit:

— Non, ce n'est pas possible maintenant. Il faut attendre un temps de neige. Sur notre plage sablonneuse, quand il a neigé, je balaye un carré de terre comme ça, j'y mets un panier de bambou renversé, je l'étaye par un bâtonnet mobile, je sème du riz là-dessous, j'épie les oiseaux de loin, tenant le bout de la ficelle attachée au bâtonnet; quand des oiseaux viennent becqueter mon riz, je tire la ficelle, et ils sont pris. Il y a de toutes sortes: des cailles, des perdrix, des faisans, des rouges-gorges...

Alors j'attendis la neige. Joun-tou me dit encore:

— Il fait très froid à présent; viens chez moi en été. Le jour, nous ramasserons de jolies coquilles au bord de la mer; il en a de rouges, de bleues, des peur-de-diables, des mains-de-Bouddha. La nuit, j'irai avec mon père garder les melons d'eau; tu viendras avec nous.

— Vous les gardez contre les voleurs?

— Non. Un voyageur qui a soif aurait cueilli un de nos melons, ça ne serait pas un vol chez nous. Nous les gardons contre les blaireaux, les porcs-épis, les castors. Au clair de lune, écoute les ra ra ra..., ça, c'est le castor qui croque du melon. Alors prends ta fourche et va lestement comme ça···

Cependant je ne savais pas ce que c'est qu'un castor — je ne le sais pas même aujourd'hui — seulement je me représentais vaguement une espèce de petit chien très féroce.

— Est-ce qu'il ne nous mordait pas?

— Mais nous avons notre fourche, quoi! Dès que tu l'aperçois de près, frappe-le tout de suite. C'est une bête très agile; elle court à ta rencontre et s'enfuit sous tes jambes. Sa peau est lisse comme l'huile...

Jusqu'à ce jour je n'avais jamais soupçonné qu'il eut tant de merveilles sur la terre, tant de coquilles diaprées au bord de la mer. Et l'aventure si dangereuse des melons d'eau, ces simples melons dont je ne connaissais d'autre pays d'origine que le panier du marchand de fruits.

— Sur notre plage de sable, continuait-il, quand la marée va venir, il y a beaucoup de poissons qui sautillent sans cesse; ils ont deux pieds comme ceux d'une grenouille...

Oh! le monde infini de merveilles qu'embrassait l'esprit de Joun-tou, et qu'ignoraient tous mes autres copains ordinaires! Ceux-ci ne savaient rien du monde; tandis que Joun-tou parcourait les bords de la mer, eux, tout comme moi, ne voyaient qu'un carré de ciel étayé sur les quatre murs d'une cour.

Malheureusement, la première lune avait vite passé! Joun-tou devait rentrer chez lui, je pleurai beaucoup; il pleurait aussi, caché dans la cuisine, ne voulant pas me quitter; mais à la fin il fut emmené par son père. Puis il me fit envoyer par celui-ci un paquet de coquilles et quelques jolies plumes d'oiseau. Moi aussi, je lui ai fait un cadeau, une ou deux fois, et je ne l'ai plus revu.

Maintenant que ma mère parlait de lui, tous mes souvenirs d'enfance se précipitaient en moi comme les chevaux d'une lanterne magique, et il me sembla revoir un instant mon beau pays natal d'autrefois. Je répondis:

— C'est très bien! lui, comment ça va?

— Lui?... lui non plus n'est pas heureux, ses affaires vont très mal.

Tout en parlant ainsi, ma mère regardait au dehors:

— Ces gens-là qui viennent ici acheter nos meubles, si vous n'y preniez garde, ils pourraient escamoter quelque chose; je vais les surveiller.

Elle se leva et sortit. Au dehors, quelques femmes jasaient. Je fis approcher le petit Hong et lui demandai s'il savait écrire et si un long voyage lui plaisait.

— Nous irons à dada sur un train, dis? me demanda-t-il.

— Oui, nous prendrons le train.

— Et le bateau?

— Oui, d'abord le bateau...

— Ah! te voilà! Tu es devenu ainsi! Une barbe si longue déjà! cria soudain une voix aiguë et bizarre qui m'effraya.

Je levai la tête et vis les pommettes saillantes et la bouche mince d'une femme de cinquante ans qui se tenait debout devant moi, les deux mains sur ses hanches sans jupons, tenant écartés ses deux pieds aigus comme deux pointes d'un long compas. J'en fus consterné.

— Tu ne me reconnais donc plus? Je t'ai porté jadis dans mes bras, comme ça, moi!

Heureusement, l'entrée de ma mère me tira d'embarras. Elle lui dit:

— Depuis de longues années, il a quitté le pays; il ne se rappelle plus rien!

Et, s'adressant à moi:

— Tu dois la reconnaître, me dit-elle, c'est la belle-sœur Yang, d'en face, qui tenait la boutique de fromages de haricots.

Oh! je me rappelai. En effet, enfant, je voyais toujours assise, sur le pas de la boutique d'en face, une belle-sœur Yang, surnommée la Belle au fromages de haricots. Mais c'était une femme surabondamment fardée, de pommettes moins saillantes, de lèvres moins minces, et qui, toujours assise, ne m'avait jamais montré la pose des jambes en compas. On disait alors que, grâce à l'enseigne de sa jolie personne, son commerce de fromages allait particulièrement bien. Néanmoins, elle m'avait influencé si peu — peut-être était-ce la faute de mon jeune âge — que je l'oubliai tout-à-fait. Cependant le compas en fut vivement froissé; son air mécontent, mélangé de mépris et de surprise, semble exprimer : est-ce donc possible que Napoléon soit ignoré par les Français et Washington par les habitants des Etats-Unis?

Elle me dit, en souriant froidement :

— C'est vrai qu'un noble personnage oublie beaucoup de choses...

— Comment ça?... Moi... répliquai-je, en me levant, interdit.

— Ecoute, petit frère Sioun, tu grandis en honneurs et en richesse. Trop de choses encombrent ton déménagement; que ferais-tu de ces meubles avariés? Donne-les-moi. Nous autres pauvres gens, nous pouvons en avoir besoin.

— Mais non, je ne suis nullement riche. Il me faut vendre tout cela, et puis encore...

— Oh yah! yah! tu es nommé tao tai! et tu n'es pas encore assez riche? Tu as maintenant trois concubines; tu sors en haute chaise à huit porteurs. Tu n'es pas encore assez riche? Eh! en ce bas monde, rien ne peut me tromper.

Me sachant beaucoup moins éloquent qu'elle, je me tus, et restai debout, immobile.

— Oh! yah! continua-t-elle, c'est vrai que plus on est riche, plus on est chiche; plus on est chiche, plus on devient riche...

Et le compas, indigné, se détourna de moi, prit en passant les gants de ma mère qu'il fourra dans la poche de son pantalon, et s'en alla, grommelant.

Puis je passai encore trois ou quatre jours à recevoir la visite des gens de ma famille et mes proches parents, tout en faisant mes malles, par intervalles.

Un après-midi où il faisait froid, je prenais mon thé, quand tout à coup j'eus le pressentiment de quelqu'un qui entrait chez nous.

C'était Joun-tou. Je le reconnus tout de suite. Mais ce n'était pas le Joun-tou de mes souvenirs. Il était deux fois plus grand que jadis; sa face ronde et violette d'autrefois était devenue jaune gris, sillonnée de rides profondes; battus par les vents de mer, ses yeux étaient gonflés comme ceux de son père. Il portait un bonnet de feutre rapiécé, une très mince tunique de coton; il avait l'air frissonnant; une longue pipe et un paquet en papier aux mains, ces mains, que je me rappelais lestes et potelées, maintenant alourdies et gercées comme l'écorce de pin.

Un tourbillon de paroles — et des perdrix et des poissons sautants, et des coquilles..., — tout s'étouffa dans ma gorge. Je ne pus que lui dire :

— Ah! frère Joun-tou, te voilà!

Il s'arrêta, debout, montrant une gaieté triste; il remua les lèvres, et rien n'en sortit. Il fut de plus en plus gêné dans son respect. Enfin, timidement, il m'appela :« Seigneur... »

J'en eus un frisson, et je m'aperçus que déjà une muraille épaisse et impitoyable nous séparait l'un de l'autre. Je restai muet, interdit.

— Choui-sen, dit-il en retournant la tête, viens te prosterner devant le Seigneur.

Et il attira un gamin qui se cachait derrière son dos. C'était un Joun-tou de jadis, mais en plus maigre et plus jaune et qui ne portait pas de collier d'argent.

— C'est mon cinquième enfant, continua Joun-tou, il n'a pas vu le monde; il est timide...

Attirés par nos voix, ma mère et le petit Hong descendirent de l'étage.

— Grande madame, dit Joun-tou, j'ai reçu votre lettre il y a longtemps; j'en ai été très content. Quand j'ai su que le Seigneur allait revenir...

— Oh! pourquoi tant de façons! s'écria ma mère, flattée. Ne l'appelais-tu pas frère autrefois? Eh bien! fais comme autrefois, dis: petit frère Sioun.

— Oh yah! noble madame, vraiment... comment oserais-je? Autrefois nous étions enfants; je ne savais pas les convenances...

Ce disant, il essaya encore d'exhiber son gosse sauvage et de le faire saluer; mais l'enfant se cramponna obstinément à son dos, où il resta collé comme un gros appendice.

— C'est Choui-sen, le cinquième? demanda ma mère. Il nous voit pour la première fois, il est méfiant, c'est naturel... Petit Hong, va te promener un peu avec lui.

Le petit Hong vint prendre l'enfant rustique, qui le suivit aisément.

Ma mère offrit à Joun-tou de s'assoir. Il hésita longtemps, enfin obéit et s'assit, déposa sa longue pipe au côté de la table, et nous donna son paquet en papier.

— En hiver nous n'avons pas grand-chose, nous dit-il, ce petit peu de haricots verts nous l'avons nous-même ensoleillé, nous l'offrons au Seigneur...

Je l'interrogeai sur sa situation présente. Il ne faisait que branler la tête :

— C'est très difficile, dit-il. L'aîné peut déjà nous aider un peu, il est vrai ; mais on n'a pas assez à manger... Il y a toujours des batailles, des brigandages... La récolte n'est pas bonne. Si vous allez vendre vos denrées au marché, on vous en fait payer plusieurs fois la taxe, et il ne vous en reste plus rien. Si vous ne les vendez pas, tout pourira, et voilà...

Il branlait toujours la tête ; et les rides profondes restaient immobiles, burinées sur son visage de pierre. Il éprouvait sans doute des sentiments tristes et pénibles qu'il ne savait pas exprimer. Il se tut, prit sa longue pipe et fuma.

Aux questions de ma mère il répondit que chez lui beaucoup de besognes l'attendaient, qu'il rentrerait le lendemain, et n'avait pas encore dîné. Alors ma mère l'invita à aller dans la cuisine préparer lui-même son riz.

Il sortit. Ma mère et moi nous plaignions son sort : niché d'enfants, disette, concussions, corvées, soldats, brigands, magistrats, notables, tout l'opprimait. Elle me dit de lui laisser tous les objets dont nous n'aurions pas besoin.

Le soir, il choisit quelques meubles ou ustensiles: deux longues tables, quatre chaises, une balance, une paire de casso lettes et de chandeliers. Il se fit réserver les cendres de nos foyers (cendre de paille de riz qu'on emploie comme engrais) qu'il viendrait chercher avec son canot, le jour de notre départ.

Trop affairé tout le jour, je n'avais pas le temps de parler avec lui. Le lendemain matin il partit avec son gamin Choui‑sen.

C'était un défilé de visites à la maison; les uns venaient nous faire leurs adieux, les autres, prendre nos hardes laissées, les autres, à la fois, faire leurs adieux et prendre nos hardes.

Ce fut ainsi que la Belle aux fromages de haricots, qui dès le début de notre déménagement — ma mère me l'a raconté après — ne cessait de rôder chez nous, découvrit dans le tas de cendres une dizaine de bols et de plats.

— Oui, c'est Joun‑tou qui les y a cachés, affirmait‑elle en mordant son petit doigt, il avait l'intention de les ramasser dans ses paniers, le jour qu'il viendra rapporter les cendres, je le sais...

Cette importante découverte méritait son salaire. Et sans se faire prier, la belle‑sœur Yang saisit une mangeoire à poule, et se sauva triomphalement. Avec les trop hauts talons de ses petits souliers pointus, elle risquait fort de tomber. Mais elle courait de plus belle!

Le soir de notre embarquement, de notre vieille maison ne restait plus qu'une carcasse vide; grandes ou petites, grossières ou fines, toutes nos vieilleries avaient été balayées par le déluge des visiteurs. Cependant notre bateau s'avançait dans le crépuscule. Les montagnes des deux rivages bleuies de brume, reculaient, reculaient sans cesse vers notre pays natal.

Le petit Hong, qui regardait avec moi, par la fenêtre du bateau, les paysages fuyants, de plus en plus sombres, me demanda soudain:

— Oncle, quand est-ce que nous pourrons revenir?

— Revenir? Pourquoi penses-tu à revenir avant d'être parti?

— Mais Choui-sen m'a prié d'aller m'amuser chez lui...

Et, fixant tout de ses grands yeux noirs, il restait pensif. Son attitude nous émut. Moi, je ne regrettais guère ce triste pays natal qui s'éloignait derrière nous, comme un cauchemar. Ma mère plaignit les malheurs de Joun-tou et la misérable destinée des paysans, déplora la lâcheté, l'égoïsme et la cupidité de nos proches parents et de nos voisins, qui ressemblaient plus ou moins à la belle-sœur Yang... Néanmoins, elle regardait longuement encore, les yeux humides, les montagnes de notre pauvre village qui se reflétaient, de plus en plus effacées, dans la brume lointaine qu'engloutissait la nuit. Puis, lasse, elle s'endormit avec l'enfant.

Couché, j'entendais le bruit des flots sous le bateau. D'abord indécises, mes pensées flottaient entre le passé et l'avenir. L'image de Joun-tou s'y dessina un moment, et disparut. Pourquoi un fossé si profond nous séparait-il? Pourquoi nos générations dans leurs derniers rejetons étaient encore unies entre elles? Tout à l'heure, le petit Hong ne pensait – il pas encore à Choui – sen? J'espérais que rien ne les séparerait... Mais je ne voulais pas que, pour être toujours unis, ils vécussent une vie aussi misérable et vagabonde que la mienne, ou encore la vie misérable et lâche de mes voisins. Je leur souhaitais une vie nouvelle que nous n'eussions jamais vue!

Un vent froid s'engouffra sous le pont. Je tremblai dans mon espérance. Quand Joun – tou venait emporter nos chandeliers et nos cassolettes, j'en avais souri, me disant à moi – même qu'il n'oubliait jamais son idole. Mais, maintenant, qu'est – ce, mon espérance, sinon une idole créée de mes mains? Avec cette seule différence que la sienne était plus réelle et plus proche, la mienne, plus lointaine et plus chimérique.

Dans le clair – obscur de mes pensées, reparaissait la plage de sable, couverte de feuillage, de saphir, sous le ciel bleu foncé, où pendait de la lune le disque d'or. Et je pensais: l'espérance n'est ni réalité ni chimère. Elle est comme les chemins de la terre: sur la terre il n'y avait pas de chemins; ils sont faits par le grand nombre de passants.

附:

故　乡

别了二十余年,我回到故乡去。

时候既然是深冬;渐近故乡时,天气又阴晦了,冷风吹进船舱中,呜呜的响,从篷隙向外一望,苍黄的天底下,远近横着几个萧索的荒村,没有一些活气。我的心禁不住悲凉起来了。

啊！这不是我二十年来时时记得的故乡？

我所记得的故乡全不如此。我的故乡好得多了。但要我记起他的美丽,说出他的佳处来,却又没有影像,没有言辞了。仿佛也就如此。于是我自己解释说:故乡本也如此,——虽然没有进步,也未必有如我所感的悲凉,这只是我自己心情的改变罢了,因为我这次回乡,本没有什么好心绪。

我这次是专为了别他而来的。我们多年聚族而居的老屋,已经共同卖给别姓了,交屋的期限,只在本年末,所以必须赶在正月初一以前,永别了熟识的老屋,而且远离了熟识的故乡,搬家到我在谋食的异地去。

第二日清早晨我到了我家的门口了。瓦楞上许多枯草的断茎当风抖着,正在说明这老屋难免易主的原因。几房的本家大约已经搬走了,所以很寂静。我到了自家的房外,我的母亲早已迎着出来了,接着便飞出了八岁的侄儿宏儿。

我的母亲很高兴,但也藏着许多凄凉的神情,教我坐下,歇息,喝茶,且不谈搬家的事。宏儿没有见过我,远远的对面站着只是看。

"你休息一两天,去拜望亲戚本家一回,我们便可以走了。"母亲说。

"是的。"

"还有闰土,他每到我家来时,总问起你,很想见你一回面。我已经将你到家的大约日期通知他,他也许就要来了。"

这时候,我的脑里忽然闪出一幅神异的图画来:深蓝的天空中挂着一轮金黄的圆月,下面是海边的沙地,都种着一望无际的碧绿的西瓜,其间有一个十一二岁的少年,项带银圈,手捏一柄钢叉,向一匹猹尽力的刺去,那猹却将身一扭,反从他的胯下逃走了。

这少年便是闰土。我认识他时,也不过十多岁,离现在将有三十年了；那时我的父亲还在世，家景也好，我正是一个少爷。那一年，我家是一件大祭祀的值年。这祭祀，说是三十多年才能轮到一回，所以很郑重；正月里供祖像，供品很多，祭器很讲究，拜的人也很多，祭器也很要防偷去。我家只有一个忙月，忙不过来，我便对父亲说，可以叫他的儿子闰土来管祭器的。

我的父亲允许了；我也很高兴，因为我早听到闰土这名字，而且知道他和我仿佛年纪，闰月生的，五行缺土，所以他的父亲叫他闰土。他是能装弶捉小鸟雀的。

我于是日日盼望新年，新年到，闰土也就到了。好容易到了年末，有一日，母亲告诉我，闰土来了，我便飞跑的去看。他正在厨房里，紫色的圆脸，头戴一顶小毡帽，颈上套一个明晃晃的银项圈，这可见他的父亲十分爱他，怕他死去，所以在神佛面前许下愿心，用圈子将他套住了。他见人很怕羞，只是不怕我，没有旁人的时候，便和我说话，于是不到半日，我们便熟识了。

我们那时候不知道谈些什么，只记得闰土很高兴，说是上城之后，见了许多没有见过的东西。

第二日，我便要他捕鸟。

他说："这不能。须大雪下了才好。我们沙地上，下了雪，我扫出一块空地来，用短棒支起一个大竹匾，撒下秕谷，看鸟雀来吃时，我远远地将缚在棒上的绳子只一拉，那鸟雀就罩在竹匾下了。什么都有：稻鸡、角鸡、鹁鸪、蓝背……"

我于是又很盼望下雪。

闰土又对我说："现在太冷，你夏天到我们这里来。我们日里到海边捡贝壳去，红的绿的都有，鬼见怕也有，观音手也有。晚上我和爹管西瓜去，你也去。"

"管贼么？"

"不是。走路的人口渴了摘一个瓜吃，我们这里是不算偷的。要管的是獾猪，刺猬，猹。月亮地下，你听，啦啦的响了，猹在咬瓜了。你便捏了胡叉,轻轻地走去……"

我那时并不知道这所谓猹的是怎么一件东西——便是现在也没有知道——只是无端的觉得状如小狗而很凶猛。

"他不咬人么?"

"有胡叉呢。走到了,看见猹了,你便刺。这畜生很伶俐,倒向你奔来,反从胯下窜了。他的皮毛是油一般的滑……"

我素不知道天下有这许多新鲜事:海边有如许五色的贝壳;西瓜有这样危险的经历,我先前单知道他在水果店里出卖罢了。

"我们沙地里,潮汛要来的时候,就有许多跳鱼儿只是跳,都是青蛙似的两个脚……"

啊!闰土的心里有无穷无尽的希奇的事,都是我往常的朋友所不知道的。他们不知道一些事,闰土在海边时,他们都和我一样只看见院子里高墙上的四角的天空。

可惜正月过去了,闰土须回家里去,我急得大哭,他也躲到厨房里,哭着不肯出门,但终于被他父亲带走了。他后来还托他的父亲带给我一包贝壳和几支很好看的鸟毛,我也曾送他一两次东西,但从此没有再见面。

现在我的母亲提起了他,我这儿时的记忆,忽而全都闪电似的苏生过来,似乎看到了我的美丽的故乡了。

我应声说:"这好极!他——怎样?……"

"他?……他景况也很不如意……"母亲说着,便向房外看,"这些人又来了。说是买木器,顺手也就随便拿走的,我得去看看。"

母亲站起身,出去了。门外有几个女人的声音。我便把宏儿走近面前,和他闲话:问他可会写字,可愿意出门。"我们坐火车去么?"

"我们坐火车去。"

"船呢?"

"先坐船……"

"哈!这模样了!胡子这么长了!"一种尖利的怪声突然大叫

起来。

我吃了一吓,赶忙抬起头,却见一个凸颧骨,薄嘴唇,五十岁上下的女人站在我面前,两手搭在髀间,没有系裙,张着两脚,正像一个画图仪器里细脚伶仃的圆规。我愕然了。

"不认识了么?我还抱过你咧!"

我愈加愕然了。幸而我的母亲也就进来,从旁说:"他多年出门,统忘却了。"

便向着我说:"你该记得罢,这是斜对门的杨二嫂……开豆腐店的。"

哦,我记得了。我孩子时候,在斜对门的豆腐店里确乎终日坐着一个杨二嫂,人都叫伊"豆腐西施"。但是擦着白粉,颧骨没有这么高,嘴唇也没有这么薄,而且终日坐着,我也从没有见过这圆规式的姿势。那时人说:因为伊,这豆腐店的买卖非常好。但这大约因为年龄的关系,我却并未蒙着一毫感化,所以竟完全忘却了。然而圆规很不平,显出鄙夷的神色,仿佛嗤笑法国人不知道拿破仑,美国人不知道华盛顿似的。

她冷笑着对我说:"忘了?这真是贵人眼高……"

"哪有这事……我……"我惶恐着,站起来说。

"那么,我对你说。迅哥儿,你阔了,搬动又笨重,你还要什么这些破烂木器,让我拿去罢。我们小户人家,用得着。"

"我并没有阔哩。我须卖了这些,再去……"

"啊呀呀,你放了道台了,还说不阔?你现在有三房姨太太;出门便是八抬的大轿,还说不阔?吓,什么都瞒不过我。"

我知道无话可说了,便闭了口,默默的站着。

"啊呀啊呀,真是愈有钱,便愈是一毫不肯放松,愈是一毫不肯放松,便愈有钱……"圆规一面愤愤的回转身,一面絮絮的说,慢慢向外走,顺便将我母亲的一副手套塞在裤腰里,出去了。

此后又有近处的本家和亲戚来访问我。我一面应酬,偷空便收拾些行李,这样的过了三四天。

一日是天气很冷的午后,我吃过午饭,坐着喝茶,觉得外面有人进来了,便回头去看。我看时,不由得非常吃惊,慌忙站起身,迎着走去。

这来的便是闰土。虽然我一见便知道是闰土,但又不是我这记忆上的闰土了。他身材增加了一倍;先前的紫色的圆脸,已经变作灰黄,而且加上了很深的皱纹;眼睛也像他父亲一样,周围都肿得通红,这我知道,在海边种地的人,终日吹着海风,大抵是这样的。他头上是一顶破毡帽,身上只一件极薄的棉衣,浑身瑟缩着;手里提着一个纸包和一支长烟管,那手也不是我所记得的红活圆实的手,却又粗又笨而且开裂,像是松树皮了。

我有许多话,想要连珠一般涌出:角鸡、跳鱼儿、贝壳、猹……但又总觉得被什么挡着似的,单在脑里面回旋,吐不出口外去。"啊!闰土哥,——你来了?……"

他站住了,脸上现出欢喜和凄凉的神情;动着嘴唇,却没有作声。他的态度终于恭敬起来了,分明的叫道:"老爷……"

我似乎打了一个寒噤;我就知道,我们之间已经隔了一层可悲的厚障壁了。我也说不出话。

他回过头去说:"水生,给老爷磕头。"便拖出躲在背后的孩子来,这正是一个从前的闰土,只是黄瘦些,颈子上没有银圈罢了。

"这是第五个孩子,"闰土接着说,"没有见过世面,躲躲闪闪……"

母亲和宏儿下楼来了,他们大约也听到了声音。

"老太太,信是早收到了。我实在喜欢的了不得,知道老爷要回来……"闰土说。

"啊,你怎的这样客气起来。你们先前不是哥弟称呼么?还是照旧:迅哥儿。"母亲高兴的说。

"阿呀,老太太真是……这成什么规矩。那时是孩子,不懂事……"

闰土说着,又叫水生上来打拱,那孩子却害羞,紧紧的只贴在他背后。

"他就是水生？第五个？都是生人，怕生也难怪的；还是宏儿和他去走走。"母亲说。

宏儿听得这话，便来招水生，水生却松松爽爽同他一路出去了。

母亲叫闰土坐，他迟疑了一回，终于就了坐，将长烟管靠在桌旁，递过纸包来，说："冬天没有什么东西了。这一点干青豆倒是自家晒在那里的，请老爷……"

我问问他的景况。他只是摇头。

"非常难。大孩子也会帮忙了，却总是吃不够……总打仗，土匪也多……什么地方都要钱，没有定规……收成又坏。种出东西来，挑去卖，总要捐几回钱，折了本；不去卖，又只能烂掉……"

他只是摇头；脸上虽然刻着许多皱纹，却全然不动，仿佛石像一般。他大约只是觉得苦，却又形容不出，沉默了片时，便拿起烟管来默默的吸烟了。

母亲问他，知道他的家里事务忙，明天便得回去；又没有吃过午饭，便叫他自己到厨下炒饭吃去。

他出去了；母亲和我都叹息他的景况：多子，饥荒，苛税，兵，匪，官，绅，都苦得他像一个木偶人了。母亲对我说，凡是不必搬走的东西，尽可以送他，可以听他自己去拣择。

下午，他拣好了几件东西：两条长桌，四个椅子，一副香炉和烛台，一杆抬秤。他又要所有的草灰（我们这里煮饭是烧稻草的，那灰，可以做沙地的肥料）。待我们启程的时候，他用船来载去。

夜间，我们又谈些闲天，都是无关紧要的话；第二天早晨，他就领了水生回去了。

我们终日很忙碌，再没有谈天的工夫。来客也不少，有送行的，有拿东西的，有送行兼拿东西的。

母亲后来跟我说，那豆腐西施的杨二嫂，自从我家收拾行李以来，本是每日必到的，前天伊在灰堆里，掏出十多个碗碟来。

她咬牙切齿地说:"一定是闰土埋着的,他可以在运灰的时候,放在篮子里,一齐搬回家里去;我知道……"

杨二嫂发现了这件事,自己很以为功,便拿了那狗气杀(这是我们这里养鸡的器具,木盘上面有着栅栏,内盛食料,鸡可以伸进颈子去啄,狗却不能,只能看着气死),飞也似的跑了,亏伊装着这么高底的小脚,竟跑得这样快。

待到傍晚我们上船的时候,这老屋里的所有破旧大小粗细东西,已经一扫而空了。

老屋离我愈远了;故乡的山水也都渐渐远离了我。

宏儿和我靠着船窗,同看外面模糊的风景,他忽然问道:"大伯!我们什么时候回来?"

"回来?你怎么还没有走就想回来了。"

"可是,水生约我到他家玩去咧……"他睁着大的黑眼睛,痴痴的想。他的表情很让我感动。而我,对这像噩梦般离我们远去的故乡却并不感到怎样的留恋。母亲悲叹闰土的不幸和为乡下人的可怜的命运叫苦,不满亲戚邻居们的卑劣、自私和贪婪,或多或少都像杨二嫂一样……然后,她又两眼湿润地久久望着家乡的青山逐渐消失在远远的夜色里。看得疲倦了,她和宏儿都睡着了。

我躺着,听船底潺潺的水声。我的思想先是模模糊糊的,飘荡在过去和未来之间;忽而闰土的影像出现了,然后又消失。何以一条这样的深沟把我们隔开?但我们的后辈还是一气。刚才,宏儿不是正在想念水生么?我希望他们不要隔膜开来……然而我又不愿意他们因为要一气,都如我的辛苦辗转而生活,也不愿意他们都如闰土的辛苦麻木而生活,也不愿意都如别人的辛苦恣睢而生活。他们应该有新的生活,为我们所未经生活过的!

一股冷风吹进船舱。我想到希望,忽然害怕起来了。闰土要香炉和烛台的时候,我还暗地里笑他,以为他总是崇拜偶像,什么时候都不忘却。现在我所谓希望,不也是我自己手制的偶像么?只是他的愿望切近,我的愿望茫远罢了。

　　我在朦胧中,眼前展开一片海边碧绿的沙地来,上面深蓝的天空中挂着一轮金黄的圆月。我想:希望是本无所谓有,无所谓无的。这正如地上的路;其实地上本没有路,走的人多了,也便成了路。

一九二一年一月

(张英伦由敬译复原中文)

无 题[1]

二力相逐有缓速,缓者成形速者魄。
欲遍宇宙无抵抗,动静俱随并行律。

---

[1] 本文见于一九三〇年三月十日出版的《出版月刊》署名"冰"的通讯《敬隐渔返国》。

忆秦娥①

隐渔翁　少年独钓千江雪　千江雪　寂寞声色　谁识豪杰？潦倒还唱青天阔　清肠踏破空颜色　空颜色　黄昏谁伴？有西江月

---

① 本文见于一九三〇年三月十日出版的《出版月刊》署名"冰"的通讯《敬隐渔返国》。

书 信 选

(除个别注明者外,均为张英伦译)

敬隐渔致罗曼·罗兰(1924年6月3日)

先生：

请恕我冒昧地给您写信。一个二十三岁的中国青年，通晓拉丁文和法文，初试文学生涯，读了您的《约翰－克利斯朵夫》，受到您心灵的猛烈气息的不可抗拒的驱动，希望忠实地追随您的足迹并向同胞们传达您裨益良多的思想，写这封信，请求您允许他将《约翰－克利斯朵夫》翻译成中文，同时请求您这位不可企及的艺术家和崇高的思想家不吝赐教。

这个克利斯朵夫，具有自由不羁和桀骜不驯的独立精神，对爱情忠实而又诚挚，像清教徒般地廉洁。这些优秀的品质，对摧毁了帝制和过于陈腐的孔道的我的同胞们，正可作为不可或缺的唯一的良药。这个克利斯朵夫将会成为我们所有人的榜样。此外，像我这样在受苦、在奋斗而又难以战胜厄运的年轻人，也无疑会从中获得莫大的安慰。

如能得到您的一封回信，一个前所未有的最仁爱作家的慈祥的表示，我将万分荣幸！

先生，

我谨向您致以最大的敬意。

您谦恭的仆人

让－巴蒂斯特　敬隐渔

一九二四年六月三日于上海

附言：
　　回信请寄：上海辣菲德路一一九五号
　　中法工业专门学校
　　范赉①博士先生代收

---

① 范赉(1874—1967)，法国医学博士，曾从事军医，此时为上海中法工业专门学校教授。

罗曼·罗兰致敬隐渔(1924年7月17日)

亲爱的敬隐渔：

你的信使我很快愉。多年以来，我和日本人、印度人及亚洲其他民族已有友谊的交际，已互相观察了我们的思想的通融。但是至今我和中国人的关系只是很肤浅的。我记得托尔斯泰在他生命的末时也表示这宗遗恨——可是中国人的精神常常引起我的注意；我敬佩它以往的自主和深奥的哲智；我坚信它留给将来的不可测的涵蕴，——我相信，近三十年来，政治和实行的问题消磨了它最好的精力；因此欧洲的思想家在你们中间发生的影响远不及在亚洲其他民族。你们优秀的知识界在崇务科学、社会学、工业，或者政治的社会的设施远过于艺术，或是纯粹的思想。——这是你们百世的变迁之时，此时要过去了；你们又将回到你们从前所极盛，将来——我信必能——复盛的思想。中国的脑筋是一所建筑得好的大厦。这里面早晚总有它的贤智而光明的住客。这样人是世界所必需的。

你要把《若望－克利司多夫》①译成中文，这是我很高兴的。我很情愿地允许你。这是一件綦重的工程，要费你很多时间，你总要决心完结才可以着手！——你若在工作之间有为难的地方，我愿意为助。你把难懂的段节另外抄在纸上，我将费神为你讲解——

若是在生活上无论何事我能够为你进言，或是指导你，我很愿意为之。以你给我写的一封短信，我视你为一位小兄弟。

我不认识国际和种族的栏隔，人种的不同依我看来正是些近似的

---

① 此乃罗翁生平第一杰作，即《约翰－克利斯朵夫》。

色彩，彼此相互成全面凑成画片的丰美。我们努力不使漏落一点，我们以此作为音乐的调和！向你们众人宣言的一位真正诗人的名字应是"和音之师"。

唯愿我的克利司多夫（昔曾有此一人）帮助你们在中国造成这个新人的模范，这样人在世界各地已始创形了！愿他给你们青年的朋友，犹如给你一样，替我献一次多情的如兄如弟的握手。

你的
罗曼·罗兰

我的书的中文译本出版以后，请你给我寄两册样本来。

两年以来，我住家在瑞士，住址在信首已写明了。这是欧洲一个好中心点。我在这里为我自由的工作，更觉得清爽。——信封内，我给你寄来自我窗中所眺风景的小照片一张。这是蕾芒湖，那边是撒弗阿①的亚尔伯山②；法国的边界差不多就在那远处两株柏树对面。

瑞士
一九二四年七月十七日

（敬隐渔　译）

---

① 即法国的萨瓦省。
② 即阿尔卑斯山。

敬隐渔致罗曼·罗兰(1924年12月10日)[①]

我亲爱的大师：

挣钱维持生计很难，所以我迟至今日才回复您七月十七日的来信。我无法表达您让我如何惊喜，以及我对仁爱的大师的感激，您的友谊让我这无才无德的卑微的中国年轻人感到慰藉和荣幸。

我不但把您的信精心保存了起来，而且拿去发表了。在我看来，它就像太阳释出的一道光芒，照亮一片看不见的星云。

我和我的朋友们很乐于成为崇高画家画作上的色调、和谐大师乐曲里的乐音。

的确，在不断增强的工业和欧洲政治的影响下，大部分中国人已经失去对艺术和纯粹思想的兴趣，他们的兴趣更多地转向了欧洲发明的奢侈品和杀人器具，一小撮资本家和军人可以用来发横财或者压迫不幸的穷人；很少有人关心有助于我们从古老迷信中醒悟、并纠正我们的判断的科学精神。

我热切地希望这段革命快些过去，自私的政治，投机的意识，人们称作现代文明的腐败奢华，全都随之而去。

我刚刚译完《黎明》和《清晨》。我已经把第一卷卖给一家叫商务印书馆的小书店。待第一卷出版，我即遵嘱向您献上两册。

我已经把您的第一封信放在第一卷的前面。如果您允许我再打扰您一下，我要请您在它刊出前写一篇前言，我将把它译成中文。

我还要请您把我不懂的斜体字和德文段落译成法文，并给我寄来

[①] 此信无署名和日期，发信邮戳日期为一九二四年十二月十日，背面写着："回信请寄：上海中法工业专门学校教授范贳博士"。

《约翰-克利斯朵夫》的后面八卷,因为我在上海只能找到前两卷。

我也把您给我的那张照片保存了下来,并且让人刊印出来。风景优美动人,令我们联想到您的作品反映的美和崇高。

既然您肯赏光待我以友,我也来介绍一下我本人。我很早就失去双亲,故乡四川只剩下两个哥哥,工作为生。我现在上海生活,孤单一人,自由无牵挂,没忌惮也没依靠,就像一片菲薄的秋叶漂浮在人生可怕的海洋上。我从九岁起就被幽禁在四川的一座修院里,在那里学习拉丁文和法文。十九岁我就成为法语教师。我二十一岁来到上海,在中法工业专门学校继续我的学业。

最近,由于健康原因,我放弃了学业,迈入我喜爱的文学生涯。(不过在中国以文为生十分艰难。)我直到现在都还不怎么了解人情世故,虽然身居著名港城的中心,却过着近乎僧侣的生活。我生性少言寡语,有点阴郁孤僻,只有为数很少的朋友。我也写些小说,其中有些还颇受同胞们的欣赏;但是有些时候,我会陷入病态的倦怠,感到心灰意冷。我多么缺乏约翰-克利斯朵夫身上那令人欣赏的充沛的活力啊!

我在自己身上看到可怕的对照,一方面是勃勃的雄心,另一方面是缺乏毅力和动力;因此我不幸福。啊!我的生命之光,啊!我唯一的向导,请指明和照亮一个柔弱的孩子该走的道路,指引他踉跄的脚步。

请常给我写信,并请收下我最近的一张小照,我荣幸地把它献给您。

谨致深深的敬意。

敬隐渔致罗曼·罗兰(1925年5月18日)

先生,我亲爱的大师:

收到您的来信和您赠给我的两卷《约翰－克利斯朵夫》,我十分感激。

我感谢您的教诲;我将尽可能地按照去做,并且也像您一样通过文学作品去缔造我的和谐,不管我的生活有多么艰难。

我在继续翻译《少年时代》。《黎明》的第一版不久就将出版。

我正在准备去法国,学习法国文学二到三年。我的几个同学已经在那里。据几个朋友提供的情况,即使继续翻译《约翰－克利斯朵夫》,我也必须在法国过节俭的生活。尽管此行有种种风险,但我很高兴能多看到一个国家,多学到一点东西,以丰富我的阅历。我将有幸去瑞士拜望您。我将荣幸地聆听一个伟人说话,他的作品已经教给我热爱生活!—— 我刚从西湖回来,它位于距上海三个小时路程的杭州。我在那儿优哉游哉地住了一个多月。这是中国最美的名胜之一。给您寄上几张照片。我相信蕾芒湖比它美得多。

《约翰－克利斯朵夫》的作者,蕾芒湖,巴黎,这一切令我向往。由于我没有家,始终生活在外人中间,没有亲情,形只影单,漂泊无定,被人冷落,哪里能得到同情,哪里能做些有益的事情,哪里就是我的家……

我给您写的每一封信都是我的风格。尽管您称赞它的纯正,但我作文缓慢,词汇缺乏,写起来还是让我感到很吃力。因此,我还需多多磨练。

中法工业专门学校存在已五年。现任校长是薛藩①先生,他在去

---

① 薛藩(1885—1963),一九二四年至一九四〇年任中法工业专门学校校长。

年接替梅朋先生。学校里主要教数学和技术科学。

先生，我亲爱的大师，

我向您致以深深的敬意。

您谦恭的仆人

J. - B. 敬隐渔

一九二五年五月十八日于上海

敬隐渔致罗曼·罗兰(1925年9月30日)

我最亲爱的朋友和最尊敬的大师：

我本想给您写一封长信，但是我一回到里昂就开始头痛，拖到现在（本想做得好些，反而做得更糟）才勉强能写一封短信。今天，一位同胞受罗兰小姐之托来要我的地址。我看得出你们是多么关心我，而我是多么缺乏勇气。今天，我重又开始我的文学工作。由于有了意志力，头痛好些了，厌倦，懒惰，这一切恶魔都退却了。我感受到世界大战得胜者们一样的愉悦。尽管离开了伟人、日内瓦湖和杭州西湖十分遗憾，但我正努力适应这里的生活，既然环境要求我必须这么做。我在特里翁街六十四号银行老职员佩盖尔先生家租了一个小而干净的带家具的房间（月租一百法郎）。他、他的老伴和他年轻的女儿对我很和善，但很少说话。我周遭是一片金秋壮阔的光辉和静谧。请告诉我您的看法（我一定会遵照您的意见去做）……我是不是最好去巴黎（等我筹备了足够的钱）；在学习文学的同时，我是不是还应学习我感兴趣的绘画或者其他什么科目……

请代我问候您的父亲先生和您的妹妹小姐。

谨致诚挚的敬意。

J.－B. 敬隐渔

一九二五年九月三十日

里昂特里翁街六十四号佩盖尔先生转交

敬隐渔致罗曼·罗兰(1925年11月6日)

我亲爱的大师：

遵照您的建议，我去看了医生，我的健康明显地好些了。悲观的情绪也随疾病而去。

我答应给罗尼格①先生写的东西，已于十多天前完成并寄往瑞士。我在继续翻译《约翰－克利斯朵夫》。您要我作的中国当代作家评论，我晚些时候着手，现正等待原著。

昨天我在里昂大学注了册，做文学学士学位研究生。去听课，每天都得先下山再上山。

如果不打仗，我家乡的城市会每年给我寄一笔二三千法郎的奖学金。其余就靠我的翻译了。在理财方面我很笨。我还是（也许永远是）一个孩子。我学法文时，一位天主教神父借给我各种费用，后来当了老师，我就还给他。不过无论是借还是还，都不用我操心（全由校长经办），所以我进步很快。现在我要自己管自己，我简直不知所措了。我的健康，我的学业，一切都不景气。由于没有远见，我在物质生活上也深受其苦。您愿意帮助我，我十分感谢。不管怎么说，我接受了您的帮助，因为事实上我目前需要帮助。但是我正在尽力恢复健康和正常的活动，我将可以用自己的劳动维持生活。

不过，如果可能的话，我明年一月还要再来瑞士。

---

① 罗尼格（1883—1957），瑞士德语区的出版家，罗曼·罗兰的热烈崇拜者，曾大力支持罗兰出版"世界文库"和"国际友谊之家"的计划，当时正在筹划出版罗兰六十岁寿辰的纪念册《罗曼·罗兰友人之书》。敬隐渔这里所说的"已于十多天前完成并寄往瑞士"的文稿，就是他为这本纪念册写的访问记《蕾芒湖畔》的法文本，题为《初访罗曼·罗兰》。

请代我问候您的父亲先生和您的妹妹小姐。

大师先生,

我谨向您致以诚挚的敬意。

       J.-B.敬隐渔

      一九二五年十一月六日

    里昂特里翁街六十四号佩盖尔先生转交

敬隐渔致罗曼·罗兰(1925年11月26日)

我最亲爱的大师：

每当我要写一封重要的信，我便发现自己身上有一个奇怪的现象，人们称之为失写症。为了减轻这沉重的努力，我有个习惯，就是在写之前读书。就这样我读了很多书，如果换了其他情况，我是读不了这么多书的。这一次，我读了几本关于意志心理学的书。您是个坚强的人，您也许会痛恨一个意志如此薄弱者。由于太自由了（我自己管自己），我疏忽了这方面的教育。出了校门，没有亲人，几乎连朋友也没有。但是我相信能够战胜自己。这场斗争，尽管艰难，渐渐地变得有趣了。

我感谢您在金钱上和精神上的帮助。您提示我的圣弗朗索瓦①的话，在我身上产生了良好的效果。

我在这里的同胞中结识了一些人，但要遇到知心者却很难。

我想先用几年的时间静心思考和读书（因为我的知识和学养的空白实在太大了），假期里穿插一些有益的旅游，等到把自己充分武装起来，然后再进入世界的尘嚣之中，您觉得这计划如何？

虽然我能力有限，但是您建议我这么做，所以我正在努力写文章，这对读者有益，对我更有好处；这样我就不得不读书和积累资料，从而在业务和学识上都会迅速进步；而且，如果您俯允修改我写的东西，在艺术和见解上加以提高，读者即使从中读不到深文大义，也不会只读到一个年轻大学生在中国所见所感的幼稚的陈述。所以我将对中国

---

① 圣弗朗索瓦(1567—1622)，法国神学家，日内瓦主教，常驻法国萨瓦省的安纳西。

思想的演进做一个总的描绘，写些评论、当代作家的介绍，并且翻译他们的作品。我将陆续把文章直接或间接交给您。我相信首先会是翻译作品，因为翻译是最容易的。

几天前，我迁居大地路五十五号。房屋周围的安静把我吸引到这里来。一片片干而硬的枝茎织成的网，一个个鲜花点缀着的坟墓，一座有轨电车正在驶过的桥划断远处的群山……不过不久浓雾就把这一切遮蔽……

请代我问候您的父亲先生、您的妹妹小姐以及罗尼格先生。

对您恭敬有加的
敬隐渔
一九二五年十一月二十六日
于里昂大地路五十五号

敬隐渔致罗曼·罗兰(1925年12月16日)

我最亲爱的大师：

我正在写您要我写的文章。由于一个非同寻常的原因，它延误了一点。我必须向您承认，把外国作品翻译成中文总让我感到困扰；另外，我听一位优秀的作家说，每当他翻译时就困扰不已。不错，中文（中国古文）优雅和简练，很适于写描写性的诗歌和讲究辞采的短文。但是要用来翻译哲学作品或者欧洲文学，就显得不够灵活和丰富（对我们来说大部分的字都已经死了）。因此我们现代的作家和翻译家才不得不用白话文来代替它。白话文更丰富些，因为它是活生生的语言，但是有些太简单，因为它是为了让民众都能了解而造出来的。有人（包括我在内）试图创造一些独特的句子和新的词汇。但是没有综合方法，自己很累，读者也很累。对拉丁文的灵活的表达方式和调和的句法毫无概念的人，不大担心中文的贫乏。不错，我们的文字的古老的形式在考古学家们看来很美，很有趣：从词源学观点来看，每个字都包含着一个美丽的故事或者一段珍贵的史料。现在的形式则很难看，写起来很慢，由于胡乱使用，大部分的形式已经失去传统。它们使作家和人民都感到不便。里昂中法大学原校长吴稚晖先生常说：我们的方块字和繁多的笔画总有一天要从公众中消失，光荣地保存在博物馆里。是否去粗制滥造些让作者和读者都腻烦并且要在这"末日"消失的东西，我颇为踌躇。目前，一个中国搞文学的人，要么是个考古学家，要么是个新词创造者，二者必居其一，否则就是一个只顾迎合公众的平庸之辈。必须改造语言的成分，必须穿凿对其成分进行改造的综合方法。我过去认为这是办不到的，至少在我们这个世纪；我看不到希望。几天前,突如其来的一个想法闪过我的脑海(当时我正躺在床上),热切渴望的这个改革是可能的。这想法挥之不去。这成了一种冲动力,赶走了我在前几封信里跟您谈到的惰性。这一夜,我精神焕发,阅读有关中文词源学的研究文章,这本是提起名字就让我头疼的不大有趣的事儿。可我已经心情愉悦了,如果有一天我的目标实现,我该是何等欢畅!不过这是个很艰难的任务:首先要说服我的同胞们,让他们了解改革的必要性,其次还要做很长的语言学研究。因此我必须学习希腊文和梵文,也许还要学习音乐。我将找一天和里昂大学的中文教授莫里斯·古恒①先生谈谈这件事,我希望能用经过革新的中文继续翻译您的《约翰-克利斯朵夫》。

因为冷,我昨天又搬到圣亚历山大广场一号,不过这个住处也可能只是临时的。来信请寄:

里昂中法大学(圣伊雷内堡)。

请代我问候您的父亲先生和您的妹妹小姐。

我最亲爱的大师,

我谨向您致以诚挚的敬意。

J.-B. 敬隐渔
一九二五年十二月十六日于里昂

---

① 古恒(1865—1935),里昂大学中文教授兼里昂中法大学协会秘书。

敬隐渔致罗曼·罗兰(1925年12月31日)

我最亲爱的大师:

我衷心感谢您的中肯的意见。我上一封信是在异常兴奋的状态下写的;如果等几天,我就不会寄出了。我那时以为三四年即可成功,而没有看到假设和现实之间的巨大距离:要赋予一种语言以生命,是需要几个世纪的时间的。

我现在只满足于在中国刊物上发表我的见解,建议我们的作家致力语言改革。(相对的)完善取决于后代人,我只能做他们的垫脚石。

我不该用一封不恰当的信打扰我的大师(他很忙);请您原谅。时而兴奋时而消沉令我苦恼,这可能是由于我身体病弱。所幸,尽管脚步趔趄,我还是在一点点地进步。

我在继续翻译《约翰-克利斯朵夫》和那篇中国小说,虽然要花一部分时间在学业上,速度慢了些;为了两种语言都能取得进步,这些工作也很有必要。

您是诗歌和音乐的化身。请告诉我,音乐对一切文学都是必不可少的。

寒冷过去了;空气又变得清新;和煦的阳光时不时向我们绽开笑容。如果没有久久不散的浓雾,里昂会是最美好的地方。

这里过新年寂静无声。但在中国,鞭炮震耳,张灯结彩,是那么热闹,仿佛万象更新!我从九岁那年就再也没有在自己家里度过一天这样隆重的日子,而总是在全然不同的情况下"inperegrinatione"①。我有

---

① 拉丁文,意为"漂泊无定"。

时混迹于达官贵人之间,或可谓光彩;有时栖身穷窟,与乞丐为邻。这个"我",无声无息地过去,其形象和名字也许只是偶尔被路遇的人忆起或提起。这勾起我一阵伤感和一种难以言表的感情。

但可以自慰的是,我在您的心里得到了一个位置。您的艺术和业绩已使您不朽;对您来说,岁月不会逝去,只会像珍珠一样保存和积累!……

我无法用文字表达我的心意,我只能简单地祝您和您的全家新年好!

又:我把今天完成的两篇译稿交给您,请您改正和批评。其他作家作品的翻译,我稍后会寄上。

我最亲爱的大师,
我谨向您致以诚挚的敬意。

J.-B.敬隐渔

一九二五年十二月三十一日

敬隐渔致罗曼·罗兰(1926年1月23日)

我最亲爱的大师：

> 只要我还在里昂，我将最终定居在
> 施沃舍街五十号（圣茹区）
> 奥吉耶先生转交

这个四楼的房间，就在伊雷内炮台旁边，干净，舒服，远离噪声，符合我的理想；另外，房东奥吉耶先生（工人）和他的老伴，没有孩子，对我很亲切。

我要告诉您，一九二六年开年以来，我的健康日渐好转。无论是身体方面还是精神方面。我重又获得因五年前的一次少年危机而失去的井然不紊的信心和活力。

为了得到学士学位新科目中的四个证书，我决定选修法国文学、拉丁研究、埃及学和印度研究，这几门课适合我，而且我也比较感兴趣。我现在能很好地支配自己的时间了。

感谢您让人发表我的翻译[1]。我忘了跟您说，《函谷关》[2]曾在北京发表过。除了继续写一些小文章，我还希望改译我们最负盛名的一部长篇爱情小说，题为《红楼梦》，或称《石头记》。这部小说很长，沁透着佛教思想，这佛教我在您家时跟您谈过的。一旦签了出版合同，

---

[1] 翻译，指敬隐渔翻译的鲁迅小说《阿Q正传》。
[2] 《函谷关》，指敬隐渔翻译的郭沫若小说《函谷关》，发表于一九二四年二月二十八日出版的《创造》季刊第二卷第二期。

将会在很长一段时间里免除我经济上的烦恼。

这里开始下雪和霜冻。

我非常喜欢蕾芒湖的美，但我会怕它在这季节的严寒。

请代我问候您的父亲先生和您的妹妹小姐。

我最亲爱的大师，

我谨向您致以最深挚的敬意。

您的 J. -B. 敬隐渔

一九二六年一月二十三日

里昂施沃舍街五十号奥吉耶先生转交

敬隐渔致罗曼·罗兰(1926年1月24日)

我亲爱的大师：

感谢您费心修改我的翻译。感谢您对我的夸奖，特别是您的批评；对培养我的文学味觉，这是最有效的方法。

您关于音乐所说的话令我振奋和狂喜；通过学士学位考试以后，我将全力以赴地潜心学习。

通过改正您向我指出的不清楚的词语，我也学会改正我的草率。

附寄我对一些问题的回答。

请代我问候您的父亲先生和您的妹妹小姐。

我最亲爱的大师，

我谨向您致以最诚挚的敬意。

您的 J.-B. 敬隐渔
一九二六年一月二十四日
里昂施沃舍街五十号奥吉耶先生转交

Ah Qui①："阿"是一个呼唤字符，也用来表示亲近或者轻蔑。"桂"可以表示一种开黄花的小灌木，但是变成了大部分下层青少年并无特定含义而泛泛使用的一个词。作者在这里没有使用这个中国字，而用的是"Qui"或者"Q"。

Pagode de Génius：土谷祠，敬奉主保粮谷的神灵的小庙，是他首先

---

① "阿桂"的法文译音。

教会我们种粮。城郊、乡下、路边可以见到很多此类石砌的小房，仅容一个老头儿和他的老婆，并肩而坐。他们属于神灵中最低的等级。

Bonzelle：请改为"Bonzesse"（小尼姑）。

Saprelotte：原文为"妈妈的！"很遗憾，"妈妈"这个神圣的词变成了愚民们骂人的话。

Harems：原文为"闺"更近乎"Gynécée"：只有妇女可以进去的处女的住房。

Sorbeux huile[①]：中文里，"自由"的发音和"柿油"近似。没有教养的人，词汇里不包括"自由"这种抽象的词，也不懂什么是政党，因此他们愚蠢地把"自由党"说成"柿油党"。

Payer une prime[②]：Ah Qui 卖门幕，地保得知 Ah Qui 的东西都是偷来的，本可以揭发他。但地保贪财而又无耻，他答应替 Ah Qui 保密，但是 Ah Qui 必须每个月都向他行贿。请您根据这个意思修改。

Sauve la vie：是要说："救命呀！"我本应译为："Au secours！"[③]

---

① 法文，"柿油"。
② 法文，"孝敬钱"。
③ 以上楷体部分为此信所附敬隐渔对罗曼·罗兰就敬译《阿Q正传》提出的一些问题的回答。

敬隐渔致鲁迅(1926年1月24日)

鲁迅先生：

　　我不揣冒昧，把尊著《阿Q正传》译成法文寄与罗曼·罗兰先生了。他很称赞。他说："……阿Q传是高超的艺术底作品，其证据是在读第二次比第一次更觉得好。这可怜的阿Q底惨象遂留在记忆里了……"（原文寄与创造社了）。罗曼·罗兰先生说要拿去登载他和他的朋友们办的杂志：《欧罗巴》①。我译时未得同意，赎罪！幸而还未失格，反替我们同胞得了光彩，这是应告诉而感谢你的。我想你也喜欢添这样一位海外知音。

　　这海外的知音、不朽的诗人，今年是他的六十生年；他的朋友们要趁此集各国各种关于他的论文、传记、画像……成一专书，或者你也知道。但是你许我谦切地求你把中国所有关于罗曼·罗兰的（日报、杂志、像板……无论赞成他或反对他的）种种稿件给我寄来，并求你和你的朋友们精印一本论罗曼·罗兰的专书，或交瑞士或给我转交。我们为人类为艺术底爱、为友谊、为罗曼·罗兰对于中国的热忱，为我们祖国的体面，得有这一点表示。……请恕搅扰，并赐回音。

敬隐渔
一九二六年一月二十四日
于法国里昂

---

① 即《欧洲》。

瑞士书店的通信处：

Monsieur Emile Roniger

Quellestrasse

Rheinfelden

Suisse①

我的通信处

Mr Kin – Yn – Yu

50 Rue Chevaucheurs（St. Just）

Chez Mr Augier

Lyon，France②

---

① 瑞士莱茵费尔登市克伦街艾米尔·罗尼格先生收。
② 法国里昂市圣茹区施沃舍街五十号奥吉耶先生转交敬隐渔先生。

敬隐渔致罗曼·罗兰(1926年1月29日)

我最亲爱的大师：

我怀着兴奋和感激的心情想起今天是您的六十岁生日。在这降福的一年里，我逐渐接受了您的大有裨益的影响，从致命的懈怠中被拯救出来，刚刚在欧洲开始新的生活。当革命的灾难性的旋风和怀疑主义动摇了我少年时代的宗教和爱国理想，当失去双亲的我没有任何亲情关系，当我从修院的封闭生活中突然被抛进一个最腐败的社会，一切都令我恐惧，一切都令我嫌恶，再没有任何东西让我依恋生活，没有任何东西能把我拖出维克多·雨果用他美妙而震撼的文笔描绘的缓慢而可怕的陷落。就在这时，约翰－克利斯朵夫从我身旁走过，把我引向新的天际。最后，多亏您的友谊，我发现了人性美好和伟大的一面，我知道了我以前只听到教堂的钟声。我不再羡慕那些看似幸福的人，我倒是要哀其不幸，因为他们全都达不到、甚至望不到您召唤我们走向的这充满可以说超乎人间的美、爱和幸福的最高境界。啊！诗人，万岁！请允许我呈上我的谢忱，并祝贺您征服了过去的"甲子"（在中国六十年为一甲子）；至于下一个甲子，我最衷心地祝愿您健康长寿，以便您能永远鼓舞所有人的生与爱的欢乐。

请代我问候您的父亲先生和妹妹小姐。

谨向您致以诚挚的敬意。

您的 J.－B. 敬隐渔
一九二六年一月二十九日
里昂施沃舍街五十号奥吉耶先生转交

巴萨尔耶特致敬隐渔(1926年2月7日)

亲爱的敬隐渔先生：

我们的朋友罗曼·罗兰给我寄来您翻译的鲁迅的《阿Q正传》，引起我莫大的喜悦。这是一部十分精彩的作品，如果您同意的话，我们将很乐于在近期的《欧洲》杂志上刊载。

您的译文是极精细而富于色彩的。不过这里那里间或也有几处语言上的错误(这几乎是不可避免的)，我会加以更正。如果有个别的词或句子，我对其真正的含义有些疑问，我会请你解释。做了小小的润色以后，我会把手稿寄给您，取得您的认可。

这部小长篇的质量是那么出色，我不禁要问您是否同意向我们提供一部译稿：或是一部中国现代短篇小说家的作品选，或是一部比《阿Q正传》长些、够出一个二百至二百五十页单行本的长篇小说。

这项工作当然是有报酬的，就像《阿Q正传》在《欧洲》杂志上发表会付给稿酬一样。

我很想知道您对这个计划是否感兴趣。须知您完全可以从容地为我们提供这本书，我们并不急于在今年底以前拿到译稿。

亲爱的敬隐渔先生，请接受我的最诚挚的敬意。

L. 巴萨尔耶特
一九二六年二月七日于巴黎

敬隐渔致罗曼·罗兰(1926年2月11日)

我最亲爱的大师：

我昨天接到巴萨尔耶特先生的来信，现转您一读。我已经遵照您的意思给他回了信。我刚才也收到罗尼格先生的来信，我会在明天给他回信。

这几天我（独自一人）在里昂近郊作了几次徒步旅行：废墟，美景，清净，赏心悦目。我在身心两方面都有所进步。我似乎比任何时候都更加理解约翰-克利斯朵夫经历的几个阶段。等我有时间，会写几篇游记。

在等要翻译的中国书的同时，我开始写文章，现在文思潮涌。写完以后，我将会请您修改。

崇敬您的 J.-B.敬隐渔
一九二六年二月十一日
里昂第五区施沃舍街五十号奥吉耶先生转交

敬隐渔致罗曼·罗兰(1926年3月11日)

我最亲爱的大师：

我已经拜读了罗尼格先生给我寄来的《友人之书》。我欣赏您的朋友们，那些伟大的作家。通过他们更加了解了您和您的作品。

我正在准备七月的考试，放假前没有时间为书局写东西。我得到消息，故乡的城市将给我寄来奖学金，不过这奖学金不能及时寄到，而我三月十五日就得缴膳宿费和学费。我请您帮助，如果可能的话，让书局借给我一千法郎。我会用未来的工作所得或者奖学金偿还。请恕我一再给您添麻烦。

我最亲爱的大师，

我谨向您致以深深的敬意。

您的 J.-B. 敬隐渔

一九二六年三月十一日

于里昂第五区施沃舍街五十号

敬隐渔致罗曼·罗兰(1926年3月19日)

我最亲爱的大师:

感谢您对我无微不至的关爱。

不久前巴萨尔耶特先生给我写信来,要我解释我翻译中若干不准确的词语。我昨天已给他回信。他要我提供一本中国短篇小说家作品集①。我正尽力搜集素材,以便在假期里翻译。

我正在钻研法国文学。如果不打扰您的话,我想求您在您重要工作的间歇,时不时地就这个题目给我写一点什么,指点我该怎么做,简要地告诉我法国文学的历史以及主要的阶段。

这学期,课程中要学的作家有:拉伯雷②,孟德斯鸠③和十七世纪的醒世作家④,魏尔伦⑤,阿尔弗雷德·德·缪塞⑥……上个学期的是:科隆·德·贝图纳⑦,费纳龙⑧(致学术院的信),夏多布里昂⑨。

我对后者颇感兴趣。不过人们对我们谈论的主要是他的风格,而

---

① 即敬隐渔后来翻译的《中国现代短篇小说家作品选》,收入里厄戴尔出版社出版的"当代外国散文家丛书"。
② 拉伯雷(1483 /1484—1553),法国文艺复兴时期作家,代表作有《巨人传》等。
③ 孟德斯鸠(1689—1755),法国启蒙运动思想家和作家,代表作有《波斯人信札》等。
④ 醒世作家,十七世纪法国文学的一个流派,圣弗朗索瓦、帕斯加尔、博须埃等均可归入其中。
⑤ 魏尔伦(1844—1896),法国象征派诗歌的代表人物之一,作品有《土星人诗集》《无词的浪漫曲》《智慧集》等。
⑥ 缪塞(1810—1857),法国浪漫主义诗人,作品有诗歌四夜组诗、长篇小说《世纪儿的忏悔》、剧本《洛朗查丘》等。
⑦ 贝图纳(1160—1219),法国诗人。
⑧ 费纳龙(1651—1715),法国作家、教育思想家,著有《泰雷马克历险记》等。
⑨ 夏多布里昂(1768—1848),法国浪漫主义作家,保王主义政治家,作品有小说《阿达拉》和《勒内》,论著《基督教真谛》等。

很少谈及他的思想。他在《勒内》中对忧郁和狂烈之爱的描写很出色，我很欣赏这本书。但从思想角度，我对他并不欣赏，因为他没有很多思想。我认为他只是在给基督教带上百合花图案①而已（请允许我把自己的看法说出来由您纠正）。他缺乏真正的信仰，他只是表现在美学中的基督徒，归根究底他既不是圣者也不是深刻的悲观主义者，因而他无法进入高尚的境界。

从这个观点来看，他逊于博须埃，而博须埃又永远无法和《圣诗》②的作者比肩。我认为从未有人达到过《圣诗》②的高度，即便是天主教的宗教作家，教堂的神父们；除非是帕斯卡尔③、约翰－克利斯朵夫那样的少数几个怀疑论者，他们真正地热爱音乐，而最后却怀疑它的不朽。只求门当户对的婚姻，还不如对找不到的理想婚姻的热烈追求那样能够激发热情。

就我而言，我已经恢复了一点自己的信念，已经不感到那么不幸了；不过《旧约》故事的真实性，基督的神性，天界，依然是棘手的问题。根据我的经验，我相信涅槃的幸福和伟大，我理解的涅槃，就是通过消灭由记忆和想象的幻灭织成的自私而达到自我的圣化，而自私是我们邪恶和不幸的主要起因。人类追求绝对的美、善和幸福；我不知道它是否能达到目的。请原谅我废话多多。

请代我问候您的父亲先生和您的妹妹小姐。

谨致以诚挚的敬意。

J.－B. 敬隐渔

一九二六年三月十九日

里昂第五区施沃舍街五十号奥吉耶先生转交

---

① 百合花图案，百合花徽是法国波旁王室的标志。
② 圣诗，《圣经·旧约》中的诗篇。
③ 帕斯卡尔(1623—1662)，法国数学家、物理学家、哲学家，作品有《思想录》《致外省人书》等。

敬隐渔致鲁迅(1926年3月29日)①

鲁迅先生：

来信及《莽原》都收到了，多谢。

罗曼罗兰专号请寄七八份来。这边知道罗曼罗兰的也有几个，佩服先生的也很多。

今天读了京报副刊第四二六号，一九二六年三月二日署名柏生的一篇《罗曼罗[兰]评鲁迅》以后，我有几句话说，请你为我登载。

未答复该文人以前，我先要请求你几件事：
1. 请你恕宥我未首先求你的允许。
2. 々々々々々[请你恕宥我]无法译明的地方丢掉了些。
3. 々々[请你]申明可许将该译文登载，然后再登。

《莽原》我很爱读，以后望常々[常]赠我。

敬隐渔 1926,3,29

50 rue des chevaucheurs

Chez Mr Augier

Lyon V

France

---

① 所见此信复制件多处字迹模糊不清，本书编者尽量加以复原，仅供读者参考。无法辨认的字以 # 示之，佚字或释文置于[ ]内。

请求你允许我继续翻译你##,####请选几篇给我,因为这边借书很不方便,且惹出种々[种]闲话。

今年罗兰先生六十诞辰,世界名人为他做了一本书名叫Liber amicorum R. Rolland,在瑞士出版,又印了一种罗兰先生最近的(很大##相片)gravure出卖。书(罗曼罗兰####书)大约值三十元,像####值一二元,可单买,可两种一齐买。你们若是要买,请写信与:

Mr Rotappel – Verlag – A – G

Zürich

Suisse

写信用英文亦可,缴钱Contre remboursement(收到了书然后缴钱与邮差)亦可,须写明Contre remboursement。

你若有空时间,请你作一篇中国现代思想(变更与现况)给我寄来。多选几篇好作品(附作者###概略的评传更好)给我寄来。你既肯通信,我便自己给你介绍:我这人又弱,又穷,又忙,又懒,也没有钱买书,也没有时间看书,也没有精神才力来做事,也没有父母,也少有朋友——一个无能的穷年#人,却被无情的造化抓进知识界里去的!

敬隐渔致罗曼·罗兰(1926年5月6日)

我最亲爱的大师：

谨寄上一本中国的文学杂志。其中复制了您的肖像和您的前言的手迹，发表了《蕾芒湖畔》和《约翰－克利斯朵夫》的一部分译文。译文的其他部分将陆续发表。译文还没有发单行本，也许是要等我译完《童子》，将前三卷合成一册。我稍后就继续翻译。

我本希望通过准备考试让自己在写作艺术上获得较大进步。但我发现，实践，例如翻译《阿Q正传》，对我更有益处。它不但在经济上帮助了我，而且通过您的修改教给我如何写得更好，通过您的批评教给我如何判断，十分有效。

上星期一，我校阅并寄回了《阿Q正传》的校样。比起刚从我手里出来，译笔精审得多了。

我应该向您承认，直到现在，我并没有从我的精力中获得全部可能的成效：阅读、倦怠、尤其是幻想，占去我所有的时间。阅读是必要的；倦怠是我健康不良的后果；但是爱幻想——大部分东方人特别是抽鸦片的人（我的父亲抽鸦片）的后代的癖性，而我的习惯又助长了这一癖性——通过努力，可以转化为勤劳。经过长期的斗争，我即将战胜。再说，维持生计的需要也迫使我这样做。我的奖学金被推迟寄发，因为我只让人把最近一张注册证明写成中文，省政府认为不完备。不用我跟您说，您也知道，我做事是多么粗枝大叶。惩治我的缺点吧；可不要蔑弃我。

在翻译一位中国女作家写的剧本（我认为写得很出色）的过程中，我很想把其中的诗句译成法文的自由体诗句。如果您有时间的话，请您教给我写自由诗的艺术，就像《友人之书》里博杜安写的那种诗句。

我刚又再一次搬家，前一个房东大概被我的沉默寡言惹恼了，说他要用那个房间。这样更好。因为我现在每月租金一百法郎，住在一座美观而又舒适的类似别墅的房子里，周围是个大花园。我的房间窗户朝向一片绿树的锦缎；右边，往高处走，远远的有一座墓园，焚化炉的烟囱高耸；前方，透过枝桠，显现出远山淡淡的身影。鸟儿的欢歌把我唤醒；如果我待在家里，就终日为我唱着摇篮曲。

我很少或者根本不去看话剧或者听音乐会（太困难）。不过有时，星期日，一个法国同学邀请我去他家看钢琴或小提琴练习。我很喜欢马斯涅①和舒伯特②的作品。人们还不习惯解读贝多芬。他们想教我演奏……总之，日子长了，里昂在我看来还是很美的。

请代我问候您的父亲先生和您的妹妹小姐。

您的 J.-B. 敬隐渔
一九二六年五月六日
于里昂第五区阿拉依之星路十五号

---

① 马斯涅(1842—1912)，法国作曲家，作品有歌剧《曼侬》《泰依丝》《卡门》《莎芙》等。
② 舒伯特(1797—1828)，奥地利作曲家，作品有《魔王》《鳟鱼》《摇篮曲》《圣母颂》等。

敬隐渔致罗曼·罗兰(1926年5月27日)

我最亲爱的大师：

我已经给 Fellowship school① 的领导回信，告知我将于八月二十日之前来瑞士，试谈的题目为《睡狮醒来》。趁此机会，我将来看望您。

我高兴，我狂喜，因为能再见到一个美好的地方和一个伟大的人物。

请代我问候您的父亲先生和您的妹妹小姐。

对您恭敬有加的
J.-B. 敬隐渔
一九二六年五月二十七日
于里昂第五区阿拉依之星路十五号

---

① 即位于瑞士格朗的国际光明学校。

敬隐渔致罗曼·罗兰(1926年6月11日)

我最亲爱的导师：

今寄上一期《莽原》①，北京出版的文学半月刊，由《阿Q正传》的作者鲁迅编辑。

他感谢您对他的小说的称赞，觉得过奖了。

您的 J.－B. 敬隐渔
一九二六年六月十一日
于里昂第五区阿拉依之星路十五号

---

① 指鲁迅寄来的一九二六年四月二十五日出版的《莽原》第七、八期合刊"罗曼·罗兰专号"。

敬隐渔致罗曼·罗兰(1926年6月19日)

我最亲爱的大师：

　　谢谢您寄来美丽的卡片。我看到您坐在一个窗户前。阳光和清静形成对照；景致总是那么美和富有诗意，因而显得更明丽，更生气盎然。

　　杂志是鲁迅和他的朋友们编的《莽原》的一期专号，全是关于您的。几乎都是从英文翻译的。其中没有我的文章；我的拖拉不可原谅。不过我希望能够在暑假里弥补我的过错。（我稍后会对您作出解释。）

　　您允许我什么时候来看您？

　　如果有机会，我也很希望能见到泰戈尔先生。

　　您的新小说的题目是什么？

　　拥抱您。

J.-B. 敬隐渔

一九二六年六月十九日

于里昂第五区阿拉依之星路十五号

敬隐渔致罗曼·罗兰(1926年7月5日)

我最亲爱的大师：

今天，我去看了罗尼格先生。他邀请我到他这儿来小住一周，看您的档案。我不知道您什么时候旅游回来。我想到您住所附近湖对岸度假，因为我决定写几篇关于您的中文（或法文）文章，出一个集子。我也可以借此更好地了解您和您的作品。

谨致诚挚的敬意。

J.-B.敬隐渔
一九二六年七月五日
于莱茵费尔登，艾米尔·罗尼格家

敬隐渔致罗曼·罗兰(1926年8月7日)

我最亲爱的大师：

深怕打扰您的安宁，回里昂以后我一直避免给您写信。

我读了《欣悦的灵魂》留下强烈的印象。我们的佛教徒只知道一条路：禅定之路，它通向真相；可相反，它经常通向冷漠。他们将会意外地发现并领悟：真相会从暴风雨的一次冲击中突然涌现。

阿奈特做的诗给病中的我以莫大的安慰。为了准备讲演我读了很多书，但十多天前，我突患流感；我至今还没痊愈。如果过一个星期还不好，天知道我为做一点有益的事徒然付出了多大的努力。

到年终我就可以用我的能力结清账（我的计算没有把生病考虑在内）。那时我就知道还能在欧洲呆多久。

眼下，我请您再借给我一点钱。

中国方面没有一点消息。我只看到一期《小说月报》①。人们正在刊登我翻译的两卷《约翰-克利斯朵夫》。

我希望能及时痊愈，去做那个讲演。

请代我问候您的父亲先生和您的妹妹小姐。

谨致以诚挚的敬意。

J.-B. 敬隐渔
一九二六年八月七日
里昂第五区半月路十号米绶太太转交

---

① 指一九二六年一月十日出版的《小说月报》第十七卷第一号，该刊从这一期开始连载敬译《约翰-克利斯朵夫》。

敬隐渔致罗曼·罗兰（1926年8月21日）

我最亲爱的大师：

我又收到您的汇票。我深深地感谢您。我身体好些了。我明天就去格朗，打算在那里呆四五天。趁此机会，我会抽暇去维尔纳夫小游，如果您不在，就看看故地；如果您在，而且允许，就来看望您。

谨寄上一本书，是我的一位同胞最近写的一篇论文。我不认识此人（他已回中国），据说他是化学学校的毕业生。他关于我国哲学的解释，除了很少的地方，都是正确的，或者说在我看来是正确的。我们的优秀哲学评论家是：章太炎，大学者；梁启超，革命的先行者之一；以及胡适，曾在几个美国大学学习哲学，大众文学的启蒙者。

请代我问候您的父亲先生和妹妹小姐。

谨致以最深挚的敬意。

您的 J.-B. 敬隐渔
一九二六年八月二十一日
里昂半月路十号米绥太太转交

敬隐渔致罗曼·罗兰(1926年9月7日)

我最亲爱的大师：

感谢您在病中还接待了我。我还有些问题要提，但是我不敢了。

这次我来回都是乘船。天气很好。离开这充满美、安宁、静谧的亲爱的湖，离开高尚而亲切的主人，我感到前所未有的遗憾。我顺便去她住的旅馆里拜访了亚当斯[①]小姐。不幸，我未能呆多长时间，因为她有一些访客要接待，而且她不大会说法语。她对我说，因为体弱，她很遗憾不能来看望您。这是我第一次在欧洲见到一个年老的佛教徒的和善的面容，她比东方妇女聪明，并不是那么迷信，这就是她的优越之处。而托马斯[②]，她有一双温存的眼睛，她善良，她的动作举止就像个仙姑（中国的仙女）；这种形象在我们那里比前一种更罕见。我对她的新的教育方法很感兴趣。和这些人在一起，让人感到进步和充分的祥和。我在格朗的逗留十分愉快。为了描述这段时光，我把给他们的信抄录给您。

鲁迅先生刚给我寄来三十多本小说集，都出自新进作者之手；革新者真是人才济济！如果大量的文盲和粗人都投入这一觉醒的运动，中国就得救了。

请代我问候您的父亲先生和您的妹妹小姐。

[①] 亚当斯(1860—1935)，美国社会活动家，国际妇女争取和平与自由联盟执行主席。

[②] 托马斯(1872—1960)，英国女教师，基督教贵格派虔诚信徒，退休后在瑞士格朗创建国际光明学校，自任校长。

谨致以诚挚的敬意。

J.-B.敬隐渔

一九二六年九月七日

里昂第五区半月路十号米绶太太转交

附：

给光明学校老师们的信

  我感谢你们的盛情接待。我永远也忘不了在一个风景如画的仙境般的新世界里度过的那美好的一周。如果我的童年是在你们学校里度过,我该多么幸福。你们天才地把乡野的自由和社会的温暖相融合。我一直是个忧郁的孤独者。我渴望接触社会,可我又怕这么做,因为它让我困窘。我从未想象过还有你们这样一个社会。它是理想国。我还记得沿湖独自荡舟的欢快,轻轻地拍打、划破和拖曳那湛蓝的湖水,夜雨在低矮的帐篷上弹琵琶似的滴滴答答声……只有一件事令人遗憾:清晨,在雾蒙蒙的湖面的无边静谧之上,冉冉升起的曙光梳理着金色的柔发,愉快的晨泳者周围轻飏着悦耳的水声……我多么也想跃入这大自然的怀抱,它对我的天性来说是那么美好,但与我的习惯又是那么格格不入！

  我现在又回到里昂,置身在另一种文明的喧嚣中。这另一种文明,需要并锻炼人的勇气,有时也会挫伤人的勇气。

敬隐渔致罗曼·罗兰(1926年9月21日)

我最亲爱的大师：

请原谅我的懒惰。我正一边抄写我的讲演稿，一边尽力把我的思想稍加整理，又一场病打断了我的工作。里昂的夏天糟透了：气温像人的心一样变化莫测。到处都是窥探我的敌人。假期过得毫无意义！我工作越少，花销越多。日子简直没法过。我身体好些了；但是大难随时都会临头。我想还不如去巴黎继续学习；据一些同学说，那里生活也许并不比这儿贵。如果不行，我就只好回中国了，尽管这十分遗憾。

我一回到里昂，就收到罗尼格先生的一封亲切的来信。他担心我的健康，提出给我尽可能的帮助。我很感动。虽然我不愿打扰任何人，我暂时却不得不依靠朋友们伸出的手。我即将给他回信。但愿我能尽早恢复正常的生活，像别人一样前进！

我这里的同胞（工人和大学生）对万县事件①都很气愤。他们为此组织了几次会议，并且请我用法文写一篇宣言。由于生病，我没能写。

屠杀比经济和外交侵略更能唤醒我们民族的反抗。我们的知识分子已经被苏维埃吸引，越来越热忱地和它接近。帝国主义支持的粗暴的北洋军阀，在公众面前已经声名扫地。压迫者们的面具已被揭破。我不知道欧洲人民是否经受过中国人这样的痛苦，不过政治报刊散布的浓雾可能模糊他们的视线。我希望苦难的兄弟们互相同情，残

---

① 万县事件，指一九二六年九月五日英军炮击四川万县，造成无数无辜华人死伤的罪行。

酷的贝罗娜①饶过我们伟大、忠诚的文明宝库。

我祝愿您早日痊愈。一切受苦的人,弱者和茫然不知所措者,需要他们的向导。

就要写完这封信时,我收到一期《小说月报》,一部分内容是关于您的,其余部分,是我们的一些新小说家的作品。谨允许把它献给您。

请代我问候您的父亲先生和您的妹妹小姐。

谨致以诚挚的敬意。

J.-B. 敬隐渔

一九二六年九月二十一日

里昂第五区半月路十号米绶太太转交

---

① 贝罗娜,古罗马神话中的战争女神。

敬隐渔致罗曼·罗兰（1926年10月16日）

我最亲爱的大师：

我来巴黎已经六天了。长期以来的病已经痊愈，但是内心的冲突令我烦恼，因此我没有给您写信。首先，嘈杂、纷乱、人群的感染，让我心惊胆战。我开始惋惜里昂的宁静，田野和山峦，以及几个挚友逐渐加深的感情。若不是疾病和对情感失落的恐惧让我离开，这一切本来会让我在那里多待些时间的。但是在巴黎，女性的诱惑更大。它既吸引人又让人厌恶。我为此而苦恼。

幸而我逐渐习惯了这一切。通过心理分析，我摒弃了运动、学跳舞、情感冲动和自我的官能之乐，我现在能够心平气静地在圣女热纳维耶芙图书馆继续我的智力劳动了，任凭充满好奇、喜爱和仇恨的目光集中在我身上。巴黎是专为驯服野人、纠正自私的骄傲和挥霍肉欲而造的。我曾割断一桩情缘，至今悔恨不已。青春期的躁动已经过去。现在只剩下需要克服的懒散和拖拉。

我在看托尔斯泰的书（《幸福就在你身上》）；我在书里找到了很多问题的解答；我感到极大的宽慰。不能怪中国知识分子蔑视由可笑的教会化妆起来的基督教；托尔斯泰的解释不但给基督带来同情，而且给他带来不可遏制的热情。

我刚刚找到一个便宜的膳宿公寓，每月五百法郎，全包；公寓和圣女热纳维耶芙图书馆①以及伟人祠②近在咫尺。伙食比里昂好得多。

---

① 圣女热纳维耶芙图书馆，巴黎古老而著名的图书馆，后门开在敬隐渔居住的瓦莱特街，敬隐渔常到此读书写作，复习功课。

② 伟人祠，陈放伟人遗骨供人瞻仰的纪念堂，位于敬隐渔居住的瓦莱特街附近。

房间挺大,足以避开噪音;既不阴暗,也不明亮,正适于思索。我打算在这里住上几年。我想一面在索尔邦继续我的学业,一面完成答应几位书商的工作。

上个月,承罗尼格先生的美意,借给我一千法郎。我认为这学期他还愿意每个月借给我六百多法郎,直到我的奖学金寄来。我也希望,今后摆脱了疾病和情感的幻想,有了更多的能力和闲暇从事脑力劳动,我也能更好地管理自己的经济收入。

在里昂,我已经把全盘修改了的讲稿抄写了三分之二。我现在开始抄写第三部分。

我发现,尽管孤僻得对一切都不在意,尽管我看起来冷淡而又自私,我在里昂最有知识的同胞中还是本能地结下几个诚挚的朋友。其中有几个已经来巴黎学习了。我们时常见面。在他们一再要求下,我起草了一份宣言,现寄上请您改正。事后,我看出自己有意无意地袭用了《超乎纷争之上》中的几个词。

巴萨尔耶特先生约我明天见面。

问候老爸爸和您的妹妹小姐。

对您恭敬有加的
J.-B. 敬隐渔
一九二六年十月十六日
于巴黎第五区瓦莱特街二十一号
(罗朗膳宿公寓)

附:

告比利时人

民书勇敢的比利时人民,你们在欧战中为捍卫自己的中立和国际的正义不惜做出任何巨大的牺牲，表现出的英雄主义精神堪称光辉的典范，在我们看来你们是那么可亲可爱！你们亲身目睹过战争的恐怖残酷，你们不但没有从中获得任何好处，而且饱尝战争的苦难，至今仍为其所苦。你们深信人民的福祉不能建立在武力之上（何况你们既不是人口众多的大国，也不是物质上的强国），而只能建立在正义和友谊之上。为了避免一切外交上的误会，我们，中国人民，为了挫败列强政府的私利，愿意立即和你们进行友好的谈判。中比协定的所有细节，你们通过我们历次的宣言已经知悉，那是建立在非正义之上的，令我们非常痛苦，正如你们过去为德国入侵而痛苦一样。它们是为未来的战争埋下的种子。世界对各种社会的不正义变得越来越敏锐了；以往国与国之间不正义的事可以瞒天过海，今天却变得荒谬而且为世人所不容。中国人民已经从长期的沉睡中醒来，他们感到列国政府的罪恶外交强加给他们的重负；他们要摆脱这些重负。我们遵循共和国之父孙中山先生的意愿，深知为了改变自己的命运必须不惜一切代价废除不平等条约。你们的政府对我们的呼声充耳不闻。我们就向你们发出自己悲伤和痛苦的呼吁。我们希望你们继续履行正义捍卫者的角色，而且这一次不需要做出那么多的牺牲，却可以获得大得多的成功。我们希望你们把自己升华为不平等条约的纠正者。这样，你们就在社会的道德进化史中迈出巨大一步；我们两个民族的和谐取决于你们慷慨无私的行动，普天下的和平也才有了可能。否则，我们将不得不中断一切和你们迄今一直是友好的联系，甚至可能非常遗憾地把他们变为灾难性的敌意。

国民党旅欧支部

敬隐渔致罗曼·罗兰(1926年12月6日)

我最亲爱的大师：

我在莫东①周围散了好几次步。景色和里昂一样美；但是，由于和大城市比邻，形成对照，而尤显得妩媚，就像荒漠中的一个喷泉。我忆起荒漠的感觉，当我第一次到上海时，我就像走进一个充满噪音也充满冷漠的蚁巢。但巴黎是别样地生动。初来的那些忧郁的日子里，我沿着塞纳河漫步，在人群中获得清净甚感欣悦。后来，我阅读我们的大思想家庄子的著作；与此同时，我观赏了皮维·德·沙瓦纳②的大型壁画。我喜欢欣赏这些壁画；它们，尤其是借助令人赞叹的色彩，就像在梦里一样，反映了澄澈宁和的中国精神。我达到了宁静、幸福、富有思想的高尚的境界。不过这情况没有能够维持很长时间。既幸而又不幸的分心事，系里不同国籍的小姐们的分心事，很快就包围了我。抵抗突如其来的爱情，社会地位的藩篱是多么脆弱！这些同学中大部分都读过《约翰-克利斯朵夫》和《欣悦的灵魂》，她们最喜欢葛拉齐亚……我在这帮大女孩中间很开心。我还要经常显得很高兴，生怕让她们伤心。不过，即使这样，我还是有点不自在。她们有时有点严重的麻烦事，占去我一大部分时间。

尽管如此，一面和这些人相处，我仍尽力腾出自己思想和活动的时间。

我把翻译的另一篇小说寄给您，请您修改。

---

① 莫东，巴黎西南郊的一座古城。
② 皮维·德·沙瓦纳（1824—1898），法国大型壁画家，伟人祠和巴黎大学礼堂均有他的作品。

我还没有时间再见巴萨尔耶特先生，他要我明年七月完成小说集的译稿。

我想如果发生战争，欧洲人会战胜中国人，不仅因为他们有精良的武器，而且因为他们有注入了共和精神的宗教。在中国，还缺乏一个这样的宗教，一种系统化了的民族主义。继革命、欧洲人入侵和感染之后，在中国人麻木冷漠的精神状态里，已经开始发着爱和恨的低嗥。引导爱，削弱恨，这是我们的义务。请告诉我，我的看法是否正确。

请代我问候您的父亲先生和您的妹妹小姐。

谨致以诚挚的敬意。

您的 J.-B. 敬隐渔
一九二六年十二月六日
于巴黎第五区瓦莱特街二十一号

敬隐渔致罗曼·罗兰(1926年12月28日)

我最亲爱的大师：

多谢您的妹妹小姐帮我和莫诺－埃尔岑①先生取得了联系。第一眼，我就看出他是个朋友。他那真诚的亲切吸引了我。他很了解中国哲学。我们每天都一起在图书馆里。

我在妇女圈子里学会了人类的礼貌。我尽可能躲开，以便做我应做的事和征服我自己，那更困难而且更重要。

的确，我刚翻译的这篇小说的题材对中国人来说别开生面，在欧洲人看来却平庸无奇。巴萨尔耶特先生对我说不要翻译悲剧并且要选择尽可能多的作者，这很困难，因为大部分当代作者是年轻的新手。尽管如此，我认为用三四个作者的作品就可以填满二百五十到三百页的一册。我自己也开始写一篇中篇小说，不久就可完成。

我身体挺好。因为天冷，不能散步了。但是，一年终了，把自己关在屋里，回想拜访过的美好的人物和美好的地方，回想那些不嫌我冷僻、真诚关心我的远远近近的知心男友和天真女友，这情感的旅行，也很美妙。我这可怜的漂泊者，无功无德，居然成为这超越种族、由全世界的精英组成的精神大家族的一员！

我向您，向老爸爸和您的妹妹小姐祝贺新年。

---

① 莫诺－埃尔岑(1899—1983)，其祖父曾是罗曼·罗兰在巴黎高等师范学校读书时的老师；祖母是俄国革命思想家赫尔岑的女儿，被罗兰好友玛尔维达夫人认为义女。他这时也在拉丁区读书。

谨致以诚挚的敬意。

您的 J.‐B. 敬隐渔
一九二六年十二月二十八日
于巴黎第五区瓦莱特街二十一号

敬隐渔致罗曼·罗兰(1927年2月5日)

我最亲爱的大师：

我的小说已经写了一半,莫诺－埃尔岑已经读过并表示赞许。此后我就很久无所作为,为选一个感情上的理想对象而犹豫不决。现在,我决心已下,注意力也固定了。我希望从此能有足够的精力生活和工作。

省里的奖学金仍迟迟没寄到,我决定每天做几小时机械的工作(例如校对工作),这也能约束我的意愿。我今天去看了巴萨尔耶特先生,他很愿意帮我找点这种工作；但是他觉得无法让里厄戴尔书局为我的翻译预付一笔钱。我求您再借给我一千法郎,如果您不永远放弃这个冷漠的孩子；我尽力不再冷漠。

巴萨尔耶特先生跟我谈过您此时正以惊人的热情写《贝多芬传》。我不仅欣赏您,我还要向您请教,您虽然健康不佳,却能滋养和积蓄这么大的精神力量,究竟有什么奥秘。

我最亲爱的大师,

谨向您致以诚挚的敬意。

您的 J.－B. 敬隐渔
一九二七年二月五日
于巴黎第五区瓦莱特街二十一号

敬隐渔致罗曼·罗兰(1927年3月25日)

我最亲爱的大师：

尽管上封信很激昂，我的意志力并没有多大的长进。当我能够成功地践行您的方法，我就能战胜自己了。不过，再过几天我就能完成一篇关于中国当代思想的文章，大约六十页，我还是比较满意的。

我想我应该赶紧结婚。情况看来对我很有利，不论在精神上还是经济上都有此必要。

自从我到法国，从来没有收到过省里的奖学金，尽管他们宣称要寄来。我正在等上海中法工业学院第二学期的奖学金。幸而房东对我很好，没有催房租。不过我求您再借我一点钱。

巴黎的冬天漫长，太冷而又阴沉。我经常身心疲惫。幸而春天正带回好天气，卢浮宫画中的美景权且代替了我不敢领教的真实的风景。

请代我问候老爸爸和您的妹妹小姐。

谨致以诚挚的敬意。

您的 J.-B. 敬隐渔
一九二七年三月二十五日
于巴黎第五区瓦莱特街二十一号

敬隐渔致罗曼·罗兰(1927年12月31日)

我最亲爱的大师：

请原谅我这么长时间没给您写信。我没有能够严格地遵循您的教导。我不能去图书馆，那里有太多分心的事。然而，每当我呆在自己住处，我的思想却能平静而又多产。我考试没有成功，因为我当时身体不适；但是通过自我分析，我在心理学上进步很大。皮埃尔·雅奈[①]先生的课我很感兴趣；它抵消了巴黎的寒冷。除了翻译小说，（大部分小说都没有鲁迅先生那样完美，只不过是我的改写）我自己也写了一篇（《离婚》）。现把它们邮寄（挂号）给您，请您修改和批评。还有三篇，我两三周后即可完成。这些稿子，加上《阿Q正传》，可以够一个三百页的集子。如果您觉得可以，请您写一篇前言。

里厄戴尔书局交给我一份合同，给我的稿酬是前一千五百册百分之九，以后部分是百分之十。出版日期定在一九二八年五月。

好几个月以来，我既没有收到奖学金，也没有收到中国书商的稿酬。我求您再借给我两千法郎。如果我这篇小说还行，我会写很多而且写得很快；也许我能在法国以此维生。

祝您和您的全家新年好。

您的 J.-B. 敬隐渔
一九二七年十二月三十一日
于巴黎第五区瓦莱特街二十一号

[①] 皮埃尔·雅奈(1859—1947)，法国临床心理学家，巴黎大学教授，作品有《忧郁和恍惚》等。

敬隐渔致罗曼·罗兰(1928年1月21日)

我最亲爱的大师：

我十分感谢您和您的妹妹小姐的宽容和批评。

阿·米歇尔[①]先生已交给我一千法郎,并且告诉我,一旦替我找到一个活儿,就会给我写信。

新年假日过后,我又常去图书馆。那里暖和又宽敞,不过损害我的注意力。我的房间里只有一个煤气炉,看不见太阳,因为唯一的窗户旁边是一堵高墙。尽管如此,我还是不得不把自己关在房里,以保存我的活力和安宁。我目前的状况很奇怪。诱人堕落的气息固然使我痛苦,但更使我痛苦的是人们对我的戒心。请容我跟您细说,这样我会轻松一点。

将近一年前,我对您说过,不同国籍的小姐们的目光对我感兴趣。我认识了几个,不过她们并不认真,很快就不了了之。我喜欢上一个,远远的;一接近,她的言谈没有吸引我多久。暑假里,我和一个俄罗斯女孩建立了亲密的关系,她的温柔和智慧令我喜悦。她个子太高,并没有引起我的爱情。她因到处被人刺探而很生气,开学前就走了。因为,我不知道,即使在假期里,我也受到刺探。现在,漂亮的女孩们都躲着我,她们不露面,而让她们的奸细代她们出面。在图书馆,上课时,直到公寓,我都被既勾人而又戒备的目光包围。我日常生活的最微小的细节她们都知道;我最不经意的举止里她们都要猜测出一些意图。四面八方的人（有欧洲人也有美国人）,通过各种巧妙的手法,通

---

① 阿尔班·米歇尔(1873—1943),出版家,罗曼·罗兰著作的主要出版商。

过我的同胞,向我表示要给我介绍一个女朋友,可到时候又总是延期。（难道没有另外一个女人？）我猜得出有几个人对我感兴趣,但是她们藏起来,残酷地不露声色。如果我跟某个人说话,她就遭殃了。有一次晚上下课,天黑了,我送一个法国女生。系里所有人都传说我要和她结婚了。我到处都遇到好感和微妙的爱慕,但哪里也找不到知心和信任……那么多隐约、微妙而又总没有结果的刺激,搅得心神烦乱。神经症在等着我。我很想离开巴黎,把这一堆微妙棘手的事都丢在车站,但是我没有钱（我这里的房东已经好几个月没催我交房租）,连到别处去的力气都没有。由于我需要安宁以便工作、工作以便生活,我不得不把自己关在房间里,尽量避免去同学多的地方。我还需要集中一段时间的精力完成中国小说家作品选（不是翻译,而是写作）。果然是巴萨尔耶特先生负责出版这本书。

我的奖学金仍然有可能寄来,只是比正常的晚一些。法郎升值,奖学金是不够的。我必须工作,我将继续翻译和用中文写作。

请代我问候老爸爸和您的妹妹小姐。

谨致以诚挚的敬意。

您的 J.-B. 敬隐渔
一九二八年一月二十一日
于巴黎第五区瓦莱特街二十一号

敬隐渔致罗曼·罗兰(1928年5月27日)

我最亲爱的大师：

今年特别寒冷，我不得不经常去图书馆，所以我工作成绩不大。现在天气好了，我可以心平气静地呆在自己住处了，我刚翻译完中国小说家作品选。小说的选择很困难，大部分都是由我改写和重写的。简单的翻译会快得多；但人们不会喜欢那种翻译。

我把最后的三本译稿寄给您，请您修改和批评。如果您愿意，就请写一篇前言，为我这本书增色。

考试临近，我已无分文，请您写一封信给里厄戴尔书局，立刻把第一版的版税付给我。

我缺乏实际应对能力，而这在生活中是必需的。在生活经济困窘的紧急关头不知所措，这感觉只会让我越来越失去平衡。

我对您永远充满诚挚和崇敬。

请代我问候老爸爸和您的妹妹小姐。

J.－B.敬隐渔
一九二八年五月二十七日
于巴黎第五区瓦莱特街二十一号

敬隐渔致罗曼·罗兰(1928年6月6日)

我最亲爱的大师：

感谢您出面让里厄戴尔书店预付给我版税。罗贝尔弗朗斯先生来信告诉我他将让我在最短期间内获得此款，不过条件是我要先将全部稿件交出。我请您将那三本译稿连同您的前言寄给我，如果您已经写了一篇前言。

合同里没有写明除了法文出版另一种文字的事。巴萨尔耶特先生说这与里厄戴尔书店无关。由于这本书几乎整个都是我个人所作，而非简单的翻译，我认为全部翻译版税都应归我。我请您写信给罗尼格先生和那位英国书商，为我争取这个权利，这会增加一点我的收入。因为我已经有十个月没有付膳宿费；我的奖学金要八月份才能寄到。考试以后，我将尽力再写一本书，那时我就能摆脱困境了。

给我写信来，我求您啦；在这生活凄凉的荒漠里，只有您能够安慰我和帮助我。

请代我问候老爸爸和您的妹妹小姐。

谨向您之以最诚挚的敬意。

您的 J.-B. 敬隐渔
一九二八年六月六日
于巴黎第五区瓦莱特街二十一号

敬隐渔致里昂中法大学校长(1928年9月10日)

校长先生：

　　谨寄上我的照片、身份证明和一张中国领事馆证明，请求您准许我参加中法大学的招生考试。我来法三年，已经获得里昂大学法国文学证书和巴黎大学心理学证书。如有必要，我将在下个月将在巴黎大学的证书补寄给您，索尔邦秘书处目前正处假期。

　　在中国，我在一所天主教修院学过七年拉丁文，跟一位传教士学过三年法文。我在成都教过两年法文。我在上海中法工业专门学校获得高中教育证书。我有与法国政府颁发的业士学位同等的文凭。

　　我通晓法语。我为一些巴黎的杂志写文章和小说。我准备研修下一阶段文学学士学位、一个美学证书和一个普通哲学证书。然后，我打算做文学博士论文。

　　由于维持生计和继续学业难以兼顾，如蒙准许参加招生考试，我将对您不胜感谢。

　　校长先生，我谨向您表示崇高的敬意。

J. - B. 敬隐渔
一九二八年九月十日
于巴黎第五区瓦莱特街二十一号

敬隐渔致罗曼·罗兰(1928年11月8日)

我最亲爱的大师：

我荣幸地告诉您，我今年六月获得了一个心理学证书，而且我已被里昂中法大学录取，我将得到伊雷内堡的宁静和免费的食宿。我打算本月十五日以前离开巴黎。

我在巴黎的生活是紧张和消沉交替。我对世界有了一点认识；我学会了一点实际经验。我赢得很多人的好感，默默的或者远远的。现在，我平静地前往里昂，对我感兴趣的一些人将随我同去。

小说选的版税，里厄戴尔书店还欠我一千法郎。一个叫 Keyan Paul 的英国出版家写信给罗贝尔弗朗斯，说他想获得中国小说家作品选的翻译权。罗贝尔弗朗斯先生承担起和他签一份合同的事。至于罗尼格先生，他只说寄一个副本给 Ropupfel Vergad。我已经就此事写信给巴萨尔耶特先生，他没有给我回信。我欠膳食公寓房东将近三千五百法郎。请您借给我一千五百法郎，并写信给罗贝尔弗朗斯先生，让他替我还清余下的欠款。

我希望在里昂能弥补失去的时间。

请代我问候老爸爸和您的妹妹小姐。

谨致以诚挚的敬意。

您的 J.-B. 敬隐渔
一九二八年十一月八日

敬隐渔致罗曼·罗兰(1929年7月24日)

我最亲爱的大师：

我自七月十四日至今一直在安纳西湖畔。这里的生活太贵。我在这里很烦闷。另外，旅馆里有个疯仆人。一切都逼迫我回里昂。可是我把里昂中法大学寄给我的膳宿费都花光了。我求您借给我五百法郎，让我能结清旅馆的帐，并且在里昂生活到下月十五日。

在过去的一个学期里，多亏伊雷内堡的孤独的安宁，我得以有闲暇深化自己的思想。我从一个大孩子变成了成熟的男人。也许在以后至少十年里我会差不多保持这样。

我在情感上的好奇心差不多结束了。世界太愚蠢，太平庸，太多疑；不可能有什么好意。我的性格太不正常。我不属于任何宗教、任何党派、任何见解、任何阶层。我的同胞不知道该把我放进哪个类型、哪个口袋，我的类型实在什么都不像。您知道我从来都是幼稚而又率真。但是我行为的动机却显得隐晦不明。人们用恐惧的目光看我，甚至怕我每一个动作里都隐藏着巨大的骗局！我每一次和社会的接触都是令人不悦的撞击。精神上，我可以生活在我的象牙之塔。肌体上，我却不能。这就是不幸之门！

去年秋天，我在巴黎，在蒙帕尔纳斯，遇见一个金发的美国女郎，一个律师的女儿，我觉得最美的女人，而且并不比别的女人愚蠢。她看起来甚至有很大潜在的智慧，只是她缺少经验、漫不经心。她跟随我到了里昂。我周围的人经常暗示说是很好的搭配。因此我不再追求其他梦寐的理想，而只是猎奇。我的策略是这样本能地制定的：利用等待期间的平静让自己成熟起来，消除一两种长久以来纠缠我的事,满足某些好奇心,以便摆脱自己的过去和其余的世界;因为我有一个过去以及一些不幸很复杂的情结。人们惊讶我拼命地追女人,而后又立刻一个接一个地把她们抛弃。人们不知道(我现在看出来了,如果我不解释,他们很难知道)我这样做是在完成一件相当艰难的事儿,就是解放自己,摆脱过去的或潜在的种种不洁。然后,在炼狱过后,(如果情况对我有利,这只需一个月的时间)我就可以集中我的存在于一点,全身心地投入一种无限的禅定,把我提升到从未达到过的高尚的程度。可是人们对我的理解却完全走了样。"这是个大孩子,"人们想,(因为人类的目光,总是以唧筒度量时间,只看得到刚刚过去和死亡的事物持续的时间)"有很多优点也很任性,特别是对爱情不忠的任性。我们要在这一方面狠狠治一治他!……"于是人们用各种诱惑来引诱我,接着把我突然推开(读过弗洛伊德的人都知道这情况是多么不舒服)同时告诉我,他们会为我准备一些替代物,条件是我首先要表现出有产者的忠实……令人痛苦不堪的巨大误解就在于此!……

人们要规划我的教育,不管我愿意不愿意,强人所难,这是一切爱抱怨的教育家所干的最大的蠢事。在一切事情上,尤其是在教育上,暴力没有一点好处!人们对我滥施警察式的关注、媚态、惩戒、诡计再加诡计;人们对付惯坏的孩子所用的一切手法,那些让我极其厌恶的手法,都用上了。然而,我已经是成熟的人,而且是世界上最智慧的人之一;再说,数千年历史的中国教育让我特别痛恨诡计,视之为道德上最大的丑恶……

我的行为路线是由心理学上的谨慎考虑而制定的;在心理网路中我总选取最直、最短的那条路。这一次,我错了。因为,在社会里,最直的路是虚伪和平庸。人们在世界上不是单独的,人们在社会上看到的是被平庸者和为平庸者而造就的人。对妇女来说这并不完全是件坏事。也许她们缺乏经验;那更好!

我认为这事情很有趣,足以引起像您这样的伟大心理学家的兴趣甚至宝贵的帮助。

挚爱您的

J. - B. 敬隐渔

一九二九年七月二十四日

于安纳西的勃勒达纳兹湖碧水旅馆

敬隐渔致罗曼·罗兰(1929年8月8日)

我最亲爱的大师:

请原谅我上封信有点生猛的语气。那是针对心爱的女人说的俏皮话。可是我掉进了陷阱。因为恋爱的女人需要先清理她积存的恶毒以便平衡她未来的善良。不过这一切都徒劳:我很少为此而痛苦,因为我看得很清楚。这种明察秋毫也许会有损感情的自然,但却能令它持久,因为可以让我们避免可能的失望。我对女人的见识和分析够多了。然而,不管是我的理智还是我的想象,都发明不出比(我去年秋天在蒙帕尔纳斯的"圆屋顶"遇见的)金发的美国女郎更好的造物。如果世界上有完美,那就是她。如果颅骨学的观察没有弄错的话,她喜欢温柔的权威。尽管我过去像个孤独的熊,我将乐见自己的个性受到一个有智慧的权威的隐约的管制,我的幸福受到一个如此美丽的女人的管制。自从见到她,我就准备娶她。她对我的情况有足够的了解。我很穷。她相当富有。经过好好的调教,我会在世上做些有益的事。我的父亲是医生。他在我三岁时就死了。我整个青少年时代都封闭在修院里,没有见过母亲。我无须赞扬她的优点,既然每个人都热爱母亲。她在我十七岁时去世。我有四个哥哥;其中最大的两个已经死了。我的三哥是医生和说评书的。他自食其力。他跟一个女人生活已将近十年,没有正式娶她;那个女人性格温柔,做家务很能干,但不能生育。他虽然没有上过很多学,可他心地善良、聪明豁达,不幸的是,他的体质比我还弱。我的四哥小时候聪颖过人,后来患了耳疾,智力变得迟钝。他娶了一个不太聪明的女人,生了一个可能也不太聪明的儿子。他考修院没有考取,中国革命①以前他一直跟着一个

---

① 指一九一一年的辛亥革命。

神父,做弥撒,教(基督教)教理。两个哥哥经常改变住处,我已经不知道他们在哪儿了。我有一个姐姐,嫁给一个庄稼人;有个外甥女,又可爱又聪明,嫁给我出生的那个城市里的一个医生,一个很粗俗的男人。革命以前,我家的境况平平,但还能衣食自足。后来,家穷了,人也散了,但从未有过什么罪恶和社会羞耻的污点。教育和社会经历的鸿沟把我们分开,尽管由于骨肉亲情,我和三哥以及甥女还比较亲近。现在,在我生活情况严重的关头,他们不能给我任何帮助。孤单一人在这世上,我只能求助于您。就好像我有求于一个朋友、一个见证人、一个保护人、一个父亲。唯有您能够给我以援助。我希望您的无限的仁慈不要拒绝援助我。

我还欠安纳西旅馆大约五百法郎,我把箱子留在那里。学院替我垫付了这笔钱,条件是我月底前要归还。请您再借给我这么多。

挚爱您的
J.-B.敬隐渔
一九二九年八月八日
于里昂第五区中法大学

敬隐渔致罗曼·罗兰(1929年8月12日)

我最亲爱的大师：

最近读《忏悔录》，读到华伦夫人①时，我泪雨滂沱，甚过慈母去世。母亲虽然同她一样可爱，却不如她聪颖。这神圣的爱的力量是从大自然的哪个神秘洞穴逸出，居然把那个让-雅克驯服，令那大厌世者喜不自胜、心悦诚服？须知他是很难满足的，而且有时她简直真要忘掉他。这美好的欧洲人种难道永远从世上消失了吗？古老的希腊人在哪里？蜥蜴的奇迹在哪里？昔日的玫瑰在哪里？大自然在它的万花筒前面就那么性急？为什么一朵美丽的花儿刚刚成形，就摧毁它，又造出一朵也许丑陋的花？

当我在"圆屋顶"第一次遇到美丽的金发美国女郎（也许原籍捷克斯洛伐克②）的时候，她那大眼睛里无限的幻想和温柔曾让我预想她是一个这样的人。可惜，她既没有华伦夫人的气质，也没有她的年龄。自然给人一点知识时总是附带着心灵上的伤痕和脸上的皱纹；而对于如花的容貌和春天般的娇媚，它总是无情地吝啬！唉！我们还是太弱小，无法打破它的法则！这个人亲近的人也许都是些出色的实践家；但在精神的事情上，他们太像是平庸之辈。自然喽，我们之间有过一些误会。他们印象中觉得是在和一个大孩子打交道。我那时对女人很感兴趣。他们对我显得相当客气，给我提供机会看她们，远远地，

---

① 华伦夫人(1700—1762)，卢梭忏悔录中的人物，对青少年时期的卢梭影响甚大。
② 历史上捷克斯洛伐克共和国和捷克斯洛伐克社会主义共和国的简称。一九九二年十二月三十一日国家解体，一九九三年一月一日，捷克和斯洛伐克分别成为两个独立国家。

一边监视着我。但是,当我低着头,(徒劳地)潜心于认识和凝思的工作时,他们却(也是徒劳地)费力寻找一种权威来控制我,为了我的理智的安全。您猜想得到我的反抗和我的痛苦,我,像让－雅克①一样野性,一样骄傲(不如他活跃,但比他聪明一点)!我现在看出了,我和我的同学们是多么不同,(这一点我过去没有想到,我们不是读的同样的书、走的同样的路吗?)而社会对与众不同的人的惩罚有时多么残酷。如果说我对女人是那么感兴趣,那也许是因为我无意识中把她们看作与其他人(男人)不一样而已。总之,发现她们和其他人完全一样,我会恼火!简直就是些机器!初习巫术的我,曾经到处祈求好感,总是忘记利益和权威才是世上最强大的。我很迟才惊讶地发现,一个普通的人是多么善于领会同类的细小微妙的差别,他都不需要思索。他只需看一眼周围人的眼神,立刻就知道他该做什么;而且万无一失。而我,我沉入感觉甚至玄想的深处;时间、机会过去,而我毫无作为!在社会里,一切情况下,都应该选择,立刻选择应该惧怕和应该统治的人。我二者都不做,社会就把我抛进它转动的铁齿轮。当然,普通人并不一定就是坏人,时间最善于分清好坏。(有点缓慢,这是真的。)但是委身于陈规有变得麻木的危险。唉!我们有那么强大,生命有那么长,足以唤醒世界上所有沉睡的力量吗?这就是我干的蠢事!

由于我不可能遇到一个同我完全相像而又长得美貌的人(我计算过成功的运气),而尽管如此,我又需要一个伴侣共同生活,我觉得世上最好的女人就是这个金发的美国女郎了,理解我甚至以后指引我的能力她应有尽有;单是她的美就足以令我欢欣,即便她不理解我。资产阶级女性未必是精灵的巢穴,但她是防止神经失常的庇护所。我将幸甚,如果您的权威能够说服他们,让他们相信我绝不是神经错乱,我的表面的任性有其存在的道理,我会为些微的柔情而牺牲,我总是

---

① 让－雅克,指卢梭。

怀着感激的心情接受一切建言和告诫，但不能忍受粗暴的命令和无耻的计谋！只有您能够理解我和安慰我。我求您给我以支持和建议。请您给我回信！

请代我问候老爸爸和您的妹妹小姐。

挚爱您的

J.-B.敬隐渔

一九二九年八月十二日

于里昂第五区

敬隐渔致罗曼·罗兰(1929 年 9 月 13 日)

我最亲爱的导师：

我寄给您的两封信中的第一封显然是神经衰弱时写的。这一次好戏开场了。明天，我就要进一家精神病院！我不认为这是金发德国姑娘干的事。我希望她应该比那个多愁善感、弱不禁风、不管不顾、没有一丝生活能力的蹩脚女画家（大概是匈牙利人）高级得多。而这蹩脚女画家写的一大摞信纸，没有给我提供，哪怕是提示，丝毫的冲动。我这个性格孤僻的外来人，要我只看她们一眼，就参透那么多人的性格，这实在超出我的能力！那些不断刺激我的欲望的企图——我强暴了她们——被我一次次击退！可是人们仍在气定神闲地向我描绘女人不可企及的诗意和魅力！向我提出些越来越难回答的问题！我渴求的首先是肉体，而这是一种绝望的渴求！

在巴黎我拜访了皮埃尔·雅奈先生。他也没有给我一种解决的办法。从那以后我的理智就没有平衡过。还有那些不确定的转移。我怕这种转移会落到一个女童身上！经过长时间艰苦的寻索，我为自己找到一个处方：拥有金发的波兰姑娘，那个学德文的大学生，不过不许她说一句话，也不要见她的伙伴；和这几个姑娘说话：学数学的褐发里昂姑娘，去年在伟人祠广场见过的日本姑娘，在索尔邦看到的俄罗斯公主，跟我通信的狡猾的匈牙利姑娘，以及我最后恋爱的在"圆屋顶"见过的金发德国姑娘。我等得太久了！我已经厌腻了她们的矫揉造作和故弄玄虚！我吁求她们发发人性：她们只要露一下面就足以拯救我！然后，如果她们不爱我，我就回中国，把欧洲永远忘掉。

我求您帮助我，回信暂时还寄中法大学。

请代我问候老爸爸和您的妹妹小姐。

> 挚爱您的
> J.-B. 敬隐渔
> 二九年九月十三日
> 于里昂第五区中法大学

敬隐渔致罗曼·罗兰(1929年9月17日)

我最亲爱的导师：

我并没有找一家精神病院。我是心理学家，最好的医生就是我自己。弗洛伊德的精神分析是很好的诊断方法（虽然弗洛伊德[①]为力必多[②]确定了一个过于唯我独尊的角色，一个过于僵硬的形式）。但是弗洛伊德不会治病，尤其是我这种情况。他建议，一旦找到力必多的对象，就通过良知予以"道德上的宣判"。宣判，即使是司法的宣判，都不够有效，因为迟了。再说，盲目的道德也不大能影响我。现在我看重和奉行的是牺牲，它对我来说意味的完全是另一回事。您知道我痛苦的好奇心源于巴黎。似乎在我遇到我认为最美的女人——"圆屋顶"的金发德国姑娘以后，我的风暴本应到此就停息了。可是我认识到这一点太迟了，我只看见她大约两分钟，她的美只是印在我的智力里，而非在我纤维的深处，因为您知道我是个"视觉型"，我特别要"看"，而且时间要久。如果没有更好的办法，在理论上，我就构建一整套观相术，以便破译面容的语言密码；实际上，我求助于一个女友，以减轻女人恋爱首先追求的可怕的捉迷藏的游戏。我想曾"看"过两年的波兰姑娘。但我并不觉得她足够聪明，也不觉得她为人可爱。我在另一个同样的面孔里寻找智慧。然而，我很晚才发现，这种重叠在我们三度空间的种类里是无法实现的。弗洛伊德式的转移开始了，不定限的。至死，狗也追不到它的尾巴！因此并不奇怪，我变得（并将依

[①] 弗洛伊德（1856—1939），奥地利医生，精神分析学创始人，著有《梦的解析》《精神分析引论》《图腾与禁忌》等。

[②] 力必多，又称原欲，指生物的本能需要。

然）可怜,而且同时"令人厌恶"。当我应该照亮它的时候,我却不慎逃避自己的影子。释迦牟尼说:"人们摧毁不了虚无中的花朵;它不可能存在于其中。"除了把精神集中于唯一的感受强烈的形象,没有更好的办法能够抹去那些讨厌的形象。金发德国姑娘是我选定的形象,但她不够强烈,由于凝视她的时间短。必须"看"到她,这就是全部问题所在!一年多来历经的痛苦把我引向接受牺牲,其实这并非牺牲;因为人们不可能牺牲错误。如果这个德国女孩理解我,她会露面,而不会害怕。理想化和激情是造不出来的;他们在个人的魔棒下自发地启动,而我的魔棒就是"看"。

为什么怕我!我既不那么强壮,也不那么大胆,做不出无礼的事。我不是对神圣的事物不敬的人。人们不知道我也是很虔信的,自幼就浸透了佛教和基督教信仰。昨天我在山顶上参观了福尔维耶尔圣母大堂;面对这宗教和艺术的美妙综合(我在基督教里发现最完美的艺术综合,就像佛教里有着最完美的理智的综合),我久久地心醉神迷,尤其是面对圣约瑟的这句铭文:"你猎取食物后上来,屈身伏卧,有如雄狮"……

我在欧洲太痛苦了!您能帮我减轻我的酷刑吗?

请代我问候老爸爸和您的妹妹小姐。

挚爱您的

J.-B. 敬隐渔

一九二九年九月十七日

于里昂第五区中法大学

敬隐渔致罗曼·罗兰(1929年11月2日)

我最亲爱的大师:

今天,我发现了一个东西,对我来说比女人更必不可少:每五天喝一杯咖啡。从此,我可以掌握自己的精力系统了,我希望,只要具备一定的物质条件,(再说,这很容易)我的幸福将万无一失。

我第一次跟您说要找一家精神病院的时候,正经历着与最近的一次不同类型的危机;那时天气晴好,我在乡间,独自一人散步,幻想联翩,富有思想和热情。这时,一个女人,若不是用《圣经》的语言,就绝不该给我写信。然而我却收到一封满纸调情和戒备的信。晚上,我受了一阵冷风,有些忧郁。我去看医生;不过谁也没有建议我这么做。医生在我腰部打了一针,开了一副镇静剂,嘱咐我别喝咖啡别抽烟……他没有指出戒令截止的日期。劝一个过度劳累的人休息,这大概是再好不过的了。但强迫人连年昏睡,这岂不就荒唐了吗?唉!一个医生竟有对群众实行暴政的权力。而病人变成了一个机械零件,任随周围人精确组织起来的齿轮蹂躏。这周围的人和一个医生就能把一个人活活弄死!每个人都有他的个人精力差,是任何医生都无法准确掌握的,哪怕他是神医,因为他要同时跟太多的病人打交道……那以后,我再也借不到一个苏去买兴奋剂。事实上我那时也不需要。天气依然晴好。我又开始独自散步。啊!比起褊狭的社会活动,在无限的宁静中,早上是多么美,多么丰富多产,多么可爱!所以它们比较吸引我。几周的孤独宁静之后,我精力充沛。在图书馆里,我信心满满地走上前,和一个不认识的姑娘搭话,惊动了周围的人,她同意第二天和几个女朋友一起来学校看我。她的每一个表情和动作都很和谐、准确和意味深长。我无需任何建议就能产生出有效和充沛的活力。不幸约会的那一天我感冒,脊背发凉,两眼惊慌,神色狼狈,得罪了几天前还颇为通情达理的女友。她对我的好意不予回答,而且给我写了一封严厉的信。我重又失去自控。所以我最好还是服一剂催眠药休息几天,或者听一场小型音乐会略略散散心,或者更简单,喝一杯咖啡耗尽剩余的精力。因为天冷,不可能再散步。但是这几件事我一件也没有做,(因为我一个苏也没有了)反而不慎地向人们求援。在这种情况下,中间人从来都是根本于事无补的:他有自己的事、自己的责任,他不得不观察你,向你提一些需要解决的问题。这只会增加失常,就好像一个可怜的穷人去向悭吝的债主借钱,后者就趁机向他讨还积欠的债款!那时我多么遗憾没有一个能洞察我心灵的妈妈或者姐姐,给我一点小建议和小消遣!在生活里,这比情爱更必须也更难找!

今天我卖掉一本——最后一本小说选,为自己买了一杯咖啡,这些日子的暴风雨顿时消失;我的囚禁在苦闷之中、卡在活力的暗礁之间的心智,又能在人和事之间自由通行了。我做了一些冷静、有益、对我的幸福也许具有决定性的思考。我谴责自己以前激烈、苛求、怯懦、偏执的感情。我要变得像耶稣那样温柔、释迦牟尼那样大度。我不再轻蔑和惊扰任何人。我对所有人都会和气和亲近。我眉头的忧郁已经消失。不追求享受,而是准备受苦,就会少受很多苦!

尤其是我找到了把活动与休息清楚地分开的方法。几年来,令我痛苦的不是消沉而是骚动,它是兴奋不足的结果。无法得到休息,因为有点兴奋;也无法行动,因为不够兴奋。不间断地摇摆在活动与休息之间,永远也达不到这两端中的任何一端。这个阶段,我称作精力摇摆(或分心)阶段。这时越挣扎越失败,会给以后的活跃欠下无数的债。这样做浪费的时间和精力的总和,如果引导得好,足以再造世界!……

我有灵性的瞬间,也有愚蠢的行为。所以人们无法再理解我。人们既尊重又畏惧。人们刺探;而我的随心所欲的表现令误解越积越多。我们大家都徒自疲劳……

　　精神的贫困往往并不是物质贫困的翻版。今年,在里昂,尽管我很痛苦,但当我独自在乡间散步的时候,特别是当我喝了一杯咖啡,在我那相当大而安静、明亮、暖和、带一张舒适书桌的房间里精神遨游的时候,我还是度过了一些幸福的时光。唯一不幸的是,我仍没有能力来消除那精力摇摆的阶段。

　　我记起在巴黎那两年艰难的生活里,我不能从事任何活动,也不能有任何休息。住的不好,吃的不好,总是为明天担心,我不得不总去图书馆获取温暖和光明。在那里,津津有味地读了一会儿书,没有精力工作了,我就开始看房顶和墙壁,然后就看人的脸。如果我有古格斯①的指环,或者更简单,有一副墨镜,我就能像面对一幅珂罗风景画一样,在这脸的场景里获得简单而又安静的消遣。只需一副墨镜就能救了我。缺了这个小宝物,我就暴露于无数被激发起的活力面前。而不幸的是,这些被激发起的活力又是世界上最挑剔、造成的后果最严重的。而我所寻求的是抚慰我的疲惫、让我入睡!第一年的假期,我整个儿忙于翻译作品选,我很平静,不知不觉赢得一个爱沙尼亚女孩的信任,她陪我散步,每周两次。她只是受人之托。而我,却尽情享受起柏拉图式爱情的自发而又幼稚的欢乐来。见我不明白她的多次暗示,她离开我。从此我却觉得一个这样的女友是不可缺少的了。于是我主动接近索尔邦的那个波兰女生。然而我遇到的只是戒心,以及一些难以解开的谜。我希望从友谊的温情中汲取工作的灵感,可汲取到的只是神经症!这是一个漫长、一事无成的灾难性的精力摇摆阶段!在中法大学的头几个月,我安静得就像一个孩子等候肯定会回家的妈妈,在哲学思索中无意识地翱翔。但是,不但没有等来一个自发信任的心灵,却像扰乱一塘静水的冰雹,落下许多谜一般的暗示,形形色色,令人困惑。我的生命又在温柔、丰富的幻想和生硬、无益的活力之

---

①　古格斯,古希腊神话中的一个国王,有一指环可助其隐身。

间摇摆起来。

我习惯于自发的沉思,痛恨世人装模作样、粉饰遮掩的表现。直到今天,我才习惯了,可是经历过多少痛苦啊!如果不明白一种做法存在的道理,要我适应它是很艰苦的。不过,我刚刚发现了一个道理。灵感的热情只能"占据"一段深刻然而短暂的时间,而一个无聊的游戏却可能占据人的整个一生。作诗让人贫穷,但可以发挥灵感并且帮助我们打发很多时光,因为韵脚和格律也是游戏。女人,她们的生活中不能承受精神失衡,她们有理由逢场作戏。我接受这个妥协。不过,为了在游戏中做个主人和胜者,我必须在兴奋阶段为之。

今后,我把一周严格地划分为一个喝点咖啡就可以工作的紧张阶段和一个休息阶段。能够预见自己的精力储备,人们才会大胆而成熟地支出。休息也不再令人苦恼和焦急,因为预见到它肯定即将结束。不过还有第三个阶段,只有这个阶段既危险又难以驾驭,即精力摇摆阶段,它要求一些温和而不需支出大量精力的消遣。在这一阶段我特别需要一个女性指导者。那不应是一个多情而且嫉妒的情人,而是一个妈妈,一个姐姐,或者更生动地说,一个护士般的智慧的女性。她不要求我表白、献殷勤、毕恭毕敬、做出欣赏的姿态、眼里露出关注的表情。她应该温柔、智慧、单纯、直率、大度、亲切、不拘束、不装模作样、不怀戒心。她要对我说:"瞧,你好像不开心,你想要什么消遣?……"她会让我和一些性格平和的人游戏,或者带我去无关的人中间听音乐会。她对什么都不会大惊小怪或者发火。一句话,她会像对一个孩子那样劝告我、抚慰我。见我的兴奋阶段到了,这时,而且只是在这时,她会坚持要我做正经的事,因为只有这时我能明白"事"的微妙的差别和暗示。我认为这个角色只有托马斯小姐能够胜任。请您邀请她来帮助我,或者不如说来拯救我。最初的几步尤其困难。我的幸福,我的生命,我的感激,全要看有没有一个这样的女性指导者了。我不打算给她写信。一封冷冷的信不如不写;而一封表示赞赏和敬意的信又超出我今天衰弱的精力,只会妨碍我们今后的关系。一个这样的人丝毫不欠我什么，也不会要求我什么；她会像做一件完全自然的事一样来做这件好事。我静静地等待妈妈来找我。等待您的回信或者她的召唤期间，正好是我的休息期，我什么也不能做。

我见了弗雅德医生。我打算明天就进他的诊所，条件是他不要过分妨碍我的个人原则。

我急需一件冬天的外套。请给我准备钱买一件。

时至今日，许多女人仍在引逗我支出我的精力和意志，谁也不想着帮我恢复。我大部分时间需要一个母亲般的护士（她提供给我有节制的消遣），只偶尔需要一个情人。前者比后者更难找到，因为女人没有奉献的习惯。二者合起来，这才是我理想的女人。当我开始第一端的时候，人们却强迫我从第二端出发，这只会徒然令我疲惫。我需要首先一个不让我乞求，也不让我等待，不窥探我的意愿，而是温和地把我引向愿意的女人。

挚爱您的

J.-B. 敬隐渔

一九二九年十一月二日

于里昂第五区中法大学